Kathrin Lange

# *Herz in Scherben*

Arena

Für Sandra und Jannis.
Für das Asyl, als das Schreiben zu scheitern drohte.
Und für Eure Freundschaft.

FSC
www.fsc.org
MIX
Papier aus verantwortungsvollen Quellen
FSC® C110508

1. Auflage als Sonderausgabe 2016

Covergestaltung: Frauke Schneider
Umschlagtypografie: KCS GmbH · Verlagsservice & Medienproduktion, Stelle/Hamburg
Gesamtherstellung: Westermann Druck Zwickau GmbH
ISSN 0518-4002
ISBN 978-3-401-50789-7

*The people were saying, no two years we're wed*
*But one had a sorrow, that never was said*
*And I smiled as she passed with her goods and her gear*
*And that was the last, that I saw of my dear ...*

(She Moved Through the Fair, Charlies Version)

# 1

David sah die Pistole an, als sei sie plötzlich an seiner Hand festgewachsen. Dann schüttelte er den Kopf. Ganz langsam schwang er ihn erst nach links, dann nach rechts, wo er innehielt und mich aus den Augenwinkeln anstarrte. Oh Gott! Ich wollte ihn schütteln, ihn ohrfeigen, um ihn aus dieser furchtbaren Starre zu holen, aber ich konnte mich nicht rühren. Seine Augäpfel schimmerten rot wie bei unserer ersten Begegnung auf den Stufen von *Sorrow*. Auch damals hatte er diesen tief verwundeten Blick gehabt, auch damals hatte man ihm all die Tränen ansehen können, die er nach innen geweint hatte.

Ich streckte die Hand nach der Waffe aus. »Bitte gib sie mir!«

Davids Finger krampften sich fester um den Pistolengriff. Ich sah, wie sich die Sehnen auf seinem Handrücken spannten.

»Vielleicht«, sagte er mit dieser fremden Stimme, »vielleicht wusste ich, dass hiermit Charlie erschossen wurde. Vielleicht wollte ich nicht, dass Tim diese Waffe in die Hände bekommt, weil ...«

»Nicht, David!«, flüsterte ich. Vor Grauen bekam ich kaum noch Luft. »Bitte gib mir die Waffe!«

Wie ein Pendel schwang Davids Kopf wieder nach links.

Nein.

Er öffnete den Mund. Ganz leicht teilten sich seine Lippen,

ehe er sie aufeinanderpresste, bis sie nur noch ein schmaler weißer Strich waren.

Ich wartete.

»Ich erinnere mich einfach nicht«, flüsterte er. Dann drehte er die Waffe so, dass er in ihre Mündung blicken konnte.

# 2

Wenige Tage zuvor

»Hilfe, ich glaube, ich sterbe!« Mit einem tiefen Ächzen ließ sich meine Freundin Miley auf eine Bank am Ufer des Charles River fallen und streckte alle viere von sich. »Wie kann man nur so bescheuert sein und bei dieser Hitze joggen?«

Mein Blick richtete sich auf David, der uns ungefähr hundert Meter voraus war, dann hielt ich neben Miley an. Ihr herzförmiges Gesicht war hochrot angelaufen und Schweiß klebte ihr die langen, kastanienbraun gefärbten Haare an Stirn und Wangen fest.

Mit einem weiteren Ächzen beugte sie sich vor, umklammerte ihre Oberschenkel und ließ den Kopf zwischen den Knien hängen. »Ich glaube, ich muss kotzen.«

Ich unterdrückte ein Grinsen. »Eben wolltest du noch sterben«, erinnerte ich sie.

Ohne sich aufzurichten, drehte sie den Kopf zur Seite und warf mir einen bösen Blick zu. »Daran bist nur du schuld!«

Ich setzte mich neben sie und sie ließ den Kopf wieder hängen. Ihr Atem ging stoßweise. Vielleicht war es doch keine so gute Idee gewesen, sie dazu zu überreden, mitten in der Sommerhitze eine Runde an der *Esplanade* zu laufen. Seit David und ich im März *Sorrow* verlassen hatten und nach Boston gekommen waren, war der Park zwischen Storrow Drive und

Charles River unsere bevorzugte Laufstrecke. Miley allerdings gehörte eher zu der Sorte Mensch, die sich lieber einen Finger abhacken würde, als regelmäßig Sport zu treiben – was man ihrer leicht pummeligen Figur auch durchaus ansah.

Sie hatte schon recht: Es war ziemlich heiß, selbst für Mitte Juli und den Anfang der Sommerferien. Die Luft stand flimmernd über Boston und der schwache Lufthauch, der sich nur ab und zu regte, roch nach Tang.

Ein gequälter Laut kam über Mileys Lippen. Normalerweise nahm ich es nicht so ernst, wenn sie sich über irgendwas beschwerte, denn sie übertrieb ab und zu gern. Aber dieses Geräusch klang in meinen Ohren dann doch ein bisschen besorgniserregend – besonders weil Miley plötzlich begann, aus der Nase zu bluten.

»Ach du Scheiße!«, rutschte es mir heraus. »Alles okay?«

Miley schüttelte den Kopf. Mit zwei Fingern drückte sie die Nasenflügel zusammen, kramte dann in ihren Shorts nach einem Taschentuch und presste es sich gegen die Nase.

Ich winkte David, der mittlerweile gemerkt hatte, dass wir nicht hinterherkamen. Er drehte um und kam zu uns zurückgelaufen. »Alles in Ordnung?«

Ich wiegelte ab. »Das hatte sie schon als kleines Kind häufig.«

Miley hob den Kopf. »Erst werde ich kotzen, dann sterben!«, konstatierte sie dumpf. »Oder vielleicht auch umgedreht.«

David grinste. »Na, solange du noch Scherze machen kannst, ist das Ende vermutlich noch nicht ganz so nah. Lass mal sehen!« Er ging vor ihr in die Hocke und hob sanft ihr Kinn etwas an.

Sie nahm das Taschentuch von der Nase weg und faltete es so, dass die blutgetränkte Stelle nicht mehr zu sehen war.

David erstarrte.

Seine Augen weiteten sich – aber nur ganz kurz, dann fing er sich wieder. Das Ganze war so schnell gegangen, dass ich mir nicht sicher war, ob ich es mir nicht einfach nur eingebildet hatte.

»He!«, murmelte Miley durch das Tuch hindurch, das sie sich wieder gegen die Nase presste. »Ich wusste ja gar nicht, dass du kein Blut sehen kannst.«

Okay. Offenbar war es also keine Einbildung gewesen.

David schluckte. Dann wischte er sich über die Augen, als müsse er ein düsteres Bild vertreiben. »Gib mal her!« Er nahm Miley das Taschentuch ab und betrachtete es. Warum biss er dabei kurz die Zähne zusammen? Hatte er auf Martha's Vineyard auch schon so auf Blut reagiert?

Wie so oft, wenn ich ihn unauffällig beobachtete, wurde mein Herz eng. Wir waren jetzt seit vier Monaten zusammen und ich hatte seitdem an jedem einzelnen Tag morgens die Augen aufgeschlagen und mich gefragt, wann ich aus diesem wunderbaren Traum aufwachen würde. Manchmal, wenn ich David ansah, durchzuckte mich die Angst, dass er im nächsten Moment anfangen würde zu lachen. Dass er sagen würde: April, April, Juliane Wagner! Hast du im Ernst geglaubt, ich könnte dich so lieben wie du mich?

Aber bisher hatte er es nicht gesagt.

Im Gegenteil.

Manchmal, wenn er mich ansah, konnte ich spüren, dass auch ihm bei meinem Anblick der Atem wegblieb. Ich konnte zwar nicht begreifen, warum das so war, aber ich war fest entschlossen, diesen Zustand so lange wie möglich zu genießen.

Jetzt spürte er, dass ich ihn beobachtete. Er sah zu mir auf. In seinen Augen glitzerte eine Mischung aus Besorgnis und Belustigung. Wie immer, wenn sich unsere Blicke begegneten, begann mein Herz zu stolpern, und ich war froh, dass er sich wieder Miley zuwandte.

»Das blutet ganz schön!«, sagte er.

Seine Worte verursachten mir ein schlechtes Gewissen, denn als Miley vor gut einer Stunde davor gewarnt hatte, dass sie Nasenbluten bekommen würde, wenn sie bei diesen Temperaturen Sport trieb, hatte ich sie ausgelacht.

»Du willst dich nur drücken!«, hatte ich gesagt.

David erhob sich mit einer federnden Bewegung, legte Miley eine Hand auf die Schulter. »Sieh mich mal an«, bat er sie.

Sie gehorchte und er nickte, während er ihr das Taschentuch wiedergab. »Drück das noch ein paar Minuten drauf, dann hört es bestimmt gleich auf.«

Miley presste das Tuch auf ihre Nase. »Mir ist schwindelig«, klagte sie. Ihr Gesicht hatte die Farbe von reifen Kirschen angenommen, dafür waren ihre Lippen jetzt erschreckend blass.

»Ich hole dir schnell was zu trinken.« David sah mich an. »Pass auf, dass sie nicht umkippt«, sagte er, dann rannte er los – hin zu einem Kiosk, der wenige Hundert Meter entfernt unter den Bäumen stand.

Miley und ich schauten ihm nach.

»Gott, er ist einfach nur süß«, seufzte meine Freundin.

Ich nickte gedankenverloren, weil mir Davids kurze Erstarrung nicht aus dem Kopf ging. Was hatte es mit diesem seltsamen Verhalten nur auf sich? Seit wann konnte er kein Blut mehr sehen?, überlegte ich und plötzlich fiel mir ein, dass er schon einmal so sonderbar reagiert hatte.

Zwei Wochen zuvor waren David und ich zusammen mit meinem Dad auf einer Parade anlässlich des amerikanischen Nationalfeiertags gewesen. Wir hatten am Straßenrand gestanden und zugesehen, wie die Blaskapellen an uns vorbeimarschiert waren. Als eine Staffel historisch gekleideter Soldaten aus dem Bürgerkrieg direkt vor uns stehen blieb, war gleichzeitig noch etwas anderes geschehen.

Ein kleiner Junge, der die ganze Zeit schon neben uns gestanden und vor sich hin gequengelt hatte, riss sich von der Hand seiner Mutter los. Er quetschte sich unter der Absperrung durch, weil er zu den Soldaten laufen wollte, rutschte aber auf dem goldfarbenen Lametta aus, das kurz zuvor von einem Paradewagen auf uns niedergerieselt war. Der Länge nach schlug er hin und verletzte sich an der Stirn. Schreiend und blutüberströmt richtete er sich auf.

Und unglücklicherweise feuerten die als Soldaten verkleideten Männer genau in diesem Moment mit einer Kanone einen Ehrensalut in die Luft.

»Du liebe Güte!«, hörte ich meinen Dad rufen, doch ich achtete nicht auf ihn. Gemeinsam mit der Mutter des Jungen zwängte ich mich unter der Absperrung hindurch und kümmerte mich um das brüllende Kind.

Die Verletzung war nicht besonders schlimm, nur die Augenbraue war aufgeplatzt. Ich half der Mutter, ihren Sohn aufzuheben und zu einem der Sanitäter zu bringen, die überall am Rande der Strecke positioniert waren.

Als ich zurückkam, stand David noch immer an seinem Platz hinter der Absperrung. Er hatte die Hände um das Gitter gekrampft und sein Gesicht war totenbleich.

Dad flatterte aufgeregt um ihn herum und fragte ihn, ob alles in Ordnung war. Ich erinnere mich daran, dass ich diese Frage völlig bescheuert fand.

Ein Blinder mit Krückstock konnte sehen, dass gar nichts in Ordnung war.

David atmete tief durch. Dann ließ er das Gitter los und strich sich mit beiden Händen die Haare zurück. »Ja«, murmelte er. »Alles okay.« Langsam kehrte die Farbe in sein Gesicht zurück.

Ich sah ihn skeptisch an.

»Alles in Ordnung«, behauptete er und begegnete kurz meinem Blick. Dann wandte er sich wieder dem Geschehen auf der Straße zu.

Heute weiß ich, dass er gelogen hat. Die beiden Ereignisse zusammen – der Anblick von Blut und die Schüsse der Soldaten – hatten etwas in ihm ausgelöst. Etwas Furchtbares, das uns schon bald zurück an den Abgrund treiben sollte.

# 3

Er hatte sich danach mehrfach geweigert, mir zu erzählen, was los gewesen war. Irgendwann hatte ich es aufgegeben, danach zu fragen. Schließlich hatte ich den Vorfall vergessen, weil es nicht wieder vorgekommen war.

Bis eben.

Nachdenklich sah ich zu, wie er den Kiosk erreichte und darin verschwand.

»Hallo?« Miley wedelte mit der Hand vor meinen Augen herum. »Redest du neuerdings nicht mehr mit mir oder was?«

Ich riss mich von der Erinnerung los und wandte mich meiner besten Freundin zu. »Was?«, murmelte ich. Sie hatte irgendwas gesagt, aber ich hatte offenbar nicht mitbekommen, was.

»Ich sagte, du bist echt zu beneiden«, wiederholte sie. Es war ein Satz, den ich in der letzten Zeit öfter von ihr zu hören bekam. Ich tat dann immer so, als könne ich nicht nachvollziehen, was sie meinte. Die Wahrheit aber war: Ich konnte es nicht oft genug hören, dass sie es sagte.

Möglichst gleichmütig zuckte ich auch jetzt die Achseln.

»Ich würde weiß Gott was für einen Freund wie David geben!« Sie grinste und nahm das Taschentuch weg. Ihre Nase hatte aufgehört zu bluten. Sie war der einzige Mensch in unserem Bekanntenkreis, der es einfach nicht schaffte, Davids Namen französisch auszusprechen, also mit lang gezogenem I und weichem D. Immer wieder schmuggelte sie ein hartes F in die Mitte. Ich hatte es längst aufgegeben, sie deswegen zu korrigieren. »Er ist einfach nur ... wow!« Sie wischte sich das Blut von der Oberlippe und hob das Kinn leicht an. »Alles weg?«

Ich nickte. Auf ihrer Haut waren nur noch mikroskopisch winzige Spuren von Rot zu sehen.

»Wenn man bedenkt, wie er noch vor ein paar Monaten ausgesehen hat«, meinte Miley. »Jetzt sieht man kaum noch was von seinen ganzen Knochenbrüchen.«

Sie hatte David im März kennengelernt – nur wenige Wochen, nachdem er von den Gay-Head-Klippen auf Martha's Vineyard in die Tiefe gestürzt und schwer verletzt worden war. Seitdem hatte er sich tatsächlich verblüffend gut erholt.

*Körperlich jedenfalls.*

Der Gedanke zuckte durch meinen Kopf und ich musste an Davids Erstarrung von eben denken. Genau wie ich kehrte er ab und zu in Gedanken auf die Insel zurück und genau wie mich quälten ihn dann die Erinnerungen an das Furchtbare, das wir beide dort erlebt hatten. »Ab und zu hat er wohl noch Schmerzen. Wenn er glaubt, dass ich es nicht sehe, fasst er sich manchmal an die Rippen.«

Miley blies sich gegen die verschwitzten Haare. »Ich hab mir mal ein Schlüsselbein gebrochen. Das hat noch monatelang danach wehgetan.« Sie kicherte fröhlich. »Weißt du, was ich verblüffend finde? Dass er seine Depressionen so schnell in den Griff bekommen hat!«

Ja, das war tatsächlich ein Wunder. Ich hatte David kurz nach Weihnachten auf Martha's Vineyard kennengelernt. Damals hatte er gerade seine Verlobte Charlie verloren, die von den Klippen der Insel in den Tod gestürzt war. Und weil er sich die Schuld an ihrem Tod gab, war er in schlimme Depressionen verfallen.

»Er hat gute und schlechte Tage«, sagte ich.

Direkt nach unserer Flucht von Martha's Vineyard hatte mein Dad darauf bestanden, dass David für vier Wochen in eine kleine Privatklinik ging. Dort hatte man sich intensiv um ihn gekümmert und bereits vier Wochen später war er wieder herausgekommen. Seitdem ging er einmal in der Woche zu einer ambulanten Therapiestunde in ebendieser Klinik.

»Aber inzwischen überwiegen die guten, oder?«, meinte Miley.

»Ja.« Was man auch sah, dachte ich. Als ich ihn kennengelernt hatte, war David schmal und blass gewesen. Nur mit Mühe hatte man hinter seiner Fassade aus Abwehr und Depression erkennen können, was für ein gut aussehender Typ er eigentlich war. Inzwischen hatte er zugenommen. Die Muskeln an seinen Schultern und Armen, die man früher nur hatte erahnen können, waren zurückgekehrt und – was ich viel wichtiger fand – auch sein Lächeln.

»Ich finde, jetzt leuchtet einem auf den ersten Blick ein, warum du dich in ihn verliebt hast.« Miley streckte die Beine. Langsam normalisierte sich ihre Gesichtsfarbe wieder. »Er sieht einfach so, so ...« Sie suchte nach dem richtigen Wort und erneut fiel ihr nichts anderes ein als: »... wow ... er sieht wow aus!« Sie kniff die Augen zusammen. »Scheint allerdings, als hätten das auch andere bemerkt.«

Ich hatte dem Kiosk den Rücken zugewandt, aber jetzt drehte ich mich um. Und stöhnte auf.

Die Eingangstür des kleinen Ladens hatte sich geöffnet und David war wieder herausgekommen. In der Hand trug er drei Wasserflaschen und eine kleine Tüte, deren Inhalt ich auf die Entfernung nicht erkennen konnte. Bei ihm befand sich die ungefähr letzte Person, die ich treffen wollte.

Lizz Thompson.

Ihre Mutter, Sandra Thompson, war eine Kollegin meines Vaters. Wie er schrieb sie für den Verlag von Davids Vater Romane, aber während mein Dad für die Romantikfraktion zuständig war, verfasste Sandra Thompson unter mehreren reißerischen Pseudonymen überaus blutige Thriller.

Lizz und ich hatten bisher nur eine einzige Gemeinsamkeit entdeckt: dass wir einander nicht leiden konnten. Ich hielt Lizz für oberflächlich und zickig, sie mich dagegen für blass und langweilig, was sie mich immer wieder gern spüren ließ.

Als sie jetzt zusammen mit David auf Miley und mich zukam und ich die beiden miteinander lachen hörte, entschlüpfte mir ein entnervter Seufzer.

»Die hat gerade noch gefehlt!«, hörte ich Miley murmeln, aber es war bereits zu spät, darauf einzugehen, denn nun waren David und Lizz bei uns.

»Oh, Juliane!«, säuselte Lizz honigsüß. »Stell dir vor, David und ich haben uns eben zufällig im Kiosk getroffen!« Sie schenkte David ein strahlendes Lächeln. Mit einer einstudiert affektierten Bewegung warf sie ihre langen blonden Haare über die Schulter zurück.

David reagierte nicht darauf, sondern musterte mich stattdessen prüfend.

»Wie schön.« Ich nickte Lizz zu und hoffte, dass meine kühle Art sie von der geplanten Attacke auf mein Selbstbewusstsein abhalten würde.

In Davids Augen erschien ein amüsiertes Funkeln. Er hatte ein extrem gutes Gespür für meine Stimmungen und er schien auch jetzt zu wissen, was ich empfand.

Lizz wandte sich ihm zu. Mit in die Hüften gestützten Händen meinte sie zu ihm: »Weißt du, was ich mich die ganze Zeit schon frage?«

*Nicht, dass es ihn im Geringsten interessieren würde,* dachte ich spöttisch. Aber ich konnte es nicht verhindern, dass ich sie und David miteinander verglich. Rein optisch passten die beiden ziemlich gut zusammen, denn wenn man es realistisch betrachtete, war Lizz ungefähr hundertmal mehr wow, als ich es je sein würde ...

Das Funkeln in Davids Augen wurde stärker. Ich wusste, dass er mich durchschaute. Das tat er immer und es wurmte mich total. Doch ich versuchte, mir nichts anmerken zu lassen.

»Nein«, sagte er zu Lizz, ohne dabei den Blick von mir abzuwenden. »Was fragst du dich denn die ganze Zeit schon?« In seinen Augen glitzerte der Schalk.

Kurz wurde Lizz' Gesicht ganz leer und blank. Es fuchste sie, dass David sie nur mit einem Mindestmaß an Aufmerksamkeit bedachte, und darum legte sie sich nun mit doppelter Energie ins Zeug. Sie schaltete ein Lächeln an, das der sengenden Sonne am Himmel ernsthaft Konkurrenz machte. »Dein Vater feiert doch nächste Woche seinen Fünfzigsten«, sagte sie.

Davids Lippen wurden schmal, wie immer, wenn das Gespräch auf seinen Vater kam. »Stimmt«, sagte er und jetzt erst wandte er sich von mir ab und Lizz zu.

Das Strahlen auf ihrem Gesicht wurde schlagartig noch intensiver. Ihre Wangen waren sehr vorteilhaft gerötet. Sogar wenn sie verlegen war, sah sie noch aus wie ein Model. Unglaublich! Meine Birne wurde in solchen Situationen immer knallrot. Juli, der Feuermelder.

»Und?«, fragte sie. »Wann fährst du hin?«

Er zuckte die Achseln. »Weiß noch nicht.«

Aus irgendeinem Grund hatte ich das Gefühl, dass er das zu mir sagte, nicht zu ihr. Fragend runzelte ich die Stirn, aber er ging nicht darauf ein.

»Meine Mutter ist eingeladen«, sagte Lizz und machte eine bedeutungsvolle Pause. »Und ich darf mitfahren!«

Gespannt verfolgte ich, wie David darauf reagierte.

»Toll«, sagte er. Er klang gerade so enthusiastisch, dass Lizz nicht bemerkte, dass er sie aufzog. Ich unterdrückte ein Schmunzeln. *Eins zu null für mich!*, dachte ich zufrieden.

Miley an meiner Seite grinste wie ein Honigkuchenpferd.

David schien der Spaß an der Sache zu vergehen. Das Funkeln verschwand aus seinen Augen und er sah nun ebenfalls ein bisschen genervt aus.

Lizz brauchte ein paar Sekunden, bis sie begriff, dass sie heute bei David nicht punkten konnte. Sie blitzte mich scharf an. Ich erwiderte ihren Blick mit einem verbindlichen Lächeln, das sie erst recht auf die Palme brachte.

»Ich muss leider los«, murmelte sie. »Vielleicht sehen wir uns ja auf der Insel.«

David zuckte gleichmütig die Achseln.

Sie lächelte weiter. Es sah jetzt ein bisschen verkrampft aus. Dann hauchte sie David einen Kuss auf die Wange, wandte sich um, stolzierte den Pfad am Tretbootanleger entlang und verschwand schließlich aus unserem Blickfeld.

»Puh!«, stöhnte Miley. »Das Auditorium zeigt sich gebührend beeindruckt von dem Auftritt des Superstars!«

Ich wusste nicht genau, ob ich mich freuen oder ärgern sollte. Es war ein gutes Gefühl gewesen zu sehen, wie lässig David Lizz abblitzen ließ, aber trotzdem blieb tief in mir ein leises nagendes Gefühl von Unbehagen, das ich nicht so recht benennen konnte.

David stand mit seinen drei Wasserflaschen in der Hand da und sah Lizz nach. Ich hätte zu gern gewusst, was er dachte.

Plötzlich wirkte er nachdenklich auf mich und das Unbehagen in mir wuchs.

Miley riss uns beide aus unserer Versunkenheit. »He!«, beschwerte sie sich. »Ich bin auch noch da! Und ich bin schwer verletzt!«

Da besann David sich und wandte sich zu uns um. Mit den Fingerspitzen berührte er seine Stirn. Es war eine Geste, die ein kleines bisschen verloren aussah. Plötzlich fühlte ich mich elend und ich wusste nicht so recht, wieso.

»Juli?« Seine Stimme war ganz ruhig.

Ich hob den Blick. »Was?«

»Bleib einfach locker, okay?«

Ich nickte nur.

Er reichte Miley eine der Wasserflaschen, die anderen beiden stellte er neben ihr auf die Bank. »Hier, trink das«, riet er ihr und gab ihr auch noch das kleine Tütchen, das er in der anderen Hand hatte. »Und lutsch ein paar davon. Dann geht das Schwindelgefühl weg.« Es waren Traubenzuckerdrops. Zitrone.

Miley, der vermutlich längst kein bisschen schwindelig mehr war, nahm ihm das Tütchen aus der Hand. »Mein Kavalier!«, hauchte sie theatralisch. Und zu mir gewandt meinte sie trocken: »Was immer du denkst, Süße, du bist völlig paranoid, und das weißt du hoffentlich!«

David warf mir einen sehr langen Blick zu, schwieg aber. Mein Herz klopfte heftig.

»Schon klar«, sagte ich.

# 4

Wir beendeten unsere Joggingrunde an einem der Fußgängerüberwege über den vierspurigen Storrow Drive, wo David geparkt hatte. Die Luft flirrte über dem breiten Betonweg und ich war froh, als wir endlich in dem klimatisierten Wagen saßen. Wir fuhren Miley nach Hause, und bevor er sie gehen ließ, vergewisserte David sich noch einmal, dass es ihr wieder gut ging. Dann stieg er zurück zu mir ins Auto.

»Erzählst du mir, warum du eben Lizz gegenüber so zickig warst?«, fragte er, als wir an den Hochhäusern in der Tremont Street und dem Bostoner Stadtpark vorbei in Richtung Süden fuhren.

Empört richtete ich mich auf. »Ich war nicht zickig!«

Er lachte. »Gar nicht, nein.« Er nahm die rechte Hand vom Steuer und hielt sie mir hin, sodass ich meine Finger mit seinen verschränken konnte. »Warum fürchtest du dich vor ihr?«

Seine Berührung verursachte mir ein Kribbeln im Genick. Ich war drauf und dran zu behaupten, dass mir Lizz völlig egal war, aber es wäre eine glatte Lüge gewesen. Ich fürchtete Lizz sehr wohl und mit ihr jedes andere Mädchen, das so gut aussah wie sie. Lizz Thompson und Co. konnten David vom Aussehen her tausendmal mehr das Wasser reichen als ich. Und das nagte zunehmend an meinem Selbstbewusstsein. Je mehr David sich von seinen inneren und äußeren Verletzungen erholte und je besser er aussah, umso unsicherer wurde ich. Die Momente, in denen ich darauf wartete, dass er unsere Beziehung für einen Scherz erklären würde, waren in der letzten Zeit immer häufiger geworden.

Aber ich hätte mir lieber die Zunge abgebissen, als das freiwillig zuzugeben.

David wartete. Wir fuhren über das Straßengewirr am Massachusetts Turnpike auf die 93 Richtung Süden. Ich starrte missmutig auf den schmutzig gelben Bauzaun, der rechts von uns den Blick auf die Stadt versperrte. Schließlich seufzte ich und rettete mich in ein hilfloses Grinsen. »Könnte sein, dass ich ein bisschen eifersüchtig war.«

»Weil ich mit ihr geredet habe?«

»Sie hat dich geküsst.«

»Genau.«

Ich verstand nicht, was er meinte, und ohne den Blick von der Fahrbahn zu nehmen, erklärte er: »Sie hat mich *auf die Wange* geküsst.« Er betonte die drei Worte sehr sorgfältig und ich kam mir dämlich vor.

»Tut mir leid«, murmelte ich.

»Was tut dir leid?«

»Dass ich rumgezickt habe. Ich wollte nicht ...«

Er ließ seine Zähne aufblitzen. »Eben hast du noch gesagt, dass du nicht gezickt hast.«

»Ich ... ach, Mist!« Ich hob die rechte Hand über den Kopf und stieß mir das Handgelenk an dem Haltegriff über der Tür. Dann beschloss ich, dass es besser wäre, die Klappe zu halten.

Eine Weile lang fuhren wir schweigend durch die Innenstadt von Boston.

»Ich hasse die Vorstellung, dass sie und du – auf *Sorrow* ...«

»Ich habe nicht vor, nach *Sorrow* zu fahren«, unterbrach er mich.

Klang er angespannt? Ich war mir nicht sicher. Ich hatte die Augen geschlossen, weil die Sonne mich blendete, aber jetzt öffnete ich sie wieder. »Warum hast du mir nichts davon erzählt, dass dein Vater fünfzig wird?« Er hatte den bevorstehenden Geburtstag einmal kurz erwähnt, doch ich hatte keine Ahnung gehabt, dass es sich dabei um einen runden handelte.

Davids Hand in meiner verkrampfte sich. »Weil ich nicht vorhabe hinzufahren.«

Ich musste an Davids Vater denken. Er war ein etwas lauter, typisch amerikanischer Selfmademan, einer von der Sorte, die erst lospolterte und danach überlegte. Jason Bell war reich. Und er war ein totales Arschloch. Jedenfalls nach der Art zu schließen, wie David jedes Mal reagierte, sobald auch nur die Rede auf seinen Vater kam. Ich überlegte, ob ich dieses Gespräch weiterverfolgen sollte. Ich wusste, dass David nicht gern über sein Verhältnis zu seinem Vater sprach, und normalerweise versuchte ich, dieses Thema zu vermeiden. Aber ich hatte mich schon so oft gefragt, was genau zwischen den beiden in der Vergangenheit vorgefallen sein mochte. Nun war eine gute Gelegenheit, das Thema anzuschneiden.

»Warum könnt ihr euch eigentlich nicht leiden?«, fragte ich nach kurzem Zögern.

David zuckte die Achseln. »Wahrscheinlich, weil wir wie Feuer und Wasser sind«, meinte er ausweichend. »Das war schon immer so. Solange ich denken kann.« Um seinen Mund war ein sehr harter Zug erschienen und ich ärgerte mich über meine Frage.

»Er ...«, setzte ich an.

David drückte meine Hand und brachte mich damit zum Verstummen. »Hatten wir nicht eigentlich über Lizz gesprochen?«

»Hatten wir. Aber ich habe gehofft, du hättest es vergessen.«

Ein Lächeln zog seine Mundwinkel nach oben. »Habe ich nicht.«

»Hm.«

»Also?«

Ich gab mich genervt. »Also was?«

»Du wolltest mir erzählen, warum du Lizz nicht leiden kannst.«

»Wollte ich das?« Ich ließ seine Hand los, zog ein Knie vor die Brust und umklammerte es mit beiden Armen.

Er grinste nur.

»Du bist echt eine Nervensäge«, beklagte ich mich.

Er nickte. In seinen Augen funkelte es und ich konnte nicht anders. Ich gab mich geschlagen.

»Im März, als du gerade neu in der Stadt warst, da bin ich einmal mit Lizz aneinandergerasselt.«

»Aneinandergerasselt.«

»Sie hat dich und mich zusammen gesehen und sie hat mich ganz direkt gefragt, ob ich nicht Angst habe, dass du mich bald satthaben könntest.«

Seine Nasenflügel blähten sich. »Und?«, fragte er völlig gelassen.

Ich verspürte einen kleinen Stich. Warum versicherte er mir nicht, dass er mich niemals satthaben würde? Verbissen kämpfte ich gegen die Selbstzweifel, die schon wieder in mir hochsteigen wollten. »Was, und?«

»Was hast du ihr geantwortet?«

»Ganz ehrlich? Ich weiß es nicht mehr.« Ich wusste es wirklich nicht. Ich war ziemlich sprachlos gewesen, daran erinnerte ich mich genau. Und leider war mir deswegen meine Schlagfertigkeit abhandengekommen.

Vor uns entstand ein kleiner Stau. David musste halten und er drehte sich so, dass er mich direkt ansehen konnte. Der Sicherheitsgurt spannte sich über sein linkes Schlüsselbein. Ich betrachtete den bronzenen Schimmer, der auf der kleinen Kuhle unter seiner Kehle lag. Als ich David im Dezember kennengelernt hatte, war er blass und kantig gewesen.

Ich kämpfte dagegen an, dass die Erinnerung mich überwältigte.

Davids Stimme holte mich zurück in die Gegenwart. »Sie glaubt, du hättest mich nicht verdient.« Er sagte es mit solcher Selbstsicherheit, dass ich ihm einen Klaps gab.

»Sei nicht so eingebildet! Aber ja, darauf läuft es wohl hinaus.«

»Was denkst du?«

Ich biss mir auf die Unterlippe, und zwar so fest, dass David mich anstupste. »Lass das! Das blutet sonst gleich.«

Der Stau vor uns löste sich auf und David fuhr weiter.

Sein Gesichtsausdruck eben bei Mileys Nasenbluten fiel mir wieder ein. Um nicht zur gleichen Zeit über zwei schwierige Themen nachdenken zu müssen, konzentrierte ich mich auf eines davon und überlegte, was ich David antworten sollte. Ein Sonntagnachmittag Ende Mai fiel mir ein, den wir gemeinsam in der Innenstadt verbracht hatten. Wir waren erst im Quincy Market gewesen und hatten uns Hummerbrötchen gekauft. Danach waren wir den Touristenmassen entflohen, hatten einen langen Spaziergang durch die kleinen Gässchen von Beacon Hill gemacht und uns anschließend im Stadtpark mit einer Limonade aus frisch gepressten Zitronen ins Gras gesetzt. Als mir in der Sonne zu warm geworden war, hatte ich meine Schuhe ausgezogen und war in den Frog Pond gestiegen, einen knietiefen künstlichen See, der eigentlich für Kinder gedacht war. David hatte sich auf einer der Bänke am Rand niedergelassen, die Arme auf der Lehne ausgebreitet und mir zugesehen, wie ich durch das Wasser gewatet war. Seine Augen hatten geleuchtet dabei. »Dir geht es in der letzten Zeit sehr viel besser«, sagte ich jetzt.

David sah mich fragend an und ich hätte ein Vermögen dafür gegeben, das Thema zu wechseln. Aber das schien er nicht vorzuhaben.

»Es ist nur ...« Ich seufzte. »Ach! Ich bin wahrscheinlich heute einfach ein bisschen melancholisch. Als ich dich vorhin mit Miss Universum gesehen habe, habe ich mich gefragt, wie lange du mich noch ...« Ein leises Stöhnen kam über meine Lippen. »Entschuldige. Das ist blöd, ich weiß, aber ...«

»Aber was, Juli?«

Wir verließen den Highway und fuhren drei Blocks weit, bevor ich es in Worte fassen konnte. »Ich frage mich einfach, was du an mir findest.«

Nun zog auch er die Unterlippe zwischen die Eckzähne, ließ sie jedoch gleich darauf wieder los. Das Blut strömte zurück in die blasse Stelle. Wir mussten an einer roten Ampel halten und wieder drehte er sich so, dass er mir direkt in die Augen schauen konnte. »Und auf diesen Gedanken hat dich ... Miss Universum gebracht?«

*Nein. Darüber denke ich schon nach, seit ich dich kenne.*

Ich kniff mir in den Nasenrücken. »Ich frage mich nur manchmal, warum du dich in mich verliebt hast«, gestand ich. Unter seinem Blick kam ich mir vor wie unter dem Röntgengerät.

Diesmal brauchte er lange, bis er etwas erwiderte. Erst als wir weiterfuhren, sagte er: »Wenn ich dich nicht kennen würde, würde ich denken, du bist auf Komplimente aus, Juliane Wagner.«

Ich schwieg und er auch.

Schließlich summte er die ersten paar Töne von Beyoncés *Broken-hearted Girl.*

Ich verpasste ihm erneut einen Klaps. »Hör auf damit!«

Er verstummte. Dann lachte er leise.

»Antworte mir endlich!«, rief ich.

Er überlegte und ich war sicher, dass er mich aufziehen würde. Aber er verschonte mich. Ernst fragte er: »Warum ich mich in dich verliebt habe?« Wieder schwieg er. So lange, dass ich ganz kribbelig wurde. Er gab mir die Antwort erst, als wir schon vor dem Haus standen, das mein Vater und ich bewohnten.

»Wenn du nicht wärst, Juli, wäre ich noch immer derselbe bescheuerte Freak, der ich im Dezember gewesen bin.«

Ich verabschiedete mich von David mit einem Kuss. Als ich unser Haus durch die Garage betrat, saß mein Vater am Küchentisch, starrte auf eine cremefarbene Karte, die er vor sich liegen hatte, und sah ziemlich nachdenklich aus.

»Hey, Dad!« Ich begrüßte ihn, indem ich ihm einmal kurz über die Schulter strich. »Was ist los? Du siehst aus, als hättest du versehentlich dein Manuskript gelöscht.« Ich zog mir meine Joggingschuhe aus und stellte sie weg.

Dad seufzte. Dann klopfte er mit dem Knöchel seines Zeigefingers auf die Karte. »Ich habe eben gemerkt, dass ich mich mal um das hier kümmern muss.«

Barfuß trat ich an den Tisch. Die Karte war protzig, goldene, geschwungene Schrift auf dickem, handgeschöpftem Papier.

*Einladung* stand an ihrem oberen Rand und darunter: *Mr Jason Bell gibt sich die Ehre, zur Feier seines 50. Geburtstags nach Sorrow zu bitten.* Das Datum der Feier lag nur eine knappe Woche in der Zukunft.

Ich ließ mich auf einen Stuhl fallen. »Hast du die schon länger?«, fragte ich. Mein Dad war, was Dinge des täglichen Lebens anging, ein unglaublicher Chaot. Es konnte vorkommen, dass er den ganzen Tag über vergaß, auch nur einen einzigen Bissen zu essen – oder dass er Verabredungen einfach ignorierte, selbst wenn sie wichtig waren. Im letzten Jahr hatte er sogar meinen Geburtstag vergessen – und es bis heute nicht gemerkt.

Er drehte die Karte um, als stünde die Antwort auf meine Frage auf der Rückseite. »Seit ein paar Wochen.«

»Und du hast es nicht für nötig gehalten, mir davon zu erzählen?«

Er zuckte nur die Achseln.

Ich unterdrückte ein Stöhnen. »Du bist echt unmöglich, weißt du das?«

Er sah mich an. »Hm?«

»David hat mir eben von der Feier erzählt. War irgendwie klar, dass du auch eine Einladung kriegen würdest. Wäre nur schön gewesen, wenn ich es eher erfahren hätte.«

Mein Dad war einer von Jason Bells erfolgreichsten Autoren. Seine Romane landeten seit Kurzem auf allen Bestsellerlisten des Landes.

Er schob die Karte von sich, als sei sie gefährlich für sein Seelenheil. »Wir sollen Sams...«

»Wir?« Ich schnappte mir den Umschlag, in dem die Einladung gekommen war. Sie war adressiert an *Mr Robert Wagner und Juliane Wagner.*

»Ich bin mit eingeladen? Und du hast es mir trotzdem nicht gesagt?« Ich verspürte einen heftigen, fast zornigen Anflug von Ärger. »Ich fahre da auf keinen Fall hin!« In meinem Kopf polterten sämtliche böse Erinnerungen, die ich an Martha's

Vineyard, an das unheimliche Herrenhaus und an die tödlichen Klippen von Gay Head hatte, wild durcheinander.

Dad nickte. »Das habe ich mir schon gedacht.« Er rollte mit den Schultern und ich wusste, dass er gerade Kopfschmerzen bekam. Das war immer so, wenn er sich mit Dingen beschäftigen musste, die ihm unangenehm waren. »Aber ich fürchte, ich muss hin.« Gesellschaftliche Anlässe waren ihm ein Gräuel. Er zog es vor, in seiner alten, ausgebeulten Cordhose zu Hause vor dem PC zu sitzen und an seinem neuesten Roman zu schreiben.

Obwohl ich immer noch sauer auf ihn war, musste ich lächeln. »Du bist so ein Schriftsteller-Klischee, weißt du das?«

In einer übertrieben nachdenklich aussehenden Geste verdrehte er die Augen gen Decke. »Echt?« Dann grinste er. »Ist mir noch nie aufgefallen.«

Später am Tag lag ich bäuchlings auf dem Bett und las. Das scharfe Klicken, mit dem ein Steinchen an die Fensterscheibe geworfen wurde, schreckte mich auf. Eilig klappte ich das Buch zu, stolperte ans Fenster und öffnete es.

»David?«, rief ich in den Garten hinaus.

»Hier.« Er trat einen Schritt zurück, sodass ich ihn sehen konnte, dann kletterte er auf die Mülltonne, zog sich am Fenstersims hoch und schwang sich zu mir ins Zimmer.

»Hey, Fremder«, murmelte ich, als er sich ganz dicht vor mir aufbaute. Wie jedes Mal, wenn ich ihm so nahe war, beschleunigte sich mein Herzschlag zu einem wilden Getrommel, das mir den Atem nahm und in meinen Ohren ein lautes Rauschen erzeugte. Er war fast einen Kopf größer als ich und ich musste zu ihm aufschauen.

»Hey, Fremde«, sagte er. In seiner Stimme lag ein Lächeln.

Er nahm meinen Kopf zwischen die Hände und gab mir einen langen und sehr sanften Kuss auf den Mund. »Gott, diese Kletterei über den Hinterhof geht mir auf die Nerven!«, stöhnte er dann.

Nachdem er mit mir von der Insel fortgegangen war, hatte er sich eine Wohnung in Beacon Hill, einem der teureren Viertel Bostons, genommen und darüber war mein Vater nicht ganz so froh. Obwohl Dad jetzt schon eine ganze Weile an der amerikanischen Ostküste wohnte, war er noch immer kein Großstadtmensch. Es machte ihn nervös, wenn er wusste, dass ich spätabends oder gar nachts in der Innenstadt unterwegs war. Aus diesem Grund waren David und ich dazu übergegangen, uns bei mir zu Hause zu treffen, aber vor ein paar Tagen hatte sich Mrs Goodly, unsere amerikanischprüde Nachbarin, darüber aufgeregt, dass David die Nächte bei uns verbrachte, obwohl er und ich noch nicht einmal verlobt waren. In ihren Augen ging das gar nicht. Um seine Ruhe zu haben, hatte mein Dad David gebeten, doch bitte etwas diskreter zu sein. Er wäre jedoch nicht mein Vater gewesen, wenn er nicht noch eine andere Reaktion auf den blöden Spruch der alten Schnepfe parat gehabt hätte.

»Weißt du, was Dad neulich gemacht hat?« Allein bei dem Gedanken daran musste ich kichern.

David schüttelte den Kopf und warf mir einen fragenden Blick zu.

»Er hat im Internet ein Exemplar von *Shades of Grey* gekauft und es als Geschenk für unsere liebe Nachbarin verpacken lassen, mit einer Karte, auf der stand: *Zur Ablenkung von den schlimmen Dingen, die vor Ihrer Haustür vor sich gehen.«*

David lachte auf und warf sich auf mein Bett. »Das Gesicht von Mrs Goodly hätte ich gern gesehen!«

»Seitdem ist sie extrem kurz angebunden, glaub mir.« Ich ließ mich in Davids Arme ziehen.

»Hm«, machte er, nachdem er die Nase in meinen Haaren vergraben hatte. »Du riechst gut.«

Das Gleiche galt auch für ihn. Er hatte nach dem Joggen mit einem neuen Duschgel geduscht, das holzig roch und irgendwie warm. Im Zimmer war es dämmerig. Nur die Leselampe über meinem Bett warf einen scharf umrissenen Lichtkreis um uns beide und zeichnete den Schatten von Davids Haaren auf seine Lider. Ich lehnte den Kopf an seine Brust und schloss die Augen.

»Mein Dad hat auch eine Einladung von deinem Vater gekriegt«, murmelte ich.

Ich konnte spüren, wie David nickte. Ich überlegte, ob ich erwähnen sollte, dass diese Einladung schon ein paar Wochen bei uns auf dem Schreibtisch geschmort hatte. Ich verzichtete darauf. »Er fährt alleine hin.«

Wieder nur ein Nicken.

»Warum hat ...« Ich richtete mich ein Stück auf. Meine Hand lag noch immer auf Davids Brustkorb und ich stützte mich an seinen Rippen ab. Er quittierte es mit einem leisen Zischen. Offenbar hatte Miley recht gehabt: Seine gebrochenen Rippen taten noch immer weh.

»Entschuldige!« Erschrocken zuckte ich zurück.

»Schon gut.« Er nahm meine Hand und legte sie an die alte Stelle.

Ich überlegte. »Wenn ihr so ein schlechtes Verhältnis habt, du und dein Vater, warum hat er dich dann eingeladen?«

»Weil es nun mal zum guten Ton gehört«, sagte er seufzend. Seine Fingerspitzen krabbelten über meinen Rücken. »Ich werde irgendwann den Verlag übernehmen und darum hält er es für meine Pflicht, bei solchen Anlässen zu repräsentieren.«

Ich riss die Augen auf. »Du sollst den Verlag übernehmen?«, fragte ich. »Willst du das denn?«

Er lächelte. »Warum nicht? Du weißt, dass ich Bücher mag. Genauso wie du.«

Ich nickte nachdenklich. Wir hatten bisher nur wenig darüber gesprochen, wie David sich seine eigene Zukunft vorstellte, das wurde mir in diesem Augenblick klar. Wir waren viel zu sehr damit beschäftigt gewesen, mit der Gegenwart klarzukommen. Konnte ich mir David als Leiter eines großen Verlagshauses wie Bell Publishing vorstellen? Irgendwie schon. Er hatte eine natürliche Autorität, die es einem leicht machte, ihn sich als Chef von vielen Angestellten vorzustellen. Trotzdem: Er als Nachfolger von Jason? Ich hatte Mühe, das zu glauben.

»Meinst du, er hat dich eingeladen, weil er sich mit dir versöhnen will?«, überlegte ich.

David schüttelte den Kopf. »Kaum denkbar.«

»Warum nicht? Er ...«

Jetzt legte er mir die Fingerspitzen auf den Mund. »Scht! Themawechsel, okay?«

Ich unterdrückte ein Seufzen, gab jedoch nach. »Okay.«

Eine Weile lang schwiegen wir beide, kuschelten uns nur aneinander und lauschten auf den Herzschlag des jeweils anderen.

»Dein Vater«, rutschte es mir schließlich heraus. »Er ...«

Ich spürte die Anspannung in Davids Körper und verstummte.

»Also?«, sagte er schließlich und schenkte mir ein kleines Lächeln. »Spuck schon aus, was du sagen wolltest, bevor du noch platzt!«

Ich hatte zwar ein schlechtes Gewissen, so in Davids Wunden zu bohren. Trotzdem arbeiteten so viele Fragen in mir, seit wir zurück in Boston waren. Ich dachte an die Ereignisse, die wir im Winter gemeinsam erlebt hatten – *überlebt* traf es wahrscheinlich besser. Ich dachte daran, wie mein Vater und Jason Bell mich gebeten hatten, mich um David zu kümmern, weil seine Verlobte Charlie kurz zuvor gestorben war. Ich dachte daran, wie ich herausgefunden hatte, dass Charlies Tod möglicherweise kein Unfall gewesen war, sondern Selbstmord. Ich dachte an die langen, kalten Wintertage an Davids Seite, die angefüllt gewesen waren mit Düsternis und Angst, mit dem Gefasel eines indianischen Dienstmädchens von dem Geist einer toten Frau und einem unheimlichen Fluch, mit eisigem Frösteln in der großen Halle des Herrenhauses und unheimlichen, gewisperten Stimmen draußen im Freien und auf den Klippen. Und ich dachte daran, wie das Ganze schließlich auf ebendiesen Klippen geendet hatte – erst mit dem Tod von Taylor und schließlich mit dem Mordversuch von Davids bestem Freund Henry an mir selbst.

David befand sich in Therapie seitdem. Ich selbst hatte eine Weile lang mit dem Gedanken gespielt, das ebenfalls zu tun, aber letztendlich hatte ich mich dagegen entschieden. Ich hatte das Gefühl, dass ich mit all diesen Ereignissen ganz gut allein zurechtkam. – Nun ja. Wahrscheinlich tat ich das, weil ein Freund von Dad, der Psychiater war und sich ab und an mit mir unterhielt, mir nicht unwesentlich dabei half.

»Ich muss oft an all das denken«, murmelte ich.

David atmete so tief durch, dass mein Kopf an seiner Brust sich hob und senkte. Bevor ich ihn fragen konnte, woran er dachte, sagte er etwas sehr Sonderbares: »Mein Vater, Juli ... hat immerhin kein Blut an den Händen.«

Ich richtete mich auf und rückte ein Stück von David ab.

»Was ist das denn für ein finsterer Spruch?«, empörte ich mich. »Du hast doch auch kein Blut an den Händen!«

Er lehnte den Kopf gegen die Wand hinter seinem Rücken und schloss die Augen. Auf einmal sah er erschöpft aus. »Lass gut sein, Juli, okay?«

Ich wollte protestieren, aber er legte sich selbst den Zeigefinger an die Lippen. »Scht!« Als ich trotzdem weiterreden wollte, lehnte er sich vor und verschloss mir den Mund mit einem langen Kuss.

»Versprich mir nur eins!«, stieß ich atemlos hervor, als er sich von mir löste.

Er nickte ergeben. »Was?«

»Dass du nicht auf diese bescheuerte Insel zurückfahren wirst!«

Das Licht der Leselampe warf einen tiefen Schatten über seine Augen, als er den Kopf senkte. »Ich verspreche es«, sagte er leise.

Heute frage ich mich manchmal, ob er an diesem Abend tatsächlich noch entschlossen war, dieses Versprechen zu halten, oder ob er mich da schon angelogen hat. Denn natürlich fuhr er kurz darauf nach *Sorrow*. Und ich konnte nichts dagegen tun.

# 5

Gegen zweiundzwanzig Uhr wollte David nach Hause fahren, doch ich schaffte es, ihn noch ein wenig zum Bleiben zu überreden. Inzwischen war ich angenehm schläfrig in seinen Armen. Kurz bevor ich davondriftete, meinte ich: »Wehe, du lässt dich von Lizz noch mal küssen!«

Er lächelte nur.

»He«, murmelte ich und musste gähnen, »du bist echt unmöglich!«

»Ich weiß.« Er küsste mich auf den Scheitel. »Darum magst du mich ja.«

»Bilde dir bloß nicht ein ...« Ich gähnte erneut. Als ich den Mund wieder zuhatte, wusste ich nicht mehr, was ich hatte sagen wollen. Ich schloss die Augen.

Und träumte.

In meinem Traum wanderte ich einen schmalen Pfad entlang, an dessen Rändern rechts und links verkrüppelte Wacholderbüsche wuchsen. Mit schlafwandlerischer Sicherheit wusste ich, dass ich auf Martha's Vineyard war. Und ebenso sicher wusste ich, dass der Pfad, den ich entlangging, zu den Gay-Head-Klippen führte. Traurigkeit saß so tief und fest in meinem Herzen, dass ich nur stoßweise atmen konnte. Und plötzlich wurde mir bewusst, dass ich mich freute.

Ich freute mich auf die Klippen. Auf den Blick in die schwindelnden Tiefen und die scharfen Felsen, die bei Ebbe dort unten aus dem schäumenden Wasser ragten. Es war ein eigenartiges Gefühl, irgendwie bittersüß und brennend, wie der Geschmack von Schokolade und Chili auf der Zunge und die Empfindung von eiskalten Tränen hinter geschlossenen Augenlidern.

Dann stand ich plötzlich am Abgrund. Der Wind zerrte an mir, aber seltsamerweise war es um mich herum völlig still. Das Herz in meiner Brust schien aufgehört haben zu schlagen. Wie ein faustgroßer kalter Stein saß es hinter meinen Rippen.

Der brüchige Felsen knisterte bedrohlich unter meinen Füßen, aber ich hatte keine Angst. Ich legte den Kopf in den Nacken und lachte.

Gischt sprühte aus der Tiefe zu mir herauf.

»Juli!«, flüsterte eine leise Stimme hinter mir.

Ich drehte mich um.

»Charlie«, murmelte ich. Vor mir stand Davids tote Verlobte. Das rote Kleid, in dem sie gestorben war, floss wie Blut an ihrem schlanken Körper hinab, und als Charlie lächelte, verwandelte sich ihr Gesicht plötzlich, wurde zu dem von Lizz ...

Mit einem erschrockenen Keuchen fuhr ich aus dem Traum auf.

»Juli?« Davids Stimme klang belegt und ich wusste, dass er ebenfalls geschlafen hatte.

Ein Ächzen drang aus meinem Mund, das ihn endgültig wach machte.

»Was hast du denn?« Er drehte die Leselampe so, dass er mir ins Gesicht schauen konnte. »Du weinst ja!«

Jetzt erst wurde mir bewusst, dass mein Gesicht tränenüberströmt war. Der Nachhall der bittersüßen Melancholie aus meinem Traum saß in meiner Brust und es fühlte sich an, als sei mein Geist plötzlich in zwei Teile zerfallen. Der eine war einfach nur unendlich traurig, der andere jedoch betrachtete sich diese Traurigkeit und empfand eine Art perverse Lust daran.

»Ruhig!« David zog mich an sich und hielt mich ganz fest. »Es war nur ein Traum, Juli! Nur ein Traum.« Er musste es bestimmt sechs oder sieben Mal sagen, bevor ich aufhören konnte zu weinen. »Was hast du denn geträumt?«, fragte er, als ich mich wieder ein wenig beruhigt hatte.

Vor dem Haus fuhr ein Auto vorbei und im Licht der Scheinwerfer, das durch das Fenster hereinfiel, konnte ich Davids Augen erkennen. Sie waren ernst. Sehr nachdenklich. Und sehr dunkel.

Ich öffnete den Mund, um in Worte zu fassen, was los war, doch ein leises rhythmisches Geräusch hielt mich davon ab. Ich brauchte zwei Sekunden, bis ich begriff, dass es mein Handy war. Ich hatte es auf lautlos gestellt, aber der Vibrationsalarm ließ es auf dem Nachtschrank kleine Kreise drehen.

*Unbekannt* stand auf dem Display. Ich schaute auf den Wecker auf meinem Nachttisch. Fast Mitternacht. Wer rief denn bitte schön um diese Zeit noch an? Ich war schon drauf und dran, das Gespräch einfach wegzudrücken, aber dann nahm ich es doch an.

»Wagner?«, meldete ich mich, während David sich neben mir gegen die Wand lehnte und mich aufmerksam ansah. Die letzten Reste der Traurigkeit aus meinem Traum ebbten ab bei seinem Anblick. Im nächsten Moment jedoch schlug die Panik über mir zusammen.

»Ich muss Sie warnen«, sagte eine vertraute, leicht heisere Stimme am anderen Ende der Leitung. »Sie sind in großer Gefahr!«

Erschrocken schlug ich die Hand vor den Mund.

Mit einem Ruck setzte David sich aufrecht hin. Sein Blick wirkte alarmiert, in seinen Augen stand eine Frage.

*Was ist los?*

Ich schluckte schwer. »Was wollen Sie ... Grace?« Ich musste meinen ganzen Mut zusammennehmen, allein um den Namen auszusprechen.

Davids Augen weiteten sich, als er hörte, wer dran war. Schlagartig sah er sehr zornig aus. Er streckte die Hand aus und verlangte das Telefon, aber ich schüttelte den Kopf. »Warum rufen Sie mich mitten in der Nacht an?«, fragte ich.

Grace war das Dienstmädchen der Bells, das mich im vergangenen Winter mit seinem Gerede über Geister und unheilvolle Flüche fast in den Wahnsinn getrieben hatte.

*Madeleine wird nicht dulden, dass Sie auf* Sorrow *glücklich werden.*

Das hatte sie mir mehr als einmal gesagt.

Jetzt schwieg sie lange und ich hatte den Eindruck, sie hatte sich ihre Worte sorgsam zurechtgelegt, aber plötzlich jedes einzelne davon vergessen. Schließlich räusperte sie sich. Mir standen alle Haare zu Berge.

»Madeleine hat mir gesagt, dass Sie nach *Sorrow* zurückkehren werden.« Ihre Stimme kratzte wie mit Stahlkrallen an der Innenseite meines Schädels entlang. *Woher weiß sie, worüber David und ich vorhin gesprochen haben?,* schoss es mir durch den Kopf, aber dann schaltete ich meinen Verstand ein. Sicher hatte Grace die Karten für Jason Bell verschickt. Sie war also darüber informiert, dass mein Vater und ich die Einladung erhalten hatten, nach Martha's Vineyard zu kommen. Es gab keinen – überhaupt keinen – Grund zu glauben, dass der Geist von Madeleine Bower ihr davon erzählt hatte.

»Was ...«, setzte ich an, aber trotz der vernünftigen Überlegungen versagte mir die Stimme. Es kam nicht mehr als ein tonloses Krächzen über meine Lippen.

David reichte es jetzt. Ohne Umschweife nahm er mir das Telefon weg und zischte hinein: »Was fällt Ihnen ein, Grace?«

Das Dienstmädchen erwiderte etwas, das ich nur als dumpfes Murmeln hören konnte, dann sagte David mit eiskalter Stimme: »Wenn Sie es wagen, Juli noch einmal anzurufen, dann ...« Er beendete die Drohung nicht und ich war nicht sicher, ob ich froh darüber war oder eher erschrocken. Was konnte er dagegen tun, dass Grace mich erneut anrief? Mit Sicherheit einiges. Vermutlich konnte er ohne Probleme dafür sorgen, dass sie ihren Job verlor. Für einen kurzen Moment kam er mir so düster vor wie letztes Jahr im Dezember, als wir uns zum ersten Mal begegnet waren. Nein. Düsterer. Sein Unterkiefer wirkte eckig, weil er die Zähne zusammengebissen hatte, seine Nasenflügel waren schmal vor Zorn.

Ich legte beschwichtigend eine Hand auf seinen Unterarm. Etwas pochte unter meinen Fingerspitzen und ich wusste nicht, ob es mein erschrockener Pulsschlag war oder sein wütend hämmerndes Herz. »Gib mir das Telefon wieder!«, verlangte ich.

Er schüttelte den Kopf.

»David!« Energisch hielt ich ihm die Hand hin.

Er wollte mir das Handy erneut verweigern, aber schließlich gab er seufzend nach und reichte es mir.

Ich riss es förmlich ans Ohr. »Was genau hat Madeleine Ihnen gesagt?«

Kaum hatte ich meine Frage beendet, hätte ich mich am liebsten geohrfeigt. Hatte ich das tatsächlich gefragt? Ich konnte es nicht glauben, und Davids Gesichtsausdruck nach zu urteilen, glaubte er es auch nicht. Madeleine Bower war im 19. Jahrhundert bei einem Schiffsunglück vor Martha's Vineyard ertrunken. Sie konnte nicht mit Grace gesprochen haben!

Als Grace meine Frage beantwortete, glaubte ich, ein Lächeln in ihrer Stimme zu hören. »Wenn Sie auf die Insel zurückkehren, Miss Wagner, wird Madeleines Geist Sie erneut heimsuchen.« Sie machte eine bedeutungsvolle Pause. »Sie dürfen auf keinen Fall zurückkehren, haben Sie mich verstanden?« Sie wartete meine Antwort gar nicht erst ab, sondern wiederholte: »Kehren Sie auf keinen Fall nach *Sorrow* zurück!« Dann legte sie einfach auf.

Ich ließ das Handy in den Schoß sinken. Ich musste ziemlich schockiert ausgesehen haben, denn David wälzte sich aus dem Bett und schaltete die Deckenbeleuchtung an. Vor dem hellen Licht wichen die Schatten zurück in die Ecken.

»So eine dämliche Gans!«, stieß ich hervor und bemerkte, dass ich die Verbindung noch nicht unterbrochen hatte. Ich tippte auf das Display, als sei das Telefon schuld an Grace' Anruf. Dabei merkte ich, dass meine Hände zitterten.

»Was hat sie gesagt?«, fragte David.

Ich erzählte es ihm.

Er wurde blass. Dann jedoch schüttelte er sanft, aber bestimmt den Kopf. »Komm«, sagte er, zog mich in seine Arme und hielt mich so fest, dass ich kaum noch Luft bekam.

# 6

Die nächsten zwei Tage bekam ich David kaum zu Gesicht. Normalerweise machte ich mir nicht allzu viele Sorgen, wenn das geschah. Ich wusste, dass er ab und an seine schwierigeren Phasen hatte und nicht wollte, dass ich es mitbekam. Ich hatte aber inzwischen so viel Vertrauen in ihn und vor allem in die Fähigkeiten seiner Therapeutin, dass ich nicht mehr vor Panik wie ein gefangenes Tier in meinem Zimmer herumwanderte, sobald er wieder eine dieser Phasen hatte. Weil ich wusste, dass sie vorbeigehen würde.

Diesmal jedoch war das anders.

Ich machte mir Sorgen. Sorgen über sein seltsames Verhalten beim Anblick von Blut. Sorgen, dass er doch auf die Insel fahren würde, ohne mir Bescheid zu sagen. Ohne mich mitzunehmen. Aber jedes Mal, wenn ich ihn anrief, versicherte er mir aufs Neue, dass er das nicht tun würde.

Natürlich linderte das meine Bedenken nur teilweise.

Den zweiten Abend nach Grace' unverhofftem Anruf stand ich in meinem Zimmer am Fenster und blickte in die Dämmerung hinaus, als mir etwas einfiel. Mit einem Gefühl von Resignation wandte ich mich um und trat an mein Bücherregal. Im obersten Fach – dort, wohin ich nur reichte, wenn ich dazu auf einen Stuhl kletterte – lag auf alten, zerlesenen Taschenbuchausgaben ein dicker, wattierter Umschlag. Er war zu groß, um ihn aufrecht in das Fach zu stellen, darum hatte ich ihn quer über die anderen Bücher geschoben. Beim Anblick des braunen Packpapiers wurde mir mulmig.

In dem Umschlag befand sich ein Buch. Ich hatte es bei einem Internet-Antiquariat gekauft, kurz nachdem David und ich Martha's Vineyard verlassen hatten und nach Boston gekommen waren. Ich erinnere mich noch gut daran, wie mein Herz geklopft hat, als ich den Einband auf meinem Bildschirm gesehen hatte, und wie mulmig mir dabei gewesen war, als ich auf den Bestellen-Button geklickt hatte. Als das Buch dann ein paar Tage später gekommen war, hatte ich den Umschlag nicht öffnen können. Ich hatte ihn oben auf das Regal gelegt und versucht zu vergessen, dass er da war. David hatte ich nichts davon verraten, und jetzt, wo ich davorstand, überlief mich eine Gänsehaut.

Zögernd packte ich den Sessel, der zu meiner kleinen Couchgarnitur gehörte, und schob ihn vor das Regal. Meine Füße sanken tief in das weiche Polster ein, als ich daraufkletterte. Zwei Sekunden lang kämpfte ich um mein Gleichgewicht, dann reckte ich mich und angelte das Paket vom Regal.

Es war schwerer, als ich es in Erinnerung gehabt hatte.

Ich ließ mich auf den Sessel sinken und legte das Päckchen auf meinen Knien ab. Ein paar Minuten später drehte ich es so, dass ich meine handgeschriebene Adresse auf der Vorderseite richtig herum lesen konnte. Die Briefmarke stammte aus Kanada und zeigte einen Bären, der mit einer Tatze einen Lachs aus einem Fluss fischte.

Wiederum mehrere Minuten später fasste ich mir ein Herz. Ich schob einen Finger unter die Verschlusslasche des Umschlags und riss sie auf. Natürlich schnitt ich mir die Haut an der scharfen Papierkante auf, aber ich achtete nicht weiter auf das scharfe Brennen der kleinen Verletzung. Mit klopfendem

Herzen schüttelte ich das Buch aus seiner Verpackung. Es war ein Bildband, groß und dick und mit leicht vergilbten Seiten.

Und starrte unschlüssig darauf, während eine Fülle von unguten Erinnerungen durch meinen Kopf zog.

Als ich dieses Buch das letzte Mal in der Hand gehabt hatte, hatte ich in der kleinen Kammer gestanden, die Grace unter dem Dach von *Sorrow* bewohnte. Es war natürlich nicht dasselbe Exemplar, das ich jetzt in Händen hielt, aber die Wirkung, die der Anblick des Buches auf mich hatte, war ganz ähnlich wie damals.

Ich glaubte, wieder den Geruch von Staub und Bohnerwachs in der Nase zu haben, den ich damals gerochen hatte, als Grace ihre Ausgabe aufgeschlagen hatte. Ich spürte wieder das Unbehagen, das ich auch damals empfunden hatte – dieses Unbehagen, wenn man sich nicht sicher war, ob das, was man sein ganzes Leben lang geglaubt hatte, wirklich noch galt.

Langsam schlug ich den Bildband auf und blätterte die Seiten um, bis ich zu einer Stelle kam, an der sich rechts oben in der Ecke ein postkartengroßes Bild befand. Es zeigte eine junge Frau in einem roten Kleid, die vor der Bordwand eines Schiffes stand.

Mit den Fingerspitzen strich ich über die Gestalt der Frau und ein unheimliches Kribbeln rann meinen Arm bis in mein Genick hinauf.

»Madeleine Bower kurz vor ihrer letzten Reise«, las ich die Bildunterschrift und dachte daran, was ich über diese Frau wusste.

1884 war sie mit der *City of Columbus*, dem Schiff, vor dem sie abgebildet war, von Boston nach Savannah gefahren. Das Schiff war vor Martha's Vineyard auf Grund gelaufen und gekentert. In den eiskalten Fluten zwischen Vineyard Sound

und offenem Meer waren alle Frauen und Kinder, die sich an Bord befunden hatten, umgekommen. Eine Legende, die man sich auf der Insel erzählte, besagte, dass Madeleine Bower mit ihren letzten Atemzügen die Gay-Head-Klippen verflucht habe. Niemals mehr, so soll sie gesagt haben, würde auf diesem Teil der Insel ein Paar in der Liebe Glück haben. Im Laufe der folgenden Jahrzehnte waren dann immer wieder Frauen von den Klippen in den Freitod gesprungen, was die Legende lebendig gehalten hatte.

*Spring, Juli! Er liebt dich nicht.*

Die wispernde Stimme, die ich im Winter immer wieder gehört hatte, erklang so deutlich in meiner Erinnerung, dass ich zusammenzuckte und mich umdrehte.

Natürlich war ich allein im Zimmer, aber trotzdem überlief mich ein so unheimlicher Schauder, dass ich das Buch mit einer heftigen Bewegung zuklappte und auf den Couchtisch legte.

Dann lehnte ich mich zurück, zog die Knie an und umklammerte sie mit beiden Armen.

*Kehren Sie auf keinen Fall nach* Sorrow *zurück!*, hörte ich Grace sagen.

Verdammt! Warum kam es mir plötzlich so vor, als würde der Geist von Madeleine Bower mich auch hier in Boston noch verfolgen?

Donnerstag waren mein Vater und ich abends mit Walt Schroeder und seiner Lebensgefährtin in einem Steakhaus in der Nähe des Hafens verabredet. Walt war der beste Freund meines Vaters – und gleichzeitig der Psychotherapeut, mit dem ich mich ab und zu unterhielt, ohne das Ganze wirklich als Therapie anzusehen. Walt war es auch gewesen, der David die Privatklinik empfohlen hatte, in die dieser im Frühjahr gegangen war. Er selbst galt als einer der besten niedergelassenen Traumatherapeuten an der Ostküste.

Als Dad und ich in dem Restaurant eintrafen, waren Walt und seine Partnerin bereits da. Sie saßen in einem der Separees und hatten jeweils ein Glas Rotwein vor sich stehen. Sie studierten gerade mit konzentriertem Blick die Speisekarte, als wir an ihren Tisch traten.

»Hallo, Juli.« Walt stand auf und gab mir die Hand. Er war zehn Jahre älter als mein Vater, seine kurz geschnittenen Haare waren an den Schläfen grau meliert. Der Anzug, den er trug, war teuer und ebenfalls grau, sogar seine Krawatte hatte einen Silberton. Dad und ich nannten Walt im Scherz manchmal Gandalf, aber nur, wenn er wieder einmal mit seiner sonoren Stimme anfing, Vorträge über Gott und die Welt zu halten. »Bob«, begrüßte er dann meinen Vater.

Seine Partnerin hieß Pamela Andrews. Sie war winzig, wahrscheinlich kaum eins fünfzig, und sie trug die Haare zu einem akkuraten Bob gestylt, der hinten ganz kurz und vorne sehr lang war. Wie Walt auch, war Pamela Psychiaterin. Sie hatte in Harvard bei der berühmten Susan Silverman studiert und arbeitete als Chefärztin in ebenjener Klinik, die David im Frühjahr für vier Wochen besucht hatte. Soweit ich wusste, war sie auch diejenige, zu der David seit seiner Entlassung regelmäßig einmal in der Woche ging. Als ich sie begrüßte, lächelte sie mich strahlend an.

»Pam!«, sagte mein Vater. »Schön, dich endlich wiederzutreffen.«

Pamela lachte. »Du tust ja geradeso, als hätten wir uns wochenlang nicht gesehen!« Tatsächlich waren sie erst zwei Tage zuvor verabredet gewesen, weil Pamela Dad mit ein paar Hintergrundinformationen für eine seiner Romanfiguren versorgt hatte.

Walt nahm wieder Platz. »Wahrscheinlich ist er in der Zwischenzeit nach Bengalen gereist!«

Ich stimmte in das Lachen mit ein.

In seiner Fantasie reiste mein Vater tagtäglich viele Tausend Meilen. Er war Autor einiger rasend erfolgreicher Romantic Thriller und schrieb gerade an einem Buch, das in Hinterindien spielte.

»Finde ich gar nicht komisch!« Wie immer, wenn ein Scherz auf seine Kosten gemacht wurde, schaute Dad wie ein missmutiger Dackel. Dann verschanzte er sich hinter seiner Speisekarte.

»Wie geht es David?«, fragte Pamela mich.

Über den Rand meiner Karte hinweg sah ich sie verwundert an. Eigentlich musste sie ja darüber am besten Bescheid wissen. Schließlich war sie seine Therapeutin.

Sie trank einen Schluck von ihrem Wein. »Er hat seine beiden letzten Termine ausfallen lassen.« Sie sah aus, als mache ihr diese Tatsache Sorgen, und sofort keimte auch in mir wieder dieses Unbehagen.

»Ich bin nicht sicher«, murmelte ich.

Pamela zog das Kinn Richtung Brust. Behutsam stellte sie das Glas auf dem Tisch ab, griff nach dessen Stiel und drehte es hin und her. Bevor sie nachhaken konnte, warf mein Vater ein: »Juli und ich haben eine Einladung nach *Sorrow* bekommen.«

»Und David auch«, fügte ich hinzu. Ich hatte mich für einen Salat mit Putenfilet entschieden und legte die Karte zur Seite.

Pamela sah ein bisschen erschrocken aus. »Davon hat er mir gar nichts erzählt!« Sie wirkte ärgerlich. »Ich dachte, er …« Sie warf Walt einen Seitenblick zu und unterbrach sich.

Ganz kurz verengten sich Walts Augen. »Er verschweigt dir etwas«, sagte er. Ich dachte unwillkürlich an Davids Reaktion auf den Anblick von Mileys Blut und überlegte, ob ich das erwähnen sollte.

Pamela wiegte den Kopf. »Ich bin mir nicht sicher, ob er es willentlich verschweigt. Aber er hat sich distanziert. Ich fürchte, dass er über kurz oder lang die Therapie abbrechen wird.«

Ich schwieg betroffen. Irgendwie hatte ich es geahnt, aber das machte es nicht besser. Zögernd fragte ich: »Hat er Ihnen von dem Vorfall am vierten Juli erzählt?«

Sie legte die Fingerspitzen zu einem Dreieck zusammen und stützte das Kinn darauf ab. Auf diese Weise wirkte sie vollkommen konzentriert, so, als gäbe es nur noch sie und mich auf dieser Welt. »Nein«, antwortete sie. »Was ist da passiert?«

Ich erzählte ihr von dem Kanonenschuss und dem Kind mit der Kopfwunde und davon, wie schockiert David ausgesehen hatte. »Neulich hatte Miley Nasenbluten«, fügte ich abschließend hinzu. »Und da ist er auch total blass geworden und hat sich so komisch verhalten.«

Pamela nickte langsam. Sie sah aus, als hätte ich ihr etwas bestätigt, was sie schon vermutet hatte. Mir wurde mulmig. »Es geht ihm wieder schlechter, oder?«, fragte ich.

Bedächtig schüttelte sie den Kopf, aber es war Walt, der an ihrer Stelle antwortete.

»Er hat gute und schlechte Tage, Juli. Eine solche Therapie ist ein Auf und Ab, das liegt in der Natur der Dinge. Eine Depression, die, wie bei David, durch ein traumatisches Ereignis ausgelöst wurde, geht nicht innerhalb von wenigen Monaten weg, auch wenn Pam und ihre Kollegen in der Klinik inzwischen gute Methoden haben, die Genesung zu beschleunigen. Aber trotzdem muss man geduldig sein, wenn man die Dämonen in ihm bekämpfen möchte. Geduldig. Und ich fürchte, auch ziemlich stark.«

»Er hat neuerdings irgendwas«, murmelte ich.

Der Kellner kam. Dad bestellte ein Bier und ein dickes Angus-Steak, Walt je einen Salatteller für Pamela und sich. Ich entschied mich spontan noch einmal um, nahm Hühnchen und ein Glas Ginger Ale. Nachdem der Kellner wieder verschwunden war, trank ich einen Schluck. Die Kohlensäure stieg mir in die Nase und ich musste husten. »Glauben Sie, dass es ihm schaden würde, wenn er auf die Insel zurückfährt?«

Pamela musste einen Moment lang nachdenken. »Ich bin nicht sicher. Er hat seine traumatischen Erlebnisse noch nicht verarbeitet. Vielleicht würde es ihm sogar guttun hinzufahren, auch wenn es schmerzlich sein dürfte. Er könnte dort alles aufarbeiten und es dadurch endgültig hinter sich lassen.« Sie seufzte. »Ich müsste allerdings dabei sein, denke ich.«

Am nächsten Morgen musste mein Vater vormittags für zwei Tage nach Los Angeles, um dort einen Filmagenten zu treffen. David und ich fuhren ihn zum Flughafen.

Am Check-in-Schalter zog Dad mich mit der für ihn so typischen Unbeholfenheit in die Arme. »Pass mir auf sie auf«, sagte er über meine Schulter hinweg zu David. Er hatte diesen Satz auf dem Weg hierher mindestens zwanzigmal wiederholt.

Ich schielte nach hinten und sah David mit einer Ernsthaftigkeit nicken, die fast noch komischer war als Dads von Flugangst verzerrte Miene.

»Natürlich, Mr Wagner«, sagte er.

Ich wusste nicht, ob ich mich über seine Worte freuen oder ärgern sollte. Einerseits fühlte es sich toll an zu wissen, dass er mich beschützen würde, aber andererseits war es auch genau das, was mich störte. Diese Art von widersprüchlichen Gefühlen löste David oft in mir aus, ich kannte das also schon. Ich wurde davon abgelenkt, dass Dad mit rauer Stimme »Wünscht mir Glück!« murmelte.

»Du tust ja geradeso, als würdest du aufs Schafott und nicht in ein Flugzeug steigen!«, sagte ich im Scherz.

Er wurde noch eine Spur blasser. Vermutlich fühlte er sich tatsächlich wie ein zum Tode Verurteilter. Seine Flugangst war schon beinahe legendär.

»Hast du die Beruhigungstabletten genommen, die Walt dir gegeben hat?«, fragte ich ihn.

Er nickte. »Vor einer Stunde schon. Ich fürchte, sie wirken nicht richtig.«

»Sie wirken bestimmt«, versicherte David ihm. »Sie müssen nur dran glauben.«

Dad sah ihn unglücklich an, dann nickte er kläglich.

Ich unterdrückte ein Schmunzeln. »Stell dir einfach vor, du wärst einer deiner Helden. Und der Flug ist die letzte Prüfung, die du zu bestehen hast, um deine Angebetete wiederzufinden.«

Mein Ratschlag schien wenigstens ein bisschen zu helfen: Dad atmete einmal tief durch und straffte dann die Schultern. »Gute Idee!«, murmelte er.

David machte ein ganz leises Geräusch. Es klang, als müsse er ein Lachen unterdrücken.

So fest ich konnte, umarmte ich meinen Vater. »Melde dich, sobald du gut angekommen bist!«

Er nickte, rührte sich aber nicht von der Stelle.

»Mr Wagner?« Eine Angestellte der Airline trat auf ihn zu. »Sie müssen jetzt einsteigen, fürchte ich.«

Dad seufzte schwer. »Natürlich.« Er gab mir einen Kuss auf

die Stirn, dann schüttelte er David die Hand. »Pass auf sie auf!«, verlangte er erneut.

Auch jetzt nickte David wieder völlig ernst. »Sie können sich auf mich verlassen, Mr Wagner.«

Die Angestellte führte meinen Vater durch einen Gang, an dessen Ende er sich noch einmal zu mir umdrehte. Dann war er verschwunden.

Ich stieß ein erleichtertes Ächzen aus.

David grinste. »Man könnte meinen, er fliegt zum Mond.«

# 7

Nachdem mein Vater durch das Gate verschwunden war, räusperte David sich. »Hast du noch ein bisschen Zeit für einen Caffè Latte im Flughafenrestaurant?«

Auf einmal wirkte er sehr ernst, fast ein bisschen in sich gekehrt, und in mir machte sich ein mulmiges Gefühl breit.

»Ich muss dir was sagen«, gestand er.

»Okay«, meinte ich gedehnt und fühlte mich dabei, als hätte er mir eröffnet, dass er vorhatte, sich aus einem fahrenden Auto zu werfen.

Als wir in dem kleinen Restaurant saßen und unsere Bestellung aufgegeben hatten, entstand für ein paar Minuten ein tiefes, unangenehmes Schweigen zwischen uns.

»Also?«, fragte ich.

Er berührte seine Lippen mit dem Knöchel seines Zeigefingers. Es war eine sonderbare, nachdenkliche Geste. Mich beschlich das Gefühl, dass er versuchte, etwas vor mir zu verbergen. Er hielt den Kopf gesenkt, sodass ihm seine dunklen Haare ins Gesicht fielen und ich seine Augen nicht sehen konnte.

»Was ist los, David?«, fragte ich.

»Ich muss doch nach *Sorrow* fahren«, sagte er endlich.

Um ihn nicht anzuschreien, griff ich mir den Salzstreuer, der zwischen uns auf dem Tisch stand. Er hatte die Form eines kleinen, dickbauchigen Flugzeugs aus weißem Porzellan. *Ru-*

*hig bleiben,* ermahnte ich mich. »Warum das?« Meine Stimme bebte nur ein ganz kleines bisschen.

Endlich hob er den Kopf und sah mir in die Augen. »Mein Vater hat angerufen und darauf bestanden, dass ich komme.«

Ich lehnte mich zurück. Der Salzstreuer lag schwer in meiner Hand. »Seit wann machst du, was dein Vater von dir verlangt?« Es war eine fiese Frage, aber ich fühlte mich auch fies.

David zuckte zusammen. Kurz blitzte es in seinen dunklen Augen wütend auf.

»Entschuldige«, ruderte ich zurück. »Das war gemein.«

Er nickte langsam.

Eine Kellnerin kam, die kaum älter war als ich, und wir bestellten je einen Caffè Latte. Sie beglückwünschte uns zu unserer guten Wahl. Dabei lächelte sie David an, als sei er der einzige Mann auf der Welt. Er bemerkte es nicht einmal.

»Du hast also schon entschieden, dass du fährst?« Ich wusste nicht genau, ob ich es als Frage oder als Feststellung meinte. Es verletzte mich, dass er mich in seine Überlegungen nicht einbezogen hatte, sondern mich einfach vor vollendete Tatsachen stellte.

Und – auch wenn es mir peinlich ist, das zuzugeben – ich musste in diesem Moment plötzlich wieder an die Warnung denken, die Grace mir am Telefon ins Ohr geraunt hatte.

*Sie dürfen auf keinen Fall nach* Sorrow *zurückkehren ...*

Sie hatte gewusst, dass diese Warnung nötig werden würde!

David nickte. Es sah ein bisschen schuldbewusst aus. »Tut mir leid. Ich habe nicht nur mit meinem Vater telefoniert, sondern auch mit Theo.«

Theo war der Hausmeister, Gärtner und Chauffeur von *Sorrow.* Eine Art Mädchen für alles.

»Theo sagt, dass es meinem Vater in der letzten Zeit nicht besonders gut ging.«

Ich wusste nicht, was ich darauf sagen sollte. »Das tut mir leid.«

Was für eine Floskel!

Ich stellte den Salzstreuer zurück auf den Tisch und wischte ein paar der kleinen weißen Krümel, die ich verschüttet hatte, auf den grauen Linoleumboden. Dabei unterdrückte ich den Impuls, die alte Frau am Nachbartisch anzumotzen. Sie hatte mitbekommen, dass wir stritten. Zwar gab sie sich alle Mühe, unbeteiligt zu wirken, aber ich wusste, dass sie uns voller Neugier belauschte. Was ich nicht wusste, war, ob sie David erkannt hatte. Nach den dramatischen Ereignissen auf Martha's Vineyard war er für eine Weile lang ein heißes Thema für die Regenbogenpresse gewesen. *Reicher Verlegersohn beinahe tödlich verunglückt* war eine der Schlagzeilen gewesen und: *Wird das Unglück David Bell jemals wieder verlassen?*.

Ich kehrte David die Handflächen zu. »Möchtest du, dass ich mitkomme?« Ich traute mich kaum, ihm diese Frage zu stellen, nicht weil ich Angst hatte, nach *Sorrow* zurückzukehren, sondern weil ich schon ahnte, wie die Antwort lauten würde.

Ich hatte mich nicht getäuscht. David schüttelte den Kopf. »Ich bin nur eine einzige Nacht weg. Ich gehe nur zu dieser Feier und komme dann am nächsten Tag gleich wieder zurück.«

*Wenn Madeleine dich lässt!*

Der Gedanke war da, ohne dass ich etwas dagegen machen konnte. Ich wischte mir über die Stirn. »Was sagst du, wenn ich mitkommen möchte?«

In einer vermutlich unbewussten Geste krampfte er die Hand

fest zusammen. »Das ist nicht nötig. Es würde nur deine Albträume verstärken und ich ...«

In mir brandete ziemlich heftiger Ärger auf. »Ach, und was ist mit deinen Albträumen?«, fauchte ich und dann: »Ich bin kein Prinzesschen, das du in Watte packen musst!«

Die Augen der Alten am Nachbartisch weiteten sich vor Begeisterung über das, was sie geboten bekam.

David wich mit dem Oberkörper ganz leicht zurück. »Das tue ich doch ...«

»Hör auf!« Ich überlegte, was ich jetzt sagen sollte. Mir fiel nichts ein, also tat ich, was ich in solchen Fällen immer tat. Ich war ehrlich. »Ich finde es nicht gut, dass du mich in deine Entscheidung nicht mit einbezogen hast.«

»Ich weiß. Aber ich hatte keine Ahnung, wie du es auffassen würdest.« Er verzog das Gesicht. »Nenn mich ruhig feige, Juli. Ich hatte eigentlich sogar vor zu fahren, ohne dir vorher Bescheid zu sagen.«

»Gut, dass du es nicht getan hast.«

Er nickte, sah aber nicht überzeugt aus.

»Du solltest dich nicht vor Pamela verschließen«, rutschte es mir heraus.

Davids Augen wurden weit. Schlagartig wirkte nun auch er ärgerlich. »Hast du etwa mit ihr über mich gesprochen?«

Mist! Warum nur hatte ich ihm das verraten? Um das Schuldgefühl, das ich deswegen verspürte, zu unterdrücken, klammerte ich mich an meinen Ärger. Ich zuckte nur knapp die Achseln.

»Wieso habt ihr über mich geredet?«

Wieder zuckte ich die Achseln. Verdammt, warum war ich hier diejenige, die in der Defensive war? Eigentlich hätte es David sein müssen!

»Scheiße, Juli!« Er ließ sich schwer gegen die Stuhllehne fallen und verschränkte die Arme vor der Brust.

Ich schluckte. Plötzlich war aller Ärger fort und ich hatte nur noch Angst. Angst, ihn zu verlieren. Angst, dass etwas Schlimmes geschehen würde, wenn er auf die Insel fuhr. Ich bekam einfach Grace und ihre Warnung nicht aus dem Kopf – genauso wenig wie die Tatsache, dass er im Winter beinahe von den Klippen in den Tod gesprungen wäre.

»Was, wenn es dir wieder schlechter geht, sobald du nach Hause fährst?«, murmelte ich.

Er schnaubte nur und beantwortete mir meine Frage nicht. Trotzdem hakte ich nicht nach. »Ich mache mir doch nur Sorgen um dich!«

Daran, dass er noch finsterer schaute, sah ich, dass es genau die falschen Worte waren.

»Ich bin nicht ...« Er verstummte, presste die Lippen aufeinander.

In meiner Brust bildete sich ein harter, schmerzhafter Knoten. »Was, David? Verrückt? Depressiv? Oder einfach nur ... ein Freak?« Ich hatte gezögert, bevor ich das letzte Wort hervorgestoßen hatte, aber dann hatte ich es ganz bewusst gesagt. Ich wollte ihn aufrütteln, zum Einlenken bringen.

Die Wirkung war durchschlagend.

David wurde blass.

Die Kellnerin kam und stellte uns unsere Gläser hin. Als sie bemerkte, dass wir stritten, sah sie David mitleidig an, aber auch diesmal achtete er nicht auf sie. Er wartete, bis sie außer Hörweite war, bevor er mich anzischte: »Ich fasse es echt nicht!«

Jemand hatte mit Zimtstaub einen lachenden Smiley auf den Milchschaum gestreut. Ich nahm den langstieligen Löffel und stach in eines der beiden runden Augen. Als ich langsam umzurühren begann, verzerrte sich das Gesicht zu einer Fratze, die dem berühmten Gemälde von Edvard Munch ähnelte.

Die Alte am Nachbartisch trommelte mit den Fingerspitzen auf der Tischplatte herum.

»Ich habe nur deine eigenen Worte wiederholt«, sagte ich kühl. Es fühlte sich furchtbar an, das, was er neulich eigentlich als Liebeserklärung gemeint hatte, jetzt gegen ihn zu verwenden. Aber gesagt war gesagt und ich konnte es nicht mehr zurücknehmen. Ich wollte es auch nicht zurücknehmen. Er sollte, er durfte nicht zurück nach *Sorrow* fahren! Dafür musste ich sorgen – egal, was es kosten würde.

Genau das sagte ich ihm jetzt.

Er blinzelte. »Und warum nicht? Etwa weil Grace uns davor gewarnt hat?« Hohn troff aus seiner Stimme, aber dahinter spürte ich seine Unsicherheit. Er wollte auch nicht auf die Insel, das war ganz deutlich. Er hatte ebensolche Angst wie ich. Wahrscheinlich war er deswegen so zornig. Schließlich hatte er mir mehr als einmal gesagt, dass er sich wegen seiner Depressionen im Winter für einen Schwächling hielt. »Ich fahre, Juli. Die Entscheidung ist längst gefallen.«

»Dann nimm mich wenigstens mit!«

»Nein!« Seine Ablehnung kam schnell und kategorisch.

»Warum nicht? Etwa, weil Grace uns davor gewarnt hat?«

Seufzend senkte er den Blick. »Das hier kann keiner von uns gewinnen.« Seine Haare warfen dunkle Schatten auf seine Augen.

Ich nahm den Löffel aus dem Glas und leckte ihn ab. Die Milch hatte einen leichten Stich, aber vielleicht kam mir das auch nur so vor, weil ich so ärgerlich war.

Die alte Frau am Nachbartisch machte noch längere Ohren, um kein Detail unseres Streits zu verpassen.

Ich beschloss, mein schwerstes Geschütz aufzufahren. »Charlie«, sagte ich. Mir wurde ein bisschen kalt dabei und ich fragte mich unwillkürlich, ob ich wirklich an Charlie dachte oder nicht doch eher an Lizz. Was, wenn er auf diese Feier wollte, weil er wusste, dass Lizz dort war? Was, wenn ich ihn hier gerade sehenden Auges in die Flucht schlug? »Denkst du an sie, wenn du so ins Leere starrst wie neuerdings?«

David schwieg.

Lange.

»Denkst du an sie, David? Vermisst du ...«

»Stopp, Juli! Hör auf!« Seine Stimme war jetzt sehr kalt und schneidend und sie fuhr mir direkt ins Herz. Es tat so weh, dass ich nur noch um mich schlagen wollte.

»Charlie«, wiederholte ich dennoch den verhassten Namen. »Oder geht es hier doch eher um Lizz?« Mir war klar, dass dieser Gedanke wahrscheinlich absurd war, doch ich hatte meine Gefühle einfach nicht mehr unter Kontrolle.

»Gott, Juli!«, stöhnte er. Dann stand er auf. Langsam. In diesem Moment verfluchte ich sein Schattenhaar, das ich sonst so attraktiv fand.

Die Ohren der alten Frau am Nachbartisch mussten inzwischen klingeln. Ich war froh, dass sie das Spektakel nicht noch twitterte.

Mein Herz hämmerte den Takt von Ärger und Traurigkeit.

»Das kannst du nicht wirklich ernst meinen!«, sagte David leise.

An diesem Punkt hatte ich nur noch eine Möglichkeit: den Weg ganz zu Ende gehen. »Weißt du, was ich glaube, David? Du fährst nicht nach *Sorrow* zurück, um irgendwas zum Besseren zu wenden! Ich glaube, du willst zurück, weil du dich noch immer bestrafen willst.« Ich hielt inne. Dann flüsterte ich: »Grace hat offenbar völlig recht gehabt: Es ist noch immer nicht vorbei!«

Meine Worte verwandelten die Luft zwischen David und mir in Eis. Mit einer schwerfälligen Bewegung zog David seine Brieftasche hervor, nahm einen Zwanzig-Dollar-Schein heraus und warf ihn auf den Tisch. Dann wandte er sich ohne Verabschiedung ab und marschierte mit langen Schritten davon.

Ich blieb wie ein begossener Pudel auf meinem Platz sitzen. Der Smiley auf Davids Caffè Latte war noch völlig unversehrt. Ich nahm meinen Löffel und schlug damit in die grinsende Visage, dass der Milchschaum rechts und links auf das Tischtuch spritzte.

Hatte ich wirklich geglaubt, dass ich David durch reine Konfrontation dazu bringen konnte, sich mir zu öffnen? Hatte ich in den vergangenen Monaten schon vergessen, wie verschlossen er sein konnte, wenn ihn etwas quälte? Offenbar!

Nach kurzem Überlegen zog ich mein Smartphone hervor und wählte Mileys Nummer.

»Hey, Süße!«, meldete sie sich.

»Ich bin nicht süß, ich bin ein Vollidiot.« Ich wechselte das Telefon ans andere Ohr und drehte mich ein Stück zur Seite, weil die alte Frau am Nachbartisch mich noch immer interessiert belauschte.

»Oha!«, war Mileys Kommentar. »Okay.«

»Du hättest sagen müssen: Nein, liebe Juliane, du bist alles andere als das!« Ich warf der Frau am Nachbartisch einen wütenden Blick zu.

»Nein, liebe Juliane. Du bist alles andere als ein Vollidiot.«

Sie imitierte exakt meinen etwas weinerlichen Tonfall. »Was ist passiert?«

Ich erzählte es ihr.

»Echt?«, rutschte es ihr heraus. »Ach du Scheiße!«

»Du bist gerade keine Hilfe!«, beklagte ich mich. Meine Gedanken wanderten zu David, der in diesem Moment vermutlich mit dem Auto bereits über den Highway brauste, und ich überschlug, ob mein Geld für ein Taxi nach Hause reichen würde. Aber das war erst mal nebensächlich. »Ich habe das dumpfe Gefühl, dass der ganze Mist wieder von vorn losgeht«, sagte ich. »Er zieht sich von mir zurück und ich kann nichts dagegen tun.«

»Glaubst du, dass es ihm wieder schlechter geht? Er sah doch so gut aus in der letzten Zeit.«

»Irgendwas hat er, Miley. Ich spüre das.« Ich nahm mein Glas mit dem Latte und trank einen Schluck. Der Kaffee war fast kalt und der Milchschaum war eindeutig nicht mehr in Ordnung. Er roch nach ungereinigter Maschine. Angeekelt verzog ich das Gesicht.

»Und was hast du jetzt vor?«

*Eigentlich hatte ich gehofft, dass du mir das sagst,* dachte ich bei mir. Laut sagte ich: »Keine Ahnung. Vermutlich erst mal ein Taxi suchen und nach Hause fahren. Dann ziehe ich mir die Decke über den Kopf und denke nach.«

»Falls du dir Sorgen machst, dass er dich in den Wind schießt, weil du ihm die Wahrheit gesagt hast ...« Miley unterbrach sich. Sie war eine Meisterin darin, meine Ängste und Nöte auf den Punkt zu bringen. Aber leider war sie auch eine Niete in Diplomatie.

Ich seufzte.

Es kümmerte sie nicht. »Auf Martha's Vineyard war es genau das, was ihm den Arsch gerettet hat. Er ist nicht blöd, Juli. Er weiß das.«

Ich dachte daran, was er neulich Abend zu mir gesagt hatte.

*Wenn du nicht wärst, wäre ich noch immer derselbe bescheuerte Freak, der ich im Dezember gewesen bin.*

Gott! Ich hatte eben wahrscheinlich so ziemlich alles falsch gemacht, was man falsch machen konnte.

»Jetzt sieh erst mal zu, dass du nach Hause kommst«, empfahl Miley mir. »Ich würde ja kommen und dich abholen, aber ich fürchte, ich kriege unser Auto nicht, nachdem ich neulich eine Beule in den linken Kotflügel gefahren habe.«

»War es nicht der rechte?«

»Ja, vor zwei Wochen. Aber vorgestern war es der linke.«

Trotz meiner düsteren Stimmung musste ich lachen. »Deinetwegen pflanzen sie noch mal überall in der Stadt Gummibäume!« Ich schob den kalten Latte in die Mitte des Tisches und stand auf.

»Haha! Melde dich, wenn du zu Hause bist, dann sehen wir weiter!«

»Mache ich.« Ich legte auf. Dann warf ich der neugierigen alten Dame einen Blick zu. Sie rührte in ihrem Tee herum und tat so, als gäbe es nichts Interessanteres als den Inhalt ihrer Tasse. Ich ging zu einem Zeitungsständer, der an der Wand neben der Eingangstür des Cafés hing, nahm einen Stapel Klatschzeitschriften heraus und brachte sie ihr.

»Damit Ihnen nicht langweilig wird, wenn wir jetzt weg sind«, sagte ich trocken.

Dann ging ich.

# 8

Der Parkplatz, auf dem wir bei unserer Ankunft den Wagen abgestellt hatten, befand sich direkt neben den Taxiständen. Als ich dort ankam, traute ich meinen Augen kaum.

David stand gegen die Kühlerhaube gelehnt und sah mir entgegen.

»Warum hast du auf mich gewartet?«, fragte ich.

Er zuckte nur die Achseln.

Unsere Rückfahrt verlief schweigend. Wir wussten beide nicht, ob wir uns entschuldigen oder weiter streiten sollten, also hielten wir die Klappe. Als David vor unserem Haus hielt, hatte ich keine Ahnung, was ich jetzt machen sollte. »Ich möchte dir nur helfen«, murmelte ich.

Von der Seite her sah er mich an. Dann nickte er. »Ich weiß.«

»Wie geht es jetzt weiter?«

Etwas musste in meiner Stimme mitgeschwungen haben, denn seine Miene wurde etwas weicher. Er streckte die Hand aus und legte die Finger unter mein Kinn. Dann drehte er meinen Kopf zu sich herum, sodass ich ihm in die Augen sehen musste. Sanft strich er mir eine Locke aus der Stirn.

»Ich möchte dir auf keinen Fall wehtun«, sagte er. »Glaubst du mir das?«

Mir rann ein Schauer den Rücken hinunter. Irgendwie hatte ich das Gefühl, dass noch etwas Weltbewegendes folgen würde, aber das tat es nicht.

David ließ mein Kinn los. Ich wartete darauf, dass er sich herüberbeugen und mir einen Kuss geben würde. Doch auch das tat er nicht.

Der Motor des Wagens lief im Leerlauf. Hinter uns hupte ungeduldig der Fahrer eines überdimensionierten Mercedes.

David warf einen Blick in den Rückspiegel. »Ich rufe dich an«, sagte er. »Ich fahre nicht, ohne dir vorher Bescheid zu geben.«

Ich nickte. Ein Gefühl erfasste mich, das sonderbar zwiespältig war. Jetzt war es also bald so weit, dachte ich. Jetzt würde es nicht mehr lange dauern, bis er mir den Laufpass geben würde. Ich wollte Trauer empfinden, aber da war nur ein seltsam bittersüßes Gefühl – genau wie in meinem Traum neulich. Ich nickte ein zweites Mal. Irgendwie kam ich mir vor wie eine Aufziehpuppe. Es gab kein anderes Programm, das ich abspulen konnte. Mit eckigen Bewegungen stieg ich aus und dann wurde mir bewusst, dass ich ihn besser nicht einfach so davonfahren lassen sollte.

»David ...«, setzte ich an.

Er schenkte mir ein schwaches Lächeln. »Lass mir ein bisschen Luft, Juli, okay?«

Zum dritten Mal nickte ich, unfähig, irgendetwas zu erwidern. Seit wann fühlte er sich von mir eingeengt? *Lass mir ein bisschen Luft.* Ich schlug die Beifahrertür zu. David legte den Gang ein, warf mir einen letzten Blick zu und fädelte sich schließlich in den fließenden Verkehr ein.

Die nächsten Tage waren für mich der reine Horror. Ich schwankte minutenweise von Wut zu Trauer zu Verzweiflung und wieder zurück zu Wut. Das eine Mal nahm ich das Handy und wollte David schon anrufen, bevor ich es wieder sinken ließ. Dann wiederum redete ich mir ein, dass ich es nur schlimmer machen würde, wenn ich anfing zu klammern.

*Lass mir Luft,* hatte er gesagt.

Die drei Worte wurden zu einer Art Mantra, das ich mir wieder und wieder vorbetete, bis es mir gelang, daran zu glauben.

Ich musste ihm nur Luft lassen, dann würde alles gut werden.

Am darauffolgenden Sonntag kam mein Vater abends mit dem Flieger zurück. Er befand sich in einer ziemlich euphorischen Stimmung – nicht nur, weil er das gefährliche Abenteuer Inlandsflug überlebt hatte, sondern auch, weil eine Hollywoodfirma sich für die Rechte an seinem ersten Roman interessierte.

»Bald können wir uns auch ein Haus auf Martha's Vineyard leisten, Juli!«, erzählte er mir noch am nächsten Morgen wieder und wieder begeistert, während er seinen Koffer packte.

Er würde heute zu Jason Bells Geburtstagsparty weiterfahren.

Ich zog eine Grimasse.

»Was hast du?«, erkundigte er sich.

»Nichts. Nur dass Martha's Vineyard nicht gerade meine Trauminsel ist.« Es war typisch für meinen Vater, dass er im ersten Moment überhaupt nicht begriff, wovon ich redete. »Dad!«, rief ich aus. »Du lebst manchmal wirklich auf einem anderen Stern, oder?«

Er nickte ernsthaft. »Wahrscheinlich. Was ist mit David? Wird er heute Abend auch da sein?«

Da legte er den Finger in die Wunde. David hatte mir versprochen, nicht nach *Sorrow* zu fahren, ohne mir vorher Bescheid zu geben. Allerdings war die Geburtstagsfeier schon in wenigen Stunden und ich hatte bisher nichts von ihm gehört.

Ich versuchte, mir einzureden, dass das ein gutes Zeichen war, dass er sich entschieden hatte, doch nicht zu fahren. Aber ich konnte mir nichts vormachen. *Lass mir Luft!* Ich legte den Kopf in den Nacken und überlegte.

Dann fasste ich einen Entschluss. Ich ging in mein Zimmer, um mein Handy zu holen, und rief David an.

»Ja?« Er meldete sich eindeutig aus dem Auto heraus. Die Geräusche im Hintergrund verrieten ihn.

»Wo bist du?«

Er zögerte. »Auf dem Weg zur Fähre«, gestand er.

Ich verzichtete darauf, ihm Vorwürfe zu machen. »Okay«, sagte ich nur. Dann legte ich auf. Und musste mich auf einen Stuhl setzen.

Mein Vater sah mich erstaunt an. »Was war das denn?«

Wütend und traurig zugleich stopfte ich das Handy in meine Jeanstasche. »Warte auf mich«, brummelte ich. »Ich komme mit!«

Auf dem Weg zur Autofähre nach Martha's Vineyard riet mein Vater mir, Walt anzurufen. Ich wollte mich im ersten Moment weigern, aber dann lenkte ich doch ein, weil mir klar wurde, dass ich möglicherweise auf Walts Hilfe angewiesen sein würde. Besser, ihn rechtzeitig darauf vorzubereiten. Ich nahm also mein Handy und wählte die Nummer von Walts Praxis. »Wir sind auf dem Weg nach *Sorrow*«, sagte ich, kaum, dass er sich gemeldet hatte.

»Okay«, meinte er gedehnt. »*Wir* bedeutet vermutlich, du und David.«

Ich bejahte. »Hältst du es für eine gute Idee?«

Mein Vater schaute konzentriert auf den Verkehr und warf mir nur ab und zu einen kurzen Blick zu.

»Wie Pam neulich schon gesagt hat«, erklärte Walt, »kann es sein, dass er sein Trauma nur dort überwinden kann. Man kann es unmöglich voraussagen.«

*Sie hat auch gesagt, dass es besser wäre, wenn sie bei ihm wäre,* dachte ich beunruhigt. »Was soll ich tun?«, murmelte ich.

Walt antwortete nicht sofort.

»Ich gebe Pam Bescheid«, sagte er. »Aber ich fürchte, David hat sich völlig aus der Therapie mit ihr zurückgezogen. Im Moment kann sie also wenig machen. Der Patient muss mitarbeiten wollen, Juli, sonst sind uns die Hände gebunden.«

Ich schluckte gegen den Kloß in meiner Kehle an. »Glaubst du, dass er hinfährt, um ...«

»Nein!«, kam es schnell und bestimmt von Walt. Dann zögerte er und ich saß wie auf heißen Kohlen, bis er weitersprach. »Pam hält David momentan nicht für selbstmordgefährdet. Du hast einen großen Anteil daran, darum halte ich persönlich es für eine gute Idee, dass du mit ihm fährst. Die Frage, die sich mir stellt, ist allerdings: Traust du dir das zu?«

Ich nickte. »Ja«, behauptete ich und verzichtete darauf, ihm zu erklären, dass ich David genau genommen hinterherfuhr. Walts Worte bestärkten mich in meinem Entschluss, das zu tun. David hatte mich gebeten, ihm Luft zu lassen, und die Gefahr bestand, dass er sich von mir zurückziehen würde, wenn ich diesen Wunsch nicht respektierte. Doch das Risiko, dass er andernfalls in seine alten Muster zurückfallen könnte – dass er sich umbringen könnte –, war mir einfach zu groß.

Ich verspürte eine gewisse Erleichterung, weil ich mir sicher war, das Richtige zu tun.

»Gut«, sagte Walt. »Gib mir trotzdem noch mal deinen Vater, ja?«

Ich reichte Dad das Handy. Er nahm es mit einem missbilligenden Gesichtsausdruck. Er hasste jede Form von Gesetzesübertretung, und mit dem Handy am Ohr Auto zu fahren, grenzte für ihn schon an ein Kapitalverbrechen. »Ja?«, sagte er aus diesem Grund auch mehr als knapp.

Ich konnte nicht hören, was Walt ihn fragte, aber es war natürlich klar, dass sie über mich sprachen. »Ich glaube schon«, sagte Dad.

Ich lächelte ihm zuversichtlich zu. Nur zur Sicherheit.

»Mache ich«, sagte Dad, dann reichte er mir das Handy zurück.

»Versuch, David dazu zu bringen, die Klippen zu vermeiden«, hörte ich Walt sagen. »Und dann kommt so schnell wie möglich wieder zurück nach Boston. Für den Notfall gebe ich dir Pamelas Handynummer – und meine auch«, fügte er hinzu.

Ich verspürte Dankbarkeit darüber, dass er bereit war, mir im Notfall zu helfen. Die Gewissheit, das Richtige zu tun, wuchs noch einmal in mir. Mit einem leichten Lächeln notierte ich mir beide Nummern auf dem kleinen Block, den Dad am Armaturenbrett klemmen hatte.

»Ruf mich an, wenn du Hilfe brauchst. Auch wenn es mitten in der Nacht ist, okay?«

»Danke, Walt, das mache ich«, versicherte ich ihm. Dann legte ich auf. »Was hast du ihm versprochen?«, fragte ich meinen Vater.

Er runzelte die Stirn. »Dass ich auf dich aufpasse.« Er wirkte nicht besonders glücklich über diese Aufgabe, aber entschlossen, sie zu bewältigen. Ich nickte ihm zu, noch immer mit einem zuversichtlichen Lächeln auf den Lippen, und speicherte Walts und Pams Nummern auf meinem Handy.

Die Fähre nach Martha's Vineyard fuhr von einem kleinen Hafen namens Woods Hole. Er lag sehr malerisch an einer Bucht und man erreichte ihn über eine alte Steinbrücke. Der Parkplatz vor dem Anleger war bereits voller Autos, die das kurze Stück auf die Insel übersetzen wollten, und wir mussten uns ganz am Rand einer Mauer aus unregelmäßigen Feldsteinen einreihen. Während mein Vater zum Ticketschalter ging, stieg ich ebenfalls aus und sah mich nach David um. Die Fähre hatte bereits angelegt und es herrschte reger Betrieb.

Im ersten Moment dachte ich, dass ich mich geirrt haben musste, dass David nicht hier war. Ich konnte ihn nirgends entdecken. Dann jedoch sah ich ihn.

Er stand an einem Maschendrahtzaun, dem einzigen Punkt, von dem aus man bei all den Autos und den Menschen einen ungehinderten Blick aufs Meer hatte. Er hatte die Finger in die Maschen gehakt und starrte auf das Wasser hinaus, auf dem die Sonne messingfarbene Reflexe tanzen ließ. Eine verspiegelte Sonnenbrille verbarg seine Augen.

Ich war mir nicht sicher, ob es klug war, zu ihm zu treten, tat es aber trotzdem.

»Hallo, David«, sagte ich.

Er ließ zwei, drei Sekunden verstreichen, bevor er mir den Kopf zuwandte. »Warum wusste ich, dass du mir nachkommen würdest?«

Ich konnte mich in seinen Brillengläsern sehen. Ich stellte mich neben ihn und unwillkürlich griff ich ebenfalls in die Maschen des Zaunes. Sie waren warm von der Sonne, aber auch ein wenig scharfkantig. »Vielleicht, weil du weißt, dass ich mich nicht so einfach geschlagen gebe.« Aus dem Augenwinkel beobachtete ich ihn und hoffte auf ein schwaches Zeichen, dass er nicht allzu sauer war. Ein Lächeln, das um seine

Mundwinkel zuckte, oder irgendwas in der Art. Aber es kam nichts. Er schaute nur weiter aufs Meer hinaus.

Die Minuten verstrichen und ich zwang mich, die Stille auszuhalten.

»Was machst du, wenn ich dich bitte, zurück nach Boston zu fahren?«, fragte er irgendwann.

Der Bug der Fähre, durch den die Autos eingeladen wurden, wurde hochgefahren. Das Dröhnen der Hydraulik überlagerte für ein paar Sekunden jedes andere Geräusch und so wartete ich und kämpfte gegen die Enttäuschung. Was war mit seinen Beteuerungen, dass er mich brauchte, dass ich ihm half, sich nicht wie ein Freak zu fühlen? Waren das alles nur Lippenbekenntnisse gewesen? Ich biss mir auf die Zunge, um ihm diese Fragen nicht zu stellen. Stattdessen antwortete ich: »Dich noch ein bisschen wütender machen.« Ich wollte ihm doch nur helfen, die Zeit auf *Sorrow* zu überstehen. Weiter gesund zu werden.

»Ich möchte, dass du zurückfährst, Juli«, sagte er dumpf.

Plötzlich kam mir Lizz in den Sinn.

Lizz, die ihn geküsst hatte ...

Langsam schüttelte ich den Kopf.

»Verdammt noch mal!«, fluchte er.

Die ersten Autos fuhren auf die Fähre. Die Metallrampe gab laute scheppernde Geräusche von sich, jedes Mal, wenn ein Wagen auf sie hinauffuhr. Ich sog die warme, salzige Luft ein und hielt sie an, solange ich konnte.

Mein Dad kam mit zwei Kaffee in den Händen auf uns zu. »Glaubt es oder nicht«, rief er schon von Weitem. »Ich habe tatsächlich den letzten freien Platz auf der Fähre ergattert!« Er bemerkte die Spannung zwischen David und mir und blieb in einigen Metern Entfernung unschlüssig stehen.

Ich winkte ihn heran, nahm meinen Becher und trank, weil ich meine Verunsicherung überspielen wollte. Natürlich verbrannte ich mir den Mund.

David seufzte unterdrückt. »Mir wäre es lieber, wenn sie zurückfährt«, sagte er ruhig zu Dad. Am liebsten hätte ich ihm die Sonnenbrille abgenommen, um seine Augen sehen zu können. Außerdem wollte ich ihn anfassen, wollte ihm die Haare aus den Augen streichen, seine Finger mit meinen verschränken ... Ich ballte die Hände zu Fäusten.

»Auf keinen Fall!«, widersprach ich.

Die Muskeln an seinem Unterkiefer traten sichtbar hervor.

»Warum willst du sie nicht dabeihaben?«, erkundigte sich mein Vater.

David antwortete ihm einfach nicht. Ich spürte, dass er mich hinter den verspiegelten Gläsern ausgiebig musterte. Wie unfair, dachte ich. Wegen seiner Sonnenbrille hatte ich keine Ahnung, was in ihm vorging. Dann, endlich, nahm er die Brille ab. In seinen Augen stand ein Ausdruck, den ich im Winter auch ein paarmal gesehen hatte. Ich brauchte eine Sekunde, bevor ich ihn zu deuten wusste. Es war Angst. Nein, mehr. Verzweiflung.

Für einige Sekunden versank ich in diesem schmerzlichen Blick. Dann jedoch setzte David die Brille wieder auf. »Also gut. Dann komm eben mit«, sagte er beherrscht.

Die Überfahrt dauerte eine Dreiviertelstunde. Wir erreichten Oak Bluffs gegen elf Uhr vormittags. Ich bestand darauf, bei David im Wagen mitzufahren, auch wenn ich wusste, dass das nur bedingt eine gute Idee war. Ich hoffte, er würde einlenken, würde mit mir reden und alles wäre wieder gut. Aber er schwieg verbissen. Als er den Wagen von dem Anleger steuerte, fiel mein Blick auf das rote Holzgebäude, in dem das *Flying Horses Carousel* untergebracht war, ein altmodisches Karussell mit Holzpferden, an das ich eher schlechte Erinnerungen hatte.

Beim Vorbeifahren starrte ich auf eine Familie mit zwei kleinen Kindern, die in der Schlange vor dem Eingang standen. Die Kinder aßen beide ein dickes Schokoladeneis und sahen aus, als hätten sie sich darin gewälzt. Der Junge fing meinen Blick auf und streckte mir frech die Zunge heraus. Ich tat es ihm gleich und er zuckte zusammen, als hätte ich ihn geohrfeigt. Fragend schaute er zu seinem Vater auf, als wollte er sagen: Darf die das?

Bevor der Vater meinen Blick einfangen konnte, waren wir allerdings schon vorbei.

Ich verlor das rote Gebäude aus den Augen und war froh darüber. Die Erinnerungen schmeckten bitter. Ob das Armband mit dem roten Stein, das Henry mir damals geschenkt hatte, wohl noch immer auf dem Grund des Atlantiks lag? Vermutlich.

*Wenn Madeleine nicht dafür gesorgt hat, dass es wieder auftaucht!*

Der Gedanke kam so schnell, dass ich ihn nicht abwehren konnte, und trotz der brütenden Hitze bekam ich eine Gänsehaut.

*Sei nicht albern!,* ermahnte ich mich. Das Armband lag auf dem Grund des Ozeans, weil David es hineingeworfen hatte. Wo sollte es sonst sein?

Gefolgt von meinem Vater fuhr David aus Oak Bluffs hinaus und dann an dem kleinen Flughafen vorbei, den die Reichen und Mächtigen nutzten, um auf die Insel zu kommen. Die Vegetation um uns herum wirkte staubig durch die wochenlange Hitze.

Bis nach *Sorrow* war es noch einmal eine knappe Dreiviertelstunde, und je näher wir dem alten Herrenhaus kamen, umso verkrampfter erschien mir David. Als wir über die Brücke am Stonewall Pond rollten, schluckte er schwer.

»Nervös?« Ich hatte das Gefühl, irgendwas sagen zu müssen, weil mir das Schweigen den letzten Nerv raubte.

David hingegen schien es egal zu sein. Er schwieg weiter. Er sagte auch dann kein Wort, als hinter den niedrigen Sträuchern die Silhouette von *Sorrow* auftauchte.

*Niemandem wird irgendwas passieren,* beruhigte ich mich selbst. *Wir feiern diesen bescheuerten Geburtstag und sind morgen schon wieder in Boston.*

Wenn ich gewusst hätte, wie sehr ich mich damit täuschte, wäre ich vermutlich auf der Stelle umgekehrt und freiwillig zurück aufs Festland geschwommen.

# 9

*Sorrow* ragte vor uns auf wie ein historisches Gebäude auf einer alten Postkarte. Die Sonne spiegelte sich in den vielen Fenstern, sodass diese undurchdringlich wirkten wie die Gläser von Davids Brille. Obwohl es heiß war und eine völlig andere Stimmung herrschte als bei meinem ersten Besuch hier im Winter, empfand ich auf der Stelle wieder dieses Unbehagen, das das alte Herrenhaus in mir verursachte. Es fühlte sich an, als liege eine düstere Aura darüber, eine Art Schutzschirm, der zwar nicht zu sehen, dafür aber umso deutlicher zu spüren war.

*Komm mir näher und du wirst es bereuen!*

Das war es, was das Haus ausstrahlte.

Der Kies in der Auffahrt knirschte unter unseren Autoreifen, als wir direkt vor dem Eingangsportal anhielten. David schaltete den Motor aus und mein Blick fiel auf die Ansammlung von Autos, die auf dem Parkplatz stand. Wenn man von der Anzahl dieser Nobelkarossen ausging, waren schon Dutzende Gäste im Haus, und das, obwohl es noch nicht mal Mittag war. Die Party würde erst um sieben heute Abend losgehen.

Dad hielt neben uns und kletterte aus seinem Wagen. David und ich rührten uns nicht. David saß da, die Hände am Lenkrad wie ein Fahrschüler. Die Schlüsselbeine unter dem Kragen seines schwarzen Shirts stachen hervor und ich konnte sehen, wie seine Fingernägel langsam weiß wurden. Ich wusste, wie er sich fühlte. Ich hatte selbst Mühe, mich daran zu erinnern, wie man sich bewegte.

Bevor mein Körper sich dazu entschließen konnte, mir wieder zu gehorchen, öffnete sich die Haustür und heraus trat Grace. Genau wie damals trug sie eine altmodische Dienstmädchenuniform aus schwarzem Kleid und weißer Schürze. Sie wirkte ein bisschen wie aus der Zeit gefallen. Auf der obersten Stufe der Eingangstreppe blieb sie stehen und sah meinem Vater entgegen.

»Willkommen auf *Sorrow!*«, hörte ich sie sagen. David und mich hatte sie noch nicht bemerkt.

Ich langte nach dem Türgriff, öffnete die Wagentür, blieb aber immer noch sitzen. Die Hitze war wie ein Fausthieb mitten ins Gesicht. Im Bruchteil einer Sekunde brach mir am ganzen Körper der Schweiß aus. Das Geräusch des Ozeans klang träge, irgendwie gelangweilt. Die heiße Luft roch nach Wacholder und Staub und ganz schwach nach Tang. Meine bloßen Beine klebten am Leder des Autositzes und es fühlte sich unangenehm an, sie davon zu lösen. Das Muster der Nähte hatte sich tief in meine Haut graviert. Steifbeinig stieg ich aus.

In diesem Moment entdeckte Grace mich und ihr Mund wurde zu einem kleinen, runden O. Ihre Augen weiteten sich, doch gleich darauf hatte sie sich wieder im Griff.

»Miss Wagner«, sagte sie. Ihre Stimme klang neutral und doch glaubte ich, etwas darin mitschwingen zu hören, das mir einen Schauder den Rücken hinunterrieseln ließ. Als sie die Stufen der Vortreppe herunterkam, konnte ich in ihrem Blick lesen wie in einem offenen Buch.

*Was machen Sie hier? Warum haben Sie nicht auf meine Warnung gehört?*

Auf der Fahrerseite faltete David seine langen Beine aus

dem Wagen. Über das Autodach hinweg sah er Grace an. Zumindest vermutete ich das, denn er trug noch immer seine Sonnenbrille.

»Hallo, Grace.« Er begrüßte sie mit einem steifen Nicken und endlich nahm er die Brille ab.

»Master David!« Sie deutete einen ganz winzigen Knicks an.

Ich blies mir gegen die Stirn, auf der sich Schweißperlen gebildet hatten.

»Es tut mir leid«, sagte Grace und wandte sich an mich. »Ich hatte keine Information darüber, dass Sie auch kommen würden. Ich fürchte, es ist kein Zimmer für Sie vorbereitet.« Ihre langen schwarzen Haare waren kürzer als damals, aber sie trug sie immer noch zu zwei Zöpfen geflochten, die glänzten, als habe sie sie eingeölt. Einer davon rutschte nach vorn auf ihren Busen und sie schwang ihn wieder zurück. Dann überlegte sie kurz. »Viele der Gäste bleiben über Nacht und einige haben sich entschlossen, die Feier für einen kleinen Urlaub auf der Insel zu nutzen.«

»Wir bleiben nur eine Nacht«, sagte David, bevor ich Grace antworten konnte. »Juli kann in Miss Taylors ehemaligem Zimmer schlafen.«

Ich presste die Lippen aufeinander und redete mir ein, dass David nur wegen der amerikatypischen Prüderie getrennte Schlafzimmer vorschlug. Es war mit Sicherheit nicht als Bestrafung dafür gemeint, dass ich ihm hinterhergefahren war!

Oder?

Dad schaute mich forschend an und es war einer der seltenen Momente, in denen ich das Gefühl hatte, dass er wusste, was in mir vorging. Jedenfalls blitzte ein Anflug von Mitleid in seinen Augen auf.

*Wennschon!*, dachte ich trotzig. Es machte mir nichts aus, in getrennten Schlafzimmern zu übernachten. Schließlich hatten David und ich sowieso entschieden, mit dem ersten Mal noch eine Weile zu warten. Also war es doch egal, ob wir in einem oder zwei Zimmern schliefen, nicht wahr? Aber je intensiver ich versuchte, mir genau das einzureden, umso mehr grauste es mir bei dem Gedanken, die Nacht in diesem unheimlichen Haus allein in meinem Bett zu verbringen. Zumal dessen vorige Benutzerin einen gewaltsamen Tod auf den Gay-Head-Klippen gestorben war …

Ich wurde mir bewusst, dass ich mir auf die Innenseite der Wange biss, als ich plötzlich Blut schmeckte. Das Gefühl von bittersüßer Melancholie, das mich seit meinem Traum immer wieder einmal einhüllte, machte sich auch jetzt bemerkbar.

Das ging ja schon gut los!

David schien irgendeine andere Reaktion von mir erwartet zu haben, denn er sah mich verwundert an. Ich schenkte ihm einen sarkastischen Blick.

*Du bringst mich nicht zum Heulen!,* dachte ich grimmig – und wusste doch längst, dass das nicht stimmte.

David wandte sich wieder an Grace. »Bitte sagen Sie meinem Vater, dass ich hier bin.«

»Gerne, Master David«, sagte sie. »Bitte gehen Sie doch schon mal rein. Im Speisezimmer sind Kaffee und Tee angerichtet.«

Als ich die Schwelle übertrat, machte ich mich darauf gefasst, dass ich frösteln würde. Das Gefühl, von einem kalten Ort zu einem noch viel kälteren zu gelangen, war mir so eindrücklich in Erinnerung geblieben, dass mein Magen sich zusammenzog.

Aber obwohl es draußen brütend heiß war und das Haus gut klimatisiert, blieb das Frösteln aus. Tatsächlich sank die

Temperatur mit dem Schritt über die Schwelle um mindestens zehn oder zwölf Grad, trotzdem rann weder eine Gänsehaut über meinen Rücken, noch ergriff mich dieses Gefühl von Angst, das einem wie mit einer kalten Hand in den Nacken greift und einen am liebsten davonlaufen lässt.

Unwillkürlich legte ich den Kopf schief, lauschte auf das Flüstern einer geisterhaften Stimme, aber da war nichts.

Keine Stimme. Kein Gewisper.

Nur das Ticken der alten Standuhr.

Die geschwungene Freitreppe, die ins Obergeschoss führte, lag im Sonnenlicht, das von einem bunten Glasfenster im ersten Stock gefiltert wurde.

Ich drehte mich zu David um. Er stand noch draußen auf der Treppe. Die Sonnenbrille in seiner Hand baumelte unbeachtet neben seinem Bein herab und sein gesamtes Gesicht schien plötzlich aus spitzen Winkeln zusammengesetzt. Ich konnte sehen, wie sich seine Nasenflügel bewegten, wenn er einatmete.

Grace, die hinter mir das Haus betreten hatte, machte ein kaum hörbares schnaubendes Geräusch, dann ging sie wortlos an mir vorbei, um Davids Befehle auszuführen.

David musste sich einen sichtlichen Ruck geben, um die Schwelle zu übertreten. In dem Moment, in dem er es tat, ballte er die Fäuste, und zwar so fest, dass ich die Sehnen auf seinen Handrücken sehen konnte.

»David?«, flüsterte ich.

In seinen Augen stand dieser schreckliche Ausdruck, den ich schon am Fähranleger gesehen hatte. Langsam nickte er. »Alles in Ordnung.« Sehr bewusst entspannte er die Hände. Ich glaubte ihm kein Wort.

Hinter uns kam mein Dad hereingestolpert.

»Puh!«, sagte er. »Hier drinnen ist es angenehm!« Er schaute nach beiden Seiten. »Wo geht es noch mal zu diesem Speisezimmer?«

David wies ihm den Weg und zu dritt wandten wir uns nach links. Bevor wir uns entschließen konnten, die Halle zu verlassen, kehrte Grace zurück. »Ihr Vater lässt ausrichten, dass er im Moment keine Zeit hat. Er wird Sie heute Abend auf der Feierlichkeit sprechen.«

Bitte?, wäre mir beinahe rausgerutscht. David hatte *Sorrow* vor mehr als vier Monaten verlassen und war seitdem nicht mehr hierher zurückgekehrt. In der Zwischenzeit hatte er in der Klinik gelegen, hatte mit seinen Dämonen gekämpft und sie besiegt. Dass sein Vater während all dieser Zeit kein einziges Mal nach Boston gekommen war, um seinen Sohn zu besuchen, sondern sich nur sporadisch telefonisch nach Davids Befinden erkundigt hatte, war mir schon furchtbar vorgekommen. Aber dass er sich jetzt verleugnen ließ, wo David wieder zu Hause war, das machte mich fassungslos. Zu der Fassungslosigkeit kam Wut hinzu, als ich sah, wie David bei dieser Nachricht schluckte.

*Wir sind wie Feuer und Wasser, solange ich denken kann.*

Ich streckte die Hand nach ihm aus, aber er wich mir aus und bewies mir damit, dass er noch immer sauer auf mich war. Seine Bewegungen, die in Boston stets lässig und souverän gewirkt hatten, kamen mir auf einmal wieder steif und hölzern vor.

Das unbändige Verlangen, Walt anzurufen, erfasste mich. Wie weggeblasen war die Überzeugung, dass ich dem hier gewachsen war. *Wie soll ich das nur hinkriegen?,* dachte ich. Und dann: *Na toll!* Wenn ich ihn jetzt schon anrufen und um Hilfe bitten wollte, wie sollte es dann erst noch werden?

David führte Dad und mich durch den mit Teppich ausgelegten Flur zum Speisezimmer. »Oh«, hörte ich meinen Vater sagen. »Neue Bilder.«

Er hatte recht. Im Winter hatten hier noch moderne Gemälde gehangen, aber jetzt waren sie fort. Man hatte sie durch alte Ölporträts aus dem vorletzten und letzten Jahrhundert ersetzt. Eine Menge streng blickender Männer und Frauen in altmodischer Kleidung, von denen kein Einziger zu lächeln schien. Eine Ahnengalerie der Bells.

»Warum wurden die anderen wohl abgenommen?«, wunderte Dad sich.

Ich wollte ihm die Antwort auf diese Frage geben, aber David kam mir zuvor. Seine Stimme war sehr leise, als er meinte: »Henry hatte sie gemalt.«

Henry ...

Mein Herz stolperte, als ich diesen Namen hörte. Ich sah David an. War er erleichtert, dass die Bilder fort waren? Ich konnte es nicht sagen. Seine Blicke streiften die Gemälde und da war nichts in seiner Miene, das mir Aufschluss über seine Gefühle gegeben hätte.

»Hübsch«, konstatierte mein Vater, der natürlich wieder einmal nicht mitbekommen hatte, was eigentlich vor sich ging. Er brachte sein Gesicht näher an eines der Bilder heran und betrachtete es genauer. »Die sind schöner als dieser moderne Kram!«

Darüber konnte man geteilter Meinung sein, dachte ich.

Ich bekam keine Gelegenheit, mir die Gesichter von Davids Ahnen näher anzusehen, denn nun erreichten wir das Speisezimmer. Und hier wartete gleich die nächste Prüfung auf mich.

Lizz Thompson und ihre Mutter waren da.

Als wir den großen, sonnendurchfluteten und ebenfalls angenehm klimatisierten Raum betraten, unterhielten die beiden sich mit einem älteren Ehepaar in Tenniskleidung, das offenbar gerade ein Match hinter sich hatte. Der Mann war klein und fast kugelrund, wirkte aber trotzdem irgendwie fit. Ich hatte keine Ahnung, wie er das machte. Die Frau hingegen hatte etwas Ätherisches, war zart gebaut und dünn wie eine Bohnenstange.

»... glaubt man kaum!«, sagte Sandra Thompson gerade. Dann lachte sie auf. Sie hatte eine sehr helle, fast mädchenhafte Stimme und war ebenfalls dünn, wenn auch nicht ganz so feingliedrig wie die Tennislady. Gekleidet war sie in eine romantisch verspielte Rüschenbluse und einen spießigen Rock, was beides so gar nicht zu meinem Bild einer toughen Thrillerautorin passen wollte. Als David die Tür hinter uns ins Schloss drückte, bemerkte sie, dass noch jemand den Raum betreten hatte, und wandte sich zu uns um.

Im gleichen Augenblick entdeckte uns auch Lizz. Über ihr Gesicht glitt ein erfreutes Strahlen. »David!«

Ich verspürte einen Anflug von Gehässigkeit, weil mir die Spannung, die zwischen David und mir lag, gehörig an die Nieren ging. »Na?«, raunte ich ihm zu. »Das war es doch, was du wolltest, oder?«

Er schenkte mir nur einen kurzen, ziemlich kühlen Seitenblick. »Sei nicht albern!«

Lizz stellte ihre Teetasse weg, stand auf und kam auf David zugeeilt. Bevor er es sich versah, hatte sie ihm die obligatorischen Küsschen rechts und links auf die Wange verpasst, und sie achtete dabei genau darauf, wie ich reagierte.

Ich bemühte mich um einen möglichst gleichgültigen Ausdruck, aber ich fürchte, ich war von dem stundenlangen zermürbenden Schweigen zwischen David und mir so ausgelaugt, dass mir das nicht wirklich gelang. Verflixt! Warum konnte ich meine Gesichtszüge nur immer so schwer unter Kontrolle halten?

Mit einem kleinen triumphierenden Funkeln in den Augen gab Lizz auch mir Küsschen. »Schön, dass ihr endlich hier seid!«, behauptete sie honigsüß und hakte David unter. Dann zog sie ihn zu sich an den Tisch, wo sie ihn nötigte, sich zu setzen.

David fügte sich, und nachdem er mich kurz angesehen hatte, schenkte er Lizz ein kleines Lächeln. Ich kämpfte mit meinen Emotionen. *Selbst schuld, selbst schuld,* flüsterte eine kleine, gemeine Stimme in meinem Hinterkopf. Mit steifen Bewegungen trat ich an die Anrichte und nahm mir eine Tasse Kaffee. Dann setzte ich mich zu meinem Vater und Sandra Thompson, die sich bereits in einer Fachsimpelei über das Schreiben befanden.

Der Kaffee schmeckte furchtbar bitter. Ich hatte absichtlich weder Milch noch Zucker hineingetan.

# 10

Etwa zwanzig Minuten später beschloss ich, mir das Spiel nicht länger mit anzusehen. Ich erhob mich.

Davids Blick streifte mich kurz, doch dann wandte er sich wieder Lizz zu. Mir schossen Tränen in die Augen. Wütend blinzelnd stolperte ich aus dem Speisezimmer und hoffte, dass er mir hinterherkommen würde. Die Tür fiel hinter mir ins Schloss. Auf dem Gang davor blieb ich stehen, aber gleich darauf war mir das zu blöd. Mit langen Schritten marschierte ich zurück in die Halle. Diesmal hörte ich das Ticken der Standuhr nicht, weil das Blut in meinen Ohren rauschte. Ich blieb am Fuße der Treppe stehen und schaute nach oben zu dem Fenster mit dem Pelikan aus buntem Glas. Das Licht, das durch die Umrisse des Vogels fiel, wirkte friedlich, fast ein bisschen fröhlich. Aber natürlich konnte mich der Anblick nicht aufmuntern.

Da Grace offensichtlich gerade oben zugange war, um Taylors ehemaliges Zimmer für mich herzurichten, ging ich in die Bibliothek. Es war ein großer, gediegener Raum, der, ebenso wie die Halle, mit rotbraunem Parkett ausgelegt war. Regale reichten vom Boden bis zur Decke und sie waren so hoch, dass man die oberen Fächer nur mit einer Leiter erreichen konnte. Ein sehr britisch aussehendes Ledersofa stand so im Raum, dass man von ihm aus in den großen Kamin blicken konnte, in dem jetzt natürlich kein Feuer brannte.

Ein Strauß mit Sommerblumen stand auf einem kleinen Tischchen neben dem Sofa und ein Buch lag daneben, als habe hier eben noch jemand gesessen und gelesen.

Die bodentiefen Fenster gingen in Richtung Atlantik hinaus, jedenfalls vermutete ich das. Man konnte das Wasser von hier aus nicht sehen, aber der Himmel hatte dieses sonderbare Strahlen, das er nur über dem Meer besaß.

Langsam wanderte ich die Regale entlang und strich mit den Fingerspitzen über die Buchrücken, während ich die Titel las. Vor einem der Regale mit Sachbüchern blieb ich schließlich stehen. Hier befand sich offenbar eine kleine Sammlung von persönlichen Werken, zumeist historische Abhandlungen über die Bells, über *Sorrow* und den Verlag, den Jason Bell leitete. Im ersten Moment erwartete ich, hier auch den großen Bildband zu finden, den Grace mir damals in ihrer Kammer gezeigt hatte und von dem ich jetzt auch eine Ausgabe besaß. Aber dann wurde mir bewusst, dass ein Zimmermädchen wohl kaum seine eigenen Bücher in die Bibliothek seines Arbeitgebers stellen würde.

Mein Blick blieb an einem dicken, in blaues Leinen gebundenen Band hängen, auf dessen Rücken in goldener Schrift der Titel *Sorrow bis 1945* stand.

Ich zog es heraus, schlug es beim Inhaltsverzeichnis auf und sofort sprang mir eines der Kapitel ins Auge.

*Die Männer der Bells und Madeleine Bowers Fluch.*

Bevor mich der Mut verlassen konnte, blätterte ich bis zu der bezeichneten Seite. Das Buch fiel praktisch von selbst an der entsprechenden Stelle auf und meine Blicke flogen über den Anfang des Kapitels. An dem letzten Satz unten auf der Seite blieb ich hängen.

*Der Schuss, der Mary Willows tötete …*

Ich blätterte um. Auf der nächsten Seite befand sich ein Bild, ein alter Kupferstich von *Sorrow,* auf dem das Haus fast genauso aussah wie heute. Ich betrachtete es, dann wollte ich weiterlesen, aber ich wurde abgelenkt, denn in diesem Moment öffnete jemand die Tür der Bibliothek.

»Hier bist du.« Es war David.

Ich schlug rasch das Buch zu und stellte es ins Regal zurück. Er musste nicht unbedingt wissen, worin ich gelesen hatte.

Er trat zu mir. In seinem Gesicht stand noch immer ein bisschen etwas von dem Ärger, den er auf mich empfand, aber er schien entschlossen, mir einen Waffenstillstand anzubieten.

»Warum hast du dich eben nicht zu uns gesetzt?«, fragte er mit einem freundlichen Ton in der Stimme.

Ich war so erleichtert, dass es mir unangenehm war. Und das reizte mich zu einer völlig bescheuerten Reaktion.

»Du hast gesagt, du brauchst Luft zum Atmen.« Ich klang weitaus gereizter, als ich es beabsichtigt hatte.

Verdammt! Jetzt zickte ich ihn doch an. Dabei hatte ich mir fest vorgenommen, genau das nicht zu tun.

Ich atmete tief durch. Plötzlich schossen mir Tränen in die Augen. Ich verbarg sie vor David, indem ich meine langen Haare vor das Gesicht fallen ließ und mich rasch umdrehte.

Durch die bodentiefen Fenster konnte ich eine Amsel sehen, die über das saftige Grün hüpfte und hin und wieder nach etwas zwischen den Halmen pickte. Sie verschwamm vor meinen Augen zu einem schwarzen Fleck und ich blinzelte.

David seufzte. Dann packte er meine Schultern, drehte mich zu sich um und nahm meine Hände.

Ich wollte sie wegziehen, aber er ließ es nicht zu. »Juli«, sagte er. »Lizz Thompson ist überhaupt keine Gefahr für dich.«

Mit einem Ruck machte ich mich frei und zu meinem

eigenen Ärger liefen mir jetzt die Augen doch noch über. Verdammt! Verdammt!

»Ach ja?« Ich hatte das nicht sagen wollen, aber ich konnte einfach nicht anders. Wieder hier in diesem bekloppten Haus zu sein, fühlte sich an, als hätte mir jemand die Haut abgezogen. Die kleinste Berührung würde schmerzen, das wusste ich, und so versuchte ich, mich zu schützen, indem ich um mich schlug.

»Es tut mir leid«, hörte ich mich mit beherrschter Stimme sagen. »Ich dachte, es wäre eine gute Idee, dich hierher zu begleiten, aber wenn du willst, fahre ich noch heute wieder nach Hause.«

Er sah betroffen aus, ließ mich los. Trat einen Schritt zurück. »Ich wollte nicht, dass du ... Ach, verflixt!« Sein Blick brannte Löcher in den Boden.

Zornig wischte ich mir über die Wangen. Die nächsten Minuten verbrachte ich damit, nicht wieder loszuheulen. Währenddessen flog die Amsel weg und kam gleich darauf mit einem Artgenossen zusammen wieder. Seite an Seite setzten die beiden ihre Suche nach Fressbarem fort.

Irgendwann hob David den Kopf. »Es tut mir leid! Ich wollte dich nicht zum Weinen bringen.« Ein sehr wehmütiges Lächeln erschien auf seinem Gesicht. »Die Wahrheit ist: Ich bin froh darüber, dass du mitgekommen bist.«

Ich lachte unter Tränen. »Bis eben hast du das aber gut verborgen!«

»Die Wahrheit ist auch, dass ich ziemlich wütend darüber bin.«

»Wie geht das?«, fragte ich.

»Weil es mir klarmacht, dass ich noch immer derselbe Schwächling bin wie im Winter.«

»Du bist kein Schwächling!«, rief ich aus.

An seinem Gesichtsausdruck konnte ich ablesen, dass er anderer Meinung war, und natürlich wusste ich, was er dachte. Er war von Jason erzogen worden. Darum war er der festen Meinung, ein Mann dürfe keinerlei Schwäche zeigen. Und die Art, wie er im Winter auf Charlies Tod und alles, was danach gekommen war, reagiert hatte, musste für ihn der Inbegriff von Schwäche sein.

»Ich habe eigentlich weniger Angst vor Lizz«, gestand ich ihm.

»Sondern?«

»Sondern davor, dass du hier wieder zu dem ... Freak wirst, der du warst.«

»Ach, Juli!« Endlich trat David erneut vor mich hin und nahm mich in die Arme. Seine Hand fuhr in meinem Nacken in die Haare und ich unterdrückte ein wohliges Seufzen. Ich schlang meine Arme um seinen Oberkörper und legte meine nasse Wange gegen seine Brust.

»Die paar Stunden, die wir hier sind«, sagte er leise, »lass uns so tun, als gäbe es den ganzen Scheiß nicht, okay? Lass uns ganz normal sein.«

»Normal?« Ich hatte das Gefühl, dass ich schon lange nicht mehr wusste, was normal eigentlich bedeutete. »Wie zum Beispiel?«

»Tja.« Er streichelte mir über das Genick und meine Knie wurden weich. »Ich glaube, normale Menschen gehen bei diesem Wetter runter an den Strand. Was meinst du? Bis zu der Feier sind es noch ein paar Stunden.«

»Strand klingt gut.« Ich presste die Stirn gegen sein Brustbein, während ich das sagte. Tief sog ich seinen Geruch ein. Ich hatte ihn so vermisst in den letzten Tagen. »Madeleine Bower kann mich mal«, murmelte ich dann.

»Madeleine Bower?«, fragte David.

Ich hob den Kopf, sah ihn an. »Lizz Thompson«, korrigierte ich mich.

Kurz darauf kam Grace, um uns mitzuteilen, dass sie mein Zimmer hergerichtet hatte. Sie wollte uns nach oben führen, aber David wehrte ab.

»Wir wissen, wo wir hinmüssen, danke«, sagte er trocken.

Auf dem Flur im Obergeschoss fiel mein Blick auf die beiden kleinen Tischchen, die rechts und links von einer der Türen standen. Zwei üppige Sträuße weißer Lilien standen darauf und verströmten einen leichten Blütenduft.

Genau in dem Moment, in dem ich sie ansah, löste sich von einer der schweren weißen Blüten ein Blatt und landete auf der Tischplatte.

David runzelte die Stirn. »Treffen wir uns in zehn Minuten wieder hier?«, fragte er.

Ich versprach ihm, mich zu beeilen.

Als ich mein Zimmer betrat, musste ich unwillkürlich an dessen frühere Bewohnerin denken. Taylor. Meine Kehle wurde eng und ich wehrte mich gegen die Erinnerungen, die mich anzuspringen drohten. Mein Blick fiel auf die breiten Einbauschränke neben dem Bett. Ohne dass ich so recht wusste, warum, ging ich darauf zu und öffnete sie. Sie waren leer.

Was hatte ich erwartet?

Etwa, dass ein rotes Kleid darin hängen würde?

Ich schüttelte mich. Und dann passierte das, was ich so sehr gefürchtet hatte. Eine eisige Hand berührte mich im Genick und strich mir ganz sanft darüber.

Eilig wandte ich mich meinem Koffer zu, den Theo auf das Bett gelegt hatte. Ich kramte einen dunkelblauen Badeanzug hervor, den ich mir erst kürzlich gekauft hatte, ging in das angrenzende kleine Bad und zog mich um.

Ich war gerade dabei, meine Haare zu einem Zopf zusammenzubinden, als im Schlafzimmer ein lauter Knall ertönte und mich zusammenzucken ließ. Ich fuhr zur Badezimmertür herum, die ich offen gelassen hatte. Im ersten Moment konnte ich nicht entdecken, was das Geräusch verursacht hatte, aber dann entdeckte ich etwas Dunkles auf den Fliesen des Balkons. Ein kleiner Haufen aus zerzausten Federn.

Ein Vogel.

Ich trat ins Freie und bückte mich nach dem Tier. Es war eine der Amseln von eben. Der kleine Körper war noch warm, aber der Kopf war unnatürlich nach hinten verbogen und seine Augen stumpf.

»Madeleine schickt Ihnen Zeichen«, ertönte eine Stimme hinter mir. Vor Schreck hätte ich den toten Vogel beinahe fallen gelassen. Ich drehte mich um.

Grace stand mitten im Raum, auf dem Arm einen Stapel Handtücher, den es nicht brauchte, weil im Bad längst welche hingen.

»Haben Sie mich erschreckt!« Die weichen Federn des toten Vogels klebten an meinen Handflächen und ich überlegte, was ich jetzt mit dem Kadaver anfangen sollte.

Grace zuckte die Achseln. »Warum haben Sie nicht auf meine Warnung gehört?«, fragte sie leise.

Ich hatte keine Lust, mir ihr unheimliches Geraune anzuhören, aber ich konnte es auch nicht vermeiden, dass sich eine Erinnerung in meinem Hinterkopf zu Wort meldete.

*Sie dürfen nicht nach* Sorrow *zurückkehren ...*

Was, wenn Grace recht hatte? Was, wenn es an diesem Ort doch Dinge gab, die jenseits unserer Vorstellungskraft lagen?

Ich glaubte nicht an Geister, jedenfalls schaffte ich es immer wieder erfolgreich, mir das einzureden. Woran ich aber sehr wohl glaubte, waren die Veränderungen, die *Sorrow* in David und mir auslöste. Wir waren erst kurze Zeit hier und schon waren wir beide drauf und dran, in unsere alten Verhaltensweisen zurückzuverfallen. Es war, als habe die düstere Aura dieses alten Herrenhauses sich wie eine unheilvolle Krankheit über uns gelegt.

Ich kämpfte diesen Gedanken nieder.

Der tote Vogelkörper in meinen Händen wurde bereits kalt.

»Im Winter sind Sie Madeleine entkommen«, sagte Grace. »Das macht sie wütend.«

Ich wollte ihr sagen, dass sie mich endlich mit diesem Kram in Ruhe lassen sollte, aber ich konnte es nicht. »Wir fahren ja schon morgen wieder nach Hause.«

Sie schüttelte den Kopf. »Madeleine wird das nicht zulassen. Jetzt, wo Sie wieder da sind, wird sie ihre Anstrengungen verdoppeln, Ihr Leben zu zerstören, Miss Wagner. Und um das zu erreichen, wird sie sich diesmal auf Master David konzentrieren. Sie hätten auf mich hören sollen.«

»Ihre Anstrengungen verdoppeln«, höhnte ich. »Was kommt jetzt? Der Fluch 2.0 oder was?«

Sie deutete auf den Vogel. »So wie er sich das Genick gebrochen hat, so wird Ihnen das Herz gebrochen werden, oder aber ...« Sie biss sich auf die Lippe.

*Was für ein bescheuerter, melodramatischer Spruch!,* dachte ich, aber es war nur ein halbherziger Gedanke. Ein Teil von mir fürchtete sich schließlich genau vor dem, was sie mir hier gerade prophezeite.

*Lizz,* dachte ich ein wenig benommen.

»Ich hatte Ihnen befohlen, Juli in Ruhe zu lassen, Grace!«

Mit verschränkten Armen stand plötzlich David im Türrahmen. Eine düstere Wolke schwebte über seiner Stirn, und obwohl er ruhig, fast kalt wirkte, wusste ich, dass er innerlich kochte.

Grace wirkte nicht im Mindesten betroffen. »Ich meine es nur gut, Master David. Ich ...«

»Schluss jetzt!«

Sein scharfer Tonfall ließ mich erschrocken blinzeln.

Grace jedoch knickste nur. »Wie Sie meinen.« Mit ihren Handtüchern auf dem Arm marschierte sie auf mich zu und nahm mir den toten Vogel ab. Dann ging sie zur Zimmertür, aber dort angekommen, wandte sie sich noch einmal um. »Es gibt Dinge in Ihrer Familie, Master David, die Sie nicht ignorieren sollten ...«

David öffnete den Mund, aber bevor er sie anbrüllen konnte, war sie bereits verschwunden. Er starrte ihr nach. Ganz kurz wirkte er unfassbar finster.

Und ich – was tat ich?

Ich fröstelte.

# 11

Was denkst du über sie?«, fragte ich.

David und ich gingen den Weg entlang, der durch Wacholderbüsche und Heidekraut zum Privatstrand der Bells führte. David wirkte noch immer angespannt, aber je weiter wir uns von *Sorrow* entfernten, umso besser schien es ihm zu gehen.

»Hm?«, machte er.

»Über Grace«, schob ich nach. »Über das, was sie gesagt hat.« Ich musste immer noch an den toten Vogel denken, an die trüben Augen und die abgeknickten Federn, die sich in meinen Händen so weich angefühlt hatten.

»Es tut mir leid, dass du dir das schon wieder anhören musstest«, sagte er. »Das ist alles meine Schuld.«

*Hallo?* Ich hatte mich von allein entschieden, mit ihm hierherzukommen. Gegen seinen Willen sogar. Und jetzt tat er tatsächlich so, als hätte er mich dazu gezwungen?

Ich schnaubte nur.

»Sie glaubt an all den Kram, von dem sie andauernd faselt«, sagte David. »Sie meint es gut, sie will uns nur warnen.«

»Aber es gibt keine Geister«, murmelte ich. Dann schüttelte ich den Kopf. »Und schon gar keinen Fluch 2.0!«

»Fluch 2.0?« In Davids Stimme klang ein leichtes Lächeln mit. »Was soll denn das sein?«

»Grace meint, weil Madeleine mich im Winter nicht dazu bringen konnte, von den Klippen zu springen, wird sie diesmal ihre Anstrengungen verdoppeln.« Ich grinste, obwohl mir überhaupt nicht danach zumute war. »Fluch 2.0 fand ich dafür irgendwie einen passenden Ausdruck.«

Eine Möwe flog über uns hinweg und stieß einen Schrei aus, der wie das Lachen eines kleinen Kindes klang. David sah ihr nach, bis sie hinter einem der Bäume verschwunden war. »Fluch 2.0«, wiederholte er. »Klingt gut.«

Ich stolperte über eine Wurzel, die auf dem Pfad in die Luft ragte, fing mich aber, bevor David zufassen konnte. Grace' Worte gingen mir nicht aus dem Kopf. Ihr Gefasel über Madeleine und dass sie sich diesmal auf David konzentrieren würde. Wenn ihm etwas zustieß ... Ich konnte diesen Gedanken einfach nicht zu Ende denken und darum versuchte ich, mich auf etwas anderes zu konzentrieren.

»Glaubst du, sie denkt, dass dieser Fluch auch Henry ...« Ich unterbrach mich, weil David ein leises Ächzen ausstieß. Er reagierte noch immer ziemlich heftig, wenn man Henrys Namen auch nur erwähnte. »Tut mir leid!«, murmelte ich.

Wir kamen an eine Weggabelung, von der ich wusste, dass es hier linker Hand hoch zu den Gay-Head-Klippen ging. Ganz kurz stockte Davids Schritt, aber dann schlug er den rechten Weg ein.

Erleichterung durchflutete mich und das zeigte mir, wie sehr ich mich unbewusst davor gefürchtet hatte, dass er sich anders entscheiden würde. Dass er zu den Klippen gehen würde, dorthin, wo Charlie gestorben war.

Der Weg führte jetzt abwärts zum Strand. Es wurde steil und wir mussten aufpassen, wohin wir traten. Aus diesem Grund dauerte es einen Moment, bis David wieder das Wort ergriff. »Nein, schon gut. Vielleicht sollten wir wirklich mal anfangen, darüber zu reden.«

*Na endlich!*, dachte ich. Bisher hatte er jeden Versuch vehement abgewehrt, über Henry und das, was er uns angetan hatte, zu reden.

»Weißt du, was ich mich wieder und wieder frage?«, meinte er.

Ich schüttelte den Kopf. Wartete mit einem ziemlich mulmigen Gefühl.

David brach einen kleinen Zweig von einem Busch ab und spielte damit herum, während er überlegte. »Ich würde gern wissen, ob Henry den Verstand erst durch Charlies Tod verloren hat oder schon vorher.«

Das hatte ich auch bereits hundertmal überlegt, aber ich war bis jetzt stets vor dem zurückgeschreckt, was hinter dieser Frage lauerte. Wenn Henry schon vor Charlies Tod nicht mehr alle Tassen im Schrank gehabt hatte, dann könnte das bedeuten, dass ihr Sturz von den Klippen gar kein Unfall war – und auch kein Selbstmord. Dann bestand die Möglichkeit, dass Henry sie umgebracht hatte.

Ich zupfte an meiner Unterlippe, um es nicht laut auszusprechen, aber natürlich quälten David genau dieselben Gedanken. Ich konnte es an seiner Miene ablesen. Er hob den Zweig und betrachtete ihn von allen Seiten. Kleine, ziemlich spitze Dornen ragten daraus hervor.

»Wir werden es wahrscheinlich nie erfahren«, murmelte er mit flacher Stimme und schleuderte den Zweig fort. »Jedenfalls nicht, solange Charlies Leiche verschollen ist.«

In diesem Augenblick begriff ich es nicht, aber wenn ich heute darüber nachdenke – und vor allem über das, was danach kommen sollte –, dann war es schon damals, als würde sich die Zukunft auf uns senken wie ein düsterer Schatten.

Kurze Zeit später erreichten wir die kleine Bucht mit dem Privatstrand der Bells. Ein hölzerner Steg führte auf das Wasser hinaus und in der Mitte dieses Steges thronte ein kleines Bootshaus, an das ich ziemlich angenehme Erinnerungen hatte.

»Schade eigentlich«, sagte ich, »dass es heute nicht regnet.«

Ein schwaches Zucken umspielte Davids Mundwinkel. Er dachte genau wie ich daran, wie wir uns im Winter bei einem Regenguss in das Bootshaus gerettet und unter trockenen Decken aneinandergekuschelt darauf gewartet hatten, dass es aufhörte zu schütten.

Wir betraten den Strand. Und gleich darauf stöhnte David auf.

Neben dem Bootshaus, auf den sonnenbeschienenen Planken, lagen zwei Menschen nebeneinander in der Sonne.

»Na toll!«, grummelte David. »Die hat uns ja gerade noch gefehlt!«

Die eine der beiden Gestalten bemerkte uns und setzte sich auf. Es war ein junger Mann, ungefähr in Davids Alter und offenbar mexikanischer oder südamerikanischer Abstammung. Seine Haut hatte diesen typischen staubig braunen Ton und seine langen, zu einem lässigen Pferdeschwanz gebundenen Haare waren pechschwarz. Sein Oberkörper war extrem durchtrainiert und muskulös.

Er stupste die andere Gestalt an, sagte etwas zu ihr und daraufhin setzte auch sie sich hin. Ich erkannte eine leicht übergewichtige Frau von imposanter Größe. Sie trug einen schwarzen Badeanzug und hatte ein buntes Tuch um die Hüften geknotet. Die Haare hatte sie gekonnt zu einem losen Knoten geschlungen, aus dem sich sehr vorteilhaft zwei Locken rechts und links ihrer Schläfen hervorkringelten.

Miss Kimberley Primrose.

Ich rümpfte die Nase.

*Na toll.*

»Ich wusste gar nicht, dass sie auch eingeladen ist«, sagte David leise.

Kimberley Primrose, oder Kimmi, wie sie genannt werden wollte, war genau wie mein Vater und Sandra Thompson eine von Jason Bells Autorinnen. Was sie jedoch zu einer regelrechten Landplage machte, war ihr übertrieben anzügliches Verhalten jedem männlichen Wesen gegenüber, das jünger als fünfundzwanzig Jahre war.

*Miss Promiskuitiv* hatte Henry sie damals genannt, weil sie die Finger nicht von David hatte lassen können.

»Der Typ bei ihr ist bestimmt ihr aktueller Lover.« David schenkte mir ein finsteres Grinsen, dann straffte er die Schultern und setzte seinen Weg fort. Einfach umkehren und flüchten, kam offenbar nicht infrage.

»David!« Kimmis Stimmlage umfasste eine gesamte Oktave und es war mir schleierhaft, wie das bei einem Wort mit nur zwei Silben ging. »Wie bezaubernd!« Sie stand auf, als David und ich den Steg betraten, und als wir bei ihr und ihrem Begleiter ankamen, breitete sie die Arme aus, wie um einen lange verlorenen Sohn zu begrüßen.

David wich einen Schritt zurück. »Hallo, Kimmi.« Seine Lippen wirkten schmal, aber dann zwang er sich zu einem freundlichen Lächeln.

Kimmi war entzückt und zugleich enttäuscht, dass er sich nicht hatte umarmen lassen. »Jason hätte mir ruhig sagen können, dass du auch hier bist!«, beschwerte sie sich. Ihren Begleiter schien sie für den Augenblick völlig vergessen zu haben. Der junge Mann stand neben ihr wie bestellt und nicht abgeholt und ihm war deutlich anzusehen, dass er sich unwohl fühlte.

David bezog ihn geschickt ins Gespräch ein, indem er fragte: »Und du bist?«

Erleichtert streckte der Typ die Hand aus. »Carlos.«

Kimmi griff sich eine ihrer Schläfenlocken und zwirbelte sie. »Carlos begleitet mich für ein paar Tage.«

David und er schüttelten sich die Hände, dann wandte Carlos sich mir zu und begrüßte auch mich. Sein Blick lag dabei mit einer solchen Intensität auf mir, dass ich ihn nicht so recht einordnen konnte. Es hätte alles heißen können, von »Hallo, schöne Frau!« über »Rette mich vor Kimmi Primrose!« bis hin zu »Willst du ins Bett mit mir?«.

»Hallo, Carlos«, sagte ich.

Er strahlte mich an.

David runzelte die Stirn und Carlos zog rasch seine Hand zurück.

»Wann seid ihr angekommen?«, erkundigte sich Kimmi.

David sagte es ihr und sie versuchte, ihn in ein längeres Gespräch zu verwickeln. Ich verhinderte das jedoch, indem ich mich bei David unterhakte. »Du hattest mir doch versprochen, dass wir schwimmen gehen.« Ich sagte das in einem Tonfall, der gut zu einem verwöhnten Upperclass-Girlie gepasst hätte.

Carlos musterte mich. Ich hätte gern gewusst, was er dachte.

David nickte. »Tut mir leid, Kimmi, aber ich muss mich um diese junge Dame hier kümmern.« Er betonte das Wort *junge* gerade so stark, dass seine Worte wie eine versteckte Beleidigung klangen.

Carlos bekam große Augen, aber Kimmi begriff – wie immer – nicht, dass sie aufgezogen wurde.

»Natürlich!«, murmelte sie und funkelte mich böse an.

Wir breiteten unsere Handtücher in sicherem Abstand vom Bootssteg in dem feinen weißen Sand aus und liefen dann ins Wasser. Eine Weile lang genossen wir die Abkühlung, die Wellen, die uns wiegten, unsere gegenseitige Gegenwart. Wir schwammen Seite an Seite, aber keiner von uns beiden kam auf die Idee herumzualbern. Weder spritzten wir uns Wasser ins Gesicht noch drückten wir uns gegenseitig unter die Oberfläche. Wir waren einfach nur beieinander, ohne viel zu reden. Wir benahmen uns so normal, wie wir es eben hinbekamen.

Als ich müde wurde, sagte ich es David.

»Schwimm ruhig zurück«, meinte er. »Ich bleibe noch ein paar Minuten.« Er kam auf mich zu, zog mich in seine Arme und gab mir einen Kuss, bei dem wir beide untergingen, weil wir uns nicht mehr vernünftig bewegen konnten.

»He!«, machte ich, als wir wieder hochkamen.

Er hob eine Hand aus dem Wasser und wischte mir ein paar Tropfen von der Wange. Dann wandte er sich ab und kraulte davon.

Ich kehrte an den Strand zurück. Als das Wasser nur noch oberschenkeltief war, stellte ich mich aufrecht hin und watete weiter. Bis ein scharfer, brennender Schmerz durch meine linke Fußsohle fuhr.

Mit einem leisen Fluch riss ich das Bein hoch, verlor das Gleichgewicht und tauchte kurz unter. Dann rappelte ich mich wieder auf. Mein Fuß tat höllisch weh. Mit zusammengebissenen Zähnen humpelte ich an Land und ließ mich auf mein Handtuch fallen.

Ich war in einen Seeigel getreten. Die abgebrochene Spitze eines Stachels ragte aus meiner Fußsohle wie ein Minispeer. »Mist!«, fluchte ich. Ich packte das Ding und zog es aus meinem Fleisch. Ein paar Blutstropfen quollen hervor. »Aua!«

»Alles okay?« Plötzlich ragte ein Schatten über mir auf. Carlos.

Missmutig starrte ich auf den Stachel in meiner Hand. »Jaja. Bin nur hier reingetreten.« Ich schleuderte das Ding so weit von mir, wie ich konnte.

Er kniete sich neben mich. »Lass mal sehen.«

Ich wollte abwehren, aber er hatte bereits meinen Fuß gepackt und untersuchte ihn fachmännisch. »Ich habe eine Ausbildung als Rettungsschwimmer«, verriet er mir. »Ich kenne mich mit so was aus.« Er drückte an der kleinen Wunde herum, sodass weiteres Blut hervorquoll. »Sieht schlimmer aus, als es ist.« Er ließ meinen Fuß in den Sand sinken, hielt ihn allerdings weiter fest. Über meine lang ausgestreckten Beine hinweg sah er mir direkt in die Augen. »Heute Abend High Heels zu tragen, wird vermutlich ein bisschen schmerzhaft, aber sonst ist alles gut.«

Ich wollte seinem intensiven Blick ausweichen, doch es ging irgendwie nicht. Die Berührung seiner Hand an meiner Fessel war mir unangenehm, aber auch das Bein wegzuziehen, war unmöglich. »Ich trage selten High Heels«, murmelte ich und spürte, wie ich verlegen wurde.

Dann riss ich mich endlich von seinem Gesicht los. David schwamm noch immer ziemlich weit draußen.

»Schade!« Carlos' Lächeln blitzte auf. Er hatte sehr weiße, sehr ebenmäßige Zähne.

Ich deutete auf meinen Fuß. »Du kannst den jetzt loslassen!«

»Oh.« Wieder lächelte er. Diesmal kam es mir anzüglich vor. »Natürlich.« Er ließ die Hand noch eine genau bemessene Sekunde lang liegen, ehe er sie wegzog.

Demonstrativ sah ich zu Kimmi, die sich auf dem Bootssteg wieder in die Sonne geknallt hatte und uns ebenso wenig bemerkte wie David. »Deine Freundin wartet bestimmt schon auf dich.«

Carlos schaute flüchtig in Kimmis Richtung. »Klar.« Dann wanderte sein Blick zurück zu mir und er schaute mir ein weiteres Mal tief in die Augen.

Meine Wangen fühlten sich an, als stünden sie in Flammen. Ich räusperte mich. »Na dann ...«, sagte ich.

Da endlich schien er zu begreifen. »Bis nachher«, sagte er vieldeutig, erhob sich und ging zu Kimmi zurück.

Als er weg war, suchte ich David zwischen den Wellen. Er war auf dem Weg zu mir.

# 12

Als er mich erreichte, zeichnete ich gerade Wellenlinien in den Sand und war aus irgendeinem mir völlig schleierhaften Grund froh, dass er mein kleines Geplänkel mit Carlos nicht mitgekriegt hatte.

David beugte sich über meine Malerei. »Was soll das sein?«, fragte er. »Moderne Kunst?«

»Meditationskrickelei.« Lächelnd sah ich zu ihm auf. Er stand genau in der Sonne, sodass ich nur seine Umrisse erkennen konnte. Wassertropfen hingen in seinen Haarspitzen und glitzerten im Licht der inzwischen schon leicht schräg einfallenden Sonnenstrahlen. Er trat einen Schritt zur Seite, dann kniete er sich hin und legte eine faustgroße Muschel auf mein Kunstwerk.

Bei ihrem Anblick stieß ich unwillkürlich einen erschrockenen Laut aus.

David ließ sich neben mir in den Sand fallen. »Was hast du? Gefällt sie dir nicht?«

»Sie ist schön, doch.« Ich nahm die Muschel und betrachtete sie von allen Seiten. »Aber sie erinnert mich irgendwie an die Bilder von Henry.«

»Scheiße!« Er nahm mir die Muschel aus der Hand. Fast ein bisschen angeekelt sah er sie an. Dann holte er aus und warf sie in hohem Bogen zurück ins Meer.

Ich sah zu, wie sie auf den Wellen aufkam und versank.

Ich schluckte. Und musste wieder daran denken, wie er das auch mit dem Armband mit dem roten Stein gemacht hatte.

»Bist du okay?«, fragte David. Wasser rann ihm aus den Haaren über Stirn und Wangen.

»Klar.« Ich lehnte mich im warmen Sand zurück, stützte mich auf den Ellenbogen ab und präsentierte ihm meinen verletzten Fuß. »Ich bin nur eben auf einen Seeigel getreten. Carlos hat mich verarztet.«

Warum erzählte ich ihm das jetzt? Eben war ich noch froh gewesen, dass er es nicht mitbekommen hatte.

Davids Blick huschte zu den beiden Gestalten auf dem Steg. Kimmi redete auf Carlos ein. Er nickte gedankenverloren und schaute in meine Richtung.

»Pass ein bisschen auf bei dem«, empfahl David ruhig.

»Keine Sorge«, sagte ich, obwohl ich nicht genau wusste, worauf er anspielte. Mein Blick fiel auf das Tattoo auf seinen Rippen, auf dem ebenfalls Wassertropfen glitzerten. Obwohl es mich an Charlie erinnerte, gefielen mir die Sanskrit-Zeichen plötzlich auf eine bestimmte Art. Sie sahen geheimnisvoll und irgendwie ... sexy aus.

*I am my beloved's and my beloved is mine.*

Gott, was war nur plötzlich mit mir los?

David bemerkte, wohin ich schaute, und er interpretierte meinen Blick falsch. »Sobald wir wieder in Boston sind, erkundige ich mich, wie man es wegmachen kann«, sagte er. Er plante schon seit Längerem, es entfernen zu lassen, aber bisher hatte er diesen Plan nicht in die Tat umgesetzt.

*Warum eigentlich nicht?,* fragte die fiese kleine Stimme in meinem Hinterkopf.

Ich schob diese Frage von mir, verlagerte das Gewicht auf einen Ellenbogen und berührte mit den Fingerspitzen der anderen Hand die schwarzen Schriftzeichen. Eine Gänsehaut bildete sich auf Davids Rippen.

Ich musste lächeln, trotz meiner düsteren Gedanken. »Auch wenn ziemlich üble Erinnerungen daran hängen«, sagte ich, »finde ich es doch eigentlich ganz ...« Ich biss mir auf die Lippe.

»Was?«, erkundigte David sich mit unschuldigem Augenaufschlag. »Sexy?«

Ich musste lachen. »Erwischt!«

Er lachte auch, dann legte er den Kopf auf die Seite. Unter seinem Blick bekam ich Herzklopfen. »Wehe!«, rutschte es mir heraus.

»Wehe, was?«

Was sollte ich jetzt sagen? »Ach, nichts!«, wehrte ich ab. Doch so leicht ließ David mich nicht davonkommen. »Was, wehe?«, hakte er nach.

Also sagte ich das, was mir eben spontan durch den Kopf geschossen war.

»Wehe, du brichst mir tatsächlich das Herz!«

Er sah aus, als hätte ich ihm eine Ohrfeige gegeben. »Ganz schlechter Scherz, Juli!«

Vor Scham wurde ich rot. »Stimmt. Entschuldige.«

David zögerte einige Sekunden lang. Dann beugte er sich vor. Sein Gesicht näherte sich meinem. Ich konnte seinen Atem auf meiner Haut spüren und diesmal war ich es, die eine Gänsehaut bekam. Er war mir jetzt so nah, dass ich ihn nur noch verschwommen sah, also schloss ich die Augen. »Ich könnte dir niemals das Herz brechen«, flüsterte er. Als sich unsere Lippen berührten, gaben meine Arme unter mir nach und ich sank rücklings in den warmen Sand.

So schön der Nachmittag gewesen war: Als David und ich zurück nach *Sorrow* kehrten, wussten wir beide, dass der Abend weniger angenehm werden würde.

Wir betraten das Herrenhaus durch den Seiteneingang beim Speisezimmer und im Vorbeigehen streifte mein Blick die Gemälde.

Vor unseren Zimmern trennten David und ich uns, um uns für die Feierlichkeiten fertig zu machen. *Abendgarderobe* hatte auf der Einladung gestanden. Das bedeutete: großer Auftritt. Ich duschte mir die Sonne und den Sand von der Haut und schlüpfte dann in ein Kleid, das ich eigens für diesen Anlass eingepackt hatte. Ich hatte es vor ein paar Monaten für die Hochzeitsfeier von Dads Cousine gekauft und seitdem nicht wieder getragen. Als ich darin vor den Spiegel trat, stellte ich fest, dass der dunkelblaue, fast schwarze Stoff wunderbar mit meiner sonnengebräunten Haut harmonierte. Ich frisierte meine vom Salzwasser widerspenstigen Haare zu einer losen Hochsteckfrisur und legte Perlenschmuck an, der einmal meiner Großmutter gehört hatte. Anschließend schlüpfte ich in flache Ballerinas. Die Wunde an meinem Fuß protestierte und ich war froh, dass ich keine High Heels eingepackt hatte. Offenbar hatte Carlos recht: Auf hohen Absätzen wäre das Stehen eine Qual gewesen. So aber ging es.

Ich warf einen letzten Blick in den Spiegel und fand mich vorzeigbar.

Als ich auf den Flur hinaustrat, stand David schon dort und wartete auf mich. Er hatte mir den Rücken zugekehrt und starrte auf die weißen Lilien neben der Tür zum Nachbarzimmer. Ich konnte sein Gesicht nicht sehen, aber sein Hals und seine Schultern wirkten angespannt.

»David?«, sagte ich leise.

Er zuckte zusammen. Dann drehte er sich um. Überwältigt pfiff er durch die Zähne. »Hoppla, wer sind Sie denn? Ich hatte eigentlich eine hübsche junge Dame erwartet und nicht so eine Schönheit!«

Ich musste lächeln. »Und ich dachte, hier kommt ein mürrischer Typ, der sich in einen Anzug gezwängt hat«, sagte ich und beschloss, mir für den Rest des Abends keine Sorgen mehr um ihn zu machen.

Er trug allen Ernstes einen Smoking und das Ding stand ihm unfassbar gut.

»Mürrisch?« Er sah mich strafend an. »Ich werde Ihnen heute Abend der perfekte Begleiter sein, fremde Schönheit!«

»Na dann, Mr Bond!« In einer übertrieben koketten Geste reichte ich ihm den Arm. Er nahm ihn. Und gemeinsam schwebten wir die Treppe hinunter.

Die Leute vom Partyservice hatten ganze Arbeit geleistet. Auf dem Rasen hinter dem Haus standen mehrere Pavillons mit Tischen und Stühlen, die mit weißem Porzellan und Kristall eingedeckt waren. Kellner in schicken weinroten Jäckchen liefen umher und boten verschiedene Getränke an. Mehrere Blumenbuketts standen herum und verströmten einen intensiven Geruch nach Rosen und Akeleien. Lange Ketten von Lampions hingen in den Bäumen und warteten darauf, angezündet zu werden. Auf einer kleinen Bühne spielte eine dreiköpfige Band eine Mischung aus eingängigen Jazzmelodien und klassischen Stücken. Ungefähr vierzig oder fünfzig Gäste waren bereits da, flanierten umher, plauderten miteinander und checkten sich gegenseitig ab.

»Gott«, entfuhr es mir, als ich das Büfett sah. »Wie viele Leute kommen denn?« Die Menge des aufgefahrenen Essens hätte ausgereicht, eine ganze Armee zu versorgen. Und zu allem Überfluss thronte mitten zwischen all den Lachshäppchen und Kaviarkanapees eine Eisskulptur in Form eines Schwans mit gesträubtem Gefieder. Auf seinem Rücken standen Schälchen mit etwas, das wie Avocadocreme aussah.

David grinste nur.

Ich verdrehte die Augen. »Schickeria!«

Sein Grinsen wurde breiter und erlosch dann. Ich drehte mich um und sah Lizz schnurstracks auf uns zukommen. Fast hätte ich bei ihrem Anblick aufgestöhnt.

Sie sah umwerfend aus. Sie hatte sich in ein hochgeschlitztes cremefarbenes Etwas gezwängt. Und das Gemeine war: Es stand ihr! Ihre langen blonden Haare trug sie offen. Sie flossen ihr in weichen Wellen beidseits der Wangen herab und bis hinunter auf ihren Busen. Ihre Füße steckten in zehn Zentimeter hohen Riemchensandalen, auf denen sie so sicher ging wie ich barfuß auf Asphalt. Ihr Gesicht war dezent und trotzdem ziemlich spektakulär geschminkt. Es sah aus, als stünden ihre Augen leicht schräg, was ihr ein katzenhaftes Aussehen gab. Und was das Schlimmste war: Als sie bei uns angelangt war, merkte ich, dass sie auch noch unfassbar gut roch.

Was mir bewusst machte, dass ich vergessen hatte, Parfüm aufzulegen. War ja klar gewesen!

»Wie war euer Ausflug zum Strand?«, fragte sie David und tat so, als sei ich Luft.

Demonstrativ nahm er meine Hand. Seinem Gesicht war nicht die geringste Regung anzusehen. »Schön«, sagte er mit absolut höflicher Stimme. »Juli hat sich ein bisschen verletzt, als sie in einen Seeigel getreten ist.«

Es war ein dezenter Hinweis darauf, dass ich auch noch da war, aber Lizz überspielte ihn elegant. »Tatsächlich?« Sie warf mir einen ultrakurzen Blick zu. »Wie bedauerlich!« Dann nahm sie zwei Gläser von einem der vorbeischwebenden Kellnertabletts und reichte eines David. Der Farbe des Inhalts nach zu schließen, war Champagner darin.

David nahm es, aber er gab es sofort an mich weiter. »Möchtest du?«

Ich bedankte mich mit einem Lächeln, das ich direkt an Lizz richtete.

Lizz verstand es als Kampfansage, und genau so war es ja auch gemeint. Ihre Miene verdüsterte sich. »Ich weiß, das Büfett ist noch nicht eröffnet«, schnurrte sie David an. »Glaubst du, du könntest mir wohl trotzdem eine Kleinigkeit holen? Ich hatte kein Mittagessen und ich glaube, mir wird gerade ein bisschen schwindelig.«

Sie war tatsächlich etwas blass um die Nase. So gut konnte ja wohl selbst sie nicht schauspielern, oder?

David sah mich fragend an.

*Geh schon,* dachte ich fast ein bisschen trotzig. *Ich kratze ihr in deiner Abwesenheit schon nicht die Augen aus.*

Da nickte er und ließ meine Hand los. »Bin gleich wieder da.« Er verschwand in dem Pavillon, in dem das Büfett stand.

»Tja«, wandte Lizz sich an mich. »Sieht so aus, als gäbe es hier nicht genug Platz für uns beide.«

Mir blieb bei dieser Unverblümtheit glatt die Luft weg. Zum Glück fiel mir noch rechtzeitig ein, dass ich ja eigentlich schlagfertig war. »Dann ist es ja gut, dass du freiwillig das Feld räumst!«

Ihre Augen weiteten sich und das zeigte mir, dass sie nicht mit einer solchen Reaktion gerechnet hatte. Sie hob ihr Glas und prostete mir zu, als wolle sie damit sagen: Auf einen guten Kampf!

Ich trank einen Schluck. Es war wirklich Champagner. Er schmeckte gar nicht mal schlecht und es dauerte genau zehn Sekunden, bis mir das Zeug zu Kopf stieg.

Ich war froh, als David zurückkehrte. Er gab Lizz einen Teller mit Kanapees.

Sie nahm ihn und wie unbeabsichtigt berührte sie David dabei am Arm. Es war eine Geste, die sehr vertraut, gleichzeitig aber auch ziemlich besitzergreifend wirkte. Hinter mir ertönte ein leises Klicken. Jemand fotografierte uns.

Ich drehte mich um.

Eine Frau um die vierzig, die einen eleganten grauen Hosenanzug trug, hatte mehrere Bilder von David und Lizz geschossen. Als David sich jetzt Lizz' Berührung entzog, klickte die Kamera ein weiteres Mal.

David warf der Fotografin einen finsteren Blick zu, dann sagte er zu Lizz: »Setz dich lieber irgendwo dort hinten an den Pool. Es sieht nicht besonders wohlerzogen aus, schon zu essen, bevor das Büfett eröffnet ist.«

Ich unterdrückte ein zufriedenes Grinsen, als ich Lizz' Reaktion auf Davids Ratschlag sah. Sie presste die Lippen zusammen, nickte. Und schob ab.

Die Fotografin betrachtete kurz mich und entschied, dass sie sich besser andere Motive suchte. Zu meiner Erleichterung verschwand sie ebenfalls.

Ich starrte ihr missmutig nach. Vermutlich war sie die offizielle Partyfotografin, doch irgendwie störte es mich trotzdem, dass sie jetzt Bilder von Lizz und David auf ihrer Speicherplatte hatte.

»Na«, drang Davids Stimme in meine Gedanken. »Habe ich die Prüfung bestanden?« In seinen Augen glitzerte es spöttisch.

»Welche Prüfung?«

Mit dem Kinn deutete er in die Richtung, in der Lizz verschwunden war. Ich begriff. »Na ja«, meinte ich mit einem Lächeln. »Sagen wir, es war eine Zwei minus.«

Er lachte. »Das nächste Mal werde ich dich vor ihren Augen besinnungslos küssen. Dann kapiert sie es vielleicht.«

Lizz setzte sich zwischen den Pavillons auf eine Bank am Pool. Über die Entfernung hinweg trafen sich unsere Blicke und ich verspürte das Bedürfnis, mich zu ducken. »Sie wird so schnell nicht aufgeben«, murmelte ich.

»Sie ist doch nur auf einen weiteren Skalp aus.« Er starrte zu der Fotografin, die jetzt dabei war, Kimmi und Carlos auf ihre Festplatte zu bannen.

»Hast du keine Angst, dass sie die Fotos an irgendein Klatschblatt verkauft?«, fragte ich und bekämpfte das Gefühl, ihm nicht das Wasser reichen zu können. Nicht zum ersten Mal, seit ich ihn kannte, verspürte ich Unbehagen dabei, dass er so reich war.

Er zuckte die Achseln. »Bin ich ja gewohnt. Irgendwie.« Er lächelte befangen. »Ich frage mich, warum sie noch nicht versucht hat, uns beide zu knipsen.«

Ich musste da nicht lange überlegen. Weil ich kein lohnendes Motiv abgab, dachte ich, hielt aber die Klappe. Reicher, gut aussehender Verlagserbe und graue Maus ergab einfach keine gute Titelzeile – im Gegensatz zu reicher, gut aussehender Verlagserbe und Miss Universum. Davids Blick fiel auf Lizz, die noch immer am Pool saß und aß. Sie hatte uns jetzt demonstrativ den Rücken zugewandt.

»Irgendwie erinnert sie mich an Charlie.« Ich hatte den Satz ausgesprochen, bevor ich mir auf die Zunge beißen konnte.

David erstarrte und ich hätte mich am liebsten geohrfeigt.

»Tut mir leid!«, rief ich aus. Gott, was war ich für eine blöde Kuh.

»Schon gut.« David führte mich zu einem Tisch im Schatten eines Pavillons und dort setzten wir uns. Wir versuchten, ein Gespräch in Gang zu halten, aber durch meine unbedachte Äußerung hatte sich Davids Stimmung verdüstert. Plötzlich wirkte er nachdenklich und einsilbig. Ich fragte mich, was in seinem Kopf vorging – ob er wohl an die bevorstehende Begegnung mit seinem Vater dachte. Dann jedoch bemerkte ich, dass sein Blick immer wieder in die Richtung glitt, in der die Gay-Head-Klippen lagen.

# 13

Ich war froh, als über den Rasen mehrere bekannte Gestalten auf uns zusteuerten. Zwei davon waren mein Vater und Sandra Thompson, die noch immer über irgendwelche Schreibprobleme diskutierten und völlig vergessen hatten, dass es um sie herum noch andere Menschen gab.

Die beiden anderen waren Chris und Zac, zwei Typen in Davids Alter.

Ich hatte sie beide im Winter bei einer Poolparty kennengelernt, die durch Davids durchgeknalltes Verhalten leider ein unschönes Ende genommen hatte. Beim Anblick der beiden Jungs blitzte ein Bild vor meinem geistigen Auge auf. David mit dem Gesicht nach unten in Zacs Pool. Mein Herzschlag beschleunigte sich, beruhigte sich aber gleich darauf wieder. David war jetzt nicht mehr so krass drauf wie damals. Alles war gut. Um mich dessen zu vergewissern, warf ich ihm einen unauffälligen Blick zu.

Wie immer, wenn er nicht bemerkte, dass ich ihn beobachtete, benahm er sich locker und ungezwungen und mein Herzschlag beschleunigte sich allein bei seinem Anblick. Ich sollte ihm sagen, dass er sich öfter in einen Smoking schmeißen sollte. Er sah in dem Ding einfach unfassbar attraktiv aus.

Ich hatte genau drei Sekunden Zeit, David zu bestaunen, bevor Chris und Zac bei uns waren.

»Hey, David!«, grüßte Chris. »Junge, Junge, gegen dich ist jeder andere Kerl hier echt im Nachteil, weißt du das?« Er selbst trug ebenfalls einen Smoking, aber an ihm wirkte das Ding eher fehl am Platze. Er schien sich auch nicht besonders wohl darin zu fühlen, denn er fuhr sich jetzt mit dem Finger unter den Kragen und zerrte daran.

Dann strahlte er mich an.

»Juli! Ich hatte ja keine Ahnung, dass ihr wieder auf der Insel seid!« Er reichte mir die Hand. »Schön, dich zu sehen!«

»Ebenso«, gab ich zurück. »Du bist immer noch nicht gewachsen, wie ich sehe.«

Er verzog schmerzlich das Gesicht, lachte dann aber. »Hobbits werden nicht viel größer!«

Er spielte auf eine Gemeinheit an, die ich ihm damals auf der Poolparty an den Kopf geworfen hatte. Er hatte versucht, mich anzubaggern, und ich hatte ihn mit Frodo verglichen. Was ihn allerdings nur mäßig beeindruckt hatte.

»Dürfen wir uns zu euch setzen?«, fragte er jetzt.

Wir nickten, und während Zac noch einmal losging, um etwas zu trinken zu organisieren, zog Chris sich einen Stuhl unter dem Tisch hervor.

»Warum seid ihr eingeladen?«, fragte ich ihn.

Er verdrehte die Augen. »Gesellschaftskram. Mein Dad hat eine Firma für Grafikdesign, zusammen mit Zacs Dad und Crystals Mum. Sie arbeiten auch für Bell Publishing.«

»Ist Crystal auch hier?« Ich hatte Crystal ebenso wie Zac und ihn auf dieser Poolparty kennengelernt und danach ein bisschen Zeit mit ihr verbracht. Wir waren keine dicken Freundinnen geworden, aber man konnte es recht gut mit Crystal aushalten.

Chris schüttelte den Kopf. »Sie ist eingeladen, aber sie verbringt ein paar Tage bei ihrer Tante in Wyoming, glaube ich.« Er verdrehte die Augen zum Himmel. »Oder war es Oregon?«

Ich grinste. »Verstehe.«

Chris wandte sich David zu. »Wann kommt denn das Geburtstagskind?«, erkundigte er sich bei ihm.

Der zuckte gleichmütig die Achseln, doch ich konnte die Verletzung in seinen Augen sehen, die sicherlich daher rührte, dass Jason sich heute Mittag geweigert hatte, mit ihm zu sprechen. Wahrscheinlich war David in dieser Festgesellschaft derjenige, der am wenigsten über die Pläne seines Vaters wusste. »Vermutlich erst, wenn alle Gäste da sind«, antwortete er trotzdem.

»Der große Auftritt, alles klar.« Chris lächelte mich an.

Zac kam mit zwei Champagnerkelchen zurück. »Sorry«, sagte er zu David. »Ich wusste nicht, was du willst.«

David nickte nur.

Zac setzte sich und zu dritt stießen wir an. Mein Kopf schwirrte leicht, obwohl ich noch immer bei dem einen Glas war, das Lizz eigentlich für David geholt hatte. Vielleicht hatte sie ihm ja irgendeine Droge reingetan, dachte ich bei mir und schüttelte den Kopf über meine eigenen kruden Gedanken. Nicht jeder, der mit David zu tun hatte, hatte vor, ihn zu vergiften ...

Um nicht noch mehr solche unsinnigen Gedanken zu hegen, beschloss ich, mir etwas zu essen zu holen. Nachdem ich mit einem Teller mit Lachshäppchen und Krabbencocktail zu den anderen zurückgekehrt war, unterhielten Zac, Chris und ich uns eine Weile lang über alles Mögliche. Wir beobachteten Kimmi und Carlos dabei, wie sie mit der Fotografin plauderten. Carlos entdeckte mich, warf mir ein paar heiße Blicke zu, zog es aber vor, auf Abstand zu bleiben. Ich war froh darüber. Bis ich das Gefühl bekam, dass er mich immer häufiger ansah und schließlich sogar begann, mich mit seinen Blicken auszuziehen. Ich hatte keine Ahnung, wie er das machte, aber seine Gesten, die eindeutig für mich bestimmt waren, wurden von Minute zu Minute anzüglicher.

Irgendwann stieß ich ein leises Ächzen aus.

»Er kommt nicht her, solange ich bei dir bin«, sagte David, der mir die ganze Zeit nicht von der Seite gewichen war.

Ich warf ihm einen überraschten Blick zu. Ich hatte nicht bemerkt, dass er Carlos' unangenehmes Verhalten ebenfalls beobachtet hatte.

»Wenn ich du wäre«, meinte Zac zu ihm, »würde ich rübergehen und ihm ein paar aufs Maul geben.«

David ließ den Blick nicht von mir. »Ich glaube, Juli braucht keinen Typen, der anderen ein paar aufs Maul haut.«

Ich wand mich auf meinem Stuhl. Die ganze Situation hatte etwas Unbehagliches, etwas, dem ich am liebsten entflohen wäre.

Mit dem Kopf deutete ich in Lizz' Richtung. Sie hatte sich einen der besser aussehenden jungen Kellner geschnappt und plauderte so angeregt mit ihm, dass dieser darüber völlig seine Pflichten vergaß. Als er von einem Vorgesetzten angeraunzt wurde, lachte sie.

»Entschuldigt mich kurz!« Irgendwann gegen acht erhob sich David. »Ich bin gleich wieder da.« Er stand auf, nickte mir zu und verschwand dann quer über den Rasen in Richtung Toiletten.

Chris nutzte die Gelegenheit, um mir eine Frage zu stellen. »Wie geht es mit seiner Therapie voran?«

»Lass ihn bloß nicht hören, dass du davon weißt!«, warnte ich ihn.

Er nickte ernsthaft. »Schon klar. Kann es sein, dass er immer noch Probleme hat?«

War es wirklich so offensichtlich? Bisher hatte ich gedacht, dass nur ich diese feinen Signale gesehen hatte. Offenbar hatte ich mich getäuscht. Ich unterdrückte ein Seufzen. »Hierher zurückzukommen, war nicht ganz einfach für ihn.«

Chris leerte sein Glas. »Warum nicht?« Er fragte es ganz ernsthaft und dann meinte er: »Es hat sich doch rausgestellt, dass er nicht schuld ist an Charlies Tod. Er hat jetzt dich und – das darf ich mal so sagen – du bist entschieden besser für ihn als Charlie! Was quält ihn also noch?«

Ein paar Sekunden lang genoss ich den Effekt, den seine Worte auf mein Selbstbewusstsein hatten, bevor ich antwortete. »Er muss einige Dinge verarbeiten.«

»Seinen Sturz von den Klippen«, vermutete Zac.

»Den auch, ja. Und Henrys Verrat.«

Wissend nickte Chris. »Stimmt! Damit muss man erst mal klarkommen. Sein bester Freund ...« Er ließ die Worte in der Luft hängen.

»Warum seid ihr überhaupt wieder hergekommen?«, fragte Zac nach einer Weile. »Ich meine, das hier ist Jasons Party und Davids Verhältnis zu seinem Vater ist doch immer noch ...« Er machte eine Drehbewegung mit der Hand, um anzudeuten, was er meinte.

Ich lehnte mich zurück.

Tja. Warum waren wir wieder hergekommen?

Das war die Hunderttausend-Dollar-Frage.

Auf die ich leider nicht die geringste Antwort hatte.

»Sein Vater hat darauf bestanden«, sagte ich ziemlich lahm.

Chris schnaubte verächtlich. »David hat noch nie das gemacht, was sein Vater gesagt hat! Die beiden hassen sich!«

Damit hatte er den Nagel auf den Kopf getroffen, aber das bedeutete nur, dass es einen anderen Grund geben musste, warum wir hier waren. Was bezweckte David mit seiner Rückkehr nach *Sorrow?*

Mein Blick fiel auf ihn, als er gerade von den Toiletten zurückkam. Er hatte die Hände tief in den Taschen seiner Smokinghose vergraben. Dicht beim Pool blieb er stehen. Die Fotografin entdeckte ihn und richtete das Objektiv auf ihn. In schneller Folge schoss sie eine Reihe Fotos davon, wie er nachdenklich auf das Wasser starrte.

In meiner Kehle bildete sich ein Kloß.

»Ich glaube, ich gehe mal besser zu ihm«, sagte ich und stand auf.

Chris schüttelte den Kopf. »Würde ich an deiner Stelle nicht tun!« Er deutete auf die Fotografin. »Die Tussi da ist bekannt dafür, dass sie ihre Fotos an Zeitschriften verkauft. Wenn du nicht morgen auf den Titelseiten von Glamour und Co. sein willst, solltest du besser hierbleiben.«

»Vielleicht will ich ja auf die Titelseiten«, wandte ich ein.

Chris sah mich skeptisch an. »Da bist du doch gar nicht der Typ für!«

Ich wusste nicht, ob er das auf mein Aussehen oder auf meinen Charakter bezog, und ich beschloss, lieber nicht nachzufragen. Im Grundsatz hatte er ja recht: Ich hatte nicht die geringste Lust, in der Regenbogenpresse aufzutauchen, also war es vermutlich wirklich besser, jetzt nicht zu David zu gehen. Auch wenn ich in diesem Moment nichts lieber getan hätte.

Chris erlöste mich aus diesem Dilemma. »Ich kümmere mich mal darum«, sagte er, stand auf und marschierte mit langen Schritten zu David. Als er dort angekommen war, verscheuchte er die Fotografin mit einer knappen Handbewegung.

»Woran denkst du?«

David versteifte sich, als ich hinter ihn trat und das fragte. Er antwortete nicht.

Chris war zu den anderen an den Tisch zurückgekehrt, nachdem er ein, zwei Sätze mit ihm gewechselt hatte. Die Fotografin war nirgends mehr zu sehen.

Ich stellte mich neben David. Die Platten rund um den Pool waren noch warm von der Sonne. Ich konnte die Hitze durch die dünnen Sohlen meiner Ballerinas spüren. Das Wasser roch nach Chlor. Die automatische Pumpe der Reinigungsanlage gurgelte leise zu unseren Füßen.

Ein Blick in Davids Gesicht zeigte mir, dass er in Gedanken unendlich weit weg war.

»Bitte, David!«, sagte ich leise, als er sich auch nach mehreren Minuten immer noch nicht rührte.

Da blinzelte er und es schien, als koste es ihn unendlich viel Willenskraft, sich aus seiner Versenkung zu reißen. »An nichts«, behauptete er.

Ich lachte trocken. »Verkauf mich nicht für blöd!«

Sein Kopf schwang zu mir herum. In seinen Augen lag etwas, was ich nicht deuten konnte. Ein tiefer, unerträglicher Schmerz. Ein Anflug von Zorn?

Ich erschauderte. Ich musste daran denken, wie ich mich im Winter gefühlt hatte. Damals hatten die Ereignisse und vor allem Davids Verhalten mein Herz in dünnes Glas verwandelt. Und nun, in diesem Moment, hier auf der Party, beim Anblick dieses furchtbaren Ausdrucks in Davids Augen, spürte ich wieder die Risse, die noch immer da waren.

»Tu mir das nicht an«, flüsterte ich. »Werd nicht wieder so!«

Da endlich verschwand der distanzierte Ausdruck aus seinen

Augen. David ließ den Kopf hängen. »Tut mir leid!« Zögern. »Ich musste nur an Charlie denken.«

Ihr Name brachte etwas in mir zum Erzittern. Trotzdem fragte ich: »Was hast du gedacht?«

Er schüttelte den Kopf. Langsam. Von rechts nach links und zurück. Es war das erste Mal, dass ich diese beherrschte, starre Geste bei ihm sah, und in diesem Moment wusste ich noch nicht, wie sehr ich sie bald fürchten würde. Trotzdem gruselte es mich bei dem Anblick schon damals so sehr, dass ich mich selbst mit den Armen umschlingen musste.

David schluckte schwer. »Alles ist gut«, sagte er leise. »Wirklich.«

Die Band war inzwischen von Jazz und Klassik zu Tanzmusik übergegangen und ein paar Pärchen drehten sich auf der eigens dafür aufgebauten kleinen Bühne. Wir waren gerade wieder am Tisch der anderen angekommen und David hatte sich von einem der Kellner ein Glas mit Whisky geben lassen, als es unter den Gästen unruhig wurde.

»Da ist er!«, hörte ich jemanden am Nachbartisch wispern und drehte mich um.

Jason Bell war aus dem Haupthaus auf die Terrasse getreten. Er wartete, bis die meisten der Anwesenden auf ihn aufmerksam geworden waren, dann griff er sich das Mikrofon, das eigens zu diesem Zweck aufgebaut worden war.

»Guten Abend!«, begrüßte er die Gäste und ließ seinen Blick über die versammelte Gesellschaft schweifen. »Ich freue mich, dass ihr alle gekommen seid, um diesen Tag mit mir zu feiern.« Einzelne Hochrufe wurden laut, die Jason mit einem charmanten Lächeln und einer leichten Verbeugung quittierte. »Ich wünsche euch allen einen wundervollen Abend.

Amüsiert euch!« Er legte das Mikro wieder weg, wartete den Applaus ab und kam dann die Stufen der Terrasse herunter auf den Rasen.

Wie ein Feldherr durch seine Armeen schritt er anschließend durch die Menge, nahm Glückwünsche entgegen, ließ sich umarmen und küssen.

David beobachtete die gesamte Prozedur von seinem Stuhl aus. Er hatte sich zurückgelehnt, die Beine von sich gestreckt und die Arme vor der Brust verschränkt. Von Zeit zu Zeit nippte er an seinem Drink, ließ sich einmal einen neuen geben. Aber seine betont lässige Haltung konnte mich nicht täuschen. Alles in ihm war angespannt wegen der bevorstehenden Begegnung mit seinem Vater.

Als Jason näher zu uns kam, bemerkte ich, wie schlecht er aussah. Er schien abgenommen zu haben, die Haut an seinem Hals war fahl und faltig und unter seinen Augen lagen dunkle Ringe. Offenbar hatte Theo nicht übertrieben, als er David gegenüber am Telefon behauptet hatte, dass es seinem Vater schlecht ginge.

Jason trat zu Kimmi und Carlos, plauderte mindestens zehn Minuten mit ihnen. Dabei streifte sein Blick ein paarmal David, doch er schien es nicht allzu eilig haben, zu seinem Sohn zu stoßen.

David kippte seinen zweiten Drink zur Hälfte.

Schließlich hatte Jason unseren Pavillon erreicht. Ich glaubte schon, dass er David nun ansprechen würde, aber er tat es nicht. Stattdessen wandte er sich an ein Pärchen am Nachbartisch. Es waren die Tennisleute, die ich heute Mittag im Speisezimmer gesehen hatte. »Mellie! Don!«, begrüßte er sie fröhlich und mit etwas zu lauter Stimme.

David hatte die Zähne fest zusammengebissen.

»Krass!«, murmelte Chris, der auf der anderen Seite von David neben mir saß.

Ich konnte ihm nur zustimmen.

Einmal mehr fragte ich mich, aus welchem Grund wir wirklich hier waren. Aus Repräsentationsgründen, wie David behauptet hatte, konnte es ja wohl kaum sein, sonst hätte Jason seinen Sohn längst begrüßt.

Es war die Frau, die Jason mit Mellie angesprochen hatte, die dem Theater schließlich ein Ende bereitete. »Du hast David noch gar nicht begrüßt, mein Lieber!«

Jetzt konnte Jason nicht mehr vorspielen, er sähe ihn nicht. Er tat einen Moment lang erstaunt und mir drehte sich vor Wut der Magen um.

Dann endlich trafen sich Davids und Jasons Blicke.

»Hallo, Dad«, sagte David. Ich stand auf, aber er blieb einfach sitzen und drehte sein halb volles Glas auf dem Tisch im Kreis.

Auf Jasons Gesicht erschien ein Lächeln, das man kaum anders als aufgesetzt bezeichnen konnte. »David.« Er nickte gemessen.

Ich konnte nicht anders, ich gab David einen kleinen Stoß, um ihn zum Aufstehen zu bewegen. Er tat mir den Gefallen. Steif erhob er sich. Dann schüttelten die beiden sich die Hände, während David einen förmlichen Glückwunsch aussprach.

*Schön, dass du da bist.* Das hatte Jason zu fast jedem anderen Gast gesagt. Zu David sagte er es nicht. Er schluckte einmal. Dann meinte er: »Ich hätte nicht gedacht, dass du wirklich kommst.« Ein Schatten huschte über sein Gesicht. Es wirkte plötzlich noch ein bisschen grauer.

David nickte schweigend.

Schlagartig war die Luft zwischen den beiden wie mit Elektrizität gefüllt. Jason machte ein leises, undefinierbares Geräusch. Dann sah er mich an.

Und überlegte, wie er reagieren sollte.

Die anderen am Tisch, Chris, Zac und ein Mädchen, das sich während Davids und meiner Abwesenheit zu ihnen gesellt hatte und dessen Namen ich nicht kannte, wirkten peinlich berührt. Eine völlig unmögliche Situation.

»Schön, dass du da bist, Juli«, sagte Jason endlich und reichte mir die Hand.

Ich schüttelte sie. Mein Mund war trocken. »Danke für die Einladung«, krächzte ich. »Und alles Gute zum Geburtstag.«

Er schenkte mir ein sparsames Lächeln. Dann suchten seine Augen für ein paar Sekunden die seines Sohnes. Fast schien es, als zögere er, David doch noch wie ein Vater zu begrüßen, der seinen Sohn vier Monate lang nicht zu Gesicht bekommen hatte. Aber der Moment währte nur kurz. Schließlich nickte Jason David mit einem weiteren aufgesetzten Lächeln zu, ehe er sich ruckartig abwandte, um sich um die nächsten Gäste zu kümmern.

Mit einem Plumps ließ ich mich zurück auf meinen Stuhl fallen.

»Das war ja wohl megakrass«, sagte Chris dumpf.

Ich hatte dem nichts hinzuzufügen.

# 14

David setzte sich ebenfalls wieder, nahm sein halb volles Glas und leerte es in einem langen Zug. Ich überlegte fieberhaft, was ich jetzt sagen sollte. Vergeblich. Mein Kopf war wie leer gefegt. Ich streckte die Hand nach Davids Arm aus, aber er entzog sich mir mit einem zornigen Ruck, als sei ich schuld an allem.

Betroffen starrte ich auf das Tischtuch zwischen uns. Ich wusste natürlich, dass Davids Zorn sich nicht gegen mich richtete, aber es fühlte sich trotzdem schlimm an, ihn zu spüren.

Das fremde Mädchen rettete mich, indem sie mich nach Boston fragte und wie es mir in der Stadt gefiel. Obwohl ich eigentlich keine Lust auf Small Talk hatte, war ich froh darüber, dass sie die unangenehme Stille mit ihrer Stimme füllte. Ich beantwortete ihre Fragen und kurze Zeit später waren wir beide und auch Chris und Zac in ein Gespräch über die Kulturszene in Boston vertieft.

David saß bei uns und beteiligte sich nicht daran. Genau wie ich hatte er vermutlich das Bedürfnis, so schnell wie möglich von hier zu verschwinden.

Die Sonne ging hinter dem Herrenhaus unter, die Luft wurde samtig und kühlte sich ganz leicht ab. Rings herum wurden Fackeln und Laternen angezündet. Die Lampions in den Ästen der Bäume wirkten wie überdimensionierte Glühwürmchen.

Irgendwann stand David auf und machte Anstalten zu gehen. Ich sprang ebenfalls auf die Füße, aber er hielt mich zurück. »Amüsier dich noch ein bisschen«, sagte er. »Ich gehe hoch in mein Zimmer.«

»David ...«

»Nicht!« Er hob die Hand.

Ich verstummte und knirschte mit den Zähnen. »Ich ...«

Da nahm er meinen Kopf in beide Hände und gab mir einen Kuss, der so heftig war, dass er mir wehtat. Danach sah er mir direkt in die Augen. »Es ist alles in Ordnung, Juli«, sagte er so leise, dass nur ich ihn verstehen konnte. »Wirklich! Ich möchte jetzt nur ein bisschen allein sein.«

Wie betäubt nickte ich. Er ließ mich los, verabschiedete sich von den anderen und ging über den Rasen davon in Richtung Haupthaus.

Ich starrte ihm hinterher. Dass Chris neben mir »Oh, oh« murmelte, nahm ich nur am Rande wahr.

Ich hielt es ungefähr eine halbe Stunde aus, bevor die Unruhe in mir so stark wurde, dass ich mich bei Chris und Zac entschuldigte.

»Ich gehe nur kurz nach ihm sehen«, murmelte ich, dann hastete ich über den Rasen und durch einen Seiteneingang ins Haus. Hier drinnen war es kühl und dämmerig, weil nur wenige Lampen brannten. Ich lief an der Ahnengalerie vorbei zur Halle und dort die breite Treppe hinauf. Mitten auf den Stufen blieb ich stehen. Festgenagelt.

Ein heftiges Frösteln erfasste mein Genick, richtete meine Härchen auf und rann bis hinunter zu meinem Rückgrat.

Bitte nicht!

Ich krallte die Hand um das Treppengeländer und atmete tief durch.

Bloß nicht in Panik verfallen!

Es war schließlich kein Wunder, dass ich nach dem, was eben passiert war, angespannt war. Ich musste daran denken, wie David und ich wenige Stunden zuvor unbeschwert und scherzend die Treppen nach unten gelaufen waren. Doch nach dem Zusammentreffen mit Jason schien alle Leichtigkeit verflogen zu sein – nicht nur bei David, sondern auch bei mir. Da war es schließlich kein Wunder, dass mein Verstand mir Dinge vorgaukelte, die nicht real waren. Es gab hier nirgendwo einen Geist! Madeleine Bowers Fluch war nur eine Legende.

Ich riss mich zusammen und lief weiter. Vor Davids Zimmertür blieb ich stehen, zögerte, aber dann klopfte ich.

Ich erhielt keine Antwort.

Ich klopfte stärker, doch David rührte sich immer noch nicht. Also prüfte ich, ob er abgeschlossen hatte. Er hatte es nicht. Die Tür schwang auf.

Im Raum war es stockfinster.

»David?«, fragte ich behutsam.

Nichts.

In diesem Moment wusste ich, dass etwas nicht stimmte. Ich tastete nach dem Lichtschalter an der Wand. Die Deckenbeleuchtung riss die Möbel aus der Finsternis.

Ich hatte mich nicht getäuscht. David war nicht hier.

»Verdammt!«, murmelte ich.

Ein Räuspern hinter meinem Rücken jagte mir einen solchen Schrecken ein, dass ich mir beim Herumfahren den Ellenbogen am Türrahmen stieß.

»Grace!«, ächzte ich.

Sie stand nur wenige Schritte von mir entfernt und spontan schoss es mir durch den Kopf, dass sie weitaus gruseliger war, als es Geister jemals sein konnten. Warum nur ließ Jason sie in diesem Haus arbeiten? Sie musste ihn doch ebenso in den Wahnsinn treiben wie mich!

»Suchen Sie Master David?«, fragte sie.

Ich nickte.

»Er war den ganzen Abend nicht hier.«

»Er wollte auf sein Zimmer gehen«, murmelte ich, aber Grace schüttelte bedauernd den Kopf.

»Er war den ganzen Abend nicht hier«, wiederholte sie.

In mir wuchs die Panik. Wo war David, wenn nicht auf seinem Zimmer? Ich bedankte mich und ging zurück nach draußen. Die Party war in vollem Gang. Die Band spielte gerade eine schräge Version von Michael Jacksons *Thriller* und einige Gäste tanzten tatsächlich den Tanz aus dem Video dazu. Chris war unter ihnen. Er achtete nicht auf mich, also wandte ich mich an meinen Vater, der mit Sandra Thompson und zwei anderen Leuten, vermutlich auch Autoren, an einem Tisch saß und sich die Häppchen schmecken ließ. »Habt ihr David gesehen?«, fragte ich und bemühte mich um einen unaufgeregten Tonfall.

Dad sah von seinem Teller auf. Da er den Mund voll hatte, schüttelte er den Kopf. Er schien mir anzusehen, dass etwas nicht stimmte, jedenfalls blinzelte er verwirrt.

Sandra verneinte ebenfalls, aber ihre Nachbarin zur Linken, eine junge Frau mit wirrer Frisur, in die sie mehrere leuchtend blaue Strähnen gefärbt hatte, nickte. »Ich habe ihn vorhin gesehen, glaube ich. Ich musste zum Auto, um meine Jacke zu holen, und da ging er gerade über den Parkplatz vor dem Haus.«

»Über den Parkplatz«, wiederholte mein Vater dumpf.

Ich überlegte, was er da gewollt haben konnte, und als es mir einfiel, überlief es mich eiskalt.

Vom Parkplatz aus führte ein Pfad durch Wacholder und Heidekraut. Ein Pfad mit einem Ziel, das mir nur allzu gut bekannt war.

»Komm mit!« Ich war auf die Tanzfläche gestolpert und hatte Chris mitten in einem seiner albernen Moves am Arm gepackt. Er hielt inne und brachte damit auch den Rest der Tanzenden aus dem Rhythmus. Es war mir egal.

»David ist weg«, erklärte ich knapp. »Ich glaube, dass er hoch zu den Klippen gegangen ist.«

Chris glotzte mich erschrocken an. »Echt? Scheiße!«

Er warf den anderen Tanzenden einen entschuldigenden Blick zu, dann folgte er mir von der Bühne hinunter, hin zu meinem Vater, der an ihrem Rand stand. Gemeinsam drängten wir uns durch die Gästeschar in Richtung Parkplatz, wo erst Lizz und gleich darauf Carlos zu uns stießen.

»Was ist los?«, fragte Carlos.

Chris klärte ihn auf: »David ist hoch zu den Klippen.«

»Oh mein Gott!«, hauchte Lizz theatralisch, aber Carlos schien nicht zu wissen, was das zu bedeuten hatte.

Mein Vater, der inzwischen begriffen hatte, was vor sich ging, erklärte es ihm.

»Ihr wollt hinter ihm her?«, fragte Carlos.

Ich nickte. Die beiden anderen waren schon auf dem Weg und auch mein Vater machte Anstalten loszulaufen. Ich hielt ihn zurück. Ich hatte keine Ahnung, wie David reagieren würde, wenn wir im Pulk dort oben auftauchten. Warum war er überhaupt dort hoch? Ich wagte es nicht, mir eine Antwort auf diese Frage zu geben.

*Es ist alles in Ordnung, Juli,* hatte er mir versichert. Aber stimmte das auch?

*Er ist nicht selbstmordgefährdet,* hatte Walt gesagt. Daran klammerte ich mich.

»Was sollen wir ...«, setzte mein Vater an.

Ich unterbrach ihn harsch. »Er ist nicht selbstmordgefährdet.«

Warum nur sah ich dann vor meinem geistigen Auge, wie er am Fuß der Klippen lag?

*Nicht selbstmordgefährdet ...*

Jemand schüttelte mich und holte mich aus meiner Gedankenschleife. »Juli!« Es war Carlos. »Soll ich mitkommen?« An seinem Gesicht konnte ich ablesen, dass er mir diese Frage schon mehrfach gestellt haben musste. Vielleicht war er doch nicht so ein Blödmann, wie ich heute Nachmittag am Strand gedacht hatte. Jedenfalls wirkte er gerade ziemlich besonnen und cool. Ich warf meinem unschlüssig dastehenden Vater einen Blick zu und war froh, dass Carlos da war.

*Oh Gott,* flüsterte die kleine Stimme in meinem Hinterkopf panisch. *Oh Gott! Oh Gott!* Ich konnte nichts anderes mehr denken und nichts anderes tun, als zu nicken.

Mein Vater blieb zurück, um die anderen Gäste zu beruhigen, die inzwischen natürlich mitbekommen hatten, dass etwas nicht stimmte. Carlos und ich holten Chris und Lizz ein, und als wir die Klippen erreichten, bedeutete ich den dreien, hinter mir zu bleiben. Was würde ich zu sehen bekommen? David. Zerschmettert am Fuße der Klippen. Wellen, die über ihn hinwegspülten. Das war der wahre Grund gewesen, warum er zurück auf die Insel gekommen war. Weil seine Depressionen von uns allen unbemerkt so schlimm geworden waren, dass er sich umbringen wollte. Er war von den Klippen gesprungen. Ich war mir dessen in diesem Moment völlig sicher.

Vor Panik beinahe ohnmächtig, umrundete ich den Findling, der das Ende des Pfades markierte, und blieb stehen. *Wo …?*

Keine Spur von David.

Meine Knie wurden so weich, dass ich taumelte. Doch dann – eine endlose Schrecksekunde später – entdeckte ich ihn. Er saß auf einem Baumstamm, der erst kürzlich umgestürzt sein musste, und schaute auf das Wasser hinaus.

In der Hand hielt er einen kleinen Zweig, ganz ähnlich dem, den er heute Nachmittag auf dem Weg zum Strand abgebrochen hatte.

Ein halb voller Mond stand am Himmel. Er warf silberne Reflexe auf die Wellen weit unter uns.

»David!«, keuchte ich. Vor lauter Erleichterung schossen mir Tränen in die Augen.

Die anderen kamen hinter mir um den Findling herum, waren aber klug genug, in einigem Abstand stehen zu bleiben.

David rührte sich nicht. Alles, was er tat, war, die Augen zu schließen.

Von einer Sekunde auf die andere fühlte ich mich wie ein Eindringling. Zögernd nur trat ich zu ihm. »David?« Diesmal flüsterte ich seinen Namen. »Was machst du hier?«

»Nichts«, sagte er. »Du hättest nicht herkommen müssen.« Seine Augen waren noch immer geschlossen.

Irgendwo hinter uns raschelte es im Gebüsch, dann quiekte irgendein kleines Tier.

Ich war mir der Gegenwart von Lizz und den Jungs mehr als bewusst und verfluchte mich dafür, dass ich sie mitgenommen hatte. Ohne sie wäre ich weitaus weniger befangen gewesen.

Davids Gesicht wirkte ausdruckslos. Als er die Augen wieder öffnete, spiegelte sich der Mond in seinen Pupillen.

»Ich habe mir Sorgen um dich gemacht«, sagte ich.

»Dafür gibt es keinen Grund.« Seine Stimme war flach und endlich wandte er mir den Kopf zu. Sein Blick sah bei Weitem nicht so schmerzerfüllt aus, wie ich erwartet hatte. Stattdessen erkannte ich eher so etwas wie Erleichterung darin. Erleichterung und noch etwas anderes. Enttäuschung vielleicht?

Ich zögerte, aber dann fasste ich mir ein Herz und setzte mich neben ihn auf den Baumstamm. »Was tust du hier oben?«

Er griff nach meiner Hand und hielt sie fest.

Ich atmete auf, weil mir klar wurde, dass er nicht hier war, um sich in die Tiefe zu stürzen.

Die anderen tuschelten miteinander und schließlich scheuchte Carlos Chris und Lizz auf den Pfad zurück und außer Sichtweite. Ich sandte einen stummen Dank hinter ihm her.

David blickte auf den Zweig in seiner Hand. »Ich wollte nicht, dass du mitkriegst, dass ich hier bin. Es tut mir leid.«

Ich zwang mich zur Ruhe. »Es ist der wahre Grund, warum wir hier auf der Insel sind, oder?« Die Risse in meinem Herzen waren deutlich spürbar.

Er nickte nur.

»Warum, David? Was suchst du hier oben?«

*Vergebung,* dachte ich. Er quälte sich noch immer damit, dass Charlie gestorben war, hielt es immer noch für seine Schuld.

Aber er überraschte mich. »Ich bin hierhergekommen, weil ich versuche, mich zu erinnern«, sagte er.

Ich lauschte dem Rauschen der Wellen unter uns. Der Atlantik war zu dieser Jahreszeit nicht ganz so aufgewühlt wie im Winter, aber trotzdem klang das Geräusch, mit dem sich das Wasser unter uns an den Klippen brach, laut.

»Erinnern«, wiederholte ich, als David nicht von sich aus weitersprach.

Er nickte. Im Mondlicht wirkte die Linie seines Profils wie aus Marmor gemeißelt.

»Du hast mich gefragt, warum wir wirklich hier auf der Insel sind«, flüsterte er endlich. »Der Grund ist: weil es da etwas gibt, das ich herausfinden muss.« Er legte den Zweig in die Handfläche, aber bevor er zudrücken konnte, nahm ich ihn ihm weg. Die scharfen Dornen sahen gemein aus. Ich warf den Zweig fort. Und wartete.

»Erinnerst du dich daran, wie ich dir erzählt habe, was damals auf dieser Klippe passiert ist, als Charlie starb?« Gedankenverloren spielte David mit meinen Fingern. »Wir haben uns gestritten. Ich habe mit ihr Schluss gemacht. Und sie hier oben allein stehen gelassen.« Ich konnte ihm ansehen, dass ihn diese Tatsache noch immer quälte. Wenn er nicht weggegangen wäre, würde Charlie vielleicht noch leben. Das war es, was er dachte. Woran er glaubte.

»Als ich zurückgekommen bin, war die Klippe abgebrochen«, setzte David seine Erzählung fort. »Charlie war abgestürzt.« Er hielt inne, legte den Kopf auf die Seite, als müsse er sich selbst beim Denken zuhören. »Seit ein paar Wochen habe ich das Gefühl, dass da noch mehr ist.«

Wieder machte er eine lange Pause.

Ich hörte irgendwo im Gebüsch hinter uns einen Fuchs kläffen. Einmal setzte der stetige Ansturm der Wellen kurz aus, nur um im nächsten Moment umso heftiger auf die Klippe niederzudonnern.

»Ich bin mir sicher, dass irgendwas zwischen meinem Weggehen und meiner Rückkehr hier oben passiert ist. Etwas, an das ich mich nicht mehr erinnern kann.« Er ließ meine Hand los und klopfte sich mit den Fingerspitzen gegen die Stirn. »Das macht mich halb irre, verstehst du das?«

Ich nickte erneut und unternahm den Versuch, mir vorzustellen, wie er sich fühlen musste. Etwas vergessen zu haben, war wie ein Loch in den eigenen Gedanken, eine Finsternis, die man nicht durchdringen konnte, obwohl man es versuchte und versuchte, bis man sich das Gehirn zermartert hatte, bis man glaubte, beinahe wahnsinnig zu werden. Eine verlorene Erinnerung war wie ein hohler Zahn, an den die Zunge andauernd rühren musste, obwohl es wehtat. Ich hatte keine Vorstellung davon, um wie viel schlimmer es sich anfühlen musste, wenn es dabei um den Tod eines Menschen ging.

Ich spürte, wie mir Tränen in die Augen schossen.

Ich dachte an das Gespräch, das wir heute Nachmittag auf dem Weg zum Strand geführt hatten. »Glaubst du, dass du gesehen hast, wie Charlie …« Ich wusste nicht, ob ich *starb* oder *sich umgebracht hat* sagen sollte.

*Oder ermordet?*, flüsterte die gemeine kleine Stimme in meinem Hinterkopf.

Er ächzte leise. »Manchmal frage ich mich, wie ich jemals damit klarkommen soll, dass Henry versucht hat, dich zu töten. Dieser Gedanke ist schon so … so finster, dass ich nachts schweißgebadet aufwache. Was aber ist, wenn er auch Charlie …« Er unterbrach sich, fuhr sich mit beiden Händen in die Haare.

Ich versuchte, seine Worte nicht falsch zu verstehen. Was er meinte, war, dass es noch schwerer war, damit klarzukommen, dass Henry – sein bester Freund! – ein Mädchen tatsächlich umgebracht und es nicht nur – wie bei mir – versucht hatte. Trotzdem konnte man Davids Worte natürlich auch anders verstehen. Dass er Charlie noch immer liebte. Mehr liebte als mich …

Ich hätte mir am liebsten auch die Haare gerauft.

Wir hatten nicht den geringsten Hinweis darauf, dass Henry Charlie tatsächlich ermordet hatte, aber es fühlte sich so richtig an, das zu denken. So logisch.

In einer resignierten Geste hob er die Arme in die Luft und verschränkte sie hinter seinem Nacken. »Verdammt noch mal! Es ist ...«

Weil er den Satz nicht beendete, fragte ich: »Hast du mal mit Pamela darüber gesprochen?«

Er hielt es nicht für nötig, mir darauf zu antworten.

»Sie hat mir erzählt, dass du in der letzten Zeit nicht mehr gut mitgearbeitet hast. Hängt das mit dieser Erinnerungslücke zusammen?«

Statt darauf zu antworten, warf er mir einen genervten Seitenblick zu.

»Schon gut!«, murmelte ich. »Ich hab's ja kapiert!«

Wir saßen noch eine Weile im Dunkeln und schwiegen.

Schließlich wurde mir in meinem dünnen Kleid kalt. David bemerkte es. Er zog seine Smokingjacke aus und hängte sie mir über die Schultern. »Wenn du willst, können wir zurückgehen«, sagte er.

Ich warf einen Blick in die tosende Tiefe.

Und ob ich das wollte!

# 15

Als wir den Pfad betraten, der zurück zum Herrenhaus führte, bemerkte ich, dass Carlos noch in der Dunkelheit stand. Er hatte sich gerade so weit entfernt, dass er uns nicht mehr hören, im Notfall aber schnell genug zur Stelle sein konnte.

Er hatte sich abwartend an einen Baumstamm gelehnt. Jetzt stieß er sich davon ab und nickte mir zu. Sein Anblick freute mich irgendwie, aber David schien er ärgerlich zu machen.

»Was bist du?«, fauchte er Carlos an. »Der Aufpasser vom Dienst oder was?«

Carlos verzog nur gleichmütig die Lippen. Der Blick, den er mir zuwarf, war warm und fürsorglich und kein bisschen anzüglich mehr. Er verzichtete darauf, sich uns anzuschließen, sondern wartete auf seiner Position, bis wir außer Sichtweite waren. Ich bekam ihn erst wieder zu Gesicht, als wir schon längst zurück auf der Party waren. Er lächelte mir zu und schloss sich Chris und den anderen an, die begannen, ihn auszufragen, was genau geschehen war.

Ich sah, wie er etwas zu Lizz sagte und sie erleichtert wirkte.

David und ich kehrten nicht zu den Tischen unter den Pavillons zurück, sondern setzten uns abseits vom Partygetümmel an eines der kleinen schmiedeeisernen Bistrotischchen mit Glasplatte, die überall auf dem Rasen herumstanden. Hier am Rande des Geschehens war es fast dunkel und man hatte einen guten Blick auf die Geburtstagsgesellschaft. Wenn ich es für ein paar Minuten schaffte, all die Spannungen außer Acht zu lassen, die ich heute Abend erlebt hatte, wirkte die Szenerie auf mich sogar sehr angenehm. Fröhlich. Laut und bunt.

Die Band spielte gerade Stücke von Glenn Miller, als sich das nächste Unheil anbahnte.

Über den Rasen kam Jason auf uns zu. Sein Gang war nicht mehr ganz sicher und ich vermutete, dass er mehr als einen Drink intus hatte.

»Kimmi hat mir erzählt, dass du auf den Klippen warst.« Seine Zunge stolperte ein wenig über die s-Laute. Er hatte tatsächlich ordentlich getankt.

David hob seinen Blick und sah seinem Vater direkt in die Augen. »Und wenn?«, gab er mit kühler Stimme zurück.

Jason trat noch einen Schritt näher. Er starrte David finster und herausfordernd an. David erhob sich langsam. Sie befanden sich nun kaum noch eine Armeslänge voneinander entfernt.

»David!«, sagte ich leise.

Er achtete nicht auf mich. Unwillkürlich sah ich mich nach Hilfe um, aber wir waren zu weit von den anderen Partygästen entfernt. Niemand bemerkte, was sich hier anbahnte.

»Was hast du dort oben gemacht?«, flüsterte Jason.

David schob das Kinn vor. »Ich wüsste nicht, was dich das anginge.«

Jason machte einen Schritt vorwärts. Er schwankte leicht.

David wich um die gleiche Länge zurück. Seine Kniekehlen stießen gegen den Stuhl, auf dem er eben noch gesessen hatte.

»Es geht mich sehr wohl etwas an«, knurrte Jason. »Wenn mein einziger Sohn, der Erbe meines Vermögens, sich als Versager herausstellt, der nicht mal in der Lage ist, seine Gefühle zu beherr…«

»Stopp!«, fiel David ihm mitten ins Wort.

Ich hätte am liebsten laut um Hilfe geschrien, aber meine Kehle war wie zugestopft. Mein Herz hämmerte vor Anspannung in doppelter Geschwindigkeit und endlich schaffte auch ich es aufzustehen.

Jasons Gesicht war sehr blass. Sehr blass und von einem feinen Schweißfilm bedeckt, der überhaupt nicht gut aussah. Er schien Mühe zu haben, Luft zu bekommen, sein Brustkorb hob und senkte sich mit einem gequälten Pfeifen.

»... seine Gefühle zu beherrschen«, setzte er den Satz fort, als sei er nie unterbrochen worden. »Warum hast du deinen Seelenklempner nicht mitgebracht, Junge?« Er verzog das Gesicht, als würde dieses Wort ihm physische Schmerzen bereiten. »Warum nur sie?« Er wedelte vage in meine Richtung.

»Ich warne dich, Dad!«, stieß David hervor. Auch er rang um Luft, und wenn ich gekonnt hätte, hätte ich ihn gepackt und mit mir davongezerrt.

»Was, David?«, spuckte Jason aus und ließ seinen spöttischen Blick an Davids Gestalt auf und ab wandern. »Willst du dich etwa mit mir prügeln, wie es ein richtiger Mann tun würde?«

David war drauf und dran, sich auf ihn zu stürzen, aber ich stoppte ihn, indem ich ihn am Arm fasste. »Nicht«, stieß ich hervor. »Das ist es nicht wert!«

Das lenkte Jasons Aufmerksamkeit auf mich. Sein Kopf saß irgendwie locker auf seinem Hals, doch er schaffte es, mich ins Auge zu fassen. »Warum hast du nicht deinen Seelenklempner mitgebracht«, wiederholte er etwas zusammenhanglos, »sondern nur dein kleines Betthäschen?«

Ich hätte mich fast an meiner eigenen Spucke verschluckt bei dieser Beleidigung.

Davids Miene verzerrte sich vor Zorn. Bevor ich ihn davon abhalten konnte, packte er seinen Vater an der Schulter und riss ihn zu sich herum. Jason taumelte, fing sich aber. Mit einem harten Ruck machte er sich frei. »Oh!«, höhnte er. »Mein Schwächling von Sohn hat rausgefunden, wie sich ein Mann benimmt.« Er grinste kalt.

David hob die Fäuste.

Ich stieß einen erschrockenen Schrei aus. Eine Gruppe von vier Frauen, die offenbar ebenfalls etwas Ruhe abseits des Getümmels gesucht hatte, blieb stehen und warf uns neugierige Blicke zu.

Jasons Blick flackerte, als er es bemerkte. Kurz blieb er mit gesenktem Kopf stehen, dann straffte er die Schultern und schenkte der kleinen Gruppe ein strahlendes Lächeln. »Mary«, sagte er zu einer der Frauen. »Warum holt ihr euch nicht ein Glas Champagner? Ich bin gleich bei euch, versprochen!«

Die kleine Gruppe zögerte, doch dann nickte die mit Mary Angesprochene. Sie flüsterte ihren Begleiterinnen etwas zu und gemeinsam schlenderten die vier in Richtung der Partygesellschaft zurück.

Kaum waren sie fort, verzerrte sich Jasons Gesichtsausdruck erneut. Mir grauste es beim raschen Wechsel seiner Stimmungen.

David hatte noch immer die Fäuste geballt. Jason musterte ihn mitleidig. »Na, los doch!«, wisperte er kaum verständlich. »Das willst du doch schon so lange tun, nicht wahr? Seit diesem Tag, David, an dem Charlie ...«

Diesmal wurde er unterbrochen, weil Davids Faust ihn in den Magen traf. Es war ein ansatzloser Schlag, hart und kompromisslos. Ein leises Ächzen kam aus Jasons Mund, er klappte vornüber, aber ich wusste in dieser Sekunde, dass er nicht ernsthaft verletzt war. Langsam richtete er sich wieder auf. »Ist das alles, was du draufhast?« Seine Stimme troff vor Hohn.

David stand da, als wäre er zu Stein erstarrt, und auch ich war unfähig, mich zu rühren.

Aus irgendeinem Grund verlangsamte sich die Zeit. Ich sah, wie Jasons Arm zurückschwang, wie er mit der flachen Hand ausholte, so weit, wie es ging. Und dann sah ich seine Hand vorschnellen, in Davids Gesicht. Davids Kopf wurde herumgerissen. Das Klatschen der demütigenden Ohrfeige hallte in meinen Ohren.

David rührte sich nicht. Mehrere Sekunden lang stand er da, den Kopf nach links gedreht, die Haare in die Augen hängend, während sich Jasons Handabdruck auf seiner Wange und seinem Jochbein abzeichnete. In seinen Augen loderte es hasserfüllt.

Ich hielt den Atem an, als er erneut die Fäuste ballte. Schon sah ich ihn auf seinen Vater zufliegen, sah die beiden in einer blutigen Prügelei zu Boden gehen, sah die Gäste vor meinem geistigen Auge neugierig tuschelnd herbeistürmen. Aber etwas gänzlich Unerwartetes geschah. David schlug tatsächlich noch einmal zu – mit einem lang gezogenen Schrei. Aber seine Faust krachte nicht ins Gesicht seines Vaters. Sondern auf die Glasplatte des kleinen Tisches, der neben ihm stand. Das Glas zersprang mit einem Knall. Als habe das irgendeinen Bann gebrochen, der über Jason gelegen hatte, blinzelte er irritiert.

Dann warf er sich abrupt herum und wankte genauso unsicher über den Rasen davon, wie er sich uns vor wenigen Minuten genähert hatte.

Ich wandte mich David zu. Und erschrak.

Blut troff von seiner Handkante, rann ihm als breiter Strom in den Ärmel. Aber das war es nicht, was mich in Panik versetzte. Es war der Ausdruck auf seinem Gesicht. Ich hatte erwartet, dort noch immer den flammenden Zorn auf seinen Vater zu sehen. Doch da war etwas völlig anderes.

David starrte auf das Blut. Er sah aus, als hätte ihn eine plötzliche Erkenntnis durchzuckt. Dann wurde der Ausdruck auf seinem Gesicht abgelöst von so tiefem Entsetzen, dass meine Knie anfingen zu zittern. Er taumelte, tastete mit der unverletzten Hand nach Halt. Ich griff zu, fasste seinen Arm und er stützte sich schwer auf mich. Ich kannte den Grund für sein Entsetzen. Wusste, was ihn beinahe zu Boden gehen ließ.

Er hatte sich an irgendwas erinnert.

»Oh mein Gott, David!« Lizz flatterte um David herum wie ein Kolibri um eine seltene Blüte. »Wie konnte das nur passieren?«

Nachdem David bei dem Anblick seines eigenen Blutes angefangen hatte zu taumeln, war wunderbarerweise plötzlich mein Vater aufgetaucht. Jason hatte sich wieder unter die Gästeschar gemischt, als hätte die hässliche Szene zwischen ihm und seinem Sohn niemals stattgefunden. Während Dad David in das leere Speisezimmer im Haus geschafft hatte, hatte Sandra unter den Gästen nach Michael Grant gesucht, einem Hausarzt, der hier auf der Insel praktizierte und der einer von Jasons Freunden war. Als sie mit dem Arzt zu uns gekommen war, hatte sich Miss Universum in ihrem Schlepptau befunden, und während Dr. Grant jetzt dabei war, Davids Hand zu verbinden, ging Lizz ganz in ihrer Rolle der besorgten, vor Schrecken völlig aufgelösten Schönheit auf.

Ich hingegen stand in der Nähe der Tür herum und beobachtete das Geschehen aus der Entfernung. Ich wusste nicht, ob ich David an mich ziehen und festhalten oder lieber anschreien sollte, um ihn aus dieser furchtbaren Starre zu holen.

Er saß auf dem Stuhl, auf den ihn mein Vater bugsiert hatte, und ließ Dr. Grants Behandlung mit ausdrucksloser Miene über sich ergehen. Seine Hände zitterten. Dr. Grant schaute immer wieder prüfend und auch ein bisschen besorgt in Davids Gesicht. Kurz bevor er mit dem Verbinden fertig war, wies er auf die Prellung an seiner Wange. »Das muss gekühlt werden!«, sagte er. Auch seine Miene war ausdruckslos. Er hatte nicht gefragt, woher David das dunkelrot leuchtende Veilchen hatte, aber irgendwie hatte ich das Gefühl, dass er es ahnte.

»Ich hole einen Eisbeutel«, zwitscherte Lizz und flatterte davon.

Ich atmete auf, als sie den Raum verlassen hatte.

David schaute in meine Richtung, aber wir schwiegen beide. Dad und Sandra wirkten befangen wie zwei Statisten, die gerade bemerkt hatten, dass sie in diesem Stück eigentlich etwas hätten sagen sollen, aber den Text vergessen hatten. Ahnten auch sie, was zwischen Jason und David vorging? Ich sah meinen Vater an, überlegte, ob ich ihn auf Jasons schreckliches Verhalten ansprechen sollte. Doch vermutlich war mein Vater derjenige, der von den Dingen, die zwischen Vater und Sohn Bell vorgingen, in diesem Haus am allerwenigsten mitbekam.

Dr. Grant beendete seine Arbeit an dem Verband, dann sah er meinen Dad und Sandra an. »Gehen wir besser«, sagte er ruhig. Ich ahnte, dass er mit ihnen sprechen wollte, und sah den Erwachsenen zu, wie sie mit ernsten Mienen den Raum verließen.

Genau in diesem Moment kam Lizz mit dem Eisbeutel wieder.

»Hier.« Sie reichte ihn David, der ihn entgegennahm und sich ein schmales Lächeln abrang.

Er warf den Kopf in den Nacken und drückte sich das Ding an die Wange. »Gott im Himmel«, ächzte er. Ich war nicht sicher, ob wegen seiner Schmerzen oder wegen dem, was geschehen war.

Immerhin verschwand jetzt langsam dieser starre Ausdruck aus seinem Gesicht.

»Lass mich mal!« Lizz nahm ihm den Eisbeutel weg. Sehr viel vorsichtiger als er selbst drückte sie ihn gegen sein Gesicht. »Das muss scheußlich wehtun!«

Er antwortete nicht darauf, aber er wehrte sich auch nicht gegen ihre Fürsorge. Im Gegenteil: Er schenkte ihr ein weiteres Lächeln und ich spürte, wie ihre Gegenwart ihm half, sich aus dem Bann seiner Erinnerung zu lösen.

Verdammt! Das war doch eigentlich meine Rolle, oder nicht?

Ich unterdrückte den absurden Impuls, den Raum zu verlassen. »Wie geht es jetzt weiter?«, fragte ich von meinem Platz an der Anrichte aus.

Über die Schulter warf Lizz mir einen Blick zu und auch David sah mich an.

»Ich will nicht hier in diesem schrecklichen Haus bleiben«, sagte ich. Als die Worte heraus waren, erkannte ich, dass sie sehr egoistisch klangen, obwohl ich sie überhaupt nicht so gemeint hatte. Was ich hatte sagen wollen, war: *Ich will dich so schnell wie möglich von hier wegschaffen.* Was, seinem Gesichtsausdruck nach zu schließen, bei David angekommen war, war: *Bring mich so schnell wie möglich von hier weg.*

»Heute Abend können wir nirgends mehr hin«, sagte er.

»Warum nicht?« Ich überlegte. »Wir fahren einfach nach Oak Bluffs und nehmen uns ein Hotelzimmer!«

Er schüttelte den Kopf. »Um diese Jahreszeit gibt es auf der ganzen Insel kein einziges freies Hotelzimmer. Wir können nicht weg.«

»Schwachsinn!«, rutschte es mir heraus.

Er presste die Lippen aufeinander und ich spürte, dass er eigentlich noch etwas ganz anderes sagen wollte.

*Wir können nicht weg. Weil ich hierbleiben will. Weil ich rausfinden muss, was auf den Klippen passiert ist.*

Lizz schien ebenfalls zu wissen, was er dachte. »Wenn er gar nicht von hier wegwill, Juli?«

Verdammt! Warum übernahm sie plötzlich die Funktion, die eigentlich meine gewesen wäre? Auf Davids Seite zu sein. Sich um ihn zu kümmern.

Ich überlegte, was ich jetzt tun sollte. Ich war dabei, in eine Rolle zu rutschen, die mir schon damals im Winter nicht besonders gut gefallen hatte. Die der Nervensäge. Aber ich wusste auch, dass ich hartnäckig bleiben musste, wenn ich nicht wollte, dass das, was auch immer zwischen David und seinem Vater sein mochte, am Ende in eine Katastrophe führte.

»Ich übernehme die Verantwortung nicht, David!«, sagte ich ernst.

Er klang angespannt, als er erwiderte: »Niemand muss für mich die Verantwortung übernehmen.«

In diesem Moment wurde ich wütend. »Ich habe Angst um dich, verdammt noch mal, kapier das doch endlich!«

Lizz schaute erstaunt, aber sie reagierte mit sicherem Instinkt. Wie als Kontrast zu meinen scharfen Worten, legte sie David eine Hand auf die Schulter. Es war eine liebevolle Geste, eine, die sagen sollte: Ich behandele dich nicht so ruppig wie sie.

David rührte sich nicht.

Dann streifte er Lizz' Finger von seiner Schulter und schenkte ihr ein bedauerndes Lächeln. Zu mir sagte er: »Ich weiß, Juli.« Er seufzte so schwer, dass ich nicht wusste, ob ich gewonnen oder verloren hatte.

Ich stieß mich von der Anrichte ab. »Ich bin oben«, murmelte ich, weil ich es kaum noch in einem Raum mit ihm und Lizz aushielt. Dann verließ ich fluchtartig das Zimmer.

Draußen auf dem Flur wäre ich fast mit meinem Vater zusammengestoßen, der neben Dr. Grant stand und mit ihm diskutierte.

»Juli«, sagte Dr. Grant. Er wirkte besorgt. »Das Veilchen. David hat es von Jason, oder?«

Ich nickte nur. Plötzlich hielt ich auch ihre Gegenwart nicht mehr aus, wollte nur noch in mein Zimmer, meine Ruhe haben. Trotzdem rührte ich mich nicht.

In Dr. Grants Miene arbeitete es. »Ich glaube, ich rede mal mit Jason«, sagte er.

Ich nickte erneut, schlüpfte ohne weitere Worte an den beiden vorbei und rannte die Treppe hinauf zu meinem Zimmer. Direkt vor meiner Tür stand Grace. Mit einem wissenden Gesichtsausdruck sah sie mich an.

»Sparen Sie sich Ihren Atem!«, raunzte ich sie an, aber sie ließ sich davon nicht beeindrucken.

»Wenn es so weitergeht«, sagte sie schlicht, »gibt es bald schon Tote.«

Nicht auch das noch!

Ich schnaubte. »Das vorherzusagen, dazu braucht es keinen Geist!«

Aber zu meiner Verwunderung schüttelte Grace den Kopf. »Sie haben mich missverstanden, Miss Wagner.«

Ich wollte eigentlich nicht hören, was sie nun schon wieder zu sagen hatte, aber auch jetzt blieb ich trotzdem stehen und wartete, bis sie hervorstieß: »Ich habe nicht von Mr Bell oder Master David geredet. Sondern von Ihnen!«

»Von mir?«

*Selbst schuld!,* schalt ich mich. *Warum hörst du dir auch immer wieder an, was sie sich zurechtfantasiert?*

Grace nickte. »Von Ihnen. Wenn Sie noch länger hierbleiben, dann werden Sie sterben.«

»Ach!«, stieß ich hervor und meine Stimme troff vor Spott. »Jetzt sind wir also schon beim Sterben? Vorhin haben Sie noch gesagt, dass er mir das Herz brechen wird.«

Sie wollte etwas erwidern, aber ihr Blick glitt an mir vorbei. Ihre Augen weiteten sich.

Ich drehte mich um. Am oberen Treppenabsatz stand David. Er sah düster aus, aber statt Grace erneut zu ermahnen, dass sie gefeuert werden würde, wenn sie mich nicht in Ruhe ließ, meinte er nur: »Morgen früh, Juli. Morgen früh verlassen wir die Insel. Versprochen!«

# 16

Ich fasse es einfach nicht!« In seinem Zimmer ließ David sich schwerfällig auf die Bettkante sinken, stützte den Kopf auf den Knien ab und fuhr sich mit gespreizten Fingern in die Haare.

Ich setzte mich vorsichtig neben ihn. Vergessen war der Wunsch, meine Ruhe zu haben.

»Ich habe ihn noch nie zuvor geschlagen«, murmelte David und ich wusste, er sprach von Jason. Es schockte ihn noch immer sichtlich, dass er die Beherrschung verloren hatte.

»Er hat dich gedemütigt«, sagte ich leise. Ich wollte ihn anfassen, wollte ihn festhalten, trösten. Ich rührte mich nicht. Zwischen uns war eine halbe Armeslänge Platz. »Er hat dich gedemütigt und du warst zornig.«

»Ja.« Er hob den Kopf, starrte geradeaus. »Außerdem hat er dich beleidigt. Aber trotzdem. Verdammt! Dieses Haus, es macht mich wahnsinnig! Ich ...« Er verstummte mit einem Stöhnen.

Mich hingegen trieb etwas ganz anderes um. »Da war tatsächlich noch mehr, oder?«, fragte ich behutsam.

»Hm?«, machte David. Er schien nicht verstanden zu haben, was ich meinte.

»Die paar Minuten auf den Klippen, an die du dich erinnern willst. Du hast gesagt, dass du das Gefühl hast, da wäre noch mehr gewesen. Als du vorhin so furchtbar geblutet hast, hatte ich das Gefühl, dass du dich erinnerst.«

Er holte zitternd Luft und ich wusste, dass ich richtiglag.

Jetzt endlich legte ich ihm eine Hand auf den Oberschenkel. »Was, David? Was hast du gesehen?«

Das Fenster stand offen. Die Musik der Band und die Geräusche der Party drangen zu uns herein. Der Mond schien ins Fenster. Erste Abschiedsfloskeln waren zu hören. Autotüren wurden zugeschlagen und Wagen rollten vom Parkplatz. Wahrscheinlich hatte sich inzwischen rumgesprochen, was geschehen war, und das hatte den Leuten die Feierlaune verdorben.

»Was ...«, setzte ich zu einer weiteren Frage an, aber David legte mir die Fingerspitzen auf die Lippen. Der Verband, den Dr. Grant ihm angelegt hatte, roch irgendwie antiseptisch.

Ich nahm seine Hand zwischen meine beiden. Vielleicht würde ich ihn wieder wütend machen, wenn ich darauf bestand, dass er es mir sagte. Aber ich hatte auch das sichere Gefühl, dass er jemanden brauchte, der ihn zwang, sich mit dieser Sache auseinanderzusetzen. Jemand, dem er nicht so leicht aus dem Weg gehen konnte wie seiner Therapeutin Pamela.

»Was, David?«, fragte ich also erneut.

Er seufzte, aber auf seinen Lippen erschien der Anflug eines schiefen Grinsens. »Kannst du nicht einfach mal die Klappe halten?«

Ich schüttelte den Kopf. »Wenn ich dich bedauere und um dich herumscharwenzele, so wie Lizz es tut, wird es nicht besser.«

Verflixt! Warum erwähnte ich die dumme Nuss jetzt auch noch?

»Lizz.« David lauschte dem Namen nach und in mir wuchs wieder dieses ungute Gefühl, dass er Interesse an ihr haben könnte.

Weil das hier länger zu dauern schien, schlüpfte ich aus meinen Ballerinas. Dann lehnte ich mich gegen das Kopfende des Bettes, verschränkte die Arme und wartete. Die kleine Wunde, die mir der Seeigelstachel beigebracht hatte, schmerzte leicht.

»Blut«, sagte David plötzlich.

Ich kapierte nicht. »Was?«

»Du hast gefragt, was ich gesehen habe, als ich meine verletzte Hand angestarrt habe. Die Antwort ist Blut.«

Was sollte das sein? Ein schlechter Witz oder was? Ich unterdrückte den Ärger, der in mir hochwallte.

»Klar«, grummelte ich. »Sehr komisch!«

Er schwieg und da gab ich mich für diesen Abend geschlagen. Ich wies zur Tür. »Ich glaube, ich gehe dann mal besser.«

Er nickte, ohne mich anzusehen, aber gerade als ich die Türklinke nach unten drückte, hörte ich ihn sagen: »Geh nicht!«

Ich hielt mich nur kurz in meinem eigenen Zimmer auf, um mich abzuschminken und aus dem Kleid in meinen kurzen Schlafanzug zu schlüpfen. Dann kehrte ich zu David zurück. Auch er hatte in der Zwischenzeit seinen Smoking ausgezogen und saß jetzt nur noch in T-Shirt und Unterhose auf dem Bett. Die ruinierte Jacke hatte er über seine Sofalehne geworfen. Auf dem schwarzen Stoff war sein Blut kaum zu sehen, dafür aber auf dem Ärmel des weißen Hemdes umso deutlicher. Ich verzog das Gesicht, als ich die großen dunkelroten Flecken auf der teuren Manschette sah.

Als David sich hinlegte, ging ich zu ihm. Er hob den rechten Arm, ich kuschelte mich an seine Brust und gab mich für einen Moment der Vorstellung hin, dass alles gut war.

Die Ereignisse hatten ihn derartig ausgelaugt, dass er kurz

darauf in einen unruhigen Schlaf fiel. Ich rückte ein Stück von ihm ab und betrachtete ihn.

Die Deckenbeleuchtung hatte ich ausgeschaltet. Nur die Leselampe auf dem Nachttisch brannte und warf einen kreisrunden Schein auf das Kopfkissen und Davids Gesicht. In dem leicht gelblichen Licht wirkte die Prellung in seinem Gesicht wie ein Schrei. Ich streckte die Hand nach seinem Schattenhaar aus, strich es ihm von den Lidern und dann ließ ich meine Fingerspitzen wenige Millimeter über seiner Verletzung in der Luft schweben. Ich glaubte, die Wärme zu spüren, die davon ausstrahlte, und mein Herz zog sich vor lauter Emotionen schmerzhaft zusammen.

Wie war es möglich, jemanden so sehr zu lieben, wie ich ihn liebte? So sehr, dass alles, was ihn quälte, sich anfühlte, als würde mir bei lebendigem Leib die Haut abgezogen?

Ich unterdrückte einen tiefen Seufzer.

David schien mich im Schlaf spüren zu können. Er drehte den Kopf von mir fort. Seine Lippen teilten sich.

»Nein«, murmelte er. »Nicht, Dad!«

Das Herz in meiner Brust bekam einen weiteren Riss.

Ich legte David die Hand auf die Rippen und kurz stockte sein Atem. Dann lächelte er und schlief ruhiger weiter.

Zufrieden ließ ich die Hand, wo sie war, kuschelte mich erneut an seine Seite und schloss ebenfalls die Augen.

Ich schreckte aus unruhigem Schlaf in die Höhe. Der Mond hatte sich hinter dicken Wolkenbergen verborgen und sandte nur ab und zu einen silbrigen Strahl durch die Fenster unseres Zimmers. Mein Herz hämmerte so heftig, dass es fast schon wehtat, und ein dünner Schweißfilm lag auf meinem Gesicht und dem Hals. Ich wischte ihn fort.

Das Wetter schien sich in der Nacht schlagartig verschlechtert zu haben. Ein scharfer Wind wehte und ließ die Wacholderbäume rings um das Haus so laut rauschen, dass ich es durch die geschlossenen Fenster hören konnte.

Ich brauchte dringend frische Luft. Entschlossen schwang ich die Füße aus dem Bett und stand auf. Der Boden war noch warm von der Hitze des vergangenen Tages. Es fühlte sich an, als laufe ich über etwas Lebendiges.

Als ich die Balkontür aufschob, hieb der Wind nach mir, wie David an diesem Abend nach Jason geschlagen hatte – hart, kompromisslos und ohne Vorwarnung. Es hatte tatsächlich stark abgekühlt. Die Luft war höchstens noch vier oder fünf Grad warm. Fröstelnd zog ich die Schultern bis zu den Ohren hoch. Meine Füße wurden schlagartig eiskalt, aber trotzdem trat ich auf den Balkon hinaus. Die Wolken verhüllten den Mond jetzt vollständig. Ich blinzelte gegen die Dunkelheit an.

Und dann hörte ich Musik.

Im ersten Moment dachte ich, dass die Band noch immer spielte, doch gleich darauf erkannte ich, dass es sich nicht um Tanzmusik handelte, sondern um eine Klaviermelodie.

Die Mondscheinsonate. Mir wurde die Kehle eng.

Ich öffnete die Augen wieder, wollte mich umwenden, wollte den Balkon verlassen, um herauszufinden, woher diese Musik kam, aber ich konnte mich nicht rühren. Mit beiden Händen umklammerte ich das Geländer und blickte in die Tiefe. Der Rasen unter mir wirkte schwarz wie Tinte. Die eisige Kälte kroch mir an Waden und Oberschenkeln hoch.

»Juli!«

Die leise Frauenstimme fuhr mir in den Magen wie ein Stromstoß. Mein Kopf ruckte hoch und in diesem Moment gaben die Wolken den Mond wieder frei. »Spring, Juli!«, wisperte die Stimme. Das Klavierspiel endete in einem einzelnen, schrillen Misston.

Vor Entsetzen keuchte ich auf.

Unten auf dem Rasen stand eine Frau und winkte mir schweigend zu.

»Charlie!«, hörte ich David hinter meiner rechten Schulter flüstern, doch es war nicht Charlie. Es war auch nicht Lizz, wie ich im ersten Moment fürchtete. Es war eine junge Frau mit einer spitzen Nase und einem spitzen Kinn und in dem Moment, in dem ich ihrem Blick begegnete, breitete sich auf ihrem Leib ein Blutfleck aus und wurde rasend schnell größer ...

Vor Schreck riss ich die Augen auf.

Plötzlich war die Frau ebenso verschwunden wie die Wolken am Himmel, wie der kalte Wind und wie David. Es war noch immer warm, fast schwül. Vorsichtig ließ ich das Geländer los und wollte mich schon abwenden, als ich erneut das Flüstern hörte.

Mit einem hohlen Gefühl von Panik im Magen drehte ich mich um, sicher, dass die Frau mit dem spitzen Gesicht noch immer dort unten stehen würde. Aber das tat sie nicht. Der Rasen war leer.

Stattdessen hörte ich ein leises Lachen. Mein Kopf ruckte herum ...

... und ich stand im Bootshaus unten am Strand.

Das Mondlicht fiel durch die Ritzen zwischen den Brettern, zeichnete schmale Linien auf den hölzernen Fußboden, der sich unter meinen nackten Füßen rau anfühlte. Ein unheimliches Kribbeln rann über meinen Körper, vom Scheitel bis zu den Sohlen und wieder zurück. Langsam drehte ich mich um meine eigene Achse. Mein Blick schweifte über die Kisten an der Wand, über ein Ruderboot, das aufgebockt dalag, über die Ruder, die daneben auf dem Boden lagen.

Flüsternde Schritte draußen auf dem Steg ließen mich zusammenzucken. Jemand hastete leise kichernd draußen an dem Bootshaus vorbei, ich konnte einen Schatten sehen, der das Mondlicht verdeckte. War das ein Zipfel eines roten Kleides?

Erneut kicherte jemand leise. Diesmal klang es bösartig. Unheimlich.

Der Schatten verschwand und erschien gleich darauf an einer anderen Ecke des Bootshauses wieder. Ich wirbelte herum.

»Juli!«, wisperte eine eisige Stimme. »Komm, Juli! Du wirst springen!«

Mein Herz krampfte sich vor lauter Panik zusammen, sodass ich kaum noch Luft bekam. Ich stürzte zur Tür, riss sie auf. Dann rannte ich. Ich rannte über den Steg, quer über den Strand, den Pfad zwischen den Wacholderbüschen entlang. Ein scharfer Schmerz bohrte sich in meine nackte Sohle und ich kam ins Stolpern. Der Länge nach schlug ich auf dem wurzelüberwachsenen Boden auf, wälzte mich herum. Packte meinen Fuß.

Ich war in einen dieser dornbewehrten Äste getreten, von denen David auf unserem Weg zum Strand einen in den Händen gehalten hatte. Mit zusammengebissenen Zähnen zog ich die drei spitzen Dornen aus meinem Fleisch. Es blutete ein wenig. Ich beugte mich über die punktförmigen Wunden, um sie genauer zu untersuchen, und in diesem Moment verspürte ich ein so umfassendes Gefühl von Desorientierung, dass mir schlecht davon wurde.

Wie kam ich plötzlich in mein Bett?

Die Decke hatte ich bis zum Kinn hochgezogen. Mein Herz

hämmerte mir in der Kehle. Ganz langsam nur sickerte die Erkenntnis in meinen Verstand, dass ich geträumt haben musste. Mein Fuß schmerzte, aber das war ja klar. Schließlich war ich unten am Strand in einen Seeigel getreten.

Tief atmete ich durch.

Ich hatte geträumt! Geträumt! Ich war nicht im Bootshaus gewesen und auch nicht in die Dornen getreten. David lag neben mir und schlief jetzt ruhiger als zuvor.

»Gott, Juli!«, stöhnte ich.

# 17

Als ich am nächsten Morgen erwachte, war ich allein. Ein leichter Wind wehte vom Atlantik her und bewegte sachte die Vorhänge im Zimmer. Es roch nach Tang und Salz und ich schloss die Augen wieder und stellte mir vor, ich sei im Urlaub hier auf der Insel. Ein paar Sekunden lang gelang es mir, dann jedoch holte mich die Wirklichkeit ein, und zwar in Form eines unangenehmen brennenden Schmerzes in meiner Fußsohle.

Mit einem mulmigen Gefühl setzte ich mich auf, zog meinen Fuß auf das andere Knie und untersuchte die schmerzende Stelle. Vier kleine Einstiche fielen mir ins Auge, die leicht gerötet waren und in denen es unangenehm puckerte.

*Vier?*

Ich dachte an den einen Stachel, den ich gestern aus meinem Fleisch gezogen und weggeworfen hatte.

Vorsichtig berührte ich die kleinen Wunden mit den Fingerspitzen. Klar. Ich war schließlich in einen Seeigel getreten und Seeigel hatten eine Menge Stacheln.

Der Dornenzweig aus meinem Traum konnte ja wohl kaum für diese kleinen Wunden verantwortlich sein. Oder?

Nachdenklich starrte ich gegen die Decke und ich brauchte eine Weile, um mich selbst zu überzeugen.

Dann fiel mir etwas ganz anderes ein.

*Morgen früh verlassen wir die Insel,* hatte David gesagt.

Wir fuhren nach Hause!

Nach Boston. Wahrscheinlich war David deswegen schon aufgestanden. Weil er Vorkehrungen für unsere Abreise traf.

Ich schwang die Füße aus dem Bett. Der Fußboden war ganz warm an der Stelle, auf die die Sonne schien. Ich bewegte die Zehen hin und her, ignorierte den Schmerz, der dabei durch meine Fußsohle zuckte, und stand schließlich auf.

Barfuß und in meinem Schlafanzug trat ich auf den Balkon hinaus und reckte mich. Obwohl es noch nicht mal acht Uhr war, schien mir die Sonne bereits mit ziemlicher Kraft ins Gesicht und ließ die Haut auf meinen Wangen kribbeln. Ich durfte nicht vergessen, Sonnencreme aufzutragen, wenn ich gleich ins Bad ging.

»Morgen, Miss Wagner!« Die freundliche Stimme von Theo kam aus Richtung Pool.

Ich trat an das Geländer des Balkons und ganz kurz war da wieder dieses gruselige Gefühl aus meinem Traum. Ich schob die Erinnerung an das unheimliche Gewisper fort.

»Morgen!«, rief ich nach unten.

Theo winkte mir zu. »Gut geschlafen?« Er war dabei, eine Art Sauger aus dem Wasser zu hieven, mit dem er den Boden des Pools gereinigt hatte. Offenbar hatten in der vergangenen Nacht mehrere Gäste Dinge ins Wasser geworfen, die dort nicht hingehörten. Neben Theo stand jedenfalls ein Eimer mit Müll.

Ich bejahte. Es gab keinen Grund, Theo gegenüber meinen Albtraum zu erwähnen. »Wissen Sie, wo David ist?«, fragte ich.

Er zog den Sauger über die Marmorplatten. Wenn ihm klar war, dass ich hier auf Davids Balkon stand, so ließ er es sich nicht anmerken. »Ich habe ihn noch nicht gesehen.«

Ich bedankte mich und ging in mein eigenes Zimmer, um zu duschen. Das Bad war klein, aber luxuriös eingerichtet wie in einem teuren Hotel. Ich duschte ausgiebig, wobei ich schmerzhaft das Gesicht verzog, als Seife in die Wunden an meinem Fuß geriet. Nach dem Abtrocknen rieb ich mich mit Sonnencreme ein und schlüpfte in Shorts und Top. Meine nassen Haare kämmte ich nur durch und ließ sie dann, wie sie waren. Sie würden in der warmen Luft schnell trocknen. Ich steckte mein Smartphone in die Hosentasche, dann verließ ich das Zimmer und trat auf den Flur mit dem dicken Teppich hinaus.

Die Lilien, die rechts und links neben der Nachbarzimmertür standen, dufteten schwach und zum ersten Mal, seit ich wieder hier auf *Sorrow* war, dachte ich daran, wem dieses Zimmer ursprünglich einmal gehört hatte. Amanda Bell. Davids Mutter. Amanda war gestorben, als David noch ein kleiner Junge gewesen war, aber trotzdem hatte man ihr Zimmer so belassen, wie es gewesen war. Bis auf die Tatsache, dass man alle Möbel mit gruseligen weißen Tüchern abgedeckt hatte, hatte man darin all die langen Jahre über nichts verändert.

Ich verzog das Gesicht.

Aus irgendeinem Grund übte das Zimmer tatsächlich noch immer dieselbe morbide Faszination auf mich aus wie im Winter.

Sollte ich?

Zögernd streckte ich die Hand nach der Klinke aus und prüfte, ob die Tür verschlossen war.

Sie war es nicht.

Lautlos schwang sie auf. Ich glaubte, einen Schwall kalter Luft zu spüren, der mir um die Beine strich, aber das war eine Sinnestäuschung. In Amandas Zimmer herrschte genau die gleiche angenehme Temperatur wie überall in dem klimatisierten Haus.

Die dunkelroten Vorhänge waren zugezogen und Dämmerlicht umfing mich. Vage nur konnte ich die Umrisse der verhüllten Möbel erkennen.

*Was, wenn ihr Geist sich hier drinnen aufhält?*

Der Gedanke kam von ganz allein und er fühlte sich an wie eine Ohrfeige. Ich schlug mir mit der flachen Hand vor die Stirn.

*Hör auf zu spinnen, Juliane Wagner!*, befahl ich mir selbst, aber ich konnte nichts dagegen tun, dass sich der Gedanke in mir festsetzte. *Sorrow* schien wie geschaffen dafür, dass die verlorenen Seelen verzweifelter Frauen durch seine Gänge irrten.

*Sie werden sterben, wenn Sie hierbleiben!*, glaubte ich Grace' warnende Stimme zu hören. In diesem Moment vibrierte das Handy in meiner Hosentasche. Ich zog es hervor. Eine Nachricht von Miley war angekommen.

»Schon auf?«, simste sie.

Ich tippte ein kurzes »Klar!« in die Tastatur.

»Und?«, wollte sie wissen.

»Haus ist noch immer genauso gruselig. Bin in einen Seeigel getreten«, informierte ich sie und sah dann auf. Ohne dass es mir bewusst geworden war, war ich zwei Schritte vorgetreten und stand nun mitten in Amanda Bells Zimmer. Die Dämmerung fühlte sich auf meiner Haut an wie die Berührung von etwas Lebendigem. Die Härchen an meinen Unterarmen richteten sich auf.

Das leise Brummen von Mileys nächster Nachricht klang in der drückenden Stille völlig fehl am Platz.

»Wie geht es David?«

Mir wurde das Gesimse zu blöd. Kurzerhand wählte ich Mileys Nummer, und als sie ranging, sagte ich ohne Begrüßung: »Wir waren gestern auf den Klippen.«

»Echt?« Miley klang ein bisschen heiser, so als sei auch sie eben erst aufgestanden. Sie wusste natürlich in allen Einzelheiten, was im Winter auf *Sorrow* passiert war. Ich hatte ihr mehr als einmal davon erzählt.

Jetzt berichtete ich ihr, was David mir auf den Klippen verraten hatte. »Darum sind wir hier«, sagte ich. »Er versucht, sich daran zu erinnern, was kurz vor Charlies Tod passiert ist. Er glaubt, dass es etwas Wichtiges sein muss.«

»Und?«

»Er hat sich nicht erinnert. Jedenfalls nicht auf den Klippen.«

»Sondern?«

Ich räusperte mich, dann erzählte ich Miley von Davids und Jasons Prügelei gestern Abend auf der Party. Einen Moment lang war sie sprachlos. »Wow«, meinte sie dann.

»Es war schrecklich.«

Ich lauschte dem Wort nach und begriff, dass es die Sache nicht annähernd richtig beschrieb. Ein gebrochenes Bein war schrecklich oder Davids zerschnittene Hand. Aber die Prügelei und das sonderbare Verhältnis zwischen den beiden waren mehr als das. Wenn ich nur daran dachte, hatte ich das Gefühl, als würde eine eisige Hand meinen Magen umklammern.

»Das glaube ich dir sofort«, entgegnete Miley.

Ich hatte inzwischen das Zimmer durchquert und stand vor einem der Fenster. Während ich weitersprach, zog ich den schweren roten Vorhang auf und schaute auf den Rasen hinunter.

Genau dort unten hatte in meinem Traum die Frau mit dem

spitzen Gesicht gestanden ... Ich zwinkerte diese Gedanken fort.

Von Theo war nichts mehr zu sehen, aber den Poolsauger hatte er auf den Marmorplatten stehen gelassen, als würde er gleich zurückkehren. Ein paar Arbeiter waren jetzt dabei, die Pavillons abzubauen.

»Warum nur will er mir nicht erzählen, was da zwischen ihm und seinem Vater ist?«, fragte ich schließlich. »Ich habe das Gefühl, am liebsten würde er wieder mal alles mit sich allein ausmachen.«

»Er will nicht, dass du ihn als Schwächling wahrnimmst. Das ist so typisch Mann!«

»Kann sein«, erwiderte ich. »Aber vergiss nicht, dass ich ihn kennengelernt habe, als er Depressionen hatte.«

»Eben«, gab Miley trocken zurück. »Das muss ihn ohne Ende ankotzen.«

Vermutlich hatte sie recht.

Theo kam über den Rasen zurück und machte sich an dem Sauger zu schaffen. Der Pool lag einladend und völlig ruhig da und ich verspürte den Wunsch, vor dem Frühstück ein paar Bahnen zu ziehen. »Ich muss Schluss machen«, sagte ich zu Miley.

»Ich auch.« Im Hintergrund war eine Stimme zu hören, vermutlich die ihrer Mutter. »Melde dich wieder, okay?«

Ich versprach es ihr. Dann legte ich auf. Ich wandte mich dem Zimmer zu und erstarrte, als ich das Bild über dem Kamin sah.

Das Ölgemälde von Amanda Bell, das früher hier gehangen hatte, war fort. Es war durch ein Bild ersetzt worden, dessen Anblick mir einen eisigen Schrecken durch die Adern jagte. Eine wunderschöne junge Frau in einem roten Kleid blickte von der Leinwand auf mich nieder. Ihr herausfordernder Blick traf mich. Ich sah ihre zu einer kunstvollen Frisur gesteckten Haare, die mit einem Haarnetz bedeckt waren, und gleich darauf kippte meine Wahrnehmung. Plötzlich sah ich Tang anstelle der schwarzen Strähnen. Wassertropfen auf der porzellanhellen Haut, die aussahen wie Tränen.

Ich schluckte.

»Scheiße«, murmelte ich.

Wer zum Teufel hatte Henrys Bild von Charlie hier aufgehängt?

# 18

Du bist früh auf!« David stand vor mir, als ich gerade aus dem Lilienzimmer auf den Gang hinaustrat. Er sah aus, als sei er gejoggt, jedenfalls trug er Laufschuhe zu Shorts und T-Shirt. Wenn er sich darüber wunderte, was ich in dem Raum seiner Mutter gemacht hatte, so ließ er es sich nicht anmerken. Etwas anderes schien ihn mehr zu beunruhigen. »Was hast du? Du bist ganz blass!«

Verdammt! Warum nur konnte er in mir lesen wie in einem offenen Buch? »Nichts«, wehrte ich ab, aber ich wusste, dass er mir das nicht glaubte.

Sein Blick huschte an mir vorbei und durch den Türspalt. Viel konnte er nicht erkennen, denn bevor ich den Raum verlassen hatte, hatte ich den Vorhang wieder zugezogen.

Er runzelte die Stirn. »Was ist da drin, Juli?« Unter seinen Augen lagen dunkle Schatten und die Prellung von Jasons Ohrfeige schillerte auf seinem Wangenknochen wie ein Feuermal. Unwillkürlich fragte ich mich, was genau er vergangene Nacht geträumt hatte.

Ich versuchte, die Tür zuzuziehen, aber er langte an mir vorbei und hielt dagegen. Ich zog stärker. David musste Charlies Bild nicht unbedingt sehen und vor allem musste er nicht wissen, dass irgendein blöder Idiot es an die Stelle gehängt hatte, an der früher das Bild seiner Mutter gewesen war. »Ich glaube nicht, dass das ...«

»Lass mich durch!«, fuhr David mich an und schien über seinen scharfen Tonfall selbst zu erschrecken. Kurz schloss er die Augen, wirkte resigniert.

»David, ich …« Ich brach ab und überlegte fieberhaft, was ich jetzt tun sollte. Er würde auf jeden Fall in Amandas Zimmer gehen, egal ob jetzt oder später. Wenn er also schon Charlies Bild dort sehen musste, dann war es vielleicht besser, ich wäre bei ihm.

Seufzend trat ich einen Schritt zur Seite und machte ihm den Weg frei.

Er sah mich mit einem sonderbaren Blick an. Dann ging er an mir vorbei, betrat den Raum und blieb dicht hinter der Tür stehen. Ich knipste den Lichtschalter an. Die Deckenlampen tauchten den gesamten Raum in kühles weißes Licht, in dem Charlies umwerfendes rotes Kleid noch einmal so spektakulär aussah.

David brauchte einen Moment, bis er das Bild entdeckte, aber dann versteinerte er. Um seinen Mund erschien ein harter Zug. Unendlich lange stand er regungslos da, starrte in Charlies gemaltes Gesicht, während sich sein Brustkorb stoßweise hob und senkte. Ich wusste nicht, was ich tun sollte. Etwas zu sagen, wäre vermutlich eine bescheuerte Idee gewesen, also schwieg ich – und wartete angespannt, was passieren würde.

Davids Lippen teilten sich, pressten sich aufeinander, so fest, dass sie weiß wurden. Dann schrie er.

»Grace!«

Seine Stimme explodierte förmlich in meinem Kopf. Er warf sich herum und stürmte aus dem Raum. »Grace!«, brüllte er so laut, dass es im gesamten Haus zu hören sein musste.

»Ja, Master David.« Grace kam aus einem der anderen Zimmer und blieb direkt vor David stehen. Sie klang völlig ruhig.

Davids Hände hatten sich zu Fäusten zusammengekrampft. Sein Nacken war eine harte, verspannte Linie.

»Wer hat Charlies Bild über dem Kamin aufgehängt?« Ganz tonlos und erstickt war seine Stimme jetzt.

Grace hatte einen Wagen mit Putzmitteln bei sich und sie klammerte sich daran fest, als brauche sie Halt. Kurz irrlichterte ihr Blick zu mir und dann an mir vorbei ins Innere des Zimmers. Von dort, wo sie stand, konnte sie Charlies Bild nicht sehen, aber ihre Miene sagte mir, dass es auf ihrer Netzhaut brannte, wenn sie blinzelte.

Sie ließ den Wagen los und krallte die Hände in ihre weiße Schürze. »Ich, Master David.« David wollte etwas sagen, aber sie ließ ihn nicht zu Wort kommen. »Ihr Vater hat es mir befohlen.«

»Hast du sie noch alle?«

In Davids Stimme vibrierten Zorn und Fassungslosigkeit. Er stand in der Mitte des Speisezimmers, in dem es nach Kaffee und Waffeln duftete und in dem außer Kimmi und Carlos auch Sandra Thompson und eine Handvoll andere Gäste saßen, die nach der Party noch geblieben waren. Von Lizz war zu meiner Erleichterung nichts zu sehen. Vermutlich schlief sie noch.

Mit einer gemessenen Bewegung legte Jason seine Serviette neben den Teller. Dann stand er auf. Es sah aus, als brauche er seine gesamte Kraft, um David nicht an die Kehle zu gehen.

»Was erlaubst du ...«, setzte er an, dann besann er sich und hielt inne. An seiner Haltung konnte ich erkennen, dass er sich der Gegenwart der anderen im Raum sehr bewusst war. Sein Gesicht hatte eine rötliche Farbe angenommen. Mit der Rechten fasste er sich an die Brust, als verspüre er dort einen starken Schmerz. Tief atmete er durch. »Wir sollten das unter vier Augen besprechen«, sagte er, um Beherrschung bemüht.

David nickte. Er folgte Jason hinaus auf den Gang und runzelte nur leicht die Stirn, als ich den beiden wortlos folgte. In der großen Halle wies er in die Richtung, in der das Lilienzimmer lag. »Warum hast du Grace befohlen, Mutters Bild abzunehmen und das von Charlie aufzuhängen?« Seine Stimme kippte kurz bei dem Wort *Charlie.*

Jasons Nase wurde ganz schmal, als er erneut Luft einsog. »Das geht dich nicht das Geringste an!«

David griff nach dem Geländer der Treppe und hielt sich daran fest. »Warum?«, flüsterte er.

In der langen Pause, die dieser Frage folgte, rekapitulierte ich in Gedanken die Rolle, die das Bild bei all den Ereignissen im Winter gespielt hatte. Henry hatte es gemalt – nach Charlies Tod. Er hatte eine sehr spezielle Maltechnik dafür benutzt, bei der die abgebildeten Dinge sich veränderten, wenn man aus dem Augenwinkel darauf sah.

Inzwischen wusste ich, dass man solche Gemälde Vexierbilder nannte. Ich hatte mich im Frühjahr eine Zeit lang mit diesem Thema beschäftigt und mir einiges Wissen dazu angeeignet.

In meinen Augen war das Bild ein Ausdruck für die zwei Persönlichkeiten, die in Henry geschlummert hatten – und ein Symbol für das Furchtbare, das er David und mir angetan hatte. Meiner Meinung nach wäre es nur logisch gewesen, es zu Kleinholz zu verarbeiten. Stattdessen hing es nun dort, wo bis vor Kurzem noch das Gemälde von Davids Mutter gehangen hatte.

Ich rieb mir nachdenklich das Genick. Ganz richtig im Kopf waren die Leute in diesem Haus alle nicht, dachte ich. Aber das wusste ich ja längst.

Jasons Kiefer verhärtete sich zu einer steinernen Linie.

»Nicht jetzt«, sagte er. Es klang, als rede er von einem Duell, nicht davon, David eine Antwort auf seine Frage zu geben.

Hinter mir ertönten Schritte. Mein Vater betrat die Halle und starrte erschrocken auf die Szene, die sich ihm bot: David und Jason fast Nase an Nase. Die Luft zwischen ihnen knisternd vor unterdrückter Aggression und Spannung.

*Tu was!,* formte ich lautlos mit den Lippen und fragte mich, ob Dr. Grant eigentlich gestern Abend noch mit Jason gesprochen hatte. Falls ja, hatte er zumindest nicht viel erreicht.

Dad schluckte. »Jason«, sagte er dann behutsam.

Jason jedoch beachtete ihn nicht. »Es ist besser, wenn du auf der Stelle mein Haus verlässt!«, sagte er zu David.

Der nickte grimmig. »Du kannst ganz beruhigt sein. Juli und ich hatten sowieso vor, diese verflixte Insel gleich nach dem Frühstück zu verlassen.«

In diesem Moment ertönte eine dunkle Männerstimme von der Tür her.

»Ich fürchte«, sagte sie, »das wird nicht möglich sein.«

Wir alle drehten uns zu dem Mann um, der die Halle betrat und sich leicht breitbeinig vor uns aufbaute. Er trug die schwarze Sheriffuniform von Massachusetts mit einer Waffe am Gürtel und einem Funkgerät, das an einer Halterung an seiner Schulter befestigt war. Statt der üblichen Schirmmütze hatte er jedoch einen ebenfalls schwarzen Cowboyhut auf, den er jetzt abnahm. Sein Gesicht war zerfurcht, als habe jemand die Falten mit einem Messer in seine Haut gegraben. Ich überlegte, wo ich ihn schon einmal gesehen hatte. »Hallo, Jason!«, grüßte er. Dann warf er einen förmlichen Blick in die Runde. »Herrschaften.«

Jason trat vor ihn hin. »Hallo, Timothy. Was ist los?« Er

wandte sich an Dad und mich. »Das ist Sheriff O'Donnell, ein guter Freund von mir.«

In diesem Moment fiel mir ein, wo ich ihn schon einmal gesehen hatte. Gestern Abend auf der Party – als Gast. Heute jedoch war er offenbar in offizieller Mission hier, jedenfalls seiner Uniform nach zu urteilen.

Ihm war anzusehen, dass er nicht mit guten Nachrichten kam.

Ich suchte Davids Blick. Täuschte ich mich oder wusste er, was jetzt folgen würde? Er sah zumindest so aus. Sein Gesicht hatte plötzlich beinahe so tiefe Falten wie das des Sheriffs.

Der Sheriff schaute in die Runde. »Gibt es einen Raum, wo ich mich ungestört mit euch unterhalten kann?«, fragte er Jason und deutete mit dem Kinn auf David. »Mit dir und deinem Sohn.«

Ich sah Davids Adamsapfel rucken und ich fragte mich, was er in diesem Moment wohl dachte.

»Natürlich«, sagte Jason.

Zusammen mit David und dem Sheriff ging er zu seinem Arbeitszimmer. Die Tür fiel hinter ihnen ins Schloss.

»Oh, oh«, hörte ich meinen Vater murmeln und erst in diesem Moment merkte ich, dass sich mein Magen in einen Klumpen aus Eis verwandelt hatte.

»Da ist irgendwas geschehen.« Die Stimme meines Vaters drang durch die Betäubung, die mich ergriffen hatte.

Mechanisch nickte ich.

*Was nun?*

Ich sah meinen Vater an, aber auch der schien keine Antwort auf diese Frage zu haben. Vor lauter Unbehagen rollte er mit den Schultern. »Vielleicht sollte ich mal Walt anrufen und ihn fragen ...«, murmelte er.

Ich fühlte mich wie auf der Streckbank. Plötzlich wollte ich nur noch allein sein. »Gute Idee.« Ich wartete, bis Dad fortgegangen war, und danach stand ich noch eine ganze Weile unschlüssig in der Halle herum. Schließlich entschied ich mich, nach oben in mein Zimmer zu gehen. Meine Hand berührte den Handlauf der Treppe und ein Frösteln überfiel mich, ein eisiger Schauer, der in meinem Genick begann und von dort aus über mein gesamtes Rückgrat rieselte. Bevor ich wusste, wie ich damit umgehen sollte, sagte hinter mir eine leise Stimme: »Sie wissen, dass Madeleine da ist, nicht wahr? Sie können sie spüren, genauso wie ich.«

Ich drehte mich um.

Vor mir stand Grace. Ihr Gesicht war weiß und leer wie eine Leinwand, bevor der Maler den Pinsel hob. Aber in ihren Augen funkelte etwas, das mich zornig machte. »Fangen Sie nicht schon wieder mit diesem Geisterzeug an!«, fuhr ich sie betont unfreundlich an, um mein eigenes Unbehagen zu überspielen.

»Ich habe Sie davor gewarnt, zurück auf die Insel zu kommen.« Sie lächelte. Ich wusste nicht so recht, ob herablassend oder mitleidig. Überhaupt schien mir jedes bisschen gesunder Menschenverstand abhandengekommen zu sein. Ich meine: Warum hörte ich mir Grace' Gerede nur immer wieder an? Konnte es sein, dass ich den Schauder inzwischen genoss? Können wir uns an das Furchtbare in unserem Leben so sehr gewöhnen, dass wir es herbeisehnen, wenn es nicht da ist?

Im Traum hatte ich mich darauf gefreut, in die Tiefe zu springen. Vielleicht war das ja Ausdruck meines geistigen Zustands. Vielleicht war ich ja auf die Insel zurückgekommen, weil ich leiden wollte.

Genau wie David.

»Sie wollten nicht auf mich hören«, redete Grace weiter. »Madeleine hat Sie einmal entkommen lassen. Sie wird es nicht ein zweites Mal tun.«

»Ich weiß«, stieß ich hervor. »Ich werde sterben.«

Grace' Lächeln veränderte sich, wurde höhnisch. Sie öffnete den Mund, aber bevor sie etwas sagen konnte, wurde die Tür zu Jasons Arbeitszimmer aufgerissen und David stürmte an uns vorbei.

Grace machte ein Geräusch, das irgendwie triumphierend klang.

Ich ließ sie stehen und rannte hinter David her. Erst draußen auf der Eingangstreppe erwischte ich ihn. Ich packte seinen Unterarm und zwang ihn, sich zu mir umzudrehen.

Seine Augen ...

Ein Ausdruck flackerte darin, der mir das Blut in den Adern gefrieren ließ. Horror. Das war das einzige Wort, das mir dazu einfiel. »Was ist passiert?«, hauchte ich und ließ ihn los.

Er stand ganz aufrecht, regungslos, so, als habe sich seine Wirbelsäule in Stein verwandelt. Ich konnte den Pulsschlag sehen, der unter der dünnen Haut an seinem Hals klopfte. »David?«, flüsterte ich. Ich wollte diesen Ausdruck von seinem Gesicht wischen, aber natürlich ging das nicht. Alles, was ich tun konnte, war, die Hand nach ihm auszustrecken und seine Wange zu berühren.

Da endlich fing er sich.

Er packte meine Hand. Umklammerte sie so fest, dass es wehtat. Ich beklagte mich nicht.

Die Worte fielen aus seinem Mund und vor meine Füße wie scharfkantige Scherben.

»Sie haben Charlies Leiche gefunden.«

# 19

Sheriff O'Donnell war plötzlich da. Es kam mir vor, als hätte er sich irgendwie neben mich gebeamt. Überhaupt schien sich die gesamte Welt nur noch ruckartig zu bewegen. Dass Charlie tot war, hatten wir alle gewusst, warum also schockte diese Nachricht David so sehr? Irgendetwas war da noch, ein Detail, von dem ich bisher nichts wusste und das diesen furchtbaren Ausdruck auf die Gesichter aller zauberte.

»Was hat das zu bedeuten, Sheriff?«, fragte ich.

O'Donnell antwortete mir nicht. Stattdessen sagte er zu David: »Wir finden raus, wer es getan hat, David.« Er hatte seinen Hut noch immer in der Hand.

*Wer es getan hat?*

Wovon sprach der Kerl?

David sackte in sich zusammen und ließ den Kopf hängen.

Jason trat neben uns. »Danke, dass du uns informiert hast, Tim. Du hättest das nicht tun müssen. Wir wissen das sehr zu schätzen.«

O'Donnell nickte nur und zog seine Hose höher.

»Was geht hier vor?«, fragte ich, diesmal, ohne David dabei aus den Augen zu lassen.

Er hob den Kopf ein wenig. Durch seine dunklen Haare hindurch sah er mich an. Der Verband an seiner rechten Hand leuchtete weiß.

O'Donnell räusperte sich. »Ähm ...« Er musterte mich, als sei er nicht sicher, wen er vor sich hatte.

David strich sich die Haare aus der Stirn. »Juli gehört zu mir«, sagte er und diese Worte hätten mich eigentlich mit einem warmen Glücksgefühl erfüllen müssen. Aber in diesem Moment endlich sprang mein Verstand wieder an und setzte all die kleinen Puzzleteilchen, die ich bereits erhalten hatte, zu einem Bild zusammen. Charlies Leiche war gefunden worden. *Wir finden raus, wer es getan hat,* hatte der Sheriff gesagt. Der Horror in Davids Augen. Unser Gespräch gestern Nacht auf der Klippe. *Was ist, wenn Henry auch Charlie umgebracht hat?* Das waren Davids Worte gewesen. *Wie soll ich damit klarkommen?* Das war es, was er gemeint hatte.

Mein Verstand zog die richtigen Schlüsse, aber nun begann auch O'Donnell zu reden.

»In der Nähe von Bangor in Maine ist die Leiche einer jungen Frau angeschwemmt worden. Man geht davon aus, dass es Charlie Sandhurst ist.«

David griff hinter sich und suchte Halt an der Mauer von *Sorrow*. Ich kämpfte gegen den Impuls an, ihn in den Arm zu nehmen.

»Der DNA-Test läuft noch«, sagte O'Donnell und fuhr sich mit der flachen Hand über die Hemdbrust. »Aber eines konnte die Gerichtsmedizin allerdings bereits zweifelsfrei nachweisen.«

In meinem Verstand machte es endgültig *klick*. Ich wusste, was jetzt kommen würde ...

*Charlie ist ermordet worden.*

... und trotzdem schockierte mich das, was O'Donnell sagte: »Die junge Frau wurde erschossen.«

Erschossen?

Obwohl David das ja schon drinnen im Arbeitszimmer erfahren hatte, richtete er sich mit einem Ruck kerzengerade auf. Von dem hellen Bronzeton seiner Haut war keine Spur mehr übrig, sein Gesicht wirkte bleich, wächsern. Die Prellung hob sich dagegen deutlich sichtbar ab.

*Blut,* hörte ich ihn wieder sagen. Er hatte Blut gesehen, als er seine zerschnittene Hand angeschaut hatte. Er hatte mich mit diesen Worten gestern Abend nicht aufgezogen. Was er gemeint hatte, war: Er hatte in dieser Sekunde in seiner Erinnerung Blut gesehen.

*Oh Gott!,* dachte ich. Und ich hatte nicht nachgehakt, hatte ihn mit dieser Sache allein gelassen.

*Charlie war erschossen worden.*

»David?« O'Donnell schaute ihm mitten ins Gesicht.

Die Sekunden tropften zwischen uns zu Boden, eine nach der anderen, bis ich vor Anspannung fast angefangen hätte zu schreien.

»Hast du mir etwas zu sagen, David?«, fragte der Sheriff schließlich.

Ich wartete darauf, dass David den Mund aufmachte. Dass er erzählte, wie er Henry auf Charlie hatte schießen sehen, dass er sich neuerdings daran erinnerte. Aber er tat es nicht.

Völlig perplex schaute ich ihn an und ich sah, wie der Sheriff misstrauisch die Augen zusammenkniff.

Langsam schüttelte David den Kopf. Es war diese abgehackte, furchtbare Geste, die ich schon einmal bei ihm gesehen hatte. Erst ruckte sein Kopf nach links, wo er kurz verharrte, bevor er mit demselben Ruck nach rechts flog. »Nein«, sagte er.

Ich schaute ihn verwundert an. Warum erzählte er O'Donnell nicht davon, woran er sich erinnerte? *Wir werden herausfin-*

*den, wer es war,* hatte der Sheriff gesagt. Sie wussten es also nicht, wer Charlie erschossen hatte. Aber David wusste es. Er hatte es gesehen.

Warum schwieg er?

Im ersten Moment ergab das Ganze überhaupt keinen Sinn für mich – bis ich in Davids verwirrte Augen sah und begriff, dass er sich nicht sicher war. Er erinnerte sich daran, Blut gesehen zu haben. Aber an mehr offenbar nicht. Er wusste nicht mehr, wer geschossen hatte! Sein Verstand war mit dem, was er gesehen hatte, nicht klargekommen und darum hatte er es verdrängt.

O'Donnell räusperte sich. »Nun«, sagte er. »Bangor gehört zu Maine, das heißt, das FBI kümmert sich um diesen Fall. Die Jungs dort haben die Sachen mitgenommen, die wir im Frühjahr von Henry Farrisson beschlagnahmt haben. Man hat mir gesagt, dass die Ermittlungen sich im Moment auf ihn als Täter konzentrieren.«

*Er war es!,* wollte ich ausrufen. Wer sollte es sonst gewesen sein? Aber ich schwieg. Ratlos sah ich David an.

Blut.

Ich krampfte die Hände um den Saum meines Tops.

Mord.

Das Wort purzelte in meinem Kopf umher wie eine Flipperkugel. Ich fühlte, wie mir schwindelig wurde, und atmete tief durch. Mein Vater erschien wieder auf der Bildfläche. Vage erinnerte ich mich daran, dass er mit Walt hatte telefonieren wollen, und ich verspürte das Bedürfnis, das Gleiche zu tun. Ich kämpfte um mein Gleichgewicht.

Der Sheriff fixierte David. Er ahnte, dass David ihm etwas verschwieg, das war alles, was ich begriff. Und seine nächsten Worte bestätigten mir diese Vermutung.

»Ich weiß, dass du seit dem Frühjahr in Boston wohnst, aber gibt es die Möglichkeit, dass du die Insel bis auf Weiteres nicht verlässt? Es wäre hilfreich, wenn ich dich in Reichweite wüsste. Falls ich Fragen zu Henry habe.« Er schnalzte mit der Zunge. »Oder zu Charlie.«

*Dann können Sie ihn anrufen!*, wollte ich sagen, aber ich brachte keinen Ton heraus.

David nickte hölzern. »Du hast mein Wort«, sagte er.

*Wie bitte?*

Wir hatten heute Vormittag nach Hause fahren wollen. Und jetzt versprach David dem Sheriff hierzubleiben? Was sollte das? Grace' Worte fielen mir ein. *Madeleine hat Sie einmal entkommen lassen. Sie wird es nicht ein zweites Mal tun.*

Das Schwindelgefühl in mir verstärkte sich.

»Ich danke dir, David.« O'Donnell strich sich die spärlichen Haare zurück und setzte seinen Hut auf. »Ich lasse es euch sofort wissen, wenn wir neue Erkenntnisse haben. – Miss!« Mit einem höflichen Nicken in meine Richtung und einem bedauernden für David und Jason verabschiedete er sich.

Ich wandte mich zu David um, aber bevor ich meine Sprache wiedergefunden hatte und etwas sagen konnte, ergriff Jason bereits das Wort. »Was hat das zu bedeuten, Junge?« Er war totenbleich. Wieder stand Schweiß auf seiner Stirn und mit dem Knöchel seines Daumens massierte er sich die Herzgegend. »Was weißt du?« Täuschte ich mich oder schwang da ein ganz leichter Anflug von Besorgnis in seiner Stimme mit? Ich war mir nicht sicher und im Grunde beschäftigte mich in diesem Augenblick auch etwas anderes viel mehr.

*Ja*, dachte ich. *Genau! Was weißt du, David?*

David starrte geradeaus. Sein Blick stand in Flammen, aber er schwieg.

»David …«, begann ich, aber er fiel mir ins Wort.

»Lass gut sein, Juli!« Er stieß sich von der Hauswand ab und ging an Dad und mir vorbei ins Haus. Ich konnte seine Schritte auf der Treppe hören und ich stand immer noch wie erstarrt da, als oben Davids Zimmertür mit einem lauten Krachen ins Schloss fiel.

Das Holz von Davids Zimmertür fühlte sich unter meinen Fingern glatt und eiskalt an. Natürlich war das völliger Quatsch. Draußen herrschten mindestens fünfunddreißig Grad und die Klimaanlage hier im Haus machte daraus angenehme zwanzig. Davids Zimmertür konnte sich nicht kalt anfühlen und trotzdem kam es mir so vor. Unschlüssig strich ich über die dunkle Maserung, dann fasste ich mir ein Herz und klopfte. Nichts geschah.

»David?«, sagte ich durch die Tür hindurch.

Schritte ertönten auf der Treppe und gleich darauf war Jason bei mir.

»Er reagiert nicht, oder?«, fragte er.

Mir war noch immer ein bisschen schwindelig, aber das wurde überlagert von dem Bedürfnis, Jason zu packen und zu schütteln. Nach allem, was seit gestern Abend geschehen war, hätte ich ihn eigentlich hassen sollen, zumindest jedoch verachten für diese niederträchtige Art, mit der er David behandelte. Aber irgendwie konnte ich es nicht. Er sah sonderbar aus, irgendwie – geschlagen. Seine Schultern wirkten nicht mehr so straff und energiegeladen wie früher und seine Haut hatte noch immer diesen schrecklichen grauen Schimmer. Ich zucke zusammen, als er nun mit einer grimmigen Geste die Faust hochriss und an Davids Tür bollerte.

»David!« Im Gegensatz zu mir brüllte er. »Mach sofort auf!«

Schweigen. Dann Davids Stimme, aufsässig: »Sonst was? Willst du etwa wieder eine Axt holen, Dad?«

Im ersten Moment empfand ich nur Schrecken bei seinen Worten, dann erkannte ich, dass Davids Stimme gar nicht aus seinem Zimmer kam. Sondern von nebenan.

Er war in das Zimmer seiner Mutter gegangen?

Jason wirkte konsterniert. Er drückte Davids Klinke hinunter. Die Tür war nicht abgeschlossen.

Gleichzeitig wandten wir uns der Tür zwischen den beiden Liliensträußen zu. Schon hatte Jason die Hand auch auf dieser Klinke, doch ich hielt ihn zurück.

»Ich glaube«, sagte ich mit so viel Autorität, wie ich aufbringen konnte, »es ist besser, wenn du mich das machen lässt.«

Es schien, als wollte Jason mir widersprechen. An seinem Hals schwoll eine Ader und wieder fiel mir auf, wie blass er war.

»Wenn du jetzt da reingehst, dann fließt Blut, und das weißt du!«

Unschlüssig hielt er inne.

Ich straffte die Schultern. »Reicht es nicht, was gestern Abend geschehen ist?«, setzte ich hinzu.

Kurz wirkte er, als hätte ich ihm eine Ohrfeige verpasst, ehe die Wut erneut in seinen Augen aufloderte. Aber dann riss er sich mit fast sichtbarer Anstrengung zusammen. Er atmete tief durch und in seinem Brustkorb entstand ein Stöhnen.

»Dir geht es nicht gut«, sagte ich zu ihm. »Wir sollten Dr. Grant anrufen, damit er ...«

»Mit mir ist alles in Ordnung!«, schnappte er so heftig, dass ich erschrocken zurückwich.

»Entschuldige«, murmelte er und übergangslos wurde sein Blick freundlicher. »Ich wollte dir nicht zu nahe treten.« Mir wurde bei seinen plötzlichen Stimmungsschwankungen beinahe schon wieder schwindelig. Jason warf einen letzten Blick auf die Tür des Lilienzimmers und ging die Treppe wieder nach unten. Ich konnte sehen, wie sich auf der Hälfte des Weges seine Hand krampfhaft um das Geländer krallte, aber ich schob alle Sorgen um ihn beiseite und wandte mich lieber David zu.

Vorsichtig drückte ich die Klinke des Lilienzimmers herunter. David hatte von innen abgeschlossen.

Ich rief seinen Namen. »Dein Vater ist weg«, fügte ich hinzu.

Drinnen schrammte irgendwas Schweres über den Fußboden. Gleich darauf ertönten Schritte und der Schlüssel im Schloss wurde umgedreht.

Als ich den Raum betrat, kehrte David zu einem Sessel zurück, den er mitten in den Raum geschoben hatte. Das weiße Laken, mit dem das Möbelstück abgedeckt war, war zerknüllt, und als er sich jetzt mit Wucht hineinwarf, wusste ich auch, wieso.

Mein Blick fiel auf das Bild von Charlie über dem Kamin. Der Sessel war so hingedreht worden, dass David es genau im Blick hatte.

»Warum tust du dir das an, David?«, murmelte ich.

Er wandte den Kopf und sah mich an. Ein schwacher Nachhall der Wut, die er eben seinem Vater gegenüber empfunden hatte, war noch in seiner Miene zu sehen.

»Was ist da nur zwischen dir und Jason?«, flüsterte ich.

David schwieg. Lange. Dann seufzte er. Er rückte ein Stück zur Seite, sodass ich mich neben ihn in den Sessel setzen konnte. »Die Wahrheit ist, dass es zwischen uns schon so ist, solange ich denken kann. Ich glaube, er macht mich für den Tod meiner Mutter verantwortlich.«

»Wie kann das sein?« Ich wusste, dass Amanda Bell eine der Frauen war, die von den Klippen gesprungen waren. Genau wie viele andere Frauen in den vergangenen fast hundertfünfzig Jahren. Ich wusste auch, dass David damals noch ein Kleinkind gewesen war. Noch nicht einmal vier Jahre alt. Er konnte keine Schuld an ihrem Tod haben!

Doch offenbar sah er es anders. Oder zumindest Jason. »Sie hatte schwere Depressionen«, erklärte er. »Schon seit meiner Geburt.« David starrte auf Charlies Bild, während er das sagte, und ich verspürte eine eigenartige Verschiebung der Realitäten. Von wem genau sprach er jetzt? Es war ein gruseliges Gefühl. »Eine Wochenbettdepression, die sie nicht überwinden konnte. Wenn ich nicht geboren worden wäre, würde sie vielleicht noch leben.«

Seine Worte schnitten mir ins Herz. »Aber du kannst dir doch nicht die Schuld daran geben ...«

Mit dem Daumen strich er mir über die Wange. »Ich nicht. Mein Vater offenbar schon.«

Ich begegnete Charlies Blick. Das gruselige Gefühl von eben war noch nicht weg. Plötzlich kam es mir vor, als würde sie noch immer irgendwo in der Nähe sein, genau wie Madeleines Geist. Vielleicht würde sie uns niemals in Ruhe lassen.

Ich erschauderte.

David bemerkte es und folgte meinem Blick. Finster starrte er Charlies Bild an.

»Jasons Verhalten eben«, begann ich nach einer Weile zögernd von Neuem und wartete, wie David darauf reagieren würde.

Er wandte sich von mir ab, stützte den Ellenbogen an der Rückenlehne des Sessels ab und berührte seine Stirn. Es war eine resignierende Geste. »Er hält mich für einen Schwächling«, murmelte er. »Einen Schwächling, der seine Frau umgebracht hat.«

»Warum versteht er dich nicht?«

»Was gibt es da zu verstehen?«

»Immerhin hast du mit ansehen müssen, wie dein bester Freund deine Verlobte erschossen hat«, erinnerte ich ihn.

Plötzlich sah er skeptisch aus. »Habe ich das, Juli?«

Diese Reaktion jagte mir einen Stromstoß durch den Körper und ich fragte mich unwillkürlich, ob hinter dieser Frage nicht noch viel mehr steckte, als ich in diesem Augenblick erfassen konnte.

# 20

Wir saßen noch eine Weile beieinander, aber in mir wuchs jetzt das Bedürfnis, mit Walt über das, was alles geschehen war, zu reden. Ich wusste, dass es keine gute Idee war, das in Davids Gegenwart zu tun, und darum war ich froh, als er mich irgendwann bat, ihn noch eine Weile mit seinen Gedanken allein zu lassen.

Ich überredete ihn, in sein eigenes Zimmer zu gehen, und als er sich dort auf sein schwarzes Ledersofa gesetzt hatte, ging ich nach draußen auf die Terrasse des Herrenhauses, um in Ruhe zu telefonieren. Dort traf ich auf meinen Vater. Er saß an einem Glastisch, von dessen Sorte David gestern Abend einen zertrümmert hatte, und grübelte.

»Spinnen sie in diesem Haus eigentlich alle?«, fragte er und setzte hinzu: »Ich habe eben Jason mit dem Jagdgewehr wegrennen sehen.«

»Sieht so aus«, murmelte ich und wählte Walt Schroeders Nummer. Er meldete sich zu meiner Erleichterung ziemlich schnell.

»Hier ist Juli«, sagte ich.

»Juli!« Er klang erfreut, mich zu hören. »Wie geht es dir? – Wie geht es David?«

Mein Vater runzelte fragend die Stirn, um zu ergründen, mit wem ich sprach. Ich formte Walts Namen lautlos mit den Lippen. Dad nickte. Er schien froh über meine Idee, Walt anzurufen.

»Ich bin nicht sicher«, sagte ich dann in den Hörer. »Hier ist so viel passiert, dass ich gar nicht weiß, wo ich anfangen soll.«

»Am besten erzählst du der Reihe nach«, riet Walt mir.

Ich blinzelte in die helle Sonne. Dann schaltete ich den Lautsprecher des Handys an. »Dad ist bei mir.« Da ich nicht wusste, was von den Ereignissen Dad Walt schon berichtet hatte, begann ich zu erzählen. Ich erzählte Walt alles, angefangen von unserer Fahrt nach *Sorrow,* auf der David mich wütend angeschwiegen hatte, bis zu der Geburtstagsfeier gestern Abend. Als ich an der Stelle war, an der David von der Feier weg und auf die Klippen gegangen war, sog Walt die Luft ein.

»Er ist allein gegangen?«, vergewisserte er sich.

»Ja. Als ich es bemerkt habe, bin ich sofort mit ein paar Leuten hinterher. Er saß allein dort oben und hat aufs Wasser gestarrt.« Ich erzählte Walt davon, dass David glaubte, sich nicht mehr an die Minuten direkt vor Charlies Tod erinnern zu können. »Darum sind wir hier. Er will sich erinnern.«

»Das ist grundsätzlich gut«, sagte Walt. »Und? Hat er sich erinnert?«

»Nein. Jedenfalls glaube ich das nicht.«

»Was macht dich da so sicher?«

»Er ist so komisch, wenn das passiert, so ...« Ich suchte nach dem passenden Wort. »... erstarrt. Er kommt mir dann vor, als wenn er gar nicht mehr bei mir ist, sondern ganz woanders.«

»Flashbacks.« Walt räusperte sich. »Das nennt man Flashbacks. Wenn ein Mensch ein traumatisches Erlebnis hatte, kommt es vor, dass sein Verstand es tief in seiner Erinnerung vergräbt. Er vergisst es einfach, aber das heißt nicht, dass es nicht noch da ist. Irgendwo tief in seinem Kopf schlummert es, wie dieser Atomreaktor, den sie in Fukushima mit Beton zugegossen haben. Unter der Oberfläche ist das, was gefährlich ist, nach wie vor aktiv. Und dann kann ein kleiner Auslöser reichen, um die Erinnerung daran zurückzuholen. Manchmal im Ganzen, oft aber auch nur in kleinen Bruchstücken. Man erinnert sich dann an ein Geräusch, einen Geruch oder auch ein einzelnes Bild.«

Blut, dachte ich. *Ich sehe Blut.* Das hatte David gesagt.

Ich erzählte es Walt.

»Hmhm.« Er schwieg lange. »Das klingt sehr typisch. Erzähl weiter!«

Während ich schilderte, wie David sich nach seinem Ausflug auf die Klippen mit seinem Vater geprügelt hatte, kam Grace und stellte unaufgefordert ein Tablett auf den Terrassentisch. Sie hatte zwei Tassen und eine Kanne Kaffee darauf angerichtet und ein paar Sandwiches mit Marmelade und Honig, bei deren Anblick mir bewusst wurde, dass ich heute noch nichts gegessen hatte. Ich dankte ihr mit einem Nicken und wartete mit meiner weiteren Schilderung, bis sie sich wieder entfernt hatte. Ihren schweigenden, aber nach wie vor wissenden Blick ignorierte ich geflissentlich und erzählte Walt stattdessen von Charlies Bild in Amanda Bells Zimmer und von Sheriff O'Donnells Auftauchen. »Es sieht so aus, als hätten sie endlich Charlies Leiche gefunden.«

Das ließ ihn ein leises Ächzen ausstoßen. »Ist das sicher?«

»Die Identifizierung wird in Bangor in Maine durchgeführt, weil die Leiche dort irgendwo angeschwemmt wurde. Sie läuft noch, aber es deutet alles darauf hin, meint der Sheriff.« Hinter meiner Stirn hatte sich ein dumpfer Kopfschmerz zusammengebraut. Ich legte die Fingerspitzen von Zeige- und Mittelfinger zwischen meine Augenbrauen und massierte die Stelle sanft.

Dad sah mich besorgt an.

»Da ist noch was, Juli, stimmt's?«, fragte Walt.

Mein Arm sank herunter. »Ja. Die Leiche ... man hat eine Kugel in ihr gefunden.«

»Eine Kugel.«

Ich versuchte, mir vorzustellen, was für ein Gesicht Walt in diesem Moment machte. Vermutlich saß er in seinem Bürostuhl, hatte sich zurückgelehnt, um entspannter telefonieren zu können. Und jetzt würde er sich erschrocken vorbeugen, genau wie mein Vater es in diesem Augenblick auch tat. Seine Finger würden das Telefon umklammern.

»Charlie wurde erschossen?«, vergewisserte Walt sich, dass er mich richtig verstanden hatte.

»Sieht so aus«, sagte ich.

»Weiß man schon, wer es war?«

»Henry.« Ich griff nach einem der Sandwiches, obwohl ich überhaupt keinen Appetit hatte. »Wer sollte es sonst gewesen sein?«

Walt schwieg einen Moment lang. »Stimmt«, sagte er dann mit sonderbarer Stimme. »Ihr solltet wirklich zusehen, dass ihr so schnell wie möglich nach Hause kommt. Ich spreche mit Pam, vielleicht kann ich ihr helfen, einen neuen Zugang zu David zu bekommen. Wenn ... Henry Charlie tatsächlich ermordet und David es gesehen hat, braucht der Junge dringend ...« Seine Stimme verlor sich in einem unverständlichen Gemurmel. Ich biss mir auf die Lippe, weil mir das leichte Zögern vor dem Namen *Henry* nicht entgangen war.

»Geht nicht«, widersprach ich.

»Wieso nicht?«

»Weil David dem Sheriff versprochen hat, die Insel so lange nicht zu verlassen, bis der Mord aufgeklärt wurde.«

»Das ist ...«

»Sonderbar, finde ich auch.«

»Dieser Sheriff kann David in Boston kontaktieren, wenn es nötig ist. Es gibt keinen Grund, dass ihr noch länger auf der Insel bleibt!« Walt klang bestimmt, aber ich wusste, dass es keinen Sinn hatte.

»Doch. Gibt es.«

»Hm?«

Ich sah zu, wie mein Vater sich eine Tasse Kaffee eingoss. Er kleckerte, aber er schien es nicht einmal zu bemerken.

»Das Versprechen, das David dem Sheriff gegeben hat, bindet ihn«, erklärte ich Walt. »Er wird nicht nach Hause fahren. Er ist da so altmodisch und stur, als würden wir noch im 19. Jahrhundert leben. Ein Mann, ein Wort und so.«

»Übersteigerter Ehrbegriff«, benannte Walt das Phänomen. »Das kommt häufiger vor in problembeladenen Familien wie der von David. Die Menschen suchen sich Dinge, die gelten, wenn alles andere um sie herum von Unsicherheit geprägt ist.« Er hustete. »Und natürlich spielt Davids Hang zur Selbstquälerei vermutlich auch eine Rolle bei dieser Entscheidung.«

»Was soll ich tun?«, fragte ich und unterdrückte das Bedürfnis, ihn darum zu bitten, hierher zu mir auf die Insel zu kommen. Ich hatte mir bisher eine Menge darauf eingebildet, dass ich mich nicht bei ihm in Therapie befand.

»Tja, Juli«, sagte Walt und mein Vater wirkte unglücklich bei seinen Worten. »Das ist die Frage.«

Nachdem Walt und ich aufgelegt hatten, frühstückten Dad und ich erst einmal und wir unterhielten uns über den gestrigen Abend und darüber, wie es nun weitergehen sollte.

»Das alles hier«, sagte mein Vater und kaute dabei auf einem

Stück Sandwich herum, »ist so irrsinnig, dass ich dich am liebsten packen und von dieser Insel verschwinden würde.«

Ich seufzte. »Ich weiß.«

»Ich vermute mal, du hast nicht vor ...«

Ich schüttelte den Kopf, bevor er zu Ende reden konnte. »Ich kann David nicht allein lassen. Nicht nach allem, was passiert ist.«

Er starrte auf das Sandwich in seiner Hand. Ihm schien plötzlich der Appetit genauso vergangen zu sein wie mir schon vorher. Mit einer eckigen Bewegung legte er die angebissene Scheibe zurück auf das Tablett. »Klar. Bleiben wir also noch eine Weile.«

Ich war ihm dankbar für diese Entscheidung, auch wenn ich nicht das Gefühl hatte, dass er mir eine große Hilfe war. Nach dem Frühstück tat ich das, was ich immer tue, wenn ich angespannt bin. Ich ging joggen.

Als ich von meiner Runde zurückkam, war es Mittag. Von David war keine Spur zu sehen. Ich duschte, und als ich eine Weile später mit frisch gewaschenen Haaren und nach Sandelholz duftend wieder nach unten kam, überlegte ich, was ich nun tun sollte.

Grace informierte mich, dass mein Vater auf sein Zimmer gegangen war, um mit seinem Agenten zu telefonieren. Normalerweise bedeutete das ein Gespräch von zwei Stunden oder länger, sodass in der nächsten Zeit mit ihm nicht mehr zu rechnen war.

Also fasste ich einen Entschluss. Ich ging in die Bibliothek, um mir das Buch über *Sorrow* zu holen, das ich gestern entdeckt hatte. Mit ihm setzte ich mich in die Sonne und begann zu lesen. Das Buch war in einzelne Kapitel aufgeteilt, die jeweils von verschiedenen Autoren geschrieben worden waren und die das alte Herrenhaus und die Dynastie der Bells unter verschiedenen Aspekten beleuchteten.

Der erste dieser Artikel befasste sich mit der Architektur des Hauses. Ich las ihn, aber er war todlangweilig und alles in allem wenig aufschlussreich. Ich war gerade dabei, das Inhaltsverzeichnis zu überfliegen, als ich merkte, dass mir die Sonne ziemlich heftig auf den Schädel schien. Ich schaute hoch und kurz verschwamm alles vor meinem Blick. Täuschte ich mich oder ging dort hinten, jenseits des Rasens, jemand in einem roten Kleid durch das Wacholdergestrüpp? Ich blinzelte, dann schloss ich die Augen, um das Schwindelgefühl zu überwinden. Als ich sie wieder aufschlug, war niemand mehr zu sehen. Entweder war es irgendeine Touristin gewesen, die auf dem Weg zu den Klippen zu dicht an das Herrenhaus geraten war, oder aber ich hatte mich getäuscht.

Ich stand auf, etwas unsicher auf den Beinen, und öffnete den Sonnenschirm. In seinem Schatten fühlte ich mich ein wenig wohler. Trotzdem konnte ich mich nicht mehr richtig konzentrieren. Der Kopfschmerz, den ich vorhin schon einmal kurz gespürt hatte, kehrte zurück, und um das Buch nicht umsonst aus der Bibliothek geholt zu haben, blätterte ich bis zu der Stelle vor, die ich mir schon gestern angesehen hatte. Wieder fiel das Buch an dieser Stelle von allein auf.

»Der Schuss, der Mary Willows tötete«, las ich erneut. Jetzt, da ich wusste, dass Charlie ebenfalls erschossen worden war, bekam dieser halbe Satz eine ganz neue Bedeutung. Ich zog die Lippe zwischen die Zähne, dann schlug ich die Seite um und las weiter. »... hinter verschlossenen Türen.«

Erstaunt blätterte ich wieder vor. Das ergab überhaupt keinen Sinn. Mein Blick huschte über die Zeilen und kurz verschwammen sie vor meinen Augen wie eben die Gestalt in

Rot. Ich blinzelte. Die Seitenzahlen schließlich verrieten mir, warum der Satz keinen Sinn ergab: Irgendjemand hatte Seiten aus dem Buch herausgetrennt. Fein säuberlich musste er mit einem Messer oder einer Rasierklinge im Bund entlanggefahren sein. Von den fehlenden Seiten war nicht mehr übrig als ein millimeterlanger Rest.

Nachdenklich strich ich mit den Fingerspitzen darüber. Bevor ich auch nur die leiseste Idee hatte, was das zu bedeuten hatte, kam Lizz auf mich zu. Sie hatte bis eben zusammen mit einigen anderen Gästen am Pool gesessen und sich unterhalten. Offenbar hielt sie nun die Gelegenheit für günstig, mich ein wenig zu piesacken.

»Und?«, fragte sie mit gespielter Freundlichkeit. »Zufrieden mit deiner Zeit?« Sie hatte gesehen, wie ich vorhin losgelaufen war.

Ich zuckte die Achseln. »Hab nicht gemessen.«

Sie wies auf den Stuhl, auf dem vorhin mein Vater gesessen hatte. »Darf ich?«

»Ist ein freies Land.« Ich wunderte mich ein wenig darüber, dass sie Kontakt zu mir suchte, und spürte, wie ich vorsichtig wurde. Wenn ich die Situation richtig einschätzte, dann war sie aus einem von zwei möglichen Gründen hier. Entweder sie wollte mich über David aushorchen. Oder aber sie wollte ihr Revier abstecken, mir also erneut klarmachen, dass sie ihn mir wegnehmen würde.

Mit einem Lächeln setzte sie sich. »Das alles muss dir tierisch an die Nieren gehen«, sagte sie.

»Schon möglich.« Ich war alles andere als wild darauf, mich mit Lizz zu unterhalten, schon gar nicht über Charlie und ihre Leiche. Ich fügte der Liste der möglichen Gründe für Lizz' Mitteilsamkeit einen dritten Punkt hinzu: Sie wollte mich über den Mord aushorchen. Bestimmt hatte sie in der Zwischenzeit vom Besuch des Sheriffs erfahren. Um ihr klarzumachen, dass sie bei mir auf Granit beißen würde, fragte ich betont gelangweilt: »Wie lange noch mal bleibt ihr auf *Sorrow?*«

Sie überlegte kurz, dann ging sie auf mein Ablenkungsmanöver ein. »Vielleicht bis morgen oder übermorgen.« Sie lehnte sich zurück, kreuzte die Beine und zeigte mir damit, dass sie Ausdauer hatte.

Spielchen spielen konnte ich allerdings ebenso gut wie sie. Ich betrachtete sie einfach schweigend.

Über ihrem rechten Knöchel hatte sie ein kleines Tattoo, einen bunten Schmetterling. Sie drehte das Bein so, dass wir beide es gut betrachten konnten.

»Carlos hat mir erzählt, dass David auch eins hat«, sagte sie. Mit dem Zeigefinger fuhr sie an ihrer Seite auf und ab, um zu zeigen, dass sie auch wusste, wo.

Ich nickte. »Hat er, ja.«

»Carlos meint, es sind irgendwelche Schriftzeichen.«

*Du hast dich ja ausführlich mit ihm über David unterhalten!,* dachte ich bei mir. Laut sagte ich: »Es ist Sanskrit.«

Lizz verzog die Lippen zu einem Lächeln. »Weißt du, was es bedeutet?«

Ich schüttelte den Kopf. War es eigentlich eine Lüge, wenn man etwas nicht laut sagte?

»Schade!« Lizz schlug die Beine andersherum übereinander. Ihre Haut glänzte bronzefarben. Sie hatte sie mit irgendwas eingerieben, das ganz leicht glitzerte und sehr gut roch. »Ich würde es gern mal sehen, aber er rennt ja andauernd mit diesen fiesen schwarzen T-Shirts rum.«

Ich überlegte, ob ich Lizz erzählen sollte, dass David vorhatte, sich das Tattoo entfernen zu lassen, aber ich hatte mir ja vorgenommen, mich nicht aushorchen zu lassen. Also schwieg ich und bemühte mich, die Stille, die zwischen uns entstand, auszuhalten.

Lizz war weniger gut darin als ich. »Heute Morgen war der Sheriff da, oder?«, schnitt sie nun endlich ihr eigentliches Thema an.

»Hat dir das auch Carlos erzählt?«, fragte ich.

Wenn sie den leicht ironischen Tonfall in meiner Stimme bemerkt hatte, verbarg sie es gut. »Nein. Das weiß ich von Kimmi.«

»Aha.«

Wieder entstand eine Pause. Himmel, im Wortkarg-Sein war ich ja schon fast so gut wie David! Warum nur kapierte Lizz nicht, dass ich keine Lust hatte, mit ihr zu reden?

»Kimmi hat gesagt, dass Jason ganz komisch ist, seit der Sheriff da war. Du weißt doch sicher, warum?«

»Warum fragst du nicht Carlos?«, murmelte ich.

Diesmal kapierte sie den Sarkasmus in meiner Stimme. Ihre Lippen wurden schmal. Auf einmal wirkte sie auf mich nicht mehr so bedrohlich, sondern, im Gegenteil, eher bedauernswert. Sie gab sich wirklich alle Mühe, David auf sich aufmerksam zu machen, und es musste sie fürchterlich ärgern, dass es ihr nicht gelang. Und das nur wegen eines Mädchens, das in ihren Augen farblos und langweilig war. Plötzlich tat sie mir fast ein bisschen leid. Gleichzeitig erinnerte sie mich aber auch an Charlie.

Charlie hätte jeden Jungen auf der Insel haben können. Aber sie hatte sich ausgerechnet in David verliebt, in den einzigen Jungen, der sie nicht gewollt hatte.

Wiederholten sich manchmal die Dinge?

»Vielleicht sollte dich mal jemand vor Madeleine Bower warnen«, murmelte ich, bevor ich mir auf die Zunge beißen konnte.

Lizz runzelte irritiert ihre makellose, glitzernde Stirn.

Ich schenkte ihr ein trockenes Lächeln. »Ist nur so ein Spruch.«

Wir sprachen noch eine Weile über die Schule, die wir gemeinsam besuchten. Lehrer und Mitschüler waren immer ein unverfängliches Thema und so schafften wir es, eine halbe Stunde nebeneinanderzusitzen und uns fast normal zu unterhalten.

Irgendwann stand Lizz auf und ging zu den anderen an den Pool zurück.

Grace kam und brachte mir ein Glas mit Eistee. »Haben Sie Lizz eigentlich auch vor Madeleines Fluch gewarnt?«, erkundigte ich mich.

Erstaunt sah sie mich an. »Nein. Wieso sollte ich?«

Ich spielte mit dem Strohhalm. »Sie scheint schwer verliebt zu sein.«

Grace' Blick fiel auf das Buch, das ich las, und ein wissendes Lächeln glitt über ihr Gesicht.

»In Master David. Ja, das ist deutlich zu sehen.« Kurz berührten ihre Fingerspitzen das Buch. Mit einem mitleidigen Gesichtsausdruck sah sie mich an. »Aber sie ist nicht in Gefahr. Nur Sie sind es, Miss Wagner.«

»Warum? Besagt der Fluch nicht, dass kein Mädchen auf *Sorrow* in der Liebe glücklich werden wird? Das passt doch!«

Sie reckte das Kinn vor. »Schon. Aber Madeleine interessiert sich nicht für Lizz Thompson.«

»Sondern?« *Ach, Juli!,* stöhnte die kleine Stimme in meinem Hinterkopf. *Halt doch einfach deine Klappe!* Dennoch konnte ich nicht umhin, Grace' Worten Beachtung zu schenken. Schließlich hatte sie bisher mit ihren unheimlichen Warnungen recht behalten, auch wenn ich mir das nur ungern eingestand.

Grace legte den Kopf schief, als könne sie nicht glauben, dass ich so eine dumme Frage stellte. »Madeleine interessiert sich nur für Sie, Miss Wagner.«

Klar! Wieso hatte ich auch gefragt?

»Aber warum? Ich meine, wir beide sind in David verliebt. Wie entscheidet Madeleine, wen sie ...«

Da lachte Grace leise. »Sie haben es noch immer nicht verstanden, nicht wahr?«

Ich hatte tatsächlich keine Ahnung, wovon sie sprach.

»Madeleine Bower interessiert sich nicht für die Frauen, die sich in Bell-Männer verlieben«, sagte sie bedeutungsvoll und schaute wieder das Buch an. Sie ließ ein paar Sekunden verstreichen. Dann fügte sie hinzu: »Madeleine interessiert sich nur für die Frauen, Miss Wagner, die die Bell-Männer lieben.«

Ohne dass ich etwas dagegen tun konnte, bekam ich eine Gänsehaut.

Grace ließ ihre Worte auf mich wirken, ehe sie hinzusetzte: »Sie sind in Gefahr, Miss Wagner, weil Master David Sie zu sehr liebt!«

*Na toll!,* dachte ich. Und dann entdeckte ich zum ersten Mal den Vorteil, den dieser bescheuerte Fluch hatte. Wenn es stimmte, was Grace mir gerade gesagt hatte, dann müsste ich doch froh sein, wenn ich hier auf der Insel starb. Denn schließlich wäre das doch der absolute Beweis dafür, dass David mich wirklich und mit ganzer Kraft liebte. Oder etwa nicht?

Mir drehte sich der Magen um bei diesem finsteren Gedanken.

Mein Blick wanderte über den Rasen hin zum Pool, wo Lizz in diesem Moment stand, schlank und attraktiv, wie sie war, und mit Carlos scherzte.

Gut eigentlich, dass ich an diesen Fluch nicht glaubte.

# 21

Nach dem Mittagessen kam David zu uns nach unten. Er sah müde aus, ausgelaugt, und die Prellung in seinem Gesicht wirkte grell gegen seine Haut. Täuschte ich mich oder war er in den vergangenen zwei Tagen blasser geworden? Von dem Bronzeton seiner Haut, der mir noch in Boston so gut gefallen hatte, war jedenfalls nicht mehr viel übrig. Vielleicht lag es aber auch an mir, dass es mir so vorkam. Seit ich *Sorrow* betreten hatte, schienen die Farben und Gerüche rings um mich herum zu verblassen. Es war, als schiebe sich ein Schleier zwischen mich und die Welt, den ich nicht sehen, sehr wohl aber spüren konnte.

Als David jetzt zu mir auf die Terrasse trat, fragte er: »Warum bist du nicht unten am Pool? Die Liegen da sind viel bequemer als diese Stühle hier.«

Mit dem Kinn deutete ich in die entsprechende Richtung, wo Kimmi, Carlos und Lizz gerade über irgendeinen Witz lachten.

Davids Mundwinkel zuckte. »Verstehe. Ich brauche jetzt allerdings dringend eine Abkühlung.« Er trug nur seine Badehose und ein Handtuch über der Schulter, das die obere Hälfte von seinem Tattoo verdeckte. »Kommst du mit oder bleibst du hier?«

Ich stand auf und streckte meine Hand nach dem Tattoo aus. David wich gerade so weit zurück, dass ich ihn nicht berühren konnte. »Ich komme mit«, sagte ich und setzte nach, sodass meine Fingerspitzen die schwarzen Sanskrit-Zeichen auf seiner Haut jetzt doch streiften. In Gedanken fügte ich hinzu: *Ich lasse dich auf keinen Fall allein, wenn Lizz das zu Gesicht bekommt!*

Er runzelte die Stirn, als ahne er, was ich dachte. Dann, wie eine Art Demonstration, nahm er meine Hand, verflocht seine Finger mit den meinen und zog mich hinter sich her.

Als Lizz uns sah, quollen ihr die Augen über. Ihr Blick huschte über unsere ineinander verschränkten Hände, blieb dann aber an Davids Tattoo hängen. Für mindestens zwei, drei Sekunden entgleisten ihr sämtliche Gesichtszüge.

David ging darüber hinweg und ich fragte mich nicht zum ersten Mal, wie er es schaffte, so völlig unbeteiligt zu bleiben, wenn doch ganz offensichtlich war, wie er angehimmelt wurde.

»Wenn du den Mund nicht gleich wieder zumachst«, frotzelte Carlos, »fängst du an zu sabbern!«

Das riss Lizz aus ihrer Erstarrung. Sie zuckte zusammen, dann sortierte sie ihre Gesichtszüge. Und schenkte David ein Tausend-Watt-Lächeln. »Schön, dass du dich zu uns gesellst!«

Carlos auf seiner Liege an Kimmis Seite lachte auf, aber ich vermied es, in seine Richtung zu schauen, sondern suchte Davids Blick.

Er musterte mich, vermutlich, um zu ergründen, ob es eine gute Idee gewesen war hierherzukommen. Ich schenkte ihm einen tödlichen Blick und er zuckte die Achseln. Dann legte er sein Handtuch auf eine der Liegen und glitt mit einem eleganten Hechtsprung ins Wasser.

Als er anfing, die erste Bahn zu kraulen, entschlüpfte Lizz ein tiefer Seufzer.

Ich beugte mich zu ihr, sodass ich ihr ins Ohr flüstern konnte. *»I am my beloved's and my beloved is mine.«*

Verwundert sah sie mich an.

Ich deutete auf David. Jedes Mal, wenn sein linker Arm über der Wasseroberfläche auftauchte, waren auch kurz die schwarzen Schriftzeichen auf seiner Haut zu sehen. »Das Tattoo«, fügte ich zur Erklärung hinzu. »Das bedeutet es.« Ich wartete einen Moment, bevor ich mit einem gemeinen Lächeln ergänzte: »Charlie hat es ihm verpasst ...«

Ich ließ den Satz in der Luft hängen, aber Lizz verstand auch so, was ich damit sagen wollte.

*Gegen Charlie hättest auch du nicht die geringste Chance.*

»Du kannst ganz schön fies sein!« Anerkennung klang in Carlos' Stimme mit.

»Hmhm«, machte ich. »Du solltest also besser ein bisschen vorsichtig sein.« Ich hatte mich auf eine Liege in den Schatten eines Sonnenschirms gesetzt und er hatte sich so gedreht, dass er mich direkt ansehen konnte. Kimmi, die auf seiner anderen Seite lag, schien sich nicht daran zu stören. Wie Lizz zuvor hatte jetzt auch sie den Blick auf David gerichtet und sah gerade zu, wie er am gegenüberliegenden Rand eine Pause einlegte. Lizz nutzte die Gelegenheit. Sie umrundete den Pool und mit einer beiläufigen Bewegung, die auf den Millimeter genau berechnet war, setzte sie sich ganz in Davids Nähe auf den Beckenrand. Er sah zu ihr auf und ich musste daran denken, wie wir beide im Winter im Indoor-Pool der Bells geschwommen waren. Die Erinnerung verursachte mir einen kleinen Stich, als ich nun mit ansehen musste, wie David Lizz ein Lächeln schenkte.

Kimmi seufzte tief. Dann drehte sie sich zu Carlos um, bemerkte, dass er ihr den Rücken zuwandte, und dachte einen

Moment lang nach. »Ich glaube, ich gehe mich schon mal langsam fertig machen«, sagte sie betont.

Carlos gab einen leisen Seufzer von sich. »Ich komme gleich nach.« Mit der linken Hand strich er sich die langen, offenen Haare zurück.

Kimmi lächelte fast ebenso tausendwattmäßig wie Lizz eben und verschwand im Gästehaus.

Carlos seufzte noch einmal. »Ich habe ihr versprochen, dass ich mit ihr in Oak Bluffs shoppen gehe.« Er wirkte nicht besonders begeistert und ich musste lachen.

»Was?«, fragte er.

»Nichts.« Ich musste mir auf die Zunge beißen, um nicht einen weiteren fiesen Spruch abzugeben. Vor meinem inneren Auge sah ich Kimmi Primrose, groß und laut und in ihre typischen wallenden Gewänder gehüllt, wie sie Carlos an ihren gewaltigen Busen zog. Zu gern hätte ich Carlos gefragt, was es war, was ihn an diese Frau band, aber das wäre vermutlich mehr als indiskret gewesen. Kimmi war reich. Sehr reich sogar. Manchen Männern genügte das.

»Du fragst dich, warum ich mit ihr zusammen bin, oder?« Er erhob sich ebenfalls von seiner Liege. Auf einmal hatte er wieder diesen unangenehmen Schlafzimmerblick. Er grinste breit. »Sie ist eine Granate im Bett«, sagte er und ließ mich mit offenem Mund zurück.

Nachdem Carlos und Kimmi weg waren, empfand ich das Gleichgewicht als ein bisschen unausgewogen. David und Lizz waren noch immer am gegenüberliegenden Ende des Pools. David hatte beide Arme auf dem Beckenrand abgelegt und antwortete gerade auf etwas, das Lizz zuvor erzählt und das ich wegen Carlos nicht mitbekommen hatte.

»Das glaube ich dir sofort«, hörte ich ihn sagen. Seine Stimme klang noch immer leicht angespannt.

»Und dann hat sie allen Ernstes ihre Tasche genommen und ist abgerauscht wie die Ballkönigin persönlich, kannst du dir das vorstellen?« Lizz lachte. Das Geräusch perlte über das Wasser des Pools.

David stimmte in das Lachen ein. »Das muss dir furchtbar peinlich gewesen sein, oder?«

Lizz' Lachen wurde ein paar Töne höher. »Natürlich! Aber so ist das leider. Ich war schon immer ein kleiner Trampel, wenn es um solche Dinge geht.«

Ihre Worte lösten in mir den Wunsch aus, eine fiese Bemerkung zu machen. Lizz Thompson. Ein Trampel. Das waren definitiv zwei unterschiedliche Universen.

Über das Wasser hinweg warf David mir einen Blick zu. »Du, ein Trampel? Nie im Leben!«, ging er auf Lizz' Fishing for Compliments ein.

Ich zwang mich, ihn anzulächeln, aber es fühlte sich mehr an, als würde ich die Zähne blecken.

Es war schon fast siebzehn Uhr, als der Schatten eines Menschen auf mich fiel. Ich war ein wenig eingedöst wegen der Hitze und schreckte mit klopfendem Herzen auf. David, der neben mir lag und ebenfalls eingeschlafen war, rührte sich nicht.

Vor mir stand Carlos. Offenbar war er von seiner Shoppingtour mit Kimmi wieder zurück und hatte sich erneut in seine Badehose geworfen. Seine langen braunen Haare hatte er sich jetzt zu einem Zopf gebunden und die gebräunte Haut über seinen mächtigen Muskeln glänzte leicht von Schweiß.

»Was dagegen, wenn ich mich zu dir setze?« Seine Zähne sahen aus wie Perlen, stellte ich fest.

Ich schüttelte den Kopf. »Natürlich nicht.«

Er warf einen unsicheren Blick auf David, der immer noch schlief.

»Er hat auch nichts dagegen«, erklärte ich.

Davids Kopf schwang von einer Seite auf die andere und seine Lippen teilten sich, als würde er im nächsten Moment anfangen, im Schlaf zu reden. Aber dann seufzte er nur tief und schlief ruhig weiter.

Carlos runzelte die Stirn. »Er sah heute Morgen richtig mies aus.«

*Ist das ein Wunder?,* dachte ich grimmig. Die hässliche Szene von gestern Abend hatte sich schmerzhaft in mein Gedächtnis gebrannt.

Neben mir murmelte David etwas Unverständliches.

Ich streckte den Arm aus und nahm seine Hand. Im Schlaf klammerte er sich an mir fest.

Carlos sprang in den Pool und kraulte ebenso ein paar Bahnen wie David vorhin. Er sah dabei nur halb so elegant aus, dachte ich, beobachtete ihn aber trotzdem weiter dabei. Nach ein paar Minuten hielt er auf meiner Seite des Beckens an, hängte sich an den Beckenrand und schaute von dort aus zu mir hoch. »Kimmi hat mir erzählt, was euch passiert ist.« Eine Strähne hatte sich aus dem Zopf gelöst und hing ihm überaus vorteilhaft quer über das rechte Auge. Ein Wassertropfen löste sich daraus, rann ihm über den Unterkiefer und tropfte von dort auf seine Brust. »Im Winter, meine ich.«

»So?«, entgegnete ich.

Carlos legte einen Arm auf den Beckenrand und stützte das Kinn auf dem Handrücken ab. Sein Blick hatte etwas Herausforderndes, einen hungrigen Ausdruck, der mir schon wieder unangenehm war.

Ich warf einen Seitenblick auf den schlafenden David und mein Herz zog sich zusammen beim Anblick seiner langen schwarzen Wimpern und der Prellung um sein Auge.

»Stimmt es, dass man jetzt erst die Leiche seiner toten Verlobten gefunden hat?«, fragte Carlos weiter.

Davids Atem stockte für eine Sekunde. Seine Augen blieben geschlossen, aber ich wusste, dass er wach geworden war, weil er meine Hand drückte.

»Sie wissen es noch nicht«, antwortete ich Carlos. »Die Identifizierung läuft. Aber sie gehen davon aus, ja.«

»Heilige Maria«, murmelte Carlos. »Das muss die Hölle für ihn gewesen sein. Ich meine, den Menschen zu verlieren, den man liebt, und das auch noch kurz vor der Hochzeit!«

Davids Griff verwandelte sich in einen Schraubstock.

Ich biss die Zähne zusammen und überlegte, was ich entgegnen sollte. Mir war nicht klar, was Carlos mit diesem Gespräch bezweckte. Wollte er mich darauf hinweisen, dass ich für David nichts weiter war als ein Lückenbüßer? Mein Blick huschte zu Lizz, die noch immer in der Sonne briet. Ihr Bikinihöschen war ein wenig verrutscht und enthüllte einen vorstehenden Hüftknochen.

»Was genau machst du noch mal beruflich?«, fragte ich und lächelte vielsagend.

Carlos lauschte auf meine Worte, als müsse er erst ergründen, was sie zu bedeuten hatten. Dann verstand er meinen Wink mit dem Zaunpfahl und grinste. »Themawechsel. Okay.« Er schwang sich aus dem Wasser und blieb am Beckenrand sitzen, sodass ich einen sehr vorteilhaften Blick auf sein Sixpack hatte. Sein Blick wurde noch ein bisschen klebriger.

Diesmal war ich es, die Davids Hand drückte.

»Im Moment bin ich zwischen zwei Sachen«, sagte Carlos.

David schlug die Augen auf.

Die beiden musterten sich ein paar Herzschläge lang. *Hahnenkampf,* schoss es mir durch den Kopf.

»Was für Sachen?«, hakte ich nach.

Carlos fuhr sich mit der Zungenspitze über die Unterlippe. »Ich habe studiert. Literatur. War aber nichts für mich, darum habe ich es abgebrochen.«

Mir schoss ein ziemlich gemeiner Gedanke durch den Kopf. Ein Literaturstudium war für einen Typen wie Carlos die beste Methode, um Frauen kennenzulernen. Vielleicht hatte er es genutzt, um sich Kimmi an den Hals zu werfen.

David setzte sich aufrecht hin. »Literatur«, sagte er nachdenklich. Ich ahnte, dass er ganz ähnliche Gedanken hegte wie ich. Seine Stimme klang jedoch nur freundlich interessiert, als er fragte: »Und was hast du jetzt vor?«

Carlos zuckte die Achseln. »Ein Sportstudium vielleicht. Oder irgendwas mit Schauspielerei. Ich weiß noch nicht.«

»Schauspielerei«, wiederholte David. Ich versuchte herauszufinden, ob er sich über Carlos lustig machte, aber es gelang mir nicht. Seine Miene war völlig neutral, ich konnte keinen Funken von Ironie in seinen Augen entdecken.

Carlos legte sich am Poolrand auf den Rücken und verschränkte die Arme hinter dem Kopf. Über dem Rand seiner Badehose waren ein paar Haare zu sehen. Ich schaute woandershin.

# 22

Das Abendessen an diesem Tag entpuppte sich als Katastrophe. Und zwar in jeder Hinsicht. Na ja, in fast jeder.

Außer meinem Dad, Jason, David und mir nahmen noch Lizz, Sandra und Kimmi daran teil. Carlos hatte sich entschuldigt und war mit ein paar Kumpels, die wie er hier auf der Insel Urlaub machten, losgezogen.

Während Grace die Vorspeise und den Hauptgang servierte, tanzten wir alle wie auf rohen Eiern um die verminten Themen herum. Niemand erwähnte Jasons und Davids Prügelei am Vorabend und natürlich war auch Charlie tabu. Selbst Kimmi war klug genug, ihre Leiche mit keiner einzigen Silbe zu erwähnen.

Beim Dessert schließlich, einem superleckeren, buttrigen Blaubeerkuchen, kam es zum Knall. Und es war ganz allein meine Schuld.

Da David von Kimmi und Lizz in ein längeres Gespräch verwickelt wurde, unterhielt ich mich mit meinem Vater. Er hatte kurz vor dem Essen in meinem Zimmer vorbeigeschaut und dabei das Buch über *Sorrow* entdeckt. Jetzt fragte er mich, um welchen Titel genau es sich handelte.

»Ach, nur so ein alter Schinken aus der Bibliothek«, erklärte ich ihm zwischen zwei Bissen von dem Kuchen. Ein Stück Blaubeerschale klemmte mir zwischen den Schneidezähnen und ich stocherte mit der Zunge daran herum.

»Aha.« Dad hatte seine Portion bereits aufgegessen – inhaliert war vermutlich der bessere Ausdruck für die Geschwindigkeit, mit der der Kuchen in seinem Rachen verschwunden war. »Thema?«

»Die Familie Bell.« Ich warf einen Blick in Richtung von David und Jason, um zu sehen, ob sie etwas von diesem Gespräch mitbekamen. Aber David, der neben mir saß, war zu sehr damit beschäftigt, Kimmis Anzüglichkeiten an sich abprallen zu lassen, und Jasons Platz war ganz am Ende der Tafel. Er unterhielt sich mit Sandra und achtete nicht auf mich.

»Allerdings gibt es da eine komische Sache«, sagte ich darum zu Dad. »Jemand hat ein paar Seiten aus dem Buch rausgeschnitten.«

Mein Vater verzog das Gesicht. Wenn man ihm erzählt hätte, dass ein Kind misshandelt worden war, hätte er wahrscheinlich nicht zorniger aussehen können. »Das kommt leider immer wieder mal vor«, entgegnete er. »Die Leute sind eben Barbaren.«

»Kennst du dich mit der Geschichte der Bells ein bisschen aus?«, fragte ich.

Dad schüttelte den Kopf. »Nur das, was man in der Regenbogenpresse lesen kann.« Er sah zu David hinüber, der gerade lächelte, weil Lizz einen Scherz gemacht hatte. »Reicher Verlagserbe und die Liebe, so 'n Kram eben.«

Vor meinem inneren Auge erschien eine Schlagzeile: *Reicher Verlagserbe findet neue Liebe.* Und unter den Worten prangte kein Bild von David und mir. Unwillkürlich krampfte sich meine Hand um den Stiel meines Glases.

David bemerkte, dass etwas nicht stimmte.

Er wandte sich von Lizz ab und mir zu. Fragend sah er mich an.

Ich lächelte, aber es gelang etwas verkrampft.

Er strich mir sanft über den Unterarm und ich ermahnte mich, nicht schon wieder paranoid zu werden.

*Bleib locker,* hatte er gesagt. *Lizz ist keine Gefahr für dich.*

Blöd nur, dass ich neuerdings immer wieder in Zweifel darüber geriet, sobald ich die beiden miteinander sah. Täuschte ich mich oder hatte sich Davids Verhalten Lizz gegenüber gewandelt, seitdem wir hier auf der Insel waren? Warum lachte er mit ihr zusammen plötzlich andauernd, während er bei mir eher in sich gekehrt und still war?

Ich nahm noch einen Bissen von meinem Kuchen, aber plötzlich schmeckte er nach Pappe. Ich musste ihn förmlich durch meine Kehle hinunterzwängen.

»Was ist, Juli?«, fragte David so leise, dass die anderen ihn nicht hören könnten.

Ich schüttelte den Kopf. Ich wollte nicht paranoid sein, aber es fühlte sich einfach nicht richtig an, hier zu sitzen und dabei zuzusehen, wie David und Lizz miteinander scherzten.

Mein Blick wanderte zu Lizz hin, ohne dass ich es verhindern konnte.

David folgte mir mit den Augen, dann seufzte er leise. »Was habe ich jetzt schon wieder falsch gemacht?«

Nichts!, hätte ich sagen sollen. Ich bin nur ein bisschen bescheuert, weißt du?

Aber ich sagte: »Du scheinst dich ja neuerdings ziemlich gut mit ihr zu verstehen.«

Er ließ meinen Arm los, den er die ganze Zeit lang weitergestreichelt hatte. Ein Schatten glitt über seine Miene. »Hatten wir das nicht schon?«

*Ja. Hatten wir. Und es tut mir leid, dass ich schon wieder davon anfange.*

»Ist schon okay«, sagte ich in einem Tonfall, der David klarmachen musste, dass gar nichts okay war. Juli, die Zicke. Wunderbar!

Natürlich machte David mein idiotisches Verhalten ärgerlich. »Warum wirfst du mir vor, ich würde Lizz schöne Augen machen? Schließlich warst du diejenige, die sich gestern von Carlos den Fuß hat untersuchen lassen. Hat es sich gut angefühlt, wie er dich angefasst hat, ja? Er wollte deine Fessel jedenfalls gar nicht mehr loslassen.«

Verdammt, das hatte er also doch mitbekommen?

Er blinzelte und kurz sah er aus, als könne er nicht glauben, dass er das eben gesagt hatte.

Lizz, die auf unser Geplänkel aufmerksam geworden war, sah neugierig zu uns hinüber.

Jetzt nur keine Blöße geben!

»Das war doch gar nichts ...«, murmelte ich lahm.

Er nickte langsam und senkte die Stimme noch ein bisschen mehr. »Natürlich nicht. Aber wenn ich mich ganz normal mit Lizz unterhalte, dann ist das eine große Sache!« Er klang jetzt wirklich ärgerlich. Zwischen seinen Augenbrauen war eine tiefe Falte erschienen.

Ich schluckte eine Erwiderung hinunter, die nur heftig ausgefallen wäre. Alles, was ich tun konnte, war, die Lippen aufeinanderzupressen und zu hoffen, dass David sich wieder beruhigen würde. Doch das tat er nicht. Langsam stand er auf. »Wer hat denn heute Nachmittag diesem Carlos die ganze Zeit auf die Badehose geglotzt?«, flüsterte er mir ins Ohr.

Ich riss die Augen auf. Das habe ich doch gar nicht!, wollte ich widersprechen, aber er ließ mir keine Gelegenheit dazu.

Er warf die Serviette auf den Tisch. »Bitte entschuldigt mich«, sagte er in die Runde.

Dann marschierte er aus dem Speisezimmer.

Und ich saß da wie in Eiswasser getaucht, mitten im Zentrum der erstaunten Blicke aller anderen.

Nach diesem Streit war ich froh, als das Abendessen endlich zu Ende war und ich auf mein Zimmer gehen konnte. Lizz' Blicke, die irgendwo zwischen Mitleid und Triumph pendelten, brannten noch auf meiner Haut, als ich die Treppe ins Obergeschoss hochstiefelte und mein Blick auf David fiel.

Er lehnte mit verschränkten Armen an meiner Zimmertür und sah mir entgegen. Auf seinem Gesicht lag ein verlegener Ausdruck. Seine Haare hingen ihm in die Augen und er musste daran vorbeischielen, um mich ansehen zu können. »Tut mir leid«, murmelte er. »Ich weiß nicht, was da eben in mich gefahren ist.«

Ich hatte keine Ahnung, wofür er sich entschuldigte, ob für seinen ruppigen Abgang oder für seine Unterstellung. Es war mir auch egal. Ich war einfach nur erleichtert, dass er mir nicht mehr böse war.

»Vielleicht brauche ich einfach ein bisschen Entspannung, Juli«, fügte er hinzu. »Ich kann nicht mehr andauernd um Charlie und all das hier kreisen.«

Wie meinte er das? Stand ich für ihn für die schlimme Zeit im Winter? Wollte er mir sagen, dass er jedes Mal daran erinnert wurde, wenn er mich auch nur ansah? Konnte ich es ihm verdenken, dass er sich nach Normalität sehnte, nach jemandem, bei dessen Anblick er nicht automatisch an Charlie dachte?

Bei diesen Gedanken spürte ich, wie mir die Tränen kamen.

»Ach, Juli!«, seufzte David und ließ die Arme sinken.

»Mir tut es leid«, flüsterte ich. »Ich bin gerade unausstehlich, oder?«

Er zuckte die Achseln, aber dann grinste er. »Ein bisschen.« Er hob die Hände, als wolle er mich an seine Brust ziehen, doch er berührte mich nicht.

Ich lachte. Es klang spröde, aber wenigstens hatte ich die Tränen jetzt unter Kontrolle. »Verdammt«, murmelte ich.

*Was jetzt?*

»Komm.« Er breitete die Arme aus und wartete.

Ich trat näher an ihn heran, dann legte ich den Kopf gegen seine Brust. Sein Herz trommelte schnell und regelmäßig hinter seinen Rippen. Tief sog ich seinen Geruch ein, wartete darauf, dass er die Arme um mich legte und mich festhielt.

Als er es endlich tat, standen wir einige Minuten lang einfach nur da, dann ließ David mich los und hob mein Kinn an. Ganz sanft küsste er mich, dabei tastete er mit der anderen Hand nach der Klinke hinter seinem Rücken. Er öffnete die Tür und zog mich hindurch in die nur vom Mond erhellte Dunkelheit meines Zimmers. Mit dem Fuß schob er die Tür hinter uns zu. Seine Küsse wurden fordernder.

»Wir ...« Ich machte mich mühsam von ihm los. »Wir dürfen das nicht«, keuchte ich. »Wir wollten doch ...«

Er rückte ein Stück von mir ab, als wolle er prüfen, warum ich mich wehrte.

»Sie werden denken ...«, hob ich erneut an, aber er grinste nur.

»Scheiß drauf, was sie denken!« Er nahm mein Gesicht in beide Hände. Sein warmer Atem strich über meine Augenlider und mein Herz begann zu zittern. Er küsste mich jedoch nicht erneut, sondern sah mir nur sehr ernst und sehr tief in die Augen. »Dir ist schon klar, dass von uns beiden ich derjenige sein müsste, der Angst hat, verlassen zu werden«, flüsterte er.

Ich wollte verständnislos den Kopf schütteln, aber er ließ

mich nicht. Wieder berührten seine Lippen meine. Meine Knie begannen zu zittern und er merkte es. Behutsam ließ er mich los, sah mich an.

Ich schnappte nach Luft.

»Na, so heiß war der Kuss ja noch nicht«, sagte David lächelnd.

»Was hast du eben gemeint mit ...«, keuchte ich.

Doch er unterbrach mich, indem er mir die Fingerspitzen auf den Mund legte. »Halt einfach endlich die Klappe, Juliane Wagner«, sagte er. Dann zog er mich zum Bett.

Ein Schluchzen schüttelte mich und ich konnte nichts dagegen tun.

Erschrocken fuhr David von mir zurück. »Juli!« Er stützte sich rechts und links von meinem Kopf auf der Matratze ab. »Habe ich dir wehgetan?« Er wirkte unendlich zerknirscht.

Er hatte mir nicht wehgetan. Im Gegenteil. Er war unendlich zärtlich gewesen. Alles, was er mit mir getan hatte, war wundervoll gewesen, genau so, wie ich es mir für mein erstes Mal immer vorgestellt hatte. Trotzdem packte mich die Traurigkeit jetzt wie eine eiserne Faust und schüttelte mich durch.

David zog mich in seine Arme, streichelte mir den Rücken. »Es tut mir so leid!«, flüsterte er in mein Haar. »Ich wollte dir nicht wehtun!«

»Hast ... du nicht ...« Ich brachte die Worte nur mühsam heraus.

»Warum weinst du dann?«

Ich schluckte gegen den Kloß in meiner Kehle an. Wie sollte ich ihm erklären, was in diesem Moment in mir vorging? Wie sollte ich in Worte fassen, was ich empfand? Unendliche Glückseligkeit. Und gleichzeitig eine unfassbare Traurigkeit bei dem Gedanken daran, dass er das, was er eben mit mir getan hatte, schon früher mit Charlie getan hatte. Dass er es – vielleicht schon sehr bald – mit einer anderen tun würde.

Ich biss die Zähne zusammen und verhinderte so, noch einmal zu schluchzen. Aber ich konnte nichts dagegen tun, dass mir die Tränen in Strömen über die Wangen rannen.

David atmete tief ein, hielt die Luft an, stieß sie wieder aus. Das Tattoo über seinen Rippen sah aus wie in seine Haut gestanzt. Ich legte eine Hand auf seine Brust. »Du hast mir nicht wehgetan«, flüsterte ich. Und dann lächelte ich.

Er schluckte. Ein wenig wich der Schrecken aus seinem Gesicht, aber etwas davon blieb als düsterer Nachhall in seinen Augen zurück.

# 23

Was ist das?«

Davids Stimme riss mich aus einer angenehmen, trägen Benommenheit. Nachdem ich mich von meinem heftigen Melancholieanfall wieder erholt hatte, hatten wir unsere Unterwäsche angezogen und uns nebeneinander auf das Bett gekuschelt. Ich hatte David noch mehrfach versichert, dass er mir nicht wehgetan hatte, und irgendwann hatte er gedankenvoll genickt. Jetzt hob ich den Kopf, den ich in seine Armbeuge gelegt hatte, und sah, wie er nach dem Buch aus der Bibliothek langte. Ich hatte es auf den Nachtschrank gelegt. Er nahm es und betrachtete den Titel.

»Du interessierst dich für meine Familie.« Er formulierte es nicht als Frage.

»Eigentlich nur für einen davon«, erwiderte ich.

Er lächelte und setzte sich aufrecht hin. Er trug nur seine schwarze Unterhose, und obwohl es im Zimmer dämmerig war, hob sich sein Tattoo deutlich sichtbar von seiner Haut ab. Er knipste die Nachttischlampe an, nahm das Buch und schlug es auf.

»Weißt du, wer Mary Willows war?«, wollte ich wissen, während er darin hin und her blätterte.

Nachdenklich runzelte er die Stirn. »Nein. Wieso fragst du?«

Ich nahm ihm das Buch weg und schlug es an der Stelle auf, wo die Seiten fehlten. Mit dem Zeigefinger tippte ich auf den Satz unten auf der Seite. Ich beobachtete David dabei genau.

Er las. Dann schluckte er. Ich wusste, er dachte an Charlie und die Kugel in ihrer Leiche. »Mary Willows«, sagte er nachdenklich.

Ohne genauer hinzusehen, blätterte ich durch die Seiten.

»Moment mal.« Ich war ganz am Ende des Buches angekommen, wo sich ein Register befand. Ich scannte den Buchstaben W und fand den Namen Mary Willows relativ schnell. Sie wurde an acht verschiedenen Stellen im Buch erwähnt.

Ich schlug die erste genannte Stelle auf.

Die Seite fehlte.

Meine Fingerspitzen fuhren tastend in den Bund des Buches und fanden eine papierdünne Kante.

Ich suchte nach den anderen Stellen, an denen Mary erwähnt war. Die zweite, dritte und vierte war ebenso wenig vorhanden wie der längere Abschnitt über Mary, dessen Fehlen ich ja schon bemerkt hatte. Gleichzeitig ratlos und ziemlich fasziniert blätterte ich hin und her. »Irgendjemand hat alle Stellen, an denen Mary Willows erwähnt wird, rausgeschnitten«, meinte ich schließlich.

»Komisch.« David nahm mir das Buch weg und kontrollierte es selbst. »Du hast recht.«

»Warum bloß?«

David sah mich prüfend an. »Warum interessiert dich diese Frau so sehr?«

Ich musste ihm keine Antwort darauf geben, weil er selbst darauf kam. Er nickte verstehend. »Weil sie erschossen wurde.« Er schluckte so schwer, dass ich mich fast schämte, es angesprochen zu haben.

Eben noch hatte ich beinahe angefangen zu heulen bei dem

Gedanken, dass David sich von mir abwenden könnte, weil er Abstand von der Erinnerung an Charlie und Henry und all die schlimmen Dinge brauchte. Was zum Teufel trieb mich bloß dazu, dieses Thema immer wieder anzusprechen, in dieser Wunde wieder und wieder herumzustochern?

Ein feiner, wehmütiger Schmerz keimte in meinem Herzen, der Todessehnsucht aus meinem Traum nicht ganz unähnlich. Vielleicht genoss ich es ja nicht nur im Traum, mich mit voller Absicht in einen Abgrund zu stürzen. Vielleicht ... ich erstarrte, als mir bewusst wurde, was ich da dachte.

*Sorrow* war definitiv nicht gut für meinen Verstand.

Ich unterdrückte ein grimmiges Lachen und wollte das Buch schon zuklappen. David jedoch ließ mich nicht. Er nahm es mir weg, schaute es einen Moment lang nachdenklich an. Dann legte er es hin. »Komm mit!«, verlangte er und stand auf.

Er führte mich zur Tür.

»Wir können doch nicht so ...«, wisperte ich und wies auf die Unterwäsche, die wir beide trugen.

»Klar können wir«, widersprach er. »Um diese Zeit sind wir die Einzigen, die im Haus rumlaufen, versprochen!«

Ohne auf meine weiteren Proteste zu achten, zog er mich hinaus auf den Flur, dann die Treppe hinunter und in den Gang, der zum Speisezimmer führte. Hier schaltete er die Deckenbeleuchtung an, sodass die Gemälde seiner Vorfahren aus der Dunkelheit gerissen wurden.

Ich unterdrückte das Gefühl, halb nackt auf einem Hotelflur zu stehen.

»Wenn Mary Willows zur Familie der Bells gehört hat«, sagte David und wies auf die Bilder, »dann könnte sie hier irgendwo porträtiert worden sein.«

Wir betrachteten die Bilder eines nach dem anderen. Sie waren so aufgehängt, dass sie nach hinten hin immer älter wurden. Wir begannen am Anfang des Ganges und arbeiteten uns durch sämtliche Frauenporträts in der langen Reihe. Es waren einige. Ich sah Frauen mit hochgesteckten Haaren und strengen weißen Blusen, Frauen in diesen sackartigen Zwanzigerjahre-Kleidern, eine Frau in einem eleganten Ballkleid aus dunkelgrüner Seide. Ihre Namen standen jeweils auf kleinen Messingschildchen unten auf dem Rahmen.

»Das ist sie!« David wies auf ein Bild fast am Ende des Ganges. Nach ihm kam nur noch ein weiterer Rahmen und der zeigte kein Porträt, sondern eine sturmgepeitschte Ansicht von *Sorrow*.

»Oh Gott!«, entfuhr es mir.

Beunruhigt sah David mich an. »Was ...«

Wie ferngesteuert machte ich einen Schritt vorwärts. Das Gemälde! Es zeigte eine junge Frau von höchstens zwanzig Jahren, deren Gesicht wie aus lauter Winkeln zusammengesetzt wirkte. Ihre Nase war spitz und ihr kleines Kinn auch. In ihren Augen lag ein wehmütiger Ausdruck, ein Ausdruck, den ich bereits kannte.

Mein Verstand allerdings weigerte sich zu akzeptieren, was ich sah.

Das konnte auf keinen Fall sein! Es war einfach völlig unmöglich!

»Von dieser Frau habe ich letzte Nacht geträumt!«, wisperte ich.

»Warum schockt dich das so?«, fragte David. Wir waren zurück in meinem Zimmer und saßen wieder auf meinem Bett.

Ich fühlte mich ein wenig schwach von dem Schrecken, ein

Zittern hatte mich ergriffen. David legte mir meine Strickjacke um die Schultern.

»Ich habe letzte Nacht von ihr geträumt«, erklärte ich ihm ein zweites Mal, dann erzählte ich ihm von meinem Traum und davon, wie sich Charlies Gesicht in das von Mary verwandelt hatte. Das Blut, das auf ihrem Kleid erschienen war, wollte ich erst verschweigen, aber dann erzählte ich ihm auch davon.

Er nickte und hielt mir seine verbundene Hand vor die Nase. »Also für mich ist das nicht besonders rätselhaft. Du hattest diesen Albtraum, nachdem ich mich aufgeschlitzt und wie ein Schwein geblutet habe. Wir sind wieder hier auf *Sorrow,* obwohl wir beide es eigentlich nicht wollten. Es ist doch kein Wunder, dass du von Charlie träumst und von Blut, das auf ihrem Körper erscheint.«

»Und Mary Willows?«, murmelte ich, noch immer ein bisschen benommen von dem Anblick des Bildes, das dem Gesicht aus meinem Traum so unfassbar ähnlich sah.

David strich mir über Stirn und Nase. »Wie oft bist du seit unserer Ankunft gestern schon an dem Bild vorbeigelaufen?«

*Mehrfach,* dachte ich.

Er lächelte, als hätte er es hören können. »Eben! Unser Unterbewusstsein registriert viel mehr, als wir glauben, Juli. Du hast bestimmt im Vorbeigehen den Namen auf dem kleinen Messingschild gelesen.« Er wies auf das Buch auf dem Nachttisch. »Und als du hierin dann auch auf den Namen gestoßen bist, hat dein Unterbewusstsein alles zusammengewürfelt und dir im Traum diese Bilder geschickt.«

Es war eine ziemlich logische Erklärung, dachte ich. Ich bewegte sie eine Weile lang in meinem Schädel hin und her, betrachtete sie von allen Seiten, um herauszufinden, ob sie irgendwo Lücken hatte. Ich konnte keine finden.

Warum nur fiel es mir trotzdem so schwer, sie zu akzeptieren? Lag es vielleicht an den unheimlichen Warnungen von Grace? Nachdenklich wackelte ich mit den Zehen und ein dumpfer Schmerz zuckte durch die vier kleinen Wunden an meiner Fußsohle.

Mit einem Seufzen ließ ich mich zurück in die Kissen sinken. David zögerte. Er schien unsicher, ob er sich wieder zu mir legen sollte, und ich konnte seine Befangenheit spüren.

»Halt mich einfach fest«, murmelte ich.

Und das tat er dann für den Rest der Nacht.

# 24

Als ich am nächsten Morgen erwachte, war David nicht mehr da. Ich strich über das Bettlaken, wo er gelegen hatte, und musste lächeln beim Gedanken an das, was in der Nacht passiert war. Es wäre schön gewesen, dachte ich, wenn er beim Aufwachen neben mir gelegen hätte, aber vermutlich war er einfach schon eine Weile wach und wartete unten im Frühstücksraum auf mich. Als ich jedoch in einem leichten dunkelblauen Sommerkleid und fertig geschminkt hinunterkam, war er nirgends zu sehen.

»Haben Sie David gesehen?«, fragte ich Grace, die im Speisezimmer darauf wartete, dass sie jemanden bedienen konnte.

Sie schüttelte bedauernd den Kopf. »Nein, Miss Wagner. Leider nicht.«

Also war er noch gar nicht im Speisezimmer gewesen, dachte ich. Sonderbar.

Ich setzte mich hin, um auf ihn zu warten, aber er kam nicht. Also ging ich ihn suchen. Auf dem Parkplatz vor dem Haus stellte ich schließlich fest, dass Davids Wagen weg war.

Theo, der dabei war, die Befestigung einer Blumenrabatte zu reparieren, sah mich und winkte mich heran. »Suchen Sie Master David?«

Ich bejahte.

»Er ist ziemlich früh weggefahren«, informierte Theo mich.

*Weggefahren?* Der Gedanke fühlte sich scharfkantig an.

»Wissen Sie, wohin?«, fragte ich beklommen.

»Tut mir leid, Miss Wagner.« Theo schüttelte den Kopf. Ein Kübel mit Mörtel stand neben ihm und roch in der warmen Luft sonderbar stechend.

Ich bedankte mich und ging langsam zurück ins Haus. Dass David nicht neben mir gelegen hatte, als ich aufgewacht war, war irgendwie keine große Sache für mich, aber dass er einfach so weggefahren war ... In der großen Halle blieb ich stehen, zog mein Handy hervor und schickte David eine SMS.

»Wo bist du?«, tippte ich. »Ich suche dich überall.«

Seine Antwort ließ nicht lange auf sich warten. »Musste wegen einer wichtigen Angelegenheit nach Oak Bluffs. Sorry! Mach dir einen schönen Tag.«

Ich starrte mit einer Mischung aus Verwunderung und Beklommenheit auf die Worte. Wie hatte er nur einfach so fortfahren können – besonders nach dem, was in der Nacht zwischen uns geschehen war? Ich hätte ihn in diesem Augenblick zu gern an mich gezogen, ihn geküsst und ihm gesagt, wie schön es gewesen war. Stattdessen stand ich hier in dieser unheimlichen Halle und der einzige Kontakt, den ich zu David hatte, war dieses bescheuerte Handy.

Mit zusammengebissenen Zähnen steckte ich es weg, ohne ihm noch einmal geantwortet zu haben.

»Juli!« Die Stimme meines Vaters ließ mich herumfahren. »Dich habe ich gesucht.« Er stand auf der untersten Stufe der großen Treppe. Sein Blick glitt anerkennend an mir hoch und runter. »Seit du diesen Blauton trägst, siehst du noch hübscher aus als sowieso schon«, sagte er mit einem stolzen Lächeln.

Ich war nicht in der Stimmung für Komplimente.

»Was ist?«, fragte Dad. Wieder musterte er mich und mir

schoss ein Gedanke durch den Kopf. Konnte er mir ansehen, was David und ich letzte Nacht ... Unsinn! Wie sollte er?

Ich spürte, wie ich rot wurde.

»Ach!«, machte ich. »Ich ärgere mich nur über David. Er ist heute früh einfach so nach Oak Bluffs gefahren.«

Dad lächelte schmal und kam die letzte Stufe herunter. »Wenn ich mich richtig erinnere, seid ihr noch nicht verheiratet.«

Ich warf ihm einen bösen Blick zu, verstand aber natürlich, was er mir sagen wollte. David war mir keine Rechenschaft schuldig. Er konnte gehen, wohin immer er wollte. Selbst nach einer Nacht wie dieser ...

»Schon klar!«, grummelte ich. »Haltet ihr Männer nur immer schön zusammen.«

Dad lachte. »Warum rufst du ihn nicht einfach an? Er hat doch mit Sicherheit sein Handy dabei.«

»Ich hab ihn angesimst.«

»Okay.« Dad war die Verwunderung darüber anzusehen, dass moderne Teenager eher simsten als telefonierten. »Und er hat dir nicht geantwortet.«

»Doch. Aber nur kurz.«

»Dann ruf ihn an, wenn dir das zu wenig ist!«

Der Gedanke, das zu tun, war irgendwie verlockend. Dennoch zögerte ich. Ich hatte nicht vergessen, wie er mich in Boston gebeten hatte, ihm etwas Luft zu lassen. Wenn ich ihn jetzt anrief, konnte er das durchaus missverstehen. Ich seufzte. Auf keinen Fall wollte ich klammern. »Das verstehst du nicht, Dad«, sagte ich. »Ist so 'n Teenagerkram.«

Dad schmunzelte. »Okay. Es ist kompliziert und so?«

Ich streckte ihm die Zunge raus.

»Du bist noch mal wie alt?«, fragte mein Vater.

Zwölf, dachte ich grimmig. Jedenfalls fühlte ich mich gerade genauso wie in dem Sommer, in dem ich die Osterferien allein in einem Landschulheim hatte verbringen müssen, weil mein Vater und meine Mutter gemeinsam eine Städtereise gemacht hatten. Verlassen. Und auch ein bisschen gedemütigt.

»Hör auf, so böse zu schauen!«, sagte mein Vater. »Das steht dir nicht! Er wird schon wiederkommen. Vielleicht will er dich überraschen. Vielleicht ist er los, um dir ein Geschenk zu kaufen.« Ein eigenartiger Unterton lag in seinen Worten und wieder wurde ich rot. Er wusste bestimmt, was letzte Nacht passiert war. Aber das, was er sagte, beruhigte mich auch ein bisschen. Vielleicht hatte er ja recht, dachte ich mir.

Ich musste lächeln.

»Siehst du!« Dad schien zufrieden. »Manchmal ist alles gar nicht so furchtbar, wie man denkt.«

Ich stellte mich auf die Zehenspitzen und gab ihm einen Kuss. »Du bist der beste Dad der Welt!«

Er schien nicht allzu glücklich zu sein über dieses Kompliment. »Nun ja«, murmelte er.

Ich legte den Kopf schief. »Was ist?«

»Ich hatte dir zwar versprochen, dass ich mit dir noch eine Weile hierbleibe, aber ich fürchte, ich muss nach L. A.«

Ich atmete durch. »Okay. Wann?«

»Heute noch. Ich habe vorhin mit Jim telefoniert.« Jim war sein Agent. »Er meint, dieser Produzent, der mein Buch verfilmen will, möchte sich persönlich mit mir treffen, bevor er den Vertrag unterschreibt.«

»Schön für dich«, sagte ich und meinte es auch wirklich ernst. »Aber ich kann hier nicht weg.«

Er nickte, als habe er das kommen sehen. »Schon klar. Ich

weiß nur nicht, ob ...« Er kaute kurz auf seiner Unterlippe herum. »... ob ich dich hier allein lassen kann.«

Ich sah mich in der Halle um. Die Sonne malte bunte Pelikanformen auf das Parkett. Die Standuhr tickte leise vor sich hin. In diesem Augenblick hätte es niemand für möglich gehalten, dass *Sorrow* etwas anderes war als ein normales Herrenhaus.

»Ich komme schon klar«, versuchte ich, Dad zu beruhigen und gleichzeitig alle Gedanken an ominöse Warnungen vor zornigen Geistern, an tote Verlobte und gruselige, hyperrealistische Träume so weit wie möglich von mir zu schieben.

Er sah skeptisch aus. »David macht auf mich ... nun, sagen wir, nicht den stabilsten Eindruck.«

»Wie kommst du darauf?« Konnte ich ihm weismachen, dass mir das bisher noch überhaupt nicht aufgefallen war? Normalerweise hatte ich keine Probleme damit, meinem Vater etwas vorzuspielen. Heute jedoch war er aufmerksamer als gewöhnlich.

Wieder musterte er mich. »Er verhält sich komisch. Auf der Party und auch gestern Abend beim Essen.«

»Er ist zurück auf *Sorrow*«, sagte ich, als würde das alles Übel der Welt erklären. »Und Jason trägt auch einen entscheidenden Anteil dazu bei.«

Dad nickte. »Schon klar. Ich habe mit Dr. Grant über die beiden gesprochen. Es gibt da wohl eine sehr alte Geschichte mit Davids Mutter.«

»Ich weiß, Dad. David hat mir davon erzählt.«

Mein Vater blinzelte. Dann räusperte er sich. »Wie auch immer. Mir wäre es lieber, wenn ihr beide wieder nach Boston fahren würdet, solange ich an der Westküste bin.«

Ich dachte daran, was David dem Sheriff versprochen hatte.

»Er wird nicht mitkommen«, prophezeite ich und in diesem Moment nervte mich seine bescheuerte Selbstquälerei einfach nur maßlos. Er will sich bloß erinnern, sagte ich mir. Und das geht nun mal am besten hier.

»Ja.« Dad rieb sich die Schädeldecke. »Ich weiß. Und ich vermute, ich kann dich auch nicht dazu überreden, ohne ihn nach Hause zu fahren.«

Statt ihm darauf zu antworten, sah ich ihn nur schief an.

Er ließ den Arm sinken und seufzte. »Okay, ich habe verstanden. Wirst du es mir übel nehmen, wenn ich allein ...«

Ich lächelte. »Natürlich nicht! Hey – ein Hollywood-Produzent will dein Buch kaufen! Du solltest ihn auf keinen Fall warten lassen!«

Er lächelte verloren. »Ich bin nur einen einzigen Tag weg, versprochen. Morgen Abend bin ich schon wieder da.«

»Natürlich, Dad.« Um ihn davon zu überzeugen, dass ich es wirklich ernst meinte, gab ich ihm einen weiteren dicken Kuss direkt auf seine Stirn.

Die nächste halbe Stunde verbrachte ich damit, Dad beim Packen zu helfen und ihn ins Auto zu setzen. Als er abgefahren war, versuchte ich, Miley anzurufen, aber sie ging nicht ran. Schließlich gab ich es auf, nachdem ich es mindestens zwanzigmal hatte klingeln lassen.

Weil mir nichts Besseres einfiel, zog ich mir danach meinen Badeanzug an und schwamm einige Runden im Pool, dann döste ich eine ganze Weile lang in der Sonne. Als ich einmal die Augen aufschlug, glaubte ich, zwischen den Bäumen jenseits der Grundstücksgrenze wieder die Frau mit dem roten Kleid zu sehen.

Mit einem leichten Schwindelgefühl setzte ich mich auf,

blinzelte. Ich musste meine Augen mit der flachen Hand gegen die Sonne abschirmen, aber trotzdem war ich mir relativ sicher, dass ich mich nicht getäuscht hatte. Da war definitiv jemand in Rot auf dem Pfad, der an dem Herrenhaus vorbeiführte.

Einem Impuls folgend stand ich auf, schlüpfte in meine Ballerinas und band mir einen Pareo um die Hüften. Dann lief ich der Gestalt hinterher.

Sie ging auf dem Pfad, der hoch zu den Klippen führte, bog jedoch an der Weggabelung in Richtung Strand ab. Eine Touristin, redete ich mir ein, während ich das rote Kleid zwischen den Büschen und Felsen aufblitzen sah. Es kann sich nur um eine Touristin handeln.

Ich beschloss, ihr zu sagen, dass sie sich auf Privatgelände befand. Doch als der Weg sich zum Strand hin neigte und schließlich in die kleine, versteckt liegende Bucht mit dem Steg einmündete, blieb ich verblüfft stehen.

Nirgendwo war auch nur die Spur von einem anderen Menschen zu sehen.

Ich wandte mich um. Hatte ich eine Abzweigung verpasst?

Nein, das konnte nicht sein. Weil es keine gab. Der Weg war auf der ganzen Strecke zwischen Gabelung und hier dicht mit Unterholz bewachsen. Wenn sich die Gestalt also nicht in die Büsche geschlagen hatte, musste sie an diesem Strand sein.

»Hallo?«, rief ich. »Sind Sie hier irgendwo?« Meine Blicke wanderten an den Hängen jenseits des Strandes hoch. Ein einsamer Baum wuchs dort oben dicht am Abgrund und sein Wurzelballen ragte bedrohlich weit ins Leere. Beim nächsten Sturm würde er bestimmt abstürzen. Dann musterte ich den Sand selbst, suchte nach Fußspuren, aber auch das war vergeblich. Es hatte in der Nacht weder geregnet noch war ein nennenswerter Wind gegangen. Der Sand war also noch immer übersät von den Spuren, die Carlos, Kimmi und auch all die anderen Besucher hier hinterlassen hatten. Unmöglich zu sagen, ob einige der ovalen Stapfen von meiner Frau im roten Kleid stammten.

Langsam kroch Unbehagen in mir hoch. Was, wenn ich mir die Gestalt nur eingebildet hatte? Unsinn! Im Gästehaus von *Sorrow* befand sich noch immer ein halbes Dutzend von Jasons Gästen. Es konnte genauso gut jemand von ihnen sein, den ich hier wie eine Irre verfolgte. Ich war schon drauf und dran, den Rückweg anzutreten, als ein Geräusch erklang.

Schritte. Auf dem Bootssteg.

Ich fuhr herum, aber auch dort war niemand zu sehen. Allerdings bemerkte ich, dass die Tür des Bootshauses einen Spaltbreit offen stand. Mein Magen zog sich zu einem Knoten zusammen. Gleich darauf jedoch schüttelte ich den Kopf über mich selbst. Es war helllichter Tag. Die Sonne schien. Ich hatte alle meine Sinne beisammen. Was also war los mit mir?

Warum begann mein Herz plötzlich, so heftig zu klopfen?

Zögernd ging ich auf den Bootssteg zu. Und kämpfte gegen den Wunsch an, auf dem Absatz kehrtzumachen und wegzulaufen.

Schwachsinn!

Ich würde mir hier und jetzt selbst beweisen, dass ich nicht verrückt war. Mit energischen Schritten lief ich über den Steg zu dem kleinen Bootshaus. Vor der offenen Tür blieb ich stehen, streckte die Hand nach dem warmen Holz aus. David hatte im Winter das Vorhängeschloss mit einem gezielten Tritt demoliert, aber jemand hatte es in der Zwischenzeit ersetzt. Der metallene Riegel und die Öse, durch die der Bügel des Schlosses geschoben wurde, glänzten neu. Das Vorhängeschloss selbst war geöffnet. Schief hing es in der Öse und das Logo der Herstellerfirma darauf glänzte im Sonnenlicht.

Ich stieß die Tür ein Stück weiter auf. »Hallo?«, rief ich noch einmal. »Lizz, bist du das? Sandra?« Wieder überfiel mich dieses nagende Gefühl – als sei jemand in meiner Nähe, den ich nicht sehen konnte. Als wehe mir von hinten ein kalter Atem ins Genick.

»Juli«, murmelte ich. »Du bist paranoid!« Ich betrat das Bootshaus.

Drinnen sah es genauso aus wie in meinem Traum. Die Kisten an der Wand, das aufgebockte Boot, die Ruder daneben – all das war noch genau so, wie es im Winter ausgesehen hatte. Damals, als David und ich hier vor dem Regen Schutz gesucht hatten. Ich schaute mich um. Obwohl die Tür hinter mir offen stand und das Sonnenlicht auch durch die Ritzen in den Bretterwänden fiel, kam es mir nach dem grellen Licht draußen hier drinnen schattig vor. Es roch nach Farbe und nach Harz.

Aber von der Person im roten Kleid war auch hier keine Spur zu sehen. Vermutlich hatte die Frau, der ich wie ein Stalker hinterhergestolpert war, doch einen versteckten Pfad gefunden und war längst auf dem Weg zurück zu ihrem Feriendomizil.

Ich drehte mich um, wollte das Bootshaus wieder verlassen, als draußen auf dem Steg schnelle Schritte ertönten. Jemand huschte an der Bretterwand vorbei, ein Schatten nur, der von Ritze zu Ritze glitt und die Sonne jeweils kurz verdeckte. Unmöglich zu sagen, ob der Schatten rote Kleidung trug oder nicht.

Mein Herz machte einen erschrockenen Satz. »Hal...«, setzte ich an, aber in diesem Moment schlug mit einem Krachen die

Tür zu. Ein Klirren ertönte, so, als habe jemand den Riegel vorgelegt und das Schloss durch die Öse gezogen.

Erfüllt von Panik stürzte ich zur Tür. Packte sie. Zerrte daran. Sie rührte sich nicht.

Draußen auf dem Steg entfernten sich die Schritte jetzt.

Ich hämmerte gegen das Holz. »Lassen Sie mich raus!«, schrie ich, aber vergeblich.

Wer auch immer dort draußen war: Er sprang gerade mit einem leisen, dumpfen Geräusch vom Steg. Im warmen Sand waren seine Schritte kaum noch zu hören. Und nur Sekunden später war ich allein.

# 25

Meine Panik dauerte ein paar Minuten, dann ebbte sie ab. Ich rüttelte noch einmal an der Tür. Das Schloss draußen klirrte hörbar, aber weiter passierte nichts. Also trat ich einen Schritt zurück und zwang mich zur Ruhe. Es war nichts Schlimmes passiert.

Jemand hatte mir einen üblen Streich gespielt, nichts weiter. Ich tastete mir über die Hüfte, wo sich gewöhnlich mein Handy in der Hosentasche befand. Blöd nur, dass ich einen Badeanzug und den Pareo trug. Mein Handy lag auf einem Tischchen beim Pool. Na toll!

*Was jetzt?*

Ich überlegte.

Jasons Gäste kamen täglich herunter zum Strand – es war also nur eine Frage der Zeit, bis mich jemand hier finden würde. Außerdem würde David bald aus Oak Bluffs zurück sein und dann würde er mich vermissen und suchen kommen. Selbst wenn ich bis in die Abendstunden hier eingesperrt sein würde: Das war zwar unangenehm, aber nicht bedrohlich.

Ich wandte mich den Kisten zu. Vielleicht gab es hier Werkzeug, mit dem ich ein oder zwei Bretter lösen und mich befreien konnte. Ich begann, die einzelnen Kisten zu durchwühlen. In der ersten befanden sich Decken und sonst nichts weiter. Die zweite war vollgestopft mit etwas, das aussah wie ein Fischernetz. Es roch ein bisschen muffig, und als ich es zur

Seite schob, um darunter nach einer Werkzeugkiste Ausschau zu halten, verstärkte sich der Geruch noch.

Ich knetete meine Nase, weil ich niesen musste.

In der dritten Kiste endlich fand ich, wonach ich suchte: eine große Metallbox. Ich öffnete sie, nahm einen dicken Schraubenzieher heraus und hatte mich gerade auf die Suche nach einer passenden Stelle gemacht, an der ich einen Hebel ansetzen konnte, als erneut Schritte auf dem Bootssteg ertönten. Mein Herzschlag setzte kurz aus, aber als ich erkannte, dass die Schritte diesmal nicht leichtfüßig und flüsternd waren, sondern fest und energisch, beruhigte ich mich wieder.

»Hallo?«, rief ich, ertappte mich jedoch dabei, dass ich den Schraubenzieher wie eine Waffe in die Höhe hielt.

»Juli?« Es war Carlos. »Bist du hier irgendwo?«

Erleichtert ließ ich den Schraubenzieher sinken. »Im Bootshaus. Irgend so eine Knalltüte hat mich eingesperrt!«

Er kam zur Tür. Das Schloss und der Riegel klapperten leise, dann schwang die Tür auf. Sonnenlicht fiel herein, blendete mich kurz und ich wich einen Schritt davor zurück.

Carlos' Silhouette wirkte gegen die Helligkeit wie ein Schattenriss – massiv, fast quadratisch. Kräftig.

»Uff«, sagte ich und atmete durch, um mein noch immer jagendes Herz zur Ruhe zu bringen. »Gut, dass du da bist.«

Grinsend kam er herein. »Eingesperrt? Wer macht denn so was?« Sein Blick fiel auf den Schraubenzieher. »Wolltest du dich selbst befreien?«

Ich starrte auf das Teil in meiner Hand. Dann legte ich es zurück in die Kiste und schloss sie. »Ist ja zum Glück jetzt nicht mehr nötig.«

Carlos drehte sich um und schaute durch die Tür nach draußen über den Strand. »Eingesperrt«, murmelte er erneut. »Wer macht denn so was?«

Ich hatte das Gefühl, dass Carlos sich irgendetwas erhoffte dafür, dass er mich befreit hatte. Etwas, das über das »Danke«, das er erhielt, hinausging. Da ich nicht wusste, wie ich mit dieser Erkenntnis umgehen sollte, tat ich so, als würde ich es nicht bemerken. Er wirkte enttäuscht, aber nicht allzu traurig. Eher kam er mir entschlossen vor. Entschlossen, nicht so schnell aufzugeben.

Gemeinsam gingen wir zum Herrenhaus zurück, und kurz bevor wir den Pfad verließen und auf den Parkplatz hinaustraten, hörte ich einen Wagen anhalten. Eine Autotür klappte.

»Kein Problem«, hörte ich jemanden sagen. Es war Davids Stimme.

Carlos grinste mich an. Mit einer seitlichen Bewegung des Kopfes ließ er mir den Vortritt und ich trat auf den Parkplatz hinaus.

David stand neben seinem Wagen. Lizz war bei ihm.

David entdeckte mich, dann bemerkte er Carlos hinter mir. Kurz wirkte er überrascht.

»Hey«, sagte ich so gelassen, wie ich konnte. »Wieder da?«

Er nickte. Ein leicht irritierter Ausdruck erschien auf seinem Gesicht und erneut musterte er Carlos. Ich verbiss mir jeglichen Kommentar. Er war derjenige, der einfach sang- und klanglos abgehauen war, nicht ich. Und dafür war er mir noch eine Erklärung schuldig. Er kam allerdings nicht dazu, denn jetzt hakte sich Lizz bei ihm ein und hauchte ihm einen Kuss auf die Wange. »Danke«, flüsterte sie ihm zu, sorgsam darauf bedacht, dass ich es auch ja hörte. Sie warf mir einen zweideutigen Blick zu und verschwand in Richtung Gästehaus.

Carlos schnaubte leise. Dann ließ er David und mich allein.

David sah ihm nach. Schweigend.

»Erzählst du mir, wo du warst?«, fragte ich ihn mit mühsam beherrschter Stimme und musste mich zwingen, nicht daran zu denken, wie er mich in der vergangenen Nacht im Arm gehalten hatte.

Er biss die Zähne zusammen. »In Oak Bluffs«, meinte er knapp. »Habe ich dir doch gesimst.«

Ich war drauf und dran, ihn zu fragen, was er da gemacht hatte, aber dann spürte ich, dass ich ihn angefaucht hätte, hätte ich jetzt noch einmal den Mund aufgemacht. Also nickte ich nur. »Schön«, presste ich hervor.

Er blieb noch ein paar Sekunden lang neben seinem Wagen stehen, dann schüttelte er den Kopf. Und ging ins Haus.

Wie ein begossener Pudel kehrte ich zu meinem Platz am Pool zurück. Mein Handy lag noch dort, wo ich es zurückgelassen hatte. Ich nahm es und sah auf dem Display, dass David zweimal versucht hatte, mich anzurufen. Mist! Mit einem unterdrückten Fluch ließ ich mich auf die Liege fallen.

Ein paar Minuten später kam Lizz aus ihrem Zimmer. Sie hatte sich in einen Bikini geworfen und nun steuerte sie auf den Pool und damit direkt auf mich zu. Zielstrebig ließ sie sich auf der Liege nieder, die neben meiner stand, und zog ihre Sandalen von den Füßen. Sie hatte dunkelrote Abdrücke überall dort, wo die dünnen Riemchen gesessen hatten, ein großes Pflaster klebte an ihrer rechten Ferse. Mit einem tiefen Ächzen rieb sie sich die schmerzenden Stellen.

»Diese Asphalttreterei ist nichts für mich«, murmelte sie und tat dabei so, als sei es mehr für sich selbst als für mich bestimmt.

Ich ignorierte sie und so musste sie noch eins draufsetzen.

Von der Seite her schielte sie zu mir herüber. »David war so süß und hat mir Pflaster gekauft.«

Das wiederum verfehlte seine Wirkung nicht. Sie war mit David in Oak Bluffs gewesen?

*Süße,* flüsterte die fiese Stimme in meinem Hinterkopf. *Sie ist aus seinem Auto gestiegen! Was glaubst du denn, wo sie war?*

Bilder ploppten in meinem Kopf auf wie Teufelchen aus der Kiste. Bilder von David und Lizz Hand in Hand auf der Hafenpromenade. Ich kämpfte verbissen dagegen an.

»Vielleicht solltest du bequemere Schuhe anziehen, wenn du shoppen gehst«, riet ich ihr.

»Vielleicht ist das der Grund, warum David mit mir gefahren ist«, schoss sie zurück. »Weil er flache Treterchen leid ist und auf High Heels steht.«

Treffer!

Ich konnte mich gerade noch davon abhalten, wütend zu ihr herumzufahren und sie anzufunkeln. In meinem Magen entstand ein fester kleiner Knoten, einer von der Sorte, wie ich ihn schon mal gespürt hatte, als Lizz mich damals gefragt hatte, was David eigentlich an mir fand.

»Gib dir keine Mühe«, sagte ich kühl. »Du machst mich nicht eifersüchtig.«

»Ach, tatsächlich?« Sie stand von ihrer Liege auf und streckte sich, sodass ich ihre wohlgeformte Figur direkt vor der Nase hatte. Dann lächelte sie mich an und glitt mit einem eleganten Hechtsprung ins Wasser.

Ich ertappte mich dabei, dass ich ihr wünschte, sie möge von dem abrupten Temperaturwechsel einen Herzanfall kriegen.

Natürlich bekam sie keinen Herzanfall. Sie schwamm eine

Bahn, und als ich mich gerade entschieden hatte, dass ich ihr nicht länger dabei zuschauen würde, kam sie an den Beckenrand und sah mich von unten herauf an.

»Du kannst nichts dafür«, sagte sie freundlich.

»Wofür?« Ich biss mir auf die Zunge, aber es war schon zu spät. Die Frage war heraus.

»Immer, wenn er dich sieht, wird er an die schlimmen Ereignisse von Weihnachten erinnert.« Sie strich sich die nassen Haare aus dem Gesicht.

Ich zwang mich, nicht mit den Zähnen zu knirschen, denn natürlich war das genau das, was ich selbst ja auch schon gedacht hatte. Langsam stand ich auf, raffte mein Handtuch und meine anderen Sachen zusammen. »Tschüss, Lizz«, sagte ich und ich schaffte es, dabei ganz ruhig zu klingen.

Wie lange sie mir vom Beckenrand aus nachsah, weiß ich nicht, da ich mich nicht nach ihr umdrehte, aber es fühlte sich an, als sei es der gesamte Weg bis ins Haus gewesen.

Ich begegnete David auf dem Weg durch die Halle. Er war offenbar im Arbeitszimmer seines Vaters gewesen, denn er kam mir aus dieser Richtung entgegen.

»Alles okay?«, fragte er nach einem Blick in mein verkniffenes Gesicht.

»Klar«, sagte ich möglichst leichthin.

»Na dann ist ja gut.« Er lächelte schmal. War er unsicher? Fast schien es so.

Ein paar Sekunden lang standen wir uns gegenüber und ich überlegte, ob ich ihn fragen sollte, was er den halben Tag über gemacht hatte. Stattdessen fragte ich: »Hattest du einen schönen Tag mit Lizz?«

Seine Augen weiteten sich. Er sah aus, als wollte er irgendetwas zu seiner Verteidigung sagen, aber dann ließ er es doch bleiben. Um seinen Mund erschien ein harter Zug.

Ich spürte, wie die Melancholie zu mir zurückkehrte. Der Schmerz in meinem Herzen war ganz fein und bitter. Irgendwann, dachte ich, wäre es ja sowieso so weit gekommen.

»Na denn«, sagte ich. Mit einer steifen Bewegung wandte ich mich ab und ging die Treppe hoch, doch auf halber Strecke überfiel mich das altvertraute Frösteln. Diesmal war es so heftig, dass ich stehen bleiben und die Hand um das Geländer krallen musste. Ich musste an die Minuten denken, die ich in dem Bootshaus eingesperrt gewesen war, aber der Grusel, den ich dort empfunden hatte, war nichts im Vergleich zu diesem hier. In meinem Hinterkopf glaubte ich, Madeleines hämisches Kichern zu hören, und es klang genauso fies wie das, das ich im Traum gehört hatte.

Ich holte einmal tief Luft. Dann ging ich weiter.

Davids Blicke brannten in meinem Rücken ebenso wie die von Lizz eben.

»Ich brauche dringend jemanden, der mir den Kopf wäscht!«, ächzte ich ohne Begrüßung, als Miley später am Tag endlich meinen Anruf annahm.

»Meine Spezialität. Was ist jetzt schon wieder?« Sie klang, als sei sie gerade dabei, irgendwas zu essen. Ich konnte sie kauen hören.

»Ich bin eine hohle Nuss«, klagte ich. Ich lag auf meinem Bett, hatte die Füße gegen die Wand gestützt und den Kopf über die Kante hängen lassen.

»Neulich warst du noch ein Vollidiot.«

»Ja. Aber jetzt bin ich eine hohle Nuss. Völlig bescheuert.« Und dann erzählte ich ihr von David und seinem Ausflug mit

Lizz heute nach Oak Bluffs. »Mein Vater meint, ich soll mir keine Gedanken machen. David ist bestimmt nur weggefahren, um mir ein Geschenk zu machen, weil wir ... Aber ich ... warum hat er dann Lizz mitgenommen, Miley?« Ich spürte, wie mir das Blut in die Wangen schoss, weil ich fast etwas ausgeplaudert hätte.

»Ein Geschenk? Hast du neuerdings im Sommer Geburtstag?«

Ich verneinte. »Natürlich nicht.« Dann holte ich tief Luft. »David und ich ...« Warum fiel es so schwer, das auszusprechen, verflixt? »Wir haben miteinander geschlafen!«

Am anderen Ende der Leitung verschluckte Miley sich und begann, explosionsartig zu husten. »Ihr ...« Sie rang nach Luft, mehrere Minuten lang. »Ihr habt ... was?«, japste sie dann.

»Wir haben miteinander geschlafen.« Beim zweiten Mal war es leichter, es zu sagen, stellte ich fest.

»Und das sagst du mir einfach so nebenbei?«

»Habe ich ja nicht. Ich habe dich extra angerufen.«

»Falsch. Du hast mich angerufen, um dich bei mir auszuheulen, dass David mit Lizz nach Oak Bluffs gefahren ist.« Sie hielt inne. »Wann?«, schoss sie dann eine Frage ab.

»Letzte Nacht.«

»Und da rufst du mich erst jetzt an?« In ihrer Stimme lagen mindestens drei Ausrufe- und fünf Fragezeichen.

Ich verzichtete darauf, ihr zu sagen, dass ich heute Morgen schon einmal versucht hatte, sie zu erreichen. »Jetzt mach du mir nicht auch noch Vorwürfe. Das tue ich schon selbst genug!«

»Wenn ich mich richtig erinnere, sollte ich dir den Kopf waschen. Aber jetzt mal Spaß beiseite: Wie war es? War es schön? Ich will alle Einzelheiten wissen, Juliane Wagner!«

»Es war sehr schön«, sagte ich nur. »Sehr, sehr schön.« Die Einzelheiten würde ich für mich behalten, beschloss ich. Ich würde sie wie einen kostbaren Schatz in meiner Erinnerung aufheben, etwas, an das ich auch noch denken würde, wenn ich alt war.

*Super Juli!*, grummelte ich in mich hinein. *Jetzt bist du nicht mehr nur melancholisch, sondern völlig melodramatisch!*

Das Blut stieg mir langsam zu Kopf und ich rutschte so hin, dass ich lang ausgestreckt auf der Bettdecke lag. Mit der flachen Hand schlug ich mir gegen die Stirn, dass es klatschte.

»Was machst du da?«, fragte Miley.

»Nichts.«

»Also, wo genau liegt jetzt dein Problem? Du hast mit dem Typen geschlafen, den du über alles liebst. Es war sehr, sehr schön.« Sie imitierte meinen Tonfall. »Und?«

»Und er war am Tag danach stundenlang mit Lizz shoppen.«

»Hm.« Miley schwieg eine Weile. »Das ist allerdings wirklich sonderbar.«

»Ich kapiere das nicht, Miles!«

Sie offenbar auch nicht, denn sie schwieg immer noch. Ich dachte an die Episode mit dem Bootshaus, an Carlos und an die Frage, wer mich eingesperrt hatte, aber Mileys nächste Worte holten mich zurück in die Gegenwart.

»Na ja«, meinte sie nachdenklich. »Es gibt ja diese Typen, die das Interesse an einem Mädchen verlieren, sobald sie mit ihm in der Kiste waren ...«

Ich kiekste empört und auch ein bisschen erschrocken, aber sie wiegelte sofort ab. »David ist natürlich keiner von dieser Sorte, Herzchen! Das sollte dir doch klar sein!«

Ich wusste nicht genau, ob sie das wirklich glaubte oder ob sie mich nur beruhigen wollte, nachdem sie mir erfolgreich den Boden unter den Füßen weggezogen hatte.

»Okay. Es ist dir offenbar nicht klar«, konstatierte sie. »Dann lass es dir von deiner besten Freundin gesagt sein!«

Ich atmete tief ein.

»Hast du verstanden, was ich gesagt habe?«

Ich nickte, was sie natürlich nicht sehen konnte.

»Juliane?«

»Ja, Mama!«, murmelte ich, aber es war nicht ganz die Wahrheit. In Wirklichkeit hatten Mileys unbedachte Worte in meinem Kopf eine ganze Lawine von Bildern losgetreten und jedes einzelne handelte von David und Lizz.

Was, wenn sie recht hatte?

Wenn David begriffen hatte, dass er auf High Heels stand und nicht auf flache Ballerinas? Nachdenklich starrte ich auf meine Schuhe vor dem Bett und rieb mir dabei gedankenverloren die kleinen Wunden an meiner Fußsohle. Ich schlug mir erneut gegen die Stirn.

»Lass das!«, ermahnte Miley mich. »Was immer du da tust, es bringt nichts!«

»Und was soll ich stattdessen tun?«, flüsterte ich, jetzt auf einmal ziemlich nah am Wasser gebaut.

»Na, rede mit ihm!«

Spontan wollte ich abwehren, aber dann begriff ich, dass Miley recht hatte. Es hatte überhaupt keinen Sinn, mir den Kopf zu zermartern, wenn David nur zwei Türen weiter in seinem Zimmer hockte und ich ihn einfach fragen konnte, was los war.

»Dazu muss ich mir, glaube ich, einen antrinken«, meinte ich.

# 26

Nachdem ich aufgelegt hatte, traute ich mich nicht sofort, zu David zu gehen. Ich hoffte darauf, ihn beim Abendessen zu treffen, aber er erschien nicht am Tisch.

Jason registrierte das mit einem finsteren Stirnrunzeln, doch er sagte nichts dazu.

Nach dem Essen drückte ich mich noch eine Weile draußen auf der Terrasse herum und versuchte, mir Mut zuzureden. Als ich dann endlich zu Davids Zimmertür hochschlich, stellte ich erstaunt fest, dass diese nur angelehnt war.

Ich stieß sie vorsichtig ein Stück auf.

»David«, sagte ich. »Kann ich dich kurz sprechen?«

Gott, langsam wurde ich schon genauso steif wie alle anderen in diesem Haus!

Er saß auf seinem schwarzen Ledersofa und hatte eine Zeitschrift auf den Knien, in der er vorgab zu lesen.

»Natürlich«, sagte er ruhig.

Mein Herzschlag beschleunigte sich. Mit einem verlegenen Räuspern trat ich näher. »Warum bist du heute Morgen weg, ohne mir Bescheid zu sagen?«

Er hob den Blick von seiner Zeitschrift und sah mich an. Etwas flackerte in seinen Augen und ich glaubte, es müsse Angst sein. Angst? Wovor hatte er Angst?

Mit leicht zittriger Hand wies ich auf das Sofa neben ihm. »Darf ich?«

Er nickte.

Als ich saß, wandte er sich mir zu. »Du musst denken, die letzte Nacht … sie habe mir nicht gefallen«, sagte er leise.

Ich schluckte schwer. Ganz ehrlich? Das war tatsächlich ein Gedanke gewesen, den ich tief in meinem Innersten gehegt, den ich mir aber vehement verboten hatte. »Ehrlich gesagt …« Ich verstummte mit einem verlegenen Lächeln.

David griff nach meiner Hand und hielt sie fest. Seine Haut war kühl.

»Warum bist du einfach weg?«, flüsterte ich. »Warum hast du nicht angerufen?«

*Und warum hast du Lizz mitgenommen? Bedeutet dir denn die letzte Nacht gar nichts?*

Er sah aus dem Fenster und ich wusste nicht, was in seinem Kopf vorging. Dann seufzte er schwer. »Es ist alles so kompliziert, Juli, seit wir hier sind. Können wir morgen zusammen nach Boston zurückfahren?«

Überrascht zog ich die Augenbrauen hoch. »Was ist mit dem Versprechen, das du Sheriff O'Donnell gegeben hast?«

Er lächelte matt. »Was meinst du, warum ich so lange in Oak Bluffs war?«

Mit Lizz, dachte ich, aber ich verbiss mir, es laut zu sagen. »Du warst beim Sheriff?«

»Ich habe ihn gebeten, nach Boston fahren zu können. Er hat nichts dagegen. Darum bin ich so früh weg. Ich dachte, du schläfst noch eine Weile, ich wollte dich überraschen damit, dass wir nach Hause fahren.« Er lächelte verlegen. »War eine ziemlich blöde Idee, oder? Immerhin weiß ich, dass du eine Frühaufsteherin bist.«

Ich wurde von Erleichterung überwältigt. Erleichterung, weil er einen guten Grund gehabt hatte, nach Oak Bluffs zu fahren. Und vor allem Erleichterung deswegen, hier endlich wegzukommen.

»Ja«, stieß ich hervor. »Ja, lass uns nach Hause fahren!«

Er lächelte, nun etwas weniger matt. Dann ließ er meine Hände los, nahm mein Gesicht und gab mir einen Kuss. Ich wollte mich an ihn kuscheln, aber er wehrte ab. »Ich glaube, es ist besser, wenn du jetzt in dein eigenes Zimmer gehst«, sagte er.

*Wie bitte?*

Ich öffnete den Mund, doch er kam mir zuvor.

»Juli, geh einfach!« Ein ganz schwaches Lächeln kräuselte seine Lippen und ich kam mir vor, als sei ich ein Alien. Ich kapierte in letzter Zeit einfach überhaupt nichts mehr.

»Okay.« Ich quälte mich vom Sofa, und als ich mich umdrehte und den Raum verließ, stolperte ich fast über meine eigenen Füße.

Gedankenverloren ging ich in mein eigenes Zimmer und da fiel mein Blick auf ein kleines Kästchen, das auf meinem Kopfkissen lag.

Es war aus schwarzem Samt und ich erkannte das Logo eines teuren Juweliers aus Oak Bluffs, das darauf eingeprägt war. Mein Magen drehte sich um, aber diesmal ausnahmsweise vor Freude. Langsam ging ich zum Bett und nahm das Kästchen. Ich zögerte ein wenig, bevor ich es öffnete.

Unter knisterndem Seidenpapier lag eine dünne silberne Kette mit einem herzförmigen Anhänger. Ich nahm die Kette heraus. Der Anhänger war aus gepresstem rotem Glas. Er war über und über mit feinen Rissen überzogen.

Plötzlich saß mir ein dicker Kloß im Hals.

Ein geborstenes Herz.

Eine Karte fiel mir ins Auge, die unter der Kette gelegen hatte. Sie war dick und aus cremefarbenem Papier. Mit Füllfederhalter und in Davids prägnanter Handschrift war nur ein einziges Wort daraufgeschrieben.

*Danke.*

Ich ließ die Kette sinken, weil mir Tränen in die Augen schossen. Mindestens fünf Minuten stand ich einfach nur da und heulte und wusste nicht genau, warum eigentlich. Dann öffnete ich den kleinen silbernen Verschluss, legte mir die Kette um den Hals und machte sie zu. Sie war ein bisschen zu lang, der Stein lag irgendwo zwischen meinen Brüsten. Ich berührte ihn. Die feinen Risse waren unter meinen Fingerspitzen so deutlich zu spüren wie die in meinem echten Herzen. Tief atmete ich durch, dann kehrte ich zu David in sein Zimmer zurück.

Er stand am Fenster und sah hinaus in die Ferne. Als er mich hörte, drehte er sich um. Lächelte. »Ich dachte schon, du kämst gar nicht wieder.«

Ich wischte mir über die noch feuchten Augen. »Danke«, sagte ich.

»Gefällt sie dir?«

Mit dem Anhänger in der Hand trat ich vor ihn hin. »Sie ist wunderschön.«

Er nahm meine Hand weg und berührte das Herz ganz leicht. Mir wurde ein bisschen anders, weil ich die Wärme spüren konnte, die von seiner Haut ausging. »Die Kette ist ein bisschen zu lang«, sagte er. »Wir können sie kürzen lassen, wenn wir wieder in Boston sind.«

»Wegen Carlos«, sagte ich.

Wir lagen aneinandergekuschelt auf Davids Bett und lauschten auf den Herzschlag des jeweils anderen. David spielte gedankenverloren mit dem Herzanhänger an meiner Kette. »Lass gut sein«, murmelte er.

Ich richtete mich auf.

Er biss die Zähne zusammen, weil ich mich an seinen gerade erst verheilten Rippen abstützte.

»Nein«, widersprach ich. »Ich möchte dir das erklären.«

Er ließ die Kette los und wandte mir den Kopf zu. »Ich will es nicht wissen, Juli. Du bist mir keinerlei Rechenschaft schuldig.«

Seufzend legte ich mich wieder hin. War das jetzt ein Zeichen dafür, dass er mir vertraute, oder was hatten seine Worte nun schon wieder zu bedeuten? Warum nur war alles so furchtbar kompliziert? Ich lauschte in mich hinein. Im Grunde, stellte ich fest, war ich froh, dass ich ihm das mit Carlos nicht erklären musste. Denn so musste ich ihm nicht erzählen, dass er mich aus dem Bootshaus befreit hatte, und vor allem brauchte er nichts davon zu erfahren, dass ich wieder anfing, Gespenster zu sehen, dass ich einer Frau in einem roten Kleid nachgerannt war wie ein Volltrottel ...

Ich überlegte.

Vielleicht hatte ja Carlos mich in dem Bootshaus eingesperrt, um sich anschließend als mein Retter aufspielen zu können. Das ergab Sinn, oder nicht? Immerhin hatte er ziemlich enttäuscht ausgesehen, als ich ihm nur schlicht gedankt hatte.

Die Frau im roten Kleid war vermutlich nichts weiter gewesen als eine Ausgeburt meiner überreizten Fantasie.

Besser, wenn David nichts davon erfuhr. Blöd allerdings, dass ich so keinerlei Rechtfertigung hatte, ihn nach Lizz zu fragen.

Davids Blick lag schwer auf mir. »Was, Juli?«

Ich wollte schon abwiegeln, aber der Ausdruck in Davids Augen hielt mich davon ab.

»Du willst wissen, warum ich mit Lizz zusammen aus Oak Bluffs wiedergekommen bin, oder?«, fragte er und stützte sich auf einen Ellenbogen.

Ich schüttelte den Kopf. »Ihr wart shoppen. Keine große Sache. Du bist mir keine Rechenschaft schuldig.« Ich wollte es so meinen, wie ich es sagte, aber wenn ich ehrlich war, dann gelang mir das nicht im Geringsten. Ich war eifersüchtig. Und wie!

Und ich schämte mich dafür.

»Du bist mir keine Rechenschaft schuldig«, wiederholte ich und fürchtete, es könne so lahm klingen, wie es sich anfühlte.

David legte sich zurück auf den Rücken und bedeckte die Augen mit dem Unterarm. Ein leises Lachen drang aus seinem Mund. »Du bist eifersüchtig!«

»Nein!«

Er nahm den Arm weg. Von der Seite her schielte er mich herausfordernd an.

»Ja«, gestand ich.

»Hat Lizz dir tatsächlich gesagt, dass ich mit ihr shoppen war?«

»Sie hat es durchblicken lassen.«

*High Heels,* dachte ich und kam mir bescheuert vor.

»Sie versucht, einen Keil zwischen uns zu treiben, das ist dir doch hoffentlich klar!« David drehte sich auf die Seite und legte seinen Kopf auf dem angewinkelten Arm ab. Mit der anderen Hand strich er mir sanft über Stirn und Nasenrücken. »Lizz war in Oak Bluffs beim Arzt. Ich habe sie zufällig dort getroffen, als ich auf dem Rückweg war. Ich habe sie mitgenommen, weil sie sonst mit dem Taxi hätte fahren müssen.«

Ich nickte und kam mir noch mal so bescheuert vor. Einige

Minuten lang rang ich um Worte. »Carlos hat …«, begann ich dann, doch David ließ seinen Zeigefinger über meine Nasenspitze bis zu meinen Lippen wandern und legte ihn darauf.

»Scht! Ich habe gesagt, du bist mir keine Rechenschaft schuldig.«

Ich schloss die Augen, genoss seine Berührung, die mir einen Stromstoß bis hinunter ins Rückgrat jagte.

# 27

In dieser Nacht erwachte ich von Musik, die der Seewind in schwachen Fetzen durch die Balkontür zu mir heranwehte. Im ersten Moment glaubte ich, mich getäuscht zu haben. Ich blieb regungslos liegen und lauschte. Nach wenigen Minuten dann wurde mir bewusst, dass es keine Illusion gewesen war.

Von irgendwoher erklang tatsächlich leise Popmusik.

Ich setzte mich auf.

Der Radiowecker auf dem Nachttisch zeigte an, dass es kurz vor Mitternacht war. Ich hatte kaum eine Stunde geschlafen. Der Mond stand mitten über dem Rasen und leuchtete genau durch die Fenster.

Wieder war die Musik ein paar Momente lang zu hören, und gerade als ich erkannt hatte, dass es ein Song der Band Hurts war, drehte der Wind und es wurde wieder still. Nur das Geräusch der Brandung lag wie ein ewiges Hintergrundrauschen in der samtigen Nachtluft.

Mein Blick fiel auf David, der in den Kissen neben mir lag. Er hatte sich im Schlaf auf den Bauch gedreht, seine Haare verdeckten halb sein Gesicht und sein Körper hob und senkte sich im Rhythmus seiner gleichmäßigen Atemzüge. Mit einem Lächeln streckte ich die Hand nach ihm aus und strich ihm die Haare zur Seite. Die Prellung in seinem Gesicht wirkte in dem silbrigen Dämmerlicht schwarz wie Tinte. Als er meine Berührung spürte, seufzte David im Schlaf.

Vorsichtig, um ihn nicht zu wecken, schwang ich die Beine aus dem Bett und ging barfuß auf den Balkon hinaus. Ein leichtes Frösteln ergriff mich, das jedoch nichts mit der Temperatur zu tun hatte. Es kam daher, dass ich an die Male denken musste, in denen ich im Winter allein auf dem Balkon gestanden und den flüsternden Stimmen eines eingebildeten Geistes gelauscht hatte.

*Madeleine hat Sie einmal entkommen lassen, sie wird es nicht ein zweites Mal tun,* hörte ich Grace' Warnung in meinem Hinterkopf. Und: *Sie sind in Gefahr, weil Master David Sie zu sehr liebt!*

Ich vertrieb den Gedanken an Grace und auch die an Frauen in roten Kleidern, denen ich wie eine Geisteskranke nachjagte.

Schluss damit! Morgen ging es endgültig nach Hause!

Ich trat an das Balkongeländer und legte die Hände darauf. Der Wind wehte weitere Fetzen der Musik zu mir heran und jetzt wurde mir klar, dass offenbar irgendjemand im Hinterland der Gay-Head-Klippen eine Party feierte. Einmal meinte ich, Gelächter zu hören. Ein Automotor heulte auf und verstummte wieder.

All diese Geräusche waren so alltäglich, dass jedes bisschen Unbehagen, das bis eben noch im hintersten Winkel meines Herzens gelauert hatte, zerstob.

»Wahrscheinlich irgendwelche Touristen.« David stand plötzlich hinter mir. Ich hatte ihn nicht kommen hören. Ich kuschelte mich an ihn und gemeinsam hörten wir zu, wie ein weiteres Lied begann.

*»Somebody to die for«,* murmelte ich.

»Hm?«, machte David.

Ich wiederholte den Titel. »So heißt das Lied. Es stammt von einer Band aus England.« Hier in den USA kannte man Hurts nicht, das wusste ich, weil ich die Geschichte der Band verfolgte, seit sie ihre erste Single in den Charts hatte. Damals hatte ich noch in Deutschland gelebt und seitdem mochte ich die melancholischen Lieder der beiden Musiker, auch wenn ich sie im vergangenen halben Jahr nur sehr selten gehört hatte. Neuerdings war mir in ihnen definitiv zu viel von Tod und Selbstmord die Rede.

Gemeinsam lauschten David und ich den abgehackt klingenden Tönen, die durch die Nacht zu uns herangeweht wurden. Ich summte mit und an den Stellen, an denen der Wind drehte, ergänzte ich den Text. Es ging in dem Lied darum, einen Menschen vor den größten Gefahren zu retten. Vor einem Feuer. Und vor dem Ertrinken im Ozean.

David gab mir einen Kuss auf den Nacken und ich erschauderte. »Passend«, sagte er.

Ich wusste, dass der Text gegen Ende ziemlich düster wurde, und darum drehte ich mich zu David um. Er sah nachdenklich aus.

»Was grübelst du?«, wollte ich wissen.

Er schloss die Augen und ließ sie zu. Seine dunklen Wimpern sahen aus wie schwarze Federn auf seiner Haut.

Ich legte eine Hand an die geprellte Wange.

Er öffnete die Augen immer noch nicht, aber er sagte jetzt: »Ich habe nur mal wieder in der alten Schleife festgehangen.«

Die alte Schleife.

»Charlie?«, fragte ich.

Er nickte und schmiegte das Gesicht fester in meine Hand.

»Ein Teil von dir genießt es, dich selbst zu quälen«, sagte ich.

Entsetzt riss er die Augen auf. »Woher ...?« Er biss die Zähne zusammen. Dann runzelte er die Stirn. »Reden wir hier gerade von dir oder von mir, Juli?«

Ich verfluchte mich. Natürlich hatte er mich wieder einmal durchschaut. Ich hätte es kommen sehen müssen. Was sollte ich ihm jetzt nur antworten?

Er wartete.

»Eigentlich hatte ich vor, über dich zu sprechen«, meinte ich lahm.

Er wartete weiter.

Ich seufzte. »Seit wir hier sind ...« Plötzlich war meine Kehle eng.

*... denke ich manchmal daran, von den Klippen zu springen ...*

Der Gedanke war da, grell und klar und so scharf wie eine Glasscherbe.

»Was ist, Juli?«, fragte David leicht beunruhigt.

Ich schluckte. Es war einfach unmöglich. Ich konnte ihm nicht sagen, was ich gerade gedacht hatte! Was ich sagte, war: »... fühle ich mich oft ziemlich niedergeschlagen.« Dann grinste ich, um der Situation etwas von ihrem Pathos zu nehmen. »Grace würde denken, dass Madeleine mich im Griff hat.«

David nickte nachdenklich. »Das würde sie vermutlich.«

*Diesmal wird Madeleine sich auf David konzentrieren ...*

Ich ächzte, weil ich bisher noch niemals bei völliger geistiger Klarheit an Selbstmord gedacht hatte, so wie eben. Was, wenn Grace sich irrte? Was, wenn Madeleine nicht nur David, sondern auch mich wieder aufs Korn nehmen würde, so wie im Winter schon einmal? Mit beiden Händen rieb ich mir Augen und Wangen, um diese verrückten Gedanken zu vertreiben.

»Wir fahren morgen nach Hause«, sagte David.

Ja. Das hätte mich eigentlich beruhigen müssen. Tat es aber nicht. Ich wusste nicht, wieso. »Und was ist mit dir?«, fragte ich, um nicht mehr über Grace nachgrübeln zu müssen.

Er schaute fragend.

»Die Charlie-Schleife, in der du hängst.« Ich sprach rasch weiter, als er abwehren wollte. »Ich sage dir andauernd, was ich empfinde. Jetzt bist zur Abwechslung mal du dran!«

Einen Moment lang schwieg er und ich hatte schon die Befürchtung, dass ich genau das Gegenteil von dem bewirkt hatte, was ich erreichen wollte. Dann sagte er: »Ich fühle mich noch immer schuldig.«

»Dass sie tot ist?« Er hatte dieses Schuldgefühl wochenlang mit sich herumgeschleppt, hatte sich damit gequält, dass Charlie noch leben würde, wenn er sie nicht auf den Klippen verlassen hätte. »Aber warum, David? Wir wissen doch jetzt, dass sie nicht gesprungen ist, weil du sie verlassen hast, sondern dass Henry sie erschossen hat.«

»Henry ...« Er zog den Namen in die Länge und mir rann ein Schauder den Rücken hinunter, weil so viel Schmerz aus dem einen Wort klang. Ich versuchte, mir vorzustellen, wie es mir gehen würde, wenn Miley mich so verraten würde, wie Henry David verraten hatte. Es war unmöglich. Ich fand einfach keine Bilder, keine Gefühle dafür. Ich verschränkte meine Finger mit seinen.

»Du musst ihn hassen«, flüsterte ich.

David sah mir in die Augen. »Ich traue mich kaum, dir das zu sagen, aber ich kann es nicht. Ich kann ihn nicht hassen.«

*Er hätte mich beinahe umgebracht!*, empörte sich eine schrille kleine Stimme in meinem Hinterkopf.

»Wenn ich ihm Charlie nicht ausgespannt hätte, wäre es zu alldem nie gekommen.«

Ich glaubte, meinen Ohren nicht zu trauen. »Du gibst dir die Schuld daran, dass er sie umgebracht hat?«

Darauf antwortete er nicht, aber so vieles stand in seiner Miene zu lesen, dass mir ganz schwindelig davon wurde.

»David!« Eindringlich drückte ich seine Hände. »In diesem Land werden tagtäglich Hunderte von Menschen von ihren Liebsten verlassen!«

*Inklusive mir vielleicht bald.*

»Wenn jeder davon sich in einen Irren verwandeln würde, wären die Klapsmühlen voll! Du konntest nichts dafür.« Ich machte eine kurze Pause, ehe ich das Wort eindringlich wiederholte. »Absolut nichts!«

Er nickte, doch ich sah, dass er anderer Meinung war und es auch blieb. Dann sagte er ein weiteres Mal: »Morgen fahren wir nach Hause.« Da wusste ich, dass das Thema damit für ihn erledigt war. »Weißt du, was?«, meinte er. »Ich hätte nicht übel Lust, einen Spaziergang zu machen, um ein bisschen runterzukommen.«

Die Nachtluft prickelte auf meiner Haut wie Brausepulver. Es hatte sich nur leicht abgekühlt, aber die drückende Schwüle war fort, und das machte die Wärme gleich erträglicher. Die Wacholderbüsche rings herum verströmten einen herben, fast betäubenden Duft, der nur ab und an wie ein unsichtbarer Vorhang zerriss, wenn eine Brise Salz- und Tanggeruch vom Meer herüberwehte.

Der Sternenhimmel über uns war überwältigend. Jedes Mal, wenn ich einen Blick nach oben warf, kam es mir vor, als würde ich in die Tiefen des Universums stürzen. Einmal wurde mir dabei so schwindelig, dass ich ins Taumeln geriet.

»Hoppla!« David, der meine Hand hielt, fasste rasch nach meinem Arm und bewahrte mich davor, der Länge nach hinzufallen. »Alles okay?«

Ich lächelte ihm zu. »Klar! Ich habe nur zu lange in den Himmel geschaut.«

Er warf einen kurzen Blick nach oben und sah mir dann wieder in die Augen. Ich konnte den Mond in seinen Pupillen sehen. »Schade«, erwiderte er grinsend. »Und ich dachte, es ist meine unwiderstehliche Gegenwart, die dich schwindelig macht.«

Ich lächelte, froh darüber, dass wir wieder zu einem relativ normalen Teenagerverhalten gefunden hatten. »Das hat sie letzte Nacht ja auch!«

Er wurde tatsächlich rot. Ich musste lachen und beglückwünschte David im Stillen für die Idee, diesen nächtlichen Spaziergang vorzuschlagen. Es machte uns beide ungezwungener, ruhiger, fort von *Sorrow* zu sein.

David legte den Arm um mich und zog mich an seine Seite. So aneinandergeschmiegt gingen wir weiter. Die Partygesellschaft spielte noch immer Hurts. Gerade erklangen die ersten Töne von *Wonderful Life*.

»Unglaublich«, murmelte ich. »Wenn jetzt auch noch eine Sternschnuppe fallen würde, wäre es vor lauter Kitsch nicht mehr auszuhalten.«

Doch dazu kam es nicht. Stattdessen ertönte vor uns im Unterholz ein Rascheln und Knacken. Wir blieben stehen. Die Zweige gerieten in wilde Bewegung und dann hörte ich eine Art Grunzen.

Ich kniff die Augen zusammen. »Was ist das?«

»Klingt wie ein Bär«, antwortete David. Wir wussten natürlich beide, dass es auf Martha's Vineyard keine Bären gab. Trotzdem ließ David mich los und trat schützend einen Schritt vor mich.

Das Grunzen wiederholte sich, dann brummelte jemand: »So 'n Scheiß, verdammter Dreck ...«

David entspannte sich sichtlich. Über die Schulter hinweg zwinkerte er mir zu und genau in diesem Augenblick stolperte ein junger Mann aus den Büschen. Er war riesig und breitschultrig und er schwankte beim Gehen wie ein Grizzly auf zwei Beinen. Eine deutliche Alkoholfahne wehte vor ihm her und damit war ganz klar, warum der Typ so unsicher auf den Beinen war.

Als er uns entdeckte, hellte sich seine Miene auf und er steuerte auf uns zu. »Hey«, lallte er. »Gut, dassich euch treffe. Wisstihr, wo's zurück zur Party geht? War nur pinkeln und irgendwie hab ich mich dabei wohl ...« Er verlor das Gleichgewicht und stolperte David genau in die Arme.

Der fing ihn auf. »Achtung!«, sagte er und stellte den Typen wieder aufrecht hin. »Immer schön senkrecht bleiben!«

Der Typ nickte ernsthaft. Er trug Shorts und ein buntes Hawaiihemd, das er nicht zugeknöpft hatte. Ein Wust dunkler Locken bedeckte seine Brust. Seine Augen waren, soweit ich das bei Mondlicht sagen konnte, blau. Er schwankte vor und zurück und stützte sich dann schwer auf Davids Schulter ab. »Versuch ich ja, aber ich bin besoffen, musstu wissen.«

»Echt?« In Davids Augen erschien ein amüsiertes Funkeln. »Merkt man kaum.«

»Wirklich?« Der Typ wankte einen Schritt rückwärts, um David besser ansehen zu können. Er dachte ziemlich lange nach, dann nickte er. »Gut!«

David wies in die grobe Richtung, aus der die Musik kam. »Ich glaube, zu deiner Party geht es da lang.«

Der Typ drehte sich um und starrte in die Dunkelheit. »Woher weissu das?«

David zuckte die Achseln. Die Sache schien ihm immer mehr Spaß zu machen. »Ist nur so eine Ahnung.«

Die Musik wechselte gerade von Hurts zu Green Day.

»Is' voll die geile Party«, sagte der Typ. »Nur die Musik is' 'n bisschen depri.« Ihm fiel etwas ein. Er schwang den Oberkörper zu mir herum und fixierte mich mit vorgerecktem Kopf. »Habt ihr nich' Lust mitzukommen? Is' echt voll die geile Party, wirklich! Gibt 'ne Menge Alk.« Er brauchte ein paar Sekunden, um den Blick scharf zu stellen. »Biss echt 'ne geile Braut, weissu wahrscheinlich. Komm doch mit und lass den Blödmann hier ... Is' echt 'ne geile ...« Er verlor den Faden und blinzelte mehrmals. Dann wankte er mit ausgebreiteten Armen in meine Richtung.

»Hey, hey!« David stoppte ihn, indem er ihn an den Schultern packte. »Immer langsam!«

»Hä?« Der Typ versuchte, ihn anzusehen, aber er verlor jetzt immer mehr die Kontrolle über seine Körperfunktionen. Er schwitzte stark und zu dem Geruch nach Alkohol, den er ausdünstete, kam jetzt auch noch der von Schweiß. »Is das deine Puppe? Is' echt 'ne geile ...«

»... 'ne geile Party, ich weiß schon.« David drehte ihn wieder in Richtung Musik. »Aber wir haben keine Lust auf Party. Mach's gut!«

Doch es war nicht so einfach, den Typen loszuwerden. »Is' das deine Puppe?«, fragte er erneut.

»Ja«, warf ich ein, bevor David darauf reagieren konnte. »Ich bin seine Puppe.« Ich musste mich beherrschen, nicht zu lachen.

Wieder brauchte der Typ etwas länger, bis er die Worte richtig zusammengesucht hatte. »Lass doch den Blödmann und komm mit. Is' echt 'ne geile Party und ...«

»Und du hast einen Sprung in der Schallplatte«, meinte David freundlich. Er drehte den Typen noch einmal in Richtung Musik und gab ihm jetzt dazu einen kleinen Schubs. Der Typ taumelte vorwärts, hielt inne. Und dann endlich hatte er es kapiert.

»Die Musik! Besser, ich geh der mal nach, wa?«

David nickte ernsthaft. »Klingt nach einer guten Idee!«

Ich musste inzwischen auf die Innenseite meiner Wange beißen, um nicht loszulachen.

Der Typ warf mir noch einmal einen Blick zu, aber als er erneut etwas zu mir zu sagen wollte, tippte David ihm gegen den Arm und zog so seine Aufmerksamkeit auf sich.

»Zur Party geht es da lang!«

»Oookay.« Der Typ wankte davon – und kam gerade mal bis zum nächsten Busch. Dort verlor er das Gleichgewicht und kippte zur Seite. Mit einem empörten »Uff!« landete er in dem Busch.

David stieß ein tiefes Seufzen aus. »Sieht so aus, als müssten wir den zu seiner geilen Party zurückbringen, oder?«

# 28

Wir packten den Typen rechts und links an den Armen und zogen ihn aus dem Gebüsch. Er war so schwer und massig, dass das ziemlich harte Arbeit war. Schließlich hatten wir ihn in einer halbwegs aufrechten Position, nahmen ihn zwischen uns und legten uns seine Arme über die Schultern.

»Kommtihr jetz doch mit?«, nuschelte er.

»So eine geile Party können wir uns doch nicht entgehen lassen«, behauptete ich und rümpfte die Nase, weil mir seine Achselhöhle eindeutig zu nah war.

An dem auf Halbmast hängenden Kopf unserer Schnapsleiche vorbei sah David mich an, um zu prüfen, ob ich dem Gewicht auf meinen Schultern gewachsen war. Ich nickte ihm zu.

»Dann los!«, kommandierte er.

Wir brauchten keine drei Minuten, um den Rückweg zu finden. Als wir einen der überall auf der Insel verteilten öffentlichen Grillplätze erreichten, auf dem die Party stieg, hellte sich das Gesicht unserer Zufallsbekanntschaft auf. »Da sindse ja!« Er machte sich los und wankte zu den anderen.

David trat näher an mich heran und legte mir wieder den Arm um die Schultern. Ich ließ meinen Blick über die Szenerie schweifen. Das Ganze hier schien improvisiert zu sein. Vier Leute saßen auf den Baumstämmen, die rund um die Feuerstelle lagen. Sie hatten eine Kiste mit Bier und eine Menge andere alkoholische Getränke dabei. Die Musik kam aus einer teuer aussehenden Minianlage, die auf einem Findling stand und in die jemand einen iPod gesteckt hatte.

Als David die Typen erblickte, kam ein ganz leises Keuchen aus seinem Mund. Ich sah ihn an. Er wirkte entgeistert, aber bevor ich ihn fragen konnte, was er hatte, stand einer der Feiernden auf und sprach den betrunkenen Rückkehrer an.

»Toby! Wo warst du so lange?«

»Pinkeln«, bekam er zur Antwort. Toby ließ sich auf einem Baumstamm nieder und prustete angestrengt.

Eine platinblond gefärbte Frau in den Dreißigern, die Arm in Arm mit einem Typen mit Glatze dasaß, stand auf. »Habt ihr Toby hergebracht?« Sie blieb vor uns stehen.

Ich wollte ihr antworten, aber in diesem Augenblick stand auch die zweite Frau in dieser kleinen Runde auf. Sie war wesentlich älter als die anderen – soweit ich es sehen konnte, musste sie mindestens fünfzig sein. Sie war schlank und robust und wirkte wettergegerbt wie jemand, der viel im Freien arbeitete. Ihre schwarzen Haare trug sie ultrakurz und ihr geblümtes Kleid passte irgendwie so gar nicht zu ihrem restlichen Aussehen. Es wirkte viel zu verspielt für sie. Sie kam auf uns zu und ich spürte, wie David bei ihrem Anblick zurückweichen wollte. Er konnte es nicht, weil er noch immer den Arm um mich gelegt hatte.

»Summer!«, stieß er hervor.

Sie lächelte ihn an. Sie hatte ein ähnliches Tausend-Watt-Lächeln wie Lizz, trotzdem wäre sie mir auf Anhieb sympathisch gewesen – wenn David nicht so erschrocken gewesen wäre, sie hier zu sehen.

Er war plötzlich nicht nur einfach blass, sondern geradezu fahl.

Ich versuchte, bei seinem Anblick nicht in Panik zu geraten.

»David!« Summer gab David die Hand und er schüttelte sie, ohne den Arm fortzunehmen, der um meine Schulter lag. Anschließend krampfte er die Hand um seinen Oberschenkel, kaum dass Summer sie losgelassen hatte.

»Darf ich dir Juli vorstellen?«, sagte er. Sein Verhalten passte überhaupt nicht zu dem freundlichen Lächeln von Summer und ich hatte dasselbe ungute Gefühl, das ich schon einmal gehabt hatte, seit ich wieder hier auf *Sorrow* war: dass sich ein Schleier zwischen mich und die Realität legte und mich von der Welt abschnitt. Ich konnte das Blut in meinen Ohren rauschen hören.

Bevor ich fragen konnte, was zum Geier hier vor sich ging, sagte David: »Juli, das ist Summer Sandhurst.« Er machte eine kleine Pause, in der etwas bei mir im Gehirn *klick* machte. »Charlies Mutter«, fügte er hinzu. Aber das wäre nicht mehr nötig gewesen. Mit einem Ruck vereinigten sich beide Realitäten wieder.

Und implodierten.

»Eigentlich bin ich nur die Adoptivmutter.« Summer reichte nun mir die Hand. Sie hatte einen festen Händedruck und auch der schien mir eher zu jemandem zu passen, der Jeans und Männerhemden trug als geblümt-romantische Sommerkleider. »Ich freue mich, dich kennenzulernen.«

»Ganz meinerseits«, murmelte ich. *Was für eine unmögliche Situation!*, dachte ich und ahnte schon, dass es gleich noch schlimmer kommen würde.

Summer lächelte. Es sah irgendwie abwesend aus. So, als hätte sie Stärkeres konsumiert als nur Schnaps. »Wir feiern hier eine kleine Charlie-Gedächtnisparty.« Ein kaum wahrnehmbarer Schatten flog über ihr Gesicht, als sie den Namen ihrer toten Tochter aussprach. »Nachdem Sheriff O'Donnell bei mir war, hatte ich das Bedürfnis nach ein bisschen …« Sie umfasste ihre vier Begleiter mit einer weit ausladenden Geste. »Das sind alles Freunde von mir.«

Eine Charlie-Gedächtnisparty? Hier oben in der Nähe der Klippen, wo Charlie ermordet worden war? Wie krank war das denn?

David schien ähnlich zu empfinden. Jetzt endlich ließ er den Arm von meiner Schulter rutschen und wich ein Stück zurück.

Der glatzköpfige Mann, der eben noch die Platinblonde im Arm gehalten hatte, trat jetzt zu uns und reichte Summer ein volles Glas mit einer bräunlichen Flüssigkeit. »Komm«, sagte er in einem fürsorglichen Tonfall. Er wollte sie wieder zurück zur Feuerstelle führen, aber sie wehrte sich. Sie hob ihr Glas und prostete David zu. Dann trank sie einen großen Schluck.

Sogar über die Entfernung konnte ich riechen, dass es Rum war. Ich rümpfte die Nase.

Als Summer das Glas absetzte, glitzerten übergangslos Tränen in ihren Augen.

»Lass uns gehen«, raunte David mir zu.

Ich wollte nichts lieber als das, denn die ganze Situation war mir furchtbar unangenehm. Nein, mehr noch: Sie war unheimlich! Im Hintergrund fing Hurts erneut an, *Wonderful Life* zu singen. Mein Magen zog sich schmerzhaft zusammen.

»Ihr geht nirgendwohin!«, widersprach Summer. Sie blinzelte einmal. Die Tränen waren so übergangslos wieder weg, wie sie aufgetaucht waren. »Setzt euch zu uns!« Plötzlich klang Überschwang in ihrer Stimme mit. »David, du und Charlie …« Dann stockte sie plötzlich, verstummte. Ein peinlich berührtes Lächeln erschien auf ihrem Gesicht. »Jesus Christus, für dich muss das auch ein ziemlicher Schock sein!« Ohne das Glas abzustellen, umschlang sie seine Schultern und zog ihn dann an sich.

Er warf mir einen ziemlich hilflosen Blick zu.

Ich fühlte mich nicht weniger hilflos. Das Hin und Her von Summers Stimmungen erinnerte mich an Jason und auch jetzt wurde mir regelrecht schwindelig dabei. Sie hatte etwas Manisches an sich, dachte ich und fühlte mich gleich noch ein bisschen unwohler.

Eine Charlie-Gedächtnisparty so dicht bei den Klippen. Diese depressive Musik aus dem iPod. Und eine Menge Alkohol und offenbar auch andere Drogen.

Scheiße! Wo waren wir da nur hineingeraten?

Ohnmächtig sah ich zu, wie Summer David auf einen der Baumstämme nötigte. »Leute!«, rief sie. »Das sind David und Juli. David war Charlies Verlobter.«

Alle Anwesenden hoben ihre Gläser oder Bierflaschen und prosteten David zu. »Tut uns echt leid, Mann!«, sagte der Glatzkopf. »Muss hart für dich sein, jetzt zu wissen, dass sie wirklich tot ist.«

David nickte mit zusammengebissenen Zähnen.

Der Glatzkopf gab David ebenfalls ein Glas mit Rum. Er nahm es und starrte darauf, als enthielte es Gift.

Der iPod wechselte zu *Somebody to die for. »I will let the devil know, that I was brave enough to die«,* sangen Theo Hutchcraft und Adam Anderson.

Summer lächelte wehmütig. »Das war Charlies Lieblingslied.«

Mit einem Ruck sprang David auf. Der Rum schwappte aus seinem Glas und auf seine Jeans. »Summer, das hier ist keine gute Idee ...«

Sie zog ihn zurück auf den Baumstamm. »Natürlich ist es das! Charlie wäre entzückt, wenn sie dich sehen könnte!« Ihre Blicke huschten umher wie auf der Suche nach weißen Mäusen. *Ach du Scheiße!*, dachte ich. *Was hat diese Frau sich nur eingeworfen?*

Mit einer steifen Bewegung setzte David sich wieder und jetzt fügte er sich in sein Schicksal. Er hob das Glas an die Lippen und trank einen Schluck.

»Bist du in den Ferien hier auf der Insel, Juli?«, fragte Summer mich und bedeutete mir, mich ebenfalls neben sie zu setzen. Ich gehorchte, weil ich nicht wusste, was ich sonst tun sollte.

»Nein«, antwortete ich. Um nicht auf ihre nächste Frage antworten zu müssen, die mit Sicherheit gelautet hätte: Warum dann?, stellte ich nun eine Frage.

»Seit wann sind Sie auf der Insel zurück, Mrs Sandhurst?« An ihr vorbei suchte ich Blickkontakt mit David. »Er hat mir erzählt, dass Sie vor ein paar Jahren fortgegangen sind.«

Genau genommen hatte sie ihren Mann Adam und Charlie verlassen. Auch das hatte David mir erzählt.

»Oh.« Summer lächelte. »Bitte nenn mich Summer. Ich komme mir so alt vor, wenn du Mrs Sandhurst zu mir sagst.« Ihr Lächeln verblasste und sie machte keine Anstalten, meine Frage zu beantworten.

Ich hakte nicht nach, sondern nickte nur. »Summer.«

Wieder explodierte dieses strahlende Lächeln auf ihrem Gesicht. »Stell dir vor, ich habe das Haus von Henry Farrisson gekauft. Wir sind also jetzt Nachbarn.«

Davids Augen weiteten sich und ich wusste, was er dachte.

Summer, Charlies Mutter, wohnte in dem Haus, das früher dem Mörder ihrer Tochter gehört hatte.

Wenn ich sie bisher noch nicht für durchgeknallt gehalten hätte: Jetzt wäre es definitiv so weit gewesen.

Ich hielt es keine Minute länger in Summer Sandhursts Gegenwart aus. »Komm, David«, sagte ich und stand auf. »Wir gehen jetzt!«

David starrte auf das Glas in seinen Händen, dann kippte er den Inhalt in einem einzigen Zug hinunter. Mit einer ruckartigen Bewegung setzte er das Glas ab und stellte es neben seine Füße auf den Boden. Dann erhob er sich. Er musste sich förmlich in die Höhe schrauben, und als er endlich wieder stand, warf er einen Blick auf Summer hinunter.

»Warum trägst du Charlies Kleid?«, fragte er.

Um uns wurde es totenstill. Für eine Sekunde lang glaubte ich sogar, der Wind und der Ozean müssten erschrocken innegehalten haben.

Summers Kinnlade fiel herunter.

Mir war die Luft weggeblieben.

»Was?«, haspelte Summer.

Mit dem Kinn wies David auf ihre Leibesmitte. »Das Kleid. Es hat Charlie gehört. Warum trägst du es?«

Summer erbleichte, ihre Hände krampften sich in den leichten Stoff des Kleides und knitterten ihn zusammen.

»Nachschub?« Tobys undeutlich hervorgestoßene Frage zerriss den Bann, der über uns allen lag.

Davids Kopf schwang zu ihm herum und ich konnte es in seinem Blick flackern sehen. Bedächtig beugte er sich zu seinem Glas hinab, hob es auf und hielt es Toby hin. Er goss es voll, erst zwei Finger breit, und dann, als David es nicht wegnahm, fast bis zum Rand.

David nickte ihm zu. Dann setzte er das Glas an und trank, als wäre es Wasser. »Antworte mir!«, sagte er zu Summer, nachdem er das Brennen in seiner Kehle weggeatmet hatte. Zwischen seinen Augenbrauen stand eine tiefe Falte.

Summer schüttelte den Kopf.

Davids Hand krampfte sich um das Glas und ich konnte förmlich sehen, wie etwas in ihm explodierte. Er holte aus und zertrümmerte das Glas an dem Baumstamm neben seinem Bein. Das Klirren war weithin zu hören und die warme Nachtluft füllte sich mit dem scharfen Geruch des Alkohols. »Warum. Trägst du Charlies Kleid?« David stieß die Worte hervor, als stünde ein Ausrufezeichen hinter jedem einzelnen.

Der Glatzkopf erhob sich von seinem Platz. Breitbeinig baute er sich vor David auf. »Ich glaube, es ist besser, wenn ihr jetzt geht«, sagte er.

Davids Kopf schwang von Summer zu ihm herum und ich erschrak, als ich den Ausdruck in seinen Augen sah. Etwas loderte darin, das ich noch nie zuvor bei ihm gesehen hatte, etwas Wildes, Beängstigendes. Kam das von dem flackernden Schein des Feuers? Ganz langsam hob er das Kinn. Seine Nasenflügel waren schmal und sehr weiß und ich spürte, dass es zu einer Katastrophe kommen würde, wenn jetzt niemand reagierte.

»David!«, sagte ich. Ganz leise.

Davids Rechte ballte sich zur Faust.

»David!«, sagte ich wieder, lauter diesmal. Ich musste daran denken, wie er seinen Vater geschlagen hatte.

Diesmal hörte er mich. Er hielt inne. Dann senkte er den Blick, starrte sekundenlang auf den Verband an seiner Hand. Eine ganze Reihe von Emotionen huschte in schneller Folge über sein Gesicht. Schrecken. Wut. Angst. Schließlich drehte er sich auf dem Absatz herum und stapfte davon.

»Jesus Christus!«, stieß Summer hervor. »Du solltest aufpassen, Juli! Sonst endest du noch irgendwann wie Mary Willows!«

Mir wurde eiskalt, als ich den Namen hörte, aber ich hatte keine Zeit, mich jetzt damit zu befassen. David war auf dem Weg in die Dunkelheit. Er war betrunken und ich musste hinter ihm her. Verdammt, wie hatte es nur zu so einer Katastrophe kommen können?

»David!« Meine Stimme war atemlos, als ich ihn nach ein paar Hundert Metern einholte.

Er reagierte nicht, sondern rannte mitten durch das Heidekraut.

»David!« Ich holte wieder zu ihm auf, fasste nach seinem Arm, aber er entriss ihn mir mit einer Geste, die unfassbar grob wirkte.

Erschrocken blieb ich stehen.

Er rannte noch drei, vier Schritte weiter, dann besann er sich und hielt ebenfalls an. Sein Brustkorb hob und senkte sich stoßweise, als er sich zu mir umdrehte.

»Rede mit mir!«, flüsterte ich.

Er war weiß wie eine Wand und er schwankte jetzt fast ebenso stark wie Toby vorhin. Um zu verhindern, dass seine Beine unter ihm nachgaben, legte ich den Arm um ihn und stützte ihn.

Ganz kurz wirkte sein Blick entrückt, so, als schaue er in eine weit zurückliegende Vergangenheit, die ihn mit unendlichem Grauen erfüllte. Sein Gesicht verzog sich zu einer Grimasse, die mir durch Mark und Bein fuhr. Er hob die verbundene Hand und strich mir damit über die Wange. »Wie schön du bist«, murmelte er. »Wusstest du, dass ich das zu Charlie auch oft gesagt habe?«

Der Name fuhr mir wie ein Messer durch das Herz, jedenfalls fühlte es sich so an. Er überlegte. Lange rührte er sich nicht und dann lachte er. »Charlie!«, schrie er. Irgendwo in der Nähe flogen mehrere Vögel auf.

Wir sagten kein einziges Wort, bis vor uns die Silhouette von *Sorrow* auftauchte. Im Herrenhaus brannte nirgendwo mehr Licht und so wirkte das riesige Gebäude wie ein dunkler Schatten vor dem sternenübersäten Himmel. Die Zacken der Erker waren Scherenschnitte.

Mein Herz jagte und ich wusste nicht, ob vor Entsetzen oder vor Ärger. Was war nur in David gefahren? Sicher: Summers Auftritt war schrecklich gewesen, schrecklich und irrsinnig. Aber gab das David das Recht, sich so zu verhalten, wie er es eben getan hatte? Auf den Stufen der Eingangstreppe packte ich Davids Hand und zwang ihn, endlich stehen zu bleiben.

Er drehte sich zu mir um. Das Licht der Lampe, die von einem Bewegungsmelder angeschaltet worden war, warf einen schwachen Schimmer auf seine dunklen Haare und ich verspürte gleichzeitig den Wunsch, ihm eine reinzuhauen und ihm die Strähnen aus den brennenden Augen zu streichen. Seine Augäpfel waren plötzlich wieder rot, so wie damals, als ich ihn zum ersten Mal gesehen hatte. Damals hatte er genau an derselben Stelle gestanden wie jetzt.

»Was war das eben?«, fragte ich und bei seinem Anblick hatte ich Mühe, meinen Ärger aufrechtzuerhalten.

In diesem Moment fiel sein Gesicht in sich zusammen. Es wurde ganz grau und ausdruckslos und seine Züge waren plötzlich ebenso schmal und spitz wie im Winter. Wie war das möglich? Ich hatte schon davon gehört, dass Menschen über Nacht völlig weiß wurden, und mich immer gefragt, ob es einer dieser modernen Mythen war. Jetzt, wo ich David anschaute, war ich mir relativ sicher, dass es so etwas wirklich gab.

Mein Herz, das inzwischen über und über mit Rissen versehen war, schmerzte.

Er sagte lange nichts und ich ahnte, dass er überlegte, wie er mir am besten ausweichen konnte. In diesem Moment kehrte der Ärger in meinem Innersten zurück und diesmal war er stark und unnachgiebig. Benimm dich nicht andauernd wie ein Arschloch!, wollte ich David anfauchen.

*Dir ist schon klar, dass von uns beiden ich derjenige sein müsste, der Angst hat, verlassen zu werden.* Das hatte er zu mir gesagt. Wenn das wirklich stimmte, warum nur ließ er mich dann nicht an sich heran? Warum benahm er sich so ... so irrational?

Ich knirschte mit den Zähnen bei diesen Gedanken. *Er hat gute und schlechte Tage,* hörte ich Walt sagen. Und: *Man muss geduldig sein, wenn man die Dämonen in ihm bekämpfen möchte.*

Geduldig.

*Und stark.*

Stark!

Der Ärger in mir wich einer lähmenden Erschöpfung. Mein Vater. Walt. David. Alle Welt schien immerzu von mir zu verlangen, dass ich stark war, dachte ich, und zu der Erschöpfung gesellte sich nun auch noch ein gehöriges Maß an Selbstmitleid.

Niedergeschlagen senkte ich den Kopf. »Gehen wir rein«, flüsterte ich.

# 29

Ich erwachte, weil ich einen heftigen Schlag in die Seite erhielt.

Erschrocken fuhr ich in die Höhe. Ich hatte wirr geträumt, von Summer in ihrem geblümten Kleid, die sagte: »Eigentlich bin ich nur die Adoptivmutter«, und von Klippen, von denen Menschen wie Lemminge in die Tiefe stürzten.

»Nein!«, wimmerte David im Schlaf. Er warf den Kopf von rechts nach links. Seine Fäuste waren geballt und wieder schlug er um sich.

Mir war schlecht. »David.« Ich rüttelte ihn an der Schulter, um ihn aus seinem Albtraum zu befreien.

Er reagierte nicht. »Nein!«, wimmerte er erneut. »Charlie!« Und dann ruckte er mit weit aufgerissenen Augen und einer so heftigen Bewegung hoch in einen aufrechten Sitz, dass sein Schädel gegen mein Jochbein knallte.

Ich ächzte vor Schmerz. Sterne tanzten vor meinen Augen.

»Oh Gott!«, rief er aus, als ihm bewusst wurde, was passiert war. Eilig knipste er die Nachttischlampe an, untersuchte meine Wange. »Juli! Entschuldige!«

»Immerhin bin ich jetzt wach!«, stöhnte ich, schob seine Hand weg und presste meine auf die schmerzende Stelle. »Wird das ein Veilchen?«

Er sah es sich an, schüttelte den Kopf. »Ich glaube nicht.«

»Schade eigentlich.« Ich strich über seine Prellung, die inzwischen dabei war zu verblassen. »Partnerlook wäre doch schick.« Die Worte klangen in meinen eigenen Ohren ein bisschen sarkastisch und ich sah ein ganz leichtes Zögern in Davids Miene, so, als habe er es auch wahrgenommen.

Ich unterdrückte einen Fluch.

»Vorhin ...«, murmelte David.

Ich schluckte. Dann drehte ich mich so, dass ich ihn ansehen konnte und wartete.

»Diese Erinnerungen.« Er bedeckte die Augen mit der flachen Hand. »Neulich, als Miley Nasenbluten hatte, da habe ich zum ersten Mal ... Es war nur ein Gefühl, Juli. So eine Art Kreischen, das mich ausgefüllt hat. Totales Entsetzen.« Er nahm die Hand wieder weg, sah mich an. Sein Gesicht war verzerrt vor Selbstekel.

Ich griff nach seiner Hand, legte sie an meine Wange und hielt sie dort fest, bis er sie wegzog und weiterredete.

»Dann bei der Geburtstagsfeier, als ich mir die Hand zerschnitten habe, war da zum ersten Mal ein Bild.«

»Das Blut«, flüsterte ich. Mein Mund war ganz trocken.

»Auch das war nur so ein Eindruck, ganz ähnlich wie das Kreischen, nur eben als Bild.« Er hielt inne, als rufe er sich dieses Bild ins Gedächtnis zurück. »Alles rot.«

Danach war er eine ganze Weile lang still. Ich sah zu, wie sich sein Brustkorb hob und senkte. An seinem Hals pochte der Schlag seines Herzens, schnell und ein bisschen unregelmäßig.

»Vorhin, nach der Sache mit Summer ... Charlie.« Seine Lippen teilten sich. »Ich habe mich erinnert.«

Eine Gänsehaut erfasste mich. »Woran?« Ich klang völlig heiser.

Er schwieg.

Ich wartete weiter. Lange.

Er schüttelte den Kopf, als müsse er die Bilder aus seinem Hirn vertreiben. »Auf ihrem Kleid war Blut.« Mit einem Ruck beugte er sich vornüber, keuchte unter dem Ansturm der Erinnerung. »Viel Blut. Ihr ganzer Bauch war voll davon.« Er atmete zitternd ein. »Dann ist sie abgestürzt.«

Ich fühlte mich, als hätte mich eine riesige Hand gepackt, einmal in Eiswasser getaucht und danach unbarmherzig ausgewrungen. Ich wollte etwas sagen, aber mein Kopf war wie mit Sand gefüllt. Sand, der von innen gegen meinen Schädel rieb, sodass sich jeder Gedanke anfühlte wie aus Schmirgelpapier.

David krümmte sich und er wurde schlagartig ganz grün im Gesicht. Hastig machte er sich los, sprang aus dem Bett und stolperte ins Bad. Ich konnte hören, wie er sich in die Kloschüssel übergab.

Ich war kurz davor, ebenfalls aufzustehen, um ihm zu helfen, aber da hallte eine Stimme in meinem Kopf wider.

*Er hätte es, glaube ich, nicht so gern, wenn du ihm auch noch beim Kotzen zuguckst.*

Henry hatte das zu mir gesagt. Damals, als ich noch geglaubt hatte, dass er Davids bester Freund wäre.

David übergab sich nicht noch einmal. Ich hörte die Toilettenspülung und dann den Wasserhahn. Nach ein paar Minuten öffnete sich die Tür. David betrat das Zimmer wieder und ließ sich aufs Bett sinken.

Er sah hohlwangig aus.

Ich griff nach seinen Händen. Sie waren eiskalt und ein wenig feucht, weil er sich nicht richtig abgetrocknet hatte. Er versuchte, sich loszumachen, aber ich hielt ihn fest.

»Wir fahren morgen früh nach Hause, David. Dann sind wir

weg von diesem furchtbaren Haus und von Jason und Summer und all den Durchgeknallten hier. Ich bin sicher, dass es dir in Boston wieder besser gehen wird.«

Er sah nicht so aus, als glaube er mir. Verdammt, ich wusste ja nicht mal, ob ich selbst mir glaubte. Aber er nickte. »Ja«, murmelte er. »Ja. Vielleicht.«

Als ich am nächsten Morgen erwachte, war David gerade dabei, sich anzuziehen. Er trug bereits Jeans und ein Hemd, das er allerdings nicht zugeknöpft hatte. Ich konnte ein Stück seines Tattoos sehen und meine Kehle wurde bei dem Anblick unerträglich eng.

»Guten Morgen«, begrüßte er mich, beugte sich über mich und gab mir einen Kuss. »Ich muss ein paar Sachen mit Theo besprechen, bevor wir fahren können. Am besten, du gehst solange frühstücken, umso schneller sind wir hier weg.« Er begann, sein Hemd zuzuknöpfen.

Nachdem er weg war, duschte ich, zog mich an und ging hinunter in das Speisezimmer, wo Grace gerade damit beschäftigt war, eine Warmhalteplatte mit frischem Rührei aufzufüllen. Wie jedes Mal, wenn ich zum Frühstücken hierherkam, fühlte ich mich wie im Hotel. Ich nahm mir Toast, ein wenig von dem Ei und eine Tasse Kaffee, dann setzte ich mich.

Grace stand neben dem Büfett und wartete darauf, irgendeine Anweisung zu bekommen. Mit ihren schwarzen, zu zwei Zöpfen geflochtenen Haaren und ihrem indianischen Aussehen wirkte sie in diesem Moment auf mich eher wie eine dieser Reklamefiguren, die in Oak Bluffs vor zahlreichen Geschäften standen. Eine Reklamefigur allerdings, deren dunkle Augen jeder einzelnen meiner Bewegungen folgten.

Es war ein unangenehmes Gefühl.

»Was?«, grummelte ich irgendwann, als ich es kaum noch aushielt, mit welcher Lautstärke und Beharrlichkeit sie schwieg.

»Nichts, Miss Wagner«, sagte sie ruhig.

Ich knirschte mit den Zähnen. Dann sagte ich mir, dass sie mich gernhaben konnte. David und ich würden in spätestens einer Stunde auf dem Weg nach Boston sein. Es war egal, was auch immer Grace meinte oder glaubte.

So was von egal!

»Wir fahren nach dem Frühstück nach Hause«, hörte ich mich sagen.

Grace machte ein Geräusch, das fast wie ein Lachen klang.

Ich drehte mich zu ihr um, wollte sehen, was sie dachte, aber ihre Miene war unergründlich wie eh und je.

»Oha«, sagte ich spöttisch. »Keine ominösen Warnungen? Kein: Madeleine wird das nicht zulassen? Kein bescheuerter Fluch 2.0?«

Grace' Augenbraue hob sich ein wenig. »Warum machen Sie mir Vorwürfe, Miss Wagner? Ich habe Sie nur gewarnt, zurück auf die Insel zu kommen, weil ich nicht wollte ...«

»Grace!«, donnerte da eine tiefe, empörte Stimme und wir fuhren beide erschrocken herum.

Jason stand in der Tür. Sein Gesicht war zu einer zornigen Grimasse verzerrt und so bleich, dass ich aufsprang. Schlagartig war mein eigenes Unbehagen verschwunden.

»Keine ... Geistergeschichten in meinem ...« Seine Stimme erstarb in einem tonlosen Flüstern. Schweißtropfen erschienen auf seiner Stirn und er musste sich am Türrahmen abstützen, um nicht zu taumeln.

Dann rang er mühsam um Luft, stöhnte tief.

Und brach zusammen.

Die Ereignisse der nächsten halben Stunde rasten an mir vorbei wie ein außer Kontrolle geratener Güterzug. Ich erinnere mich noch daran, dass ich zu Jason stürzte und mich über ihn beugte. Er war nicht bewusstlos, aber er war fahl und mit kaltem Schweiß bedeckt. Seine Hand krampfte sich um seine linke Brust, sodass sogar mir völlig klar war, womit wir es zu tun hatten.

»Er hat einen Herzinfarkt!«, rief ich.

Grace rannte los. Kurz darauf war David da. Er warf sich neben seinem Vater auf die Knie und griff nach dessen Hand.

»Dad!«, rief er.

Theo kam und leistete Erste Hilfe, und während wir zusahen, wie er Jasons Hemd öffnete, eilten immer mehr Gäste des Hauses herbei – erst Kimmi und Carlos, dann Sandra und Lizz.

Der Krankenwagen kam, ein Sanitäter und ein Notarzt kümmerten sich um Jason. Schließlich packten sie ihn auf eine Rolltrage. »Wir bringen ihn ins Krankenhaus nach Oak Bluffs«, sagte der Notarzt. »Dort wird man sich gut um ihn kümmern.«

David nickte wie betäubt. »Wir kommen mit dem Wagen nach.«

Der Sanitäter machte Anstalten, Jason nach draußen zu rollen, aber der hob einen Arm. »Moment!« Seine Stimme war papierdünn und kaum zu verstehen.

Der Sanitäter hielt an.

Jason drehte mühsam den Kopf, doch er schaffte es nicht, David anzusehen, der direkt hinter ihm stand. Also wandte er sich mir zu. »Juli!«

»Wir müssen!«, drängte der Sanitäter.

»Ich will mit Juli reden!«, widersprach Jason.

Also trat ich eilig an seine Trage und beugte mich über ihn.

»Sie ist wieder da«, flüsterte er mir ins Ohr. Ich konnte seinen Atem auf meiner Haut spüren und mir standen die Haare zu Berge, obwohl ich keine Ahnung hatte, wovon er sprach. »Ich ...« Er musste erschöpft eine Pause machen. »Ich habe sie gesehen ... eben ... draußen ...«, stieß er dann hervor.

»Wen?«, krächzte ich.

»Wir fahren jetzt!« Energisch schob der Sanitäter mich zur Seite und ich hörte Jasons gewisperte Antwort auf meine Frage nur undeutlich.

Fassungslos stand ich da und sah zu, wie Jason durch die Halle abtransportiert wurde.

David kam zu mir. Er bemühte sich krampfhaft, Haltung zu bewahren, und auf einmal wirkte er fremd auf mich. Ich zwang mich, hinter die Fassade zu schauen, und dort sah ich, dass er kurz vor dem Zusammenbrechen war.

Er hatte ebenfalls gehört, was Jason als Letztes geflüstert hatte.

Ich schlug mir eine Hand auf den Mund. In meinem Kopf hallten Jasons Worte überdeutlich wider.

*Ich habe sie gesehen.*

Das hatte er gesagt.

Und dann hatte er einen Namen hinzugefügt.

*Charlie.*

# 30

Theo fuhr uns zum Krankenhaus.

»Sie sind viel zu aufgelöst, Master David!«, sagte er. »Und Miss Wagner auch.« Er duldete keinen Widerspruch.

Das Krankenhaus war nur klein und sah eher aus wie ein rot geklinkertes Schulgebäude, aber ich wusste, dass es ausgestattet war wie die großen Hospitäler auf dem Festland. All die Reichen und Schönen, die ihre Ferien hier auf der Insel verbrachten, mussten schließlich angemessen behandelt werden.

Wir parkten den Wagen auf dem Besucherparkplatz und gingen in die Notaufnahme. Wir wurden gebeten zu warten, weil Jason sich gerade im sogenannten Schockraum befand, wo man ihn erstversorgte. Ich erinnere mich daran, dass mir der Gedanke durch den Kopf schoss, sie sollten diesem Raum besser einen anderen Namen geben. Zu erfahren, dass ein Verwandter sich im Schockraum befand, war nicht eben beruhigend.

Meine Gedanken waren wie die bemalten Pferde auf dem Karussell in Oak Bluffs, sie drehten und drehten und drehten sich.

Charlie.

Jason hatte Charlie gesehen, das hatte er behauptet.

Nie im Leben!

*Warum nicht?,* wisperte mir meine gemeine Stimme im Hinterkopf zu. *Du siehst sie ja schließlich auch wieder, oder etwa nicht?*

In meinen Träumen, widersprach ich ihr. Nur in meinen Träumen. Die Frau im roten Kleid, der ich bis zum Strand hinterhergestolpert war, verbannte ich lieber aus meinen Gedanken. Zu unheimlich war der Gedanke, dass ich genau wie im Winter wieder dabei war, den Verstand zu verlieren, dass ich anfing, Geister zu sehen ...

Geister, die mich in das Bootshaus einsperrten.

Geister.

Charlie.

Madeleine Bower.

Mir kam ein Gedanke.

»Kommst du einen Moment ohne mich klar?«, fragte ich David.

Er saß auf dem unbequemen Drahtgeflechtstuhl neben mir und hatte den Kopf auf den Knien abgestützt. Verwundert sah er auf. »Natürlich.«

Ich drückte seine Hand, dann zog ich mein Handy aus der Tasche und ging ins Freie. Die Sonne schien auf den Parkplatz vor der Notaufnahme und das Licht war so grell, dass die Autos sonderbar konturenlos wirkten. Vielleicht lag das aber auch nur an dem Schleier, der sich langsam immer mehr zwischen meinen Verstand und die Realität schob.

Ich wählte Walts Nummer und war erleichtert, als er nach nur zweimal Klingeln ranging. Ich kam sofort zur Sache. Ohne ihn auch nur zu begrüßen, fragte ich ihn: »Sag mal, kann es sein, dass White Rage noch nach Monaten Nebenwirkungen hat?«

Er wirkte überrascht. »White Rage?«, fragte er.

Ich erzählte ihm, dass David und ich im Winter unter dem Einfluss dieser Droge gestanden hatten. »Damals habe ich Geisterstimmen gehört und jetzt ...«

»Jetzt tust du das wieder?« Walt klang alarmiert.

Ich atmete durch. Dann erzählte ich ihm in knappen Worten alles, was seit unserem letzten Telefonat passiert war. Ich erzählte ihm von meinen realistischen und so überaus unheimlichen Träumen, von der Frau im roten Kleid, die ich zu sehen glaubte. Und dann von Jasons Behauptung, Charlie gesehen zu haben.

Walt stieß ein überraschtes, leises Grunzen aus, sagte jedoch nichts dazu.

»David hat die Droge damals ziemlich lange genommen«, fügte ich hinzu.

»Aber Jason nicht, nehme ich an?« Er schien zu merken, dass das nicht das war, was ich hören wollte, und ließ sich auf mein Gedankenspiel ein. »White Rage ist eine Droge, die bekannt dafür ist, dass sie bei Langzeitkonsum Paranoia und Aggressionen auslöst. Nach allem, was ich von Pam über seinen Fall weiß, kann ich mir allerdings nicht vorstellen, dass David es dafür lange genug genommen hat.« Er überlegte und auch ich dachte nach.

Wenn David das Dreckszeug nicht lange genug genommen hatte, um gefährliche Nachwirkungen in Erwägung zu ziehen, dann hatte ich es erst recht nicht. Henry hatte mir die Droge sehr viel kürzer untergejubelt als ihm. Was bedeutete, dass die sonderbaren Anwandlungen, die ich neuerdings wieder hatte, nicht vom White Rage kommen konnten. Was wiederum bedeutete, dass Grace möglicherweise doch recht hatte mit ihren Warnungen, dass *Sorrow* und Madeleines Geist irgendwie ...

Ich zwang mich, dieses ungute Gedankenkarussell zu stoppen, und konzentrierte mich darauf, was Walt sagte.

»Allerdings ist diese Droge ziemlich neu auf dem Markt und

es gibt noch keine wirklich gesicherten Studien über sie. Möglich ist also alles. Und ich vermute mal, auch die gespenstische Stimmung auf *Sorrow* trägt dazu bei, dass die Wirkung sich wieder verstärkt.«

»Auch bei mir?«, fragte ich und dachte im Stillen: Klar. Das war eine Erklärung für meine Albträume. Die gespenstische Stimmung auf *Sorrow*.

»Mir wächst das hier alles über den Kopf, Walt«, sagte ich. »Jetzt, wo sein Vater im Krankenhaus liegt, wird David wieder nicht mit mir nach Boston kommen wollen. Was soll ich denn bloß tun?«

Walt schwieg eine Weile. »Du darfst dich nicht verantwortlich fühlen, Juli«, sagte er schließlich. »Du glaubst, dass du verantwortlich für ihn bist, weil Jason und dein Vater dich im Dezember gebeten haben, Zeit mit ihm zu verbringen und ihn aus seiner Trauer zu reißen.«

*Nein,* dachte ich, *ich bin verantwortlich, weil ich David liebe.* Aber ich sprach es nicht aus.

»Es war ziemlich verantwortungslos von den beiden, dir das aufzubürden, aber ich vermute, wir dürfen ihnen keine Vorwürfe machen. Sie konnten das Ausmaß von Davids Problemen nicht überblicken.« Er atmete tief ein. »Das gelingt ja selbst guten Psychiatern wie Pam nur schwer.«

Es knisterte in der Leitung.

»Hältst du es für möglich, Walt?«, fragte ich. »Glaubst du, dass David fähig wäre, Charlie zu erschießen?«

»Hm«, machte Walt und ich hatte das Gefühl, dass er überlegte, was er sagen sollte.

»Walt?« Meine Stimme zitterte.

Dann endlich antwortete er mir. »Ich bin nicht Davids behandelnder Arzt, Juli! Und selbst wenn ich es wäre: Wir sind keine Hellseher. Ich glaube nicht, dass ich dir diese Frage guten Gewissens beantworten kann.«

Nachdem Walt und ich unser Gespräch beendet hatten, versuchte ich, meinen Dad anzurufen, um ihn über Jasons Herzinfarkt zu informieren, aber er hatte sein Handy ausgeschaltet. Vielleicht befand er sich gerade in dem entscheidenden Gespräch mit dem Produzenten, dachte ich. Ich hinterließ ihm eine Nachricht auf der Mailbox mit der Bitte, mich zurückzurufen, sobald er konnte. Dann kehrte ich nachdenklich zu David in den Warteraum zurück. Ich erinnere mich nicht mehr genau, wie lange wir dort saßen, bis schließlich ein grün gekleideter Arzt durch eine Glastür auf uns zukam.

»Gehören Sie zu Jason Bell?«, fragte er. Er sah ernst aus.

David nickte. Sein Kiefer war verkrampft. »Ich bin der Sohn.«

»Gut.« Der Arzt wurde ein wenig freundlicher. »Wir haben ihn stabilisiert. Wie es aussieht, handelt es sich nur um einen schwachen Herzinfarkt. Er wird also bald wieder auf die Beine kommen.«

Vor Erleichterung sackte David in sich zusammen. »Danke«, murmelte er und ich wunderte mich. Noch vor ein paar Stunden hätte ich Stein und Bein geschworen, dass David seinem Vater keine Träne nachgeweint hätte, wäre der plötzlich gestorben. Offenbar hatte ich mich gründlich getäuscht. Offenbar war das Verhältnis zwischen den beiden noch komplizierter, als ich ohnehin schon gedacht hatte.

Der Arzt lächelte. »Wenn Sie wollen, können Sie jetzt für ein paar Minuten zu ihm.«

David wandte sich zu mir um. »Kommst du mit?«, fragte er.

Statt ihm zu antworten, stand ich einfach auf.

»Kommen Sie«, sagte der Arzt. »Ich zeige Ihnen den Weg.«

Er führte uns einen Gang entlang und eine Treppe hinauf zu einer Milchglastür, auf der in dicken schwarzen Buchstaben das Wort *Intensivstation* stand. Auf ein handgemaltes Plakat darunter hatte jemand *Bitte klingeln* geschrieben.

Der Arzt kümmerte sich nicht um diese Anweisung, sondern öffnete die Tür und bat uns kurzerhand hindurch.

Jason lag in einem Einzelzimmer, umgeben von allerlei technischen Apparaten, die mit seinem Körper verbunden waren. Ich versuchte, nicht so genau hinzuschauen, wo all die Schläuche und Kabel hinführten.

Sein Gesicht hatte jetzt ein bisschen mehr Farbe, aber es wirkte noch immer eingefallen und maskenhaft.

»David!«, murmelte er, als wir den Raum betraten.

Ein leises Piepsen, das von irgendeinem der Geräte kam, erfüllte die Luft.

David stockte kurz, dann trat er an das Bett. »Du hast uns einen ganz schönen Schrecken eingejagt«, sagte er. Er klang barsch, so, als müsse er seine Erleichterung hinter der Schroffheit verbergen.

Ich blieb an der Tür stehen.

Jason ignorierte Davids Worte. »Ich habe Charlie gesehen«, flüsterte er.

Ich fröstelte in der klimatisierten Krankenhausluft und David ging es offenbar ähnlich.

»Das kann nicht sein«, sagte er und schaute sich um, als suche er nach Hilfe. Ich ging zu ihm, schob meine Hand in seine und er klammerte sich daran fest. Es kostete mich einige Mühe, die Erinnerungen an die Frau im roten Kleid von mir zu schieben, aber ich schaffte es, indem ich mich ganz auf David konzentrierte.

Jason schüttelte energisch den Kopf. Der Schlauch, der unter seine Nase führte und ihn mit Sauerstoff versorgte, verrutschte ein wenig. »Ich habe sie gesehen! Sie stand in dem Gebüsch hinter dem Pool. In einem roten Kleid.«

Ich verkrampfte mich unwillkürlich so sehr, dass David es spüren konnte.

Fragend schaute er mich an, und als er in mein Gesicht schaute, wurde er blass. Sah ich tatsächlich so geschockt aus? Ich musste wirklich dringend an meiner Mimik arbeiten!

»Ich bin nicht ... verrückt, David!«, murmelte Jason. »Ich ...«

David richtete sich ganz gerade auf, dann schüttelte er den Kopf. »Wir reden später darüber, Dad. Jetzt musst du erst mal wieder auf die Beine kommen.«

Als seien die Apparate einer Meinung mit ihm, begann einer von ihnen, warnend zu piepsen. Eine Schwester kam herein und schaute auf einen Monitor. »Kein Grund zur Sorge«, sagte sie. »Nur die Sauerstoffversorgung ist ein bisschen niedrig. Alles okay. Aber Sie sollten bei Gelegenheit gehen, damit er sich ausruhen kann.« Sie richtete den Schlauch unter Jasons Nase.

»Ich ...« Jason stöhnte, aber es klang nicht schmerzerfüllt, sondern eher so, als sei er voller Ungeduld. »Ich kann nicht ... ich muss ...«

David schluckte. Er streckte die Hand aus, wie um seinen Vater am Arm zu fassen. Dann jedoch besann er sich eines Besseren. Betreten ließ er die Hand sinken und starrte auf einen der Monitore.

Das Schweigen, was daraufhin folgte, war nur schwer auszuhalten.

Die Krankenschwester räusperte sich, dann gab sie uns zu verstehen, dass Jason Ruhe brauchte. David wirkte erleichtert. Wir verabschiedeten uns von Jason und verließen die Intensivstation. Wir waren schon fast draußen auf dem Parkplatz, als David plötzlich stehen blieb, als sei er gegen eine unsichtbare Wand geprallt. Die Sehnen an seinen Händen waren wie Drahtseile unter seiner Haut gespannt. »Ich ...«, hauchte er und dann wurde er so fahl, dass ich Angst hatte, er würde ohnmächtig werden. Ich packte ihn und bugsierte ihn auf eine Bank ganz in der Nähe.

David ließ es willenlos geschehen.

Sein Blick verschleierte sich und geraume Zeit saß er einfach nur da, völlig erstarrt, und stierte in weite Ferne. Die Mittagssonne brannte auf uns nieder und bleichte alle Farbe aus der Landschaft.

Ich bekam es mit der Angst zu tun. Sollte ich einen Arzt holen? Aber das hätte bedeutet, David allein zu lassen, und das wagte ich nicht. Erfüllt von Panik sah ich mich um, doch es war niemand in der Nähe, den ich hätte ansprechen können. Hilflos umklammerte ich Davids Hände.

Dann – nach einer halben Ewigkeit – kehrte er zu mir zurück. Es war, als zöge man einen Schleier von seinem Gesicht, sein Blick wurde wieder klar. Seine Pupillen waren riesengroß. Wortlos sah er mich an und da war so viel in seiner Miene, dass ich nicht im Mindesten schlau daraus wurde.

Ich öffnete den Mund, wollte fragen, was er gesehen hatte, aber er schüttelte den Kopf. Unsicher stand er auf, seine Hand noch immer in der meinen.

»Lass uns nach Hause fahren«, wisperte er.

Er meinte *Sorrow*. Nicht Boston.

Wie ich vermutet hatte, kam es nach Jasons Herzinfarkt für ihn nicht mehr infrage, die Insel einfach so zu verlassen.

»Ich möchte in seiner Nähe bleiben, Juli«, sagte er auf dem Rückweg im Auto zu mir. »Das verstehst du doch?«

Ich nickte. Ich hatte es ja bereits kommen sehen.

Im Rückspiegel konnte ich erkennen, wie Theo mir einen langen, schweigenden Blick zuwarf.

Als wir *Sorrow* erreichten, stieg David aus.

»Was hast du jetzt vor?«, fragte ich ihn.

Er sah mich nicht an. »Ich brauche eine Weile für mich allein.«

Ich nickte, und ohne dass ich etwas dagegen tun konnte, war meine Stimme kühl. »Klar.«

»Wenn du zurückfahren möchtest ...«

»Red keinen Unsinn!«, zischte ich ihn an.

Er überlegte kurz, dann murmelte er: »Nein. Du hast wohl recht.« Und wandte sich zum Gehen.

# 31

Miss Wagner.« Grace kam mir entgegen, als ich die Halle des Herrenhauses betrat. David verschwand gerade oben im ersten Stock in seinem Zimmer. Ich konnte hören, wie seine Tür mit einem leisen Klicken ins Schloss fiel.

»Wie geht es Mr Bell?«, fragte Grace.

Ich erzählte es ihr und sie sah erleichtert aus. Ihre schwarzen Zöpfe schwangen leicht hin und her, als sie nickte. »Gut. Er ist ein starker Mann. Er wird wieder gesund werden.«

Die gehässige Frage entstand in meinem Kopf, ob ihr das Madeleine gesagt hatte, aber ich sprach sie nicht aus. Plötzlich fiel mir wieder ein, wie oft Grace mit ihren Prophezeiungen recht zu haben schien. Ein mulmiges Gefühl überkam mich bei diesem Gedanken und ich war drauf und dran, sie stehen zu lassen und ebenfalls nach oben in mein Zimmer zu gehen.

»Mrs Sandhurst war vorhin da«, verkündete sie mir jedoch.

Verwundert drehte ich mich noch einmal zu ihr um. »Charlies Mutter?«

Sie nickte. »Sie fragte nach Ihnen.«

Nach mir? Sonderbar. Eher hätte ich vermutet, dass Summer von Jasons Einlieferung ins Krankenhaus erfahren hatte und sich erkundigen wollte, wie es ihm ging. Immerhin waren sie und die Bells Nachbarn, seitdem sie gruseligerweise in Henrys Haus eingezogen war. Doch wenn sie sich wirklich nur nach

Jason hätte erkundigen wollen, hätte sie nicht eigens nach mir fragen müssen.

»Wissen Sie, was sie von mir wollte?«, fragte ich Grace.

Sie schüttelte den Kopf. »Nein, Miss Wagner. Sie hat eine Weile in der Bibliothek gewartet, aber als ich nach ihr sehen wollte, um ihr zu sagen, dass es wohl noch eine Weile dauert, bis Sie zurückkommen, war sie schon gegangen.«

Ich überlegte, doch ich kam zu keinem Entschluss, was Summer gewollt haben könnte. Vielleicht war es nur ein einfacher Nachbarschaftsbesuch gewesen, dachte ich. Vielleicht aber war sie auch gekommen, um sich wegen gestern Nacht zu entschuldigen. Sie hatte sich ja wirklich extrem sonderbar benommen mit dieser morbiden Party und der Tatsache, dass sie eines von Charlies Kleidern trug. Ihr musste klar sein, dass sie David und auch mich damit ziemlich geschockt hatte.

Ich bedankte mich bei Grace. »Ich werde ihr bei Gelegenheit einen Besuch abstatten«, sagte ich. Dann ging ich nach oben.

Als ich in meinem Zimmer war, streifte ich die Schuhe von den Füßen. Die vier kleinen Wunden an meiner Sohle schmerzten noch immer leicht und ich untersuchte sie. Drei davon heilten gut, die vierte hatte sich etwas entzündet, aber das war nicht weiter wild. Ich verspürte das Bedürfnis nach einer Dusche, um mir den Staub und den Schrecken dieses Tages abzuwaschen, und ich ging ins Badezimmer. Bevor ich mich jedoch halb ausgezogen hatte, klingelte mein Handy. Dad war dran. Er klang euphorisch, offenbar liefen die Verhandlungen gut, wenn sie auch noch nicht zu einer Unterschrift geführt hatten. Ich erzählte ihm von Jasons Herzinfarkt.

Er schwieg einige Sekunden lang betreten. »Wie geht es ihm?«, fragte er dann.

»Den Umständen entsprechend, glaube ich, ganz gut. Die Ärzte sind jedenfalls optimistisch.«

Er ächzte leise. »Gut. Wir haben nachher noch ein letztes Meeting, dann komme ich zurück. Jim hat einen Flug für den frühen Abend nach Boston gebucht und Jason hat mir gestern angeboten, von dort aus seinen Charterjet zu benutzen, um auf die Insel zu kommen. Ich bin also vermutlich noch heute Abend wie versprochen wieder bei dir.«

Ich lächelte. »Das ist schön«, sagte ich ehrlich. Wir redeten noch eine Minute lang über seine Verhandlungen, ehe wir uns verabschiedeten und auflegten.

Eine ganze Weile lang stand ich danach unter der heißen Dusche, ließ den Wasserstrahl auf meine Kopfhaut prasseln und an meinem Rücken hinunterrinnen. Dann verließ ich die Dusche, trocknete mich ab und schlang mir das Handtuch um den Körper, um mir ein paar saubere Klamotten zu holen.

Als ich aus dem Bad kam, fiel mein Blick auf den Nachtschrank neben meinem Bett.

Und ich stieß einen lang gezogenen, entsetzten Schrei aus.

»Was ist los?« Ich hörte, wie David hinter mir das Zimmer betrat.

Ich hatte ihm den Rücken zugekehrt und starrte fassungslos auf den Gegenstand, der neben der Lampe auf dem Nachtschrank lag. Meine Hand zitterte, als ich sie danach ausstreckte.

»Nein«, rutschte es mir heraus.

David trat neben mich. Ein Laut kam aus seiner Kehle, der wie das Wimmern eines verwundeten Tieres klang.

»Was hat das zu bedeuten, David?«, flüsterte ich. Meine Lippen, mein Gesicht, mein gesamter Körper – alles fühlte sich an wie betäubt.

Vor uns, sorgsam drapiert, sodass sich das Licht der Mittagssonne in dem roten Stein brach, lag der Armreif, den Henry mir im Winter geschenkt hatte.

Der Silberreif, den David in den Atlantik geschleudert hatte.

Unmöglich!

Er konnte nicht einfach so wieder auftauchen. Er war weit draußen auf dem Wasser aufgeschlagen und untergegangen.

Genau das schien David auch zu denken. Er sah mich an. »Es gibt Dutzende von diesen Armbändern, Juli«, sagte er. »Es kann nicht deines sein. Da erlaubt sich jemand einen ganz, ganz schlechten Scherz mit dir.« Er machte einen Schritt vor. Als er die Hand nach dem Armreif ausstreckte, zitterte auch er, und das zeigte mir, dass er tief im Innersten nicht hundertprozentig von dem überzeugt war, was er mir eben versichert hatte.

Waren nicht im Winter auch Bücher wie durch Geisterhand wieder aufgetaucht, die David und ich verbrannt hatten?

Ja.

Und damals war der Grund dafür die fiese Intrige eines Menschen gewesen, der David und mich abgrundtief gehasst hatte. Ein Mensch hatte damals das Buch auf meinen Nachtschrank gelegt. Und nur ein Mensch konnte auch jetzt dieses Armband hierhergelegt haben. Ein Mensch! Kein Geist.

Es gab ein leises, schabendes Geräusch, als David das Schmuckstück in die Hand nahm. Er betrachtete es eine Weile lang, schaute sich die silbernen Ornamente an, den großen roten Stein, der darin eingelassen war. Der Armreif sah dem, den Henry mir geschenkt hatte, wirklich sehr ähnlich.

David drehte ihn zwischen den Fingern. Sein Blick fiel auf die Innenseite der silbernen Spange. Und er erstarrte.

»Was, David?«, flüsterte ich.

Langsam drehte er den Reif so, dass ich die feinen, geschwungenen Buchstaben lesen konnte, die in das Silber eingraviert waren. Ich stolperte rückwärts, stieß mir den Ellenbogen an der Wand hinter meinem Rücken.

Die Inschrift auf der Innenseite des Armreifs.

Sie lautete: *Für Charlie. In Liebe. David.*

»Was hast du vor?« David hielt Summer an beiden Oberarmen gepackt und starrte sie so hasserfüllt an, dass mir allein bei dem Anblick ganz elend wurde.

Nachdem wir die Gravur in dem Armreif entdeckt hatten, war David aus meinem Zimmer gestürzt und hatte nach Grace gebrüllt. Sie war mit der für sie üblichen Ruhe aus der Bibliothek gekommen und auf die Frage, ob Summer Sandhurst hier oben im ersten Stock gewesen war, hatte sie bedauernd den Kopf geschüttelt und gemeint, sie wisse es nicht.

Daraufhin war David wie von Furien gehetzt nach draußen gelaufen und hinüber zu Henrys Haus, das nur wenige Minuten zu Fuß von *Sorrow* entfernt lag. Der blinde Zorn, mit dem er vorangestürmt war, hatte mir Angst gemacht und ich hatte Mühe gehabt, ihm zu folgen.

Er hatte Summer auf der Terrasse vorgefunden, wo sie gerade dabei gewesen war, ein paar blau blühende Blumen, die in großen Terrakottakübeln wuchsen, zu beschneiden. Als er auf sie zugestürmt war und sie einfach so gepackt hatte, hatte sie erstaunt die Augen aufgerissen.

Jetzt entwand sie sich seinem Griff. »Wovon redest du? Was ist los mit dir?« Sie hielt die Schere zwischen sich und ihn. Es sah aus, als müsse sie sich gegen ihn verteidigen, und so abwegig war der Gedanke vermutlich gar nicht, wenn man Davids vor Wut verzerrtes Gesicht betrachtete.

Er hielt ihr den Armreif unter die Nase.

»Davon!«, stieß er hervor. Sein Atem ging schnell, seine Brust hob und senkte sich stoßweise und ich wusste nicht, ob das vom Laufen kam oder von dem tiefen Zorn, der ihn erfasst hatte.

Summers Blick streifte den Armreif. Gleichgültig zuckte sie die Achseln. »Ich habe keine Ahnung, wovon du redest!«

Klar. Sie war nicht auf der Insel gewesen, als Charlie und David ein Paar gewesen waren. Damals hatte sie ja ihre Familie verlassen. Sie konnte nichts von diesem Armreif wissen.

David jedoch war zu wütend, um das zu begreifen. »Du hast ihn in Julis Zimmer gelegt! Warum? Was bezweckst du damit?« Er hielt inne, überlegte, dann schüttelte er Summer erneut. »Steckst du mit Henry unter einer Decke?«

Ich wusste nicht, was mich mehr mit Schrecken erfüllen sollte: das unvermittelte Auftauchen des Armreifs oder aber Davids unkontrollierter Ausbruch.

Mit einem energischen Ruck machte Summer sich nun von David los. »Du bist ja besessen!«, zischte sie ihn an. Kurz ruckte ihre halb offene Schere hoch, kam seinem Gesicht bedrohlich nahe, doch David wich keinen Millimeter zurück.

Über die Klinge hinweg starrte er Summer in die Augen.

Ich riss mich mit Gewalt aus meiner Erstarrung und legte ihm vorsichtig eine Hand auf den Arm.

Er bewegte sich nicht.

»Komm«, murmelte ich. »Lass uns gehen.«

Seine Finger krampften sich um den Armreif. Zorn und Schrecken arbeiteten in seinen Zügen.

Ich fasste fester zu. »David!«

Summer ließ warnend die Schere zuschnappen.

David atmete tief durch. Dann streifte er meine Hand von seinem Arm und trat den Rückzug an.

Summer senkte die Schere. »Ja«, presste sie hervor. »Geh, du Irrer! Hör auf, mich zu belästigen, und sorge lieber dafür, dass Juli nicht so endet wie Mary Willows und all die anderen!«

Die Worte fühlten sich an wie ein Boxhieb in meine Magengrube. Hatte sie den Namen nicht auch gestern Nacht am Strand erwähnt? Ich sah zu, wie David zwischen den Büschen und Felsen verschwand. Einen Moment lang überlegte ich, ob ich ihm hinterherlaufen sollte, aber dann siegten meine Neugier und auch der Widerwille dagegen, ihm schon wieder nachzurennen. Langsam drehte ich mich zu Summer um. Sie trug heute nicht Charlies Sommerkleid, sondern eine alte Jeans und ein Männerhemd, die sie – zusammen mit ihrem extremen Kurzhaarschnitt – sehr herb wirken ließen. Ihre Wangen waren leicht gerötet und mir fiel plötzlich auf, dass sie Ähnlichkeit mit Grace hatte. Ihre Gesichtskonturen, die Form ihrer Augen – verblüfft stellte ich fest, dass Summer offenbar ebenfalls indianische Vorfahren hatte.

»Mary Willows«, sagte ich leise.

Die Wacholderbüsche ringsherum rochen intensiv und aromatisch. Über uns kreiste ein Bussard und stieß ab und an einen lang gezogenen Schrei aus, der seltsam triumphierend klang. Das Donnern der Brandung am Fuße der Klippen war von hier aus nur gedämpft zu hören, weil ein leichter Wind in Richtung Meer blies.

Summer lächelte wissend. Dann legte sie die Schere auf einen kleinen Tisch und wies hinter sich ins Innere des Hauses. »Wollen wir uns einen Moment setzen?«

Ich zögerte. Ich war mir nicht sicher, was ich von ihr halten sollte, fand sie im einen Moment extrem unheimlich, dann wieder ganz nett. Doch sie war auf *Sorrow* gewesen und hatte behauptet, mich sprechen zu wollen. Vermutlich war das ein Vorwand gewesen, um den Armreif auf meinen Nachtschrank legen zu können, aber sie wusste offenbar auch etwas über diese Mary Willows. Vielleicht würde sie mir ein paar wichtige Dinge erklären können. Ich dachte an das Buch mit den herausgeschnittenen Seiten. Und nickte.

Zu meiner Überraschung führte sie mich nicht direkt durch die Terrassentür ins Haus, sondern ging einen gekiesten Pfad an dessen Seite entlang. Hier wuchs eine Menge Unkraut. Der Rasen hätte dringend gemäht werden müssen und er war übersät mit Gegenständen, die auf den ersten Blick wie Schrott aussahen. Erst beim genaueren Betrachten bemerkte ich, dass es sich offenbar um Skulpturen handelte.

»Sammeln Sie diese Kunst?«, fragte ich, während Summer die Haustür öffnete.

Sie warf einen Blick über die Schulter. »Oh, das. Ja. Sie stammen von einem Freund aus San Francisco.«

Es erschien mir ein bisschen umständlich, Skulpturen dieser Größe einmal quer durch das gesamte Land zu karren, aber was wusste ich schon davon? Vermutlich war dieser Freund irgendein berühmter Künstler und die Skulpturen, die er aus rostigen Pflügen und allerlei anderem Gartengerät herstellte, waren ein Vermögen wert.

»Hereinspaziert, Juli!« Mit einer übertriebenen Geste bat Summer mich ins Haus. »Setz dich.« Sie wies auf eine schreiend pinkfarbene Sitzlandschaft, die mitten in dem riesigen, loftartigen Raum stand. Sämtliche Wände, an denen früher Henrys Bilder gehangen hatten, waren leer. Die riesigen weißen Flächen wirkten auf mich sonderbar bedrohlich und surreal.

Ich musterte Summer, um herauszufinden, ob sie die morbide Atmosphäre hier überhaupt nicht störte. Als sie das Haus gekauft hatte, war Charlies Leiche noch verschollen gewesen. Erst seit Kurzem wusste man, dass Charlie keines natürlichen Todes gestorben war – und dass Summer selbst wahrscheinlich im Haus des Mörders ihrer Tochter wohnte. Aber diese Tatsache schien sie seltsam kaltzulassen. Jedenfalls machte sie auf mich nicht den Eindruck, dass es sie in irgendeiner Weise störte.

Mit einem beklommenen Gefühl setzte ich mich. Als sie mir etwas zu trinken anbot, lehnte ich dankend ab. Ich wollte das hier so schnell wie möglich hinter mich bringen. Summer verschwand in der Küche, um sich einen Eistee zu holen. Kurz darauf kam sie zurück.

»Sie waren früher mit Adam verheiratet, oder?«, fragte ich, weil ich das Bedürfnis hatte, nicht sofort mit der Tür ins Haus zu fallen. »Dem Besitzer des historischen Inselmuseums in Chilmark?«

Sie nickte. »Du fragst dich sicher, wie ich mir ein Haus wie dieses hier leisten kann, oder? Adam ist immerhin nicht der reichste Mann unter Gottes Sonne.«

Ich schaffte es, nicht rot zu werden. »Na ja«, meinte ich ausweichend.

Summer strahlte mich an. »Die Frage ist völlig berechtigt! Ich habe Adam vor zwei Jahren verlassen und einen Börsenmakler geheiratet.« Sie trank einen Schluck Tee. »Sagen wir, auch der ist inzwischen Geschichte. Aber die acht Monate, die ich es mit ihm ausgehalten habe, haben sich ziemlich gut bezahlt gemacht.«

Eine lukrative Scheidung also.

»Verstehe.« Ich nickte.

Im oberen Stockwerk krachte es laut und Summer und ich

zuckten zusammen. Ganz kurz entstand ein irritiertes Schweigen, doch dann lächelte Summer auch schon wieder. »Meine Katze!«, sagte sie, und wie um zu zeigen, dass sie recht hatte, kam eine große, rot getigerte Katze die Treppe herunterstolziert. Sie warf mir aus grün schillernden Augen einen langen Blick zu, dann marschierte sie zu einem der bodentiefen Fenster, setzte sich davor und starrte in den Garten hinaus.

Ich nahm den unterbrochenen Gesprächsfaden wieder auf. »Darum sind Sie auch wieder auf die Insel zurückgekommen.«

»Wenn man eine Weile hier gelebt hat«, sagte Summer, »dann vermisst man das Meer und das Licht.« Sie warf einen Blick nach draußen, wo die Mittagssonne grell vom Himmel brannte.

Ich überlegte, wie ich das Gespräch am besten auf Mary Willows bringen konnte. »Mrs Sandhurst ...«

»Nenn mich doch Summer, bitte!«

»Summer.« Ich versuchte, mir meine Ungeduld nicht anmerken zu lassen. Ich wollte so schnell wie möglich zurück zu David. Die Vorstellung, dass er sich auf den Weg zu den Klippen gemacht haben könnte ... »Mary Willows ...«, murmelte ich.

Summers Aufmerksamkeit war nun völlig auf mich gerichtet. Ihr Blick hatte eine solche Intensität angenommen, dass es mir unangenehm war. Solange sie nicht lächelte, ging eine unbestimmte Einsamkeit von ihr aus, etwas, das ich nicht richtig zu fassen bekam.

»Du hast sie eben erwähnt, genau wie letzte Nacht. Was meinst du damit, ich könnte irgendwann enden wie Mary Willows?«

Summer nickte ernst und in diesem Augenblick konnte ich deutlich die indianischen Vorfahren in ihren Gesichtszügen erkennen. »Sie war eines von Madeleine Bowers Opfern.«

Das war nun definitiv die Art von Antwort, die ich überhaupt nicht hören wollte. »Sag nicht, du glaubst daran, dass es diesen Geist gibt?«, stöhnte ich.

Ihr Lächeln verschwand, als hätte man es ausgeknipst. Sie antwortete mir ausweichend. »Es geschehen unfassbar viele furchtbare Dinge auf *Sorrow*. Ich kenne keinen Ort auf der Welt, der so ... düster ist.«

Damit immerhin hatte sie recht. Ich starrte sie missmutig an. »Es gibt keine Geister!«

»Das behaupten wir so lange, bis wir einem begegnen.«

»So wie Jason?«, rutschte es mir heraus.

Oder wie ich ...

Summer hob eine Augenbraue. »Sagt er das?«

Ich biss mir auf die Zunge. Wenn wir dieses Gespräch fortführten, würde ich ihr erzählen müssen, dass Jason angeblich Charlie gesehen hatte. Ich war mir ziemlich sicher, dass sie das nicht besonders gut aufgefasst hätte. Also wechselte ich lieber das Thema. »Er hatte einen Herzinfarkt. Heute Morgen.«

»Ja.« Sie wurde ein bisschen blass. »Ich weiß. Grace hat es mir gesagt, als ich kurz bei euch war. Das tut mir leid!«

Ich schüttelte den Kopf. »Der Arzt sagt, er wird wohl wieder gesund werden.« Ich zögerte, überlegte, ob ich sie noch einmal nach dem Armreif in meinem Zimmer fragen sollte, aber ich wollte sie nicht gegen mich aufbringen. Ich beschloss, deswegen lieber später noch einmal mit Grace zu reden. »Erzähl mir von Mary Willows!«, bat ich Summer.

»Viel weiß ich nicht. Aber was ich weiß, ist Folgendes: Mary Willows starb durch Madeleines Fluch.«

Ich musste mich beherrschen, um nicht die Augen zu verdrehen. »Sie ist nicht von den Klippen gesprungen, sondern sie wurde erschossen«, stellte ich richtig.

Erschossen. Wie Charlie ... Und Grace hatte mich gewarnt, dass ich wie Mary Willows enden könnte ...

Eine Gänsehaut rann mir das Genick hinunter.

»Ich erinnere mich nicht mehr besonders gut an Marys Geschichte«, behauptete Summer. »Ich habe das alles aus einem alten Tagebuch von Adam.«

Das Tagebuch. Da klingelte etwas bei mir. »Du meinst das Tagebuch, das seine Großmutter geschrieben hat, oder?« Adam hatte es mir im Winter einmal gezeigt. Summer musste es gelesen haben, als sie noch mit ihm verheiratet gewesen war.

Jetzt nickte sie. »Ich könnte mir vorstellen, dass Adam es dich lesen lässt. Er ist immer gern bereit, allen möglichen Leuten mit seinem Wissen auszuhelfen.«

Plötzlich wollte ich nur noch weg von hier. Ich wollte mit Grace reden und ich wollte auf der Stelle zu Adams Inselmuseum fahren und ihn nach diesem Tagebuch fragen. Ich zog mein Handy hervor und schaute auf die Zeitanzeige. »Ich glaube, ich muss jetzt gehen«, sagte ich und erhob mich.

Summer sah enttäuscht aus.

# 32

Ich kam weder dazu, mit Grace zu reden, noch dazu, zum Inselmuseum zu fahren, denn genau in dem Augenblick, als ich auf den Parkplatz vor dem Herrenhaus zurückkehrte, fuhr ein Streifenwagen vor.

Sheriff O'Donnell stieg aus, und als ich sein Gesicht sah, wusste ich, dass er keine guten Nachrichten brachte. Mein Schritt stockte.

Grace, die sein Kommen bereits bemerkt hatte, öffnete die Haustür.

»Ich muss zu David«, sagte er zu ihr.

Sie warf mir einen langen Blick zu, dann nickte sie und verschwand. Während sie nach oben ging, um David zu benachrichtigen, betraten der Sheriff und ich die Halle. Gleich darauf erschien David am oberen Ende der Treppe.

»Timothy«, sagte er, als er den Sheriff sah.

O'Donnell hatte in der Zwischenzeit seinen Hut abgenommen. »David! Wie geht es deinem Vater? Ich habe gehört, was passiert ist.«

David kam die Treppe herunter. Sein Gesicht verriet nichts darüber, was hinter seiner Stirn vor sich ging. Unwillkürlich fragte ich mich, was er mit dem Armreif gemacht hatte. »Gut so weit. Es war nur ein leichter Anfall.«

Ich sah, wie O'Donnell die Prellung an seiner Wange betrachtete und auch den Verband um seine rechte Hand. Ein

Schatten flog über sein Gesicht, aber er kommentierte beides nicht. »Ich bin hier«, sagte er und straffte die Schultern dabei, »weil ich eine ziemlich unangenehme Nachricht für euch habe.«

*Er verhaftet ihn!*, schoss es mir völlig unsinnigerweise durch den Kopf.

Aber statt zu den Handschellen zu greifen, die gut sichtbar an seinem Gürtel hingen, sagte O'Donnell: »Die DNA-Analyse hat bestätigt, dass es sich bei der Leiche in Bangor um Charlie handelt.«

Davids starre Gesichtszüge wirkten wie eine Maske. Er schloss die Augen. Nickte.

»Und die Kollegen vom FBI haben Henrys Sachen untersucht. Sie haben mich darüber informiert, dass es keinerlei Hinweise dafür gibt, dass Henry der Täter ist.« O'Donnell räusperte sich unangenehm berührt. »Die Waffe, die Henry gehörte, ist nicht die, mit der auf Charlie geschossen wurde.«

David öffnete die Augen wieder.

»Klar!«, hörte ich mich sagen. »Henry war ja kein Idiot. Er musste die Tatwaffe doch nur in den Atlantik werfen.«

Weder David noch O'Donnell hielten es für nötig, darauf auch nur zu reagieren.

»Für die Jungs vom FBI bedeutet das, dass sie jetzt in verschiedene Richtungen ermitteln müssen.«

David kam die letzte Stufe herunter. »Ich verstehe.«

Der Sheriff musterte ihn forschend. Er wirkte verunsichert. »David?«, fragte er leise.

Der räusperte sich. Dann sagte er: »Es könnte sein, Tim, dass ich es war.«

Dies war der Moment, in dem mein Herz in tausend Scherben fiel. Es tat weh. So sehr, dass ich nach Luft schnappte.

Davids Blick streifte mich, wanderte aber sofort wieder zu O'Donnell.

Dessen Miene blieb völlig ausdruckslos. »Ist das ein Geständnis, David?«, fragte er unendlich ruhig.

Ich biss mir auf die Lippe.

Die Sekunden verstrichen so zäh wie Sirup.

Endlich schüttelte David den Kopf.

Ich hatte einen metallischen Geschmack im Mund und bemerkte jetzt erst, dass ich mir die Lippe blutig gebissen hatte.

»Nein«, sagte David. »Ich ... Die Wahrheit ist: Ich kann mich an die Minuten auf den Klippen nicht mehr richtig erinnern.«

O'Donnell überlegte. »Okay«, meinte er schließlich gedehnt.

David räusperte sich. »Wenn sich herausstellt, dass ich mit meiner Vermutung richtigliege ...«

Der Sheriff wartete, aber David sprach nicht zu Ende, also meinte er: »Du wirst nicht abhauen.«

David schüttelte den Kopf. »Vielleicht solltest du helfen herauszufinden, was wirklich passiert ist«, murmelte er.

Da seufzte O'Donnell. Er setzte den Hut auf. »Wärst du so freundlich und zeigst mir, wo euer Waffenschrank steht?«

O'Donnell rief einen Deputy ins Haus, der offenbar draußen im Wagen auf ihn gewartet hatte. Während der Mann den Waffenschrank in Jasons Arbeitszimmer leer räumte, standen David und ich mitten im Raum und sahen dabei zu. David hielt sich furchtbar aufrecht und er sah aus, als bereite der Anblick ihm körperliche Schmerzen. Ich war so angespannt, dass meine Finger unablässig mit dem Anhänger spielten, den er mir geschenkt hatte.

Nachdem der Deputy drei Revolver und eine Automatikpistole gesichert und in ein Formular eingetragen hatte, verpackte er sie in eine Metallkiste, die er eigens zu diesem Zweck aus dem Kofferraum des Streifenwagens geholt hatte.

»Fertig«, verkündete er dann.

O'Donnell wandte sich an David. »Waren das alle?«, fragte er.

David nickte. »Soweit ich weiß, ja.«

»Okay.« Der Deputy trat vor und reichte David das Klemmbrett, auf dem er sein Formular hatte. »Bitte unterschreiben Sie hier, dass Sie uns die Waffen freiwillig ausgehändigt haben.«

David setzte seine Unterschrift an die bezeichnete Stelle.

Der Deputy unterschrieb ebenfalls, dann riss er das obere Blatt des Formulars ab und gab es David. »Das ist für Sie.«

David griff danach, aber er schien nicht zu wissen, was er damit machen sollte. Hilflos wechselte er es von einer Hand in die andere. Ich nahm es ihm ab und legte es auf den Schreibtisch.

Der Sheriff bedankte sich. »Wir melden uns, sobald wir Ergebnisse haben«, sagte er betreten. »Es wird sich alles ... aufklären.« Mir war die kurze Pause in seinen Worten nicht entgangen. Er atmete tief durch, dann tippte er sich an den Hut und ging.

David und ich sahen ihm zu, wie er mit seinem Mann das Haus verließ.

David biss die Zähne zusammen.

Langsam schwang sein Kopf zu mir herum und er musterte mich lange. Ich kam mir vor wie unter einem Röntgengerät und ich fragte mich, was er wohl zu ergründen versuchte. Ob er sich fragte, was ich so lange bei Summer gemacht hatte?

»Ich bin müde. Entschuldigst du mich?« Er wollte sich schon abwenden, als mir der Kragen platzte, weil er so förmlich und beherrscht wirkte.

»David!« Ich packte ihn am Arm.

Er blieb stehen, sah mich aber nicht an, also ging ich um ihn herum, damit ich ihm ins Gesicht schauen konnte. »Rede mit mir, verdammt noch mal!«, verlangte ich. Ich konnte nicht verhindern, dass meine Angst in Zorn umschlug.

David blinzelte kurz, als hätten ihn meine scharfen Worte überrascht. »Was gibt es da zu sagen?« Er streifte meine Hand ab. Und verließ das Arbeitszimmer.

»Was ist hier los?«, fragte eine helle, leicht aufgeregte Stimme draußen in der Halle. Lizz.

Ich ballte die Hände zu Fäusten.

David machte Anstalten, an Lizz vorbeizugehen, doch auch sie hielt ihn am Arm fest. Er sah ihr in die Augen. Erschrocken ließ sie ihn los. Sie wollte ihn an der Schulter berühren, aber ihr wich er ebenso aus wie mir. Er warf einen letzten Blick in meine Richtung. Dann ging er die Treppe hinauf und verschwand im oberen Stock.

Mir war so elend zumute, dass ich mich auf mein Zimmer verkroch, und es wurde noch schlimmer, als mein Handy klingelte und mein Dad dran war. Die Geräusche im Hintergrund verrieten mir, dass er sich auf einem Flughafen befand. Im ersten Moment vermutete ich, es müsse der von Boston sein. Doch ich täuschte mich.

»Ich bin leider noch in San Francisco, mein Schatz«, sagte mein Vater. Bevor ich fragen konnte, wieso, erklärte er es bereits: »Ich fürchte, es gibt hier einen Fluglotsenstreik. Es heißt, dass die nächsten zwei, drei Tage vermutlich gar nichts gehen wird.«

»Du kommst nicht zurück«, murmelte ich dumpf. Nach allem, was passiert war, schockte mich das im Moment auch nicht mehr so richtig.

»Natürlich komme ich zurück, aber eben nicht heute oder morgen!« Eine Lautsprecherdurchsage hinter ihm bat alle Passagiere der Flüge an die Ostküste, sich an dem Schalter ihrer Fluglinie einzufinden, damit sie umgebucht werden konnten. »Es tut mir wirklich leid, Juli!«

»Schon gut.« Ich zwang mich zu einem leichten Tonfall.

»Ist bei euch alles in Ordnung?«

Ich bejahte. Dazu, ihm zu erzählen, was seit unserem letzten Telefonat alles passiert war, fehlte mir im Moment einfach die Energie.

»Gut.« Wenn er ahnte, dass ich ihn anlog, so ließ er es sich nicht anmerken. »Ich muss los. Pass auf dich auf, Juli!«

»Du auch.« Ich hielt das Telefon noch eine Weile in der Hand, nachdem mein Vater längst aufgelegt hatte, und fühlte mich elender als jemals zuvor. Ich setzte mich im Bad auf den Teppich und zog die Beine vor die Brust. Eine Viertelstunde vielleicht gestattete ich mir, dem Selbstmitleid nachzugeben, das ich empfand. Dann jedoch raffte ich mich auf. Mir war klar geworden, dass ich jemanden brauchte, mit dem ich reden konnte. Jemanden, der nicht so durchgeknallt war wie alle anderen hier. Ich rief Miley an.

»Hier geht alles den Bach runter«, sagte ich, als sie sich gut gelaunt meldete.

»Scheiße«, war ihre Reaktion. »Was ist los?«

Ich erzählte es ihr in allen Einzelheiten. Sie unterbrach mich nicht ein einziges Mal.

»Scheiße«, sagte sie dann erneut und jetzt rannen mir die Tränen, die ich die ganze Zeit schon gespürt hatte, über das Gesicht. »Du glaubst aber nicht im Ernst, dass David ein Mörder ist?« Miley klang vom genauen Gegenteil derart überzeugt, dass ich sie hätte küssen können.

»Ich ...«

»Juliane Wagner, das ist jetzt nicht dein Ernst!«

»Nein«, murmelte ich. Aber warum hatte David dann dem Sheriff gegenüber gesagt, dass es möglich war? Das hieß doch nichts anderes, als dass er selbst glaubte, dazu fähig zu sein.

Ich musste daran denken, wie aggressiv er in den letzten Tagen gewesen war. *Was, wenn ... was ...* meine Gedanken gerieten ins Stocken und mein Atem auch.

Ich keuchte auf.

»Mir ist schlecht«, klagte ich.

»Kein Wunder!«, kommentierte Miley. »Ihr solltet wirklich zusehen, dass ihr schnellstmöglich diese bekloppte Insel verlasst!«

*Madeleine selbst sorgt dafür, dass wir nicht können.*

Ich lachte schrill auf. Grace wäre zufrieden mit mir, dachte ich und fragte mich, warum ich eigentlich nicht einfach meine Koffer packte und allein von hier verschwand.

Davids Gesicht erschien vor mir, seine roten Augen, die Qual in seinem Blick. In diesem Moment war jeder Anflug von Widerwillen, den ich ihm gegenüber zuvor empfunden haben mochte, wie weggeblasen. Ich wollte nicht fort von hier – nicht ohne ihn, jedenfalls. »Ich fahre nicht ohne David«, hörte ich mich sagen.

Miley fluchte. »Willst du, dass ich komme?«, erkundigte sie sich sanft.

David.

Und Charlie.

Allein auf den Klippen.

Ein Schuss.

Hatte er tatsächlich seine Verlobte erschossen?

Mein Verstand weigerte sich, das zu glauben. Mein Herz krampfte sich zusammen, allein bei dem Gedanken daran.

»Ja, bitte«, hörte ich mich flüstern.

»Okay«, sagte Miley und ich hätte sie am liebsten umarmt. »Heute geht leider keine Fähre mehr, aber ich mache mich morgen so früh wie möglich auf den Weg. Gegen Mittag müsste ich bei dir sein.«

Nachdem ich aufgelegt hatte, blieb ich so lange im Badezimmer sitzen, bis es draußen längst dunkel geworden war und es an meiner Zimmertür klopfte. So schnell es ging, rappelte ich mich auf, und mein Kreislauf machte mir klar, dass das keine gute Idee war. Mir wurde schwindelig und ich taumelte gegen den Türrahmen, bevor ich mich wieder unter Kontrolle hatte.

Mit einem Ruck riss ich die Tür auf. »Walt!«, ächzte ich überrascht. Er stand vor mir in einer grauen Hose und einem grauen Wollpullover, der für das hochsommerliche Wetter viel zu warm aussah.

»Ja. Ich nur«, sagte er. Mir schien deutlich anzusehen zu sein, dass ich gehofft hatte, er sei David. »Findest du nicht, dass du etwas mehr Begeisterung zeigen könntest? Immerhin bin ich, so schnell es ging, hierhergekommen, als dein Vater heute Nachmittag von dem bevorstehenden Fluglotsenstreik gehört und mich angerufen hat.«

Ich ließ ihn herein. »Dad hat dich angerufen?« Warum hatte er das vorhin am Telefon mit keinem Wort erwähnt? War ja wieder einmal typisch für ihn!

Walt nickte. »Er war wohl der Meinung, dass du das hier besser nicht ganz allein ...« Er lächelte etwas verlegen. »Ich hoffe, du bist nicht sauer. Ich weiß, dass du fast erwachsen bist, aber ...«

»Ich bin nicht sauer«, unterbrach ich ihn. Im Gegenteil: Ich war dankbar, dass er da war. Jetzt musste ich mich mit diesem ganzen Scheiß hier wenigstens nicht mehr allein auseinandersetzen.

»Wie geht es dir?«, fragte er. »Du siehst nicht besonders gut aus, fürchte ich.«

»Geht so.« Ich wies auf die Couch und wir setzten uns. Dann begann ich zu erzählen, was bis zu diesem Moment passiert war. Die Worte sprudelten nur so aus mir heraus. »War er es, Walt?«, flüsterte ich, als ich alles gesagt hatte.

Er lehnte sich zurück. »Gott, Juli! Ich bin kein Hellseher!«

»Ich weiß, aber ...«

»Du willst von mir hören, dass er nicht fähig ist, einen Mord zu begehen.«

Ich wartete, doch er sprach nicht weiter und ich fürchtete schon, er würde mich mit einer Plattitüde abspeisen. Irgendwas in der Art wie »Jeder Mensch ist fähig, einen Mord zu begehen«. Aber das sagte er nicht. Stattdessen sagte er:

»Überleg mal, hat David nach Charlies Tod jemals auch nur den leisesten Verdacht oder die leiseste Abwehr gegen Henry empfunden?«

Ich rief mir ins Gedächtnis, wie David sich Henry gegenüber verhalten hatte. Er war oft genervt gewesen von Henrys lauter Anwesenheit, das ja – aber er hatte seine burschikose Art geduldet und manchmal hatte ich sogar das Gefühl gehabt, dass er Dankbarkeit dafür empfand, dass Henry da war. Doch da war niemals auch nur ein Anflug von Misstrauen in David gewesen. Darum hatte ihn Henrys Verrat am Ende ja auch so furchtbar getroffen. »Nein«, antwortete ich auf Walts Frage. »Er hat Henry vertraut. Da bin ich mir sicher.«

Walt nickte, als wenn ich ihm bestätigt hätte, was er bereits vermutet hatte. »Wenn er verdrängt hätte, wie Henry Charlie vor seinen Augen erschossen hat, dann hätte da zumindest ein unterschwelliges Gefühl sein müssen. Eine Form von Misstrauen oder Aggression.«

*Aggression,* dachte ich.

»Statt aggressiv zu werden, hat David jedoch offenbar mit Depressionen und Schuldgefühlen reagiert. Du hast mir mal erzählt, dass er sich extrem schuldig fühlte, weil er Charlie hat sitzen lassen.«

Ich nickte.

»Wenn ich jetzt so darüber nachdenke, kommt mir diese Form des Schuldgefühls sonderbar vor.« Er seufzte tief und ich wusste, dass mir das, was er jetzt sagen wollte, nicht gefallen würde. »Meiner Meinung nach hat eine Art Übertragung stattgefunden. Weil er sich nicht mehr an den wahren Grund für seine Schuldgefühle erinnern konnte, hat er sie auf etwas anderes projiziert.« Er wartete, ob ich verstanden hatte, was er sagen wollte.

Das hatte ich, aber ich wollte es nicht glauben. Aus diesem Grund wiederholte Walt es: »David fühlte sich so unendlich schuldig wegen Charlies Tod. Aber nicht, weil er sie sitzen gelassen hat. Sondern ...«

*Weil er sie erschossen hat!*

Der Gedanke knallte mir wie eine Gewehrkugel ins Herz.

»Nein!«, hauchte ich. »Nein! Das kann nicht sein!«

Walt sah mich mitleidig an. »Die DNA-Analyse hat eindeutig ergeben, dass Charlie die Tote ist?«

Ich brachte nicht mehr als ein stummes Nicken zustande.

»Lass uns abwarten, was die ballistische Untersuchung der Waffen zeigt, die der Sheriff mitgenommen hat, okay?«

Ich schüttelte den Kopf. Was sollte das sein, ein lahmer Beruhigungsversuch, nachdem er mir eben einen Stoß in den Abgrund versetzt hatte? Vor lauter Anspannung sprang ich auf und begann, unruhig im Zimmer auf und ab zu gehen, doch ein leises Geräusch draußen auf dem Flur ließ mich innehalten. Ich bemerkte, dass meine Zimmertür noch immer einen Spaltbreit offen stand. Ich ging, um sie zu schließen, doch dabei fiel mein Blick auf einen schlanken Schatten, den die Lampen auf den Teppich im Flur warfen.

*Bitte nicht!*, dachte ich erschrocken.

Ich zog die Tür ein Stück weiter auf und schaute hinaus. Ich hatte richtig vermutet: David lehnte neben meiner Zimmertür an der Wand.

»Wie lange stehst du da schon?«, rutschte es mir heraus.

Bevor er mir antwortete, stieß David sich von der Wand ab. »Lange genug«, sagte er. Seinem Gesichtsausdruck nach zu urteilen, hatte er jedes Wort mitbekommen, das Walt und ich gesprochen hatten.

»David, ich ...«, setzte ich an, aber er unterbrach mich, indem er die Hand hob.

»Schon gut, Juli.« In seinem Blick flackerte es. Ich konnte Selbstzweifel darin sehen und auch Wut. Aber das Schlimmste war, dass er ganz offensichtlich tief enttäuscht war. Er fühlte sich von mir verraten, weil er glaubte, dass ich Walt hergeholt hatte. Das konnte ich ihm deutlich ansehen.

»Ich glaube nicht ...«

Wieder ließ er mich nicht ausreden. »Was? Dass ich Charlie tatsächlich erschossen habe?« Er lachte auf. Es klang schrill und klirrend wie zersplitterndes Glas. »Dann bist du offenbar entweder blind oder sehr dumm, Juli.«

Seine Worte schnürten mir die Kehle zu. Es fühlte sich an,

als habe er die Hände um meinen Hals gelegt und würde langsam zudrücken.

»David!«, flüsterte ich.

»Du hast doch gehört, was Walt gesagt hat«, sagte er leise.

Ich spürte, dass Walt hinter mich getreten war. Mit einem Hilfe suchenden Blick drehte ich mich zu ihm um. »Es ist noch gar nichts bewiesen, Junge«, versuchte er, David zu beschwichtigen. »Wir ...«

Auch ihn brachte David mit einer schroffen Handbewegung zum Schweigen. Seine Augen funkelten jetzt vor Zorn. Er wollte etwas sagen, aber diesmal fehlten ihm die Worte. Ich sah ihn schwer schlucken. Dann wandte er sich ab und marschierte den Gang entlang. Ich hörte seine Schritte auf der Treppe, dann unten in der Halle. Keine zehn Sekunden später heulte draußen der Motor eines Wagens auf.

Ich fluchte leise, als ich hörte, wie die Reifen im Kies durchdrehten.

»Lass uns jetzt bloß nicht in Panik ausbrechen!«, mahnte Walt.

Nicht in Panik ausbrechen!

Ich schnaubte.

# 33

Unruhig tigerte ich vor dem Haus umher und lauschte darauf, ob David wiederkam. Walt kam zu mir heraus und ich bat ihn, mit mir nach David zu suchen. Er lehnte ab. Ich konnte es nicht fassen. Er war schließlich mit schuld daran, dass David irgendwo dort draußen herumfuhr und möglicherweise irgendeine Dummheit machte! Als ich ihm das an den Kopf knallte, seufzte er nur und ging wieder rein. Wie lange ich danach noch draußen herumstand, weiß ich nicht mehr. Woran ich mich allerdings sehr gut erinnere, war der Schreck, der mir in die Glieder fuhr, als Carlos mich aus der Dunkelheit heraus ansprach.

Ich stand auf der Treppe vor der Haustür, hatte das Smartphone in der Hand, auf dem ich eben zum wohl zwanzigsten Mal versucht hatte, David zu erreichen. Mit gerunzelten Augenbrauen starrte ich in die Finsternis der Nacht hinaus. Der Himmel war bedeckt, nur ab und zu schimmerte ein einzelner Stern durch eine Lücke in den Wolken. Es sah aus, als zwinkere mir von dort oben jemand spöttisch zu.

»Geht er nicht ran?«

Ich machte einen kleinen Hüpfer. »Verdammt, Carlos! Erschreck mich doch nicht so!«, zischte ich ihn an.

»Tut mir leid.« Er kam aus der Dunkelheit, die über dem Rasen lag, und trat in den Schein der Lampe über der Haustür. Er trug nur Badeshorts und unter dem Arm ein Surfbrett, das ich verwundert angesehen haben musste.

Er warf einen Blick darauf, dann grinste er. »Nachtsurfen. Solltest du auch mal probieren! Ist geil!«

Ich zuckte die Achseln. Ich hatte in meinem Leben bisher nur ein einziges Mal auf einem Surfbrett gestanden – in einem Urlaub, den Miley und ich letztes Jahr gemeinsam in Florida verbracht hatten. Ich erinnerte mich noch gut daran, wie ich mir blaue Flecken geholt hatte, als ich bei einem spektakulären Sturz ins Wasser mit dem Surflehrer zusammengerasselt war. Noch besser allerdings erinnerte ich mich an das Gelächter der anderen Surfschülerinnen, das zwar gutmütig, aber auch ziemlich schadenfroh geklungen hatte. Miley hatte mir später einmal erklärt, warum die anderen so gelacht hatten. »Du hast es echt nicht kapiert, oder?«, hatte sie ungläubig gesagt und dabei den Kopf geschüttelt. Auf meine Frage, was ich nicht kapiert haben sollte, hatte sie nur gesagt: »Der Surflehrer, Süße. Er stand voll auf dich und das hat die anderen megagenervt, glaub mir!«

Diese Erinnerung huschte durch meinen Kopf, während Carlos nun die Stufen zu mir hochkam.

»Geht er nicht ran?«, wiederholte er seine Frage und wies dabei auf mein Handy.

Ich schüttelte das Ding, als sei es schuld daran, dass ich ständig nur Davids Mailbox erreichte. »Nein«, murmelte ich.

»Er ist mit dem Auto weg, oder?« Carlos blickte die lange Auffahrt von *Sorrow* entlang.

Ich biss mir auf die Lippe und nickte nur.

»Und du machst dir Sorgen um ihn.«

Wieder nickte ich.

Er sah mich forschend an. »Ja«, meinte er dann. »Das sieht man dir an.« Er überlegte kurz, dann seufzte er. »Was findest du nur an diesem Typen, kannst du mir das mal erklären?«

»Lizz steht auch auf ihn«, sagte ich lahm. Was für eine bescheuerte Verteidigung!

Er lachte auf. »Lizz ist eine dumme Gans!« Er stellte das Surfbrett aufrecht neben sich hin und umarmte es wie eine Frau. »Und David ist ein Arschloch.«

Ich drehte den Kopf in seine Richtung und überlegte noch, was ich darauf antworten sollte, als er schon abwehrend eine Hand hob. »Schon gut, schon gut! Warum ist er denn abgehauen?«

Ich hatte keine Lust, mit Carlos darüber zu reden, was geschehen war, darum sagte ich nur ausweichend: »Wir hatten einen Streit.«

»Aha.« Er wartete, ob noch etwas kam, dann fügte er hinzu: »Du hast ihn wütend gemacht.«

*Oh ja!,* dachte ich verbittert. *Das kann man wohl sagen.*

Ich zuckte die Achseln.

»Gut so! Der Typ braucht dringend jemanden, der ihm den Kopf zurechtrückt, wenn du mich fragst.« Er grinste mich an. Das Licht der Lampe hinter meinem Rücken ließ seine vom Surfen noch feuchte Haut schimmern. Seine langen Haare klebten ihm wirr auf den Schultern und am Hals.

Ich zuckte erneut die Achseln.

»Wenn du das noch öfter machst, dann bekommst du irgendwann einen Buckel! Hat meine Großmutter immer gesagt, als ich so ungefähr fünfzehn war.«

Mit Absicht zuckte ich die Achseln. »Und wenn.«

Da lachte er. »Willst du ihn suchen?«, fragte er unvermittelt und wies zu den geparkten Wagen hinter sich. »Ich kann dich fahren, wenn du willst.«

Im ersten Moment wollte ich abwehren, weil es mir blöd vorkam, David nachzulaufen, aber dann nickte ich doch. Ich machte mir Sorgen um den Mistkerl und alles war besser, als hier rumzustehen und auf seine Rückkehr zu hoffen. »Das wäre toll, ja«, hörte ich mich sagen.

Carlos nickte. »Ich gehe nur kurz ein Hemd und die Wagenschlüssel holen. Lauf nicht weg.«

Das tat ich nicht. Ich stand noch am selben Fleck, als er wieder zurückkam. Er hatte neue Shorts an, die jedoch genauso bunt waren wie die anderen, und darüber trug er ein offenes, ebenfalls knallbuntes Hemd. Seine Haare hatte er zu einem Pferdeschwanz gebunden und seine Füße steckten in schlichten Flipflops. »Also dann!«, sagte er mit einem aufmunternden Lächeln. »Sehen wir mal, ob wir das Arschloch irgendwo finden.«

Wir nahmen Kimmis Wagen, einen flachen Sportflitzer in einem hellen Apricot, das mit Sicherheit eine Sonderanfertigung war. Carlos fuhr schnell, aber sehr sicher über die schmalen Straßen der Insel.

»Hast du irgendeine Idee, wo er hin sein könnte?«, fragte er mich, nachdem wir den gesamten Ostteil der Insel einmal abgefahren hatten.

Diesmal zuckte ich nicht mit den Achseln, auch wenn mir schon wieder danach zumute war. »Er ...« Das Klingeln meines Smartphones hielt mich davon ab, Carlos eine Antwort zu geben. Ich schaute auf das Display. Es war David. Eilig ging ich ran.

»Du hast versucht, mich zu erreichen«, hörte ich ihn sagen. Im Hintergrund waren Stimmen zu hören, lautes Gelächter und ein schneller, stampfender Beat wie von irgendeinem Klub.

»Wo bist du?«, fragte ich.

Er antwortete nicht direkt. »Nicht auf den Klippen jedenfalls.«

»Das höre ich, David, ich ...«

Carlos nahm mir das Handy weg und hielt es sich im Fahren selbst ans Ohr. »Sie macht sich echt Sorgen um dich, Alter! Du solltest sie nicht so behandeln.«

Ich schlug nach ihm, entwand ihm das Handy wieder.

»David«, sagte ich. »Du ...« Aber alles, was ich hörte, war das Freizeichen.

David hatte aufgelegt.

Wütend und enttäuscht ließ ich das Handy sinken.

Carlos musterte mich von der Seite. »Arschloch, sag ich ja.«

Ich rammte den Hinterkopf gegen die Nackenstütze. »Vermutlich hast du recht«, presste ich hervor. »Lass uns zurück nach Hause fahren.«

Doch zu meiner Verwunderung schüttelte Carlos den Kopf. »Ich weiß, wo er ist. Die Musik im Hintergrund, das war DJ Strike. Ich kenne den Klub, in dem er heute Abend spielt.« Er wies an sich selbst hinunter. »Wahrscheinlich lassen sie mich so nicht rein, aber du siehst ganz passabel aus. Du solltest reinkommen und ihm in den Arsch treten können.«

Er beschleunigte auf einem geraden Stück Straße auf mehr als siebzig Meilen. Ich rutschte tiefer in meinen Sitz und wusste nicht, worüber ich mir mehr Sorgen machen sollte. Darüber, dass wir im Graben landeten.

Oder darüber, dass wir heil bei diesem Klub ankamen.

Der Klub befand sich in einem Einkaufszentrum in Edgartown und wir brauchten knappe zwanzig Minuten, bis wir dort waren. Als Carlos den Wagen auf dem Parkplatz abstellte und ausstieg, knöpfte er sich sein Hemd zu, als könne er so seine

Chancen steigern, hineingelassen zu werden. Was natürlich nicht funktionierte.

Der gefaltete Hunderter jedoch, den er dem Typen am Eingang zusteckte, funktionierte sehr wohl. Wir bekamen jeder einen Stempel auf das Handgelenk, dann wurden wir durchgelassen. Auf dem Weg zur Tanzfläche erntete Carlos mehr als einen spöttisch erstaunten Blick für seinen Aufzug. Es schien ihm egal zu sein.

Der Klub war winzig, aber gerammelt voll, sodass ich David auf den ersten Blick nicht entdecken konnte. Die Musik war laut und schnell, ein Stroboskop tauchte alles in grelles, zuckendes Licht, das die Tanzenden wie Roboter aussehen ließ.

Carlos wurde von zwei Kerlen in Seidenhemden angesprochen und unterhielt sich ein paar Minuten lang mit ihnen. Ich drängte mich unterdessen durch die Menge, um Ausschau nach David zu halten.

»Da ist er!« Carlos war plötzlich wieder hinter mir. Ich konnte seinen Atem an meinem Hals spüren, als er mich auf eine kleine Ansammlung von jungen Frauen aufmerksam machte, die an der Theke stand.

David befand sich mitten unter ihnen. Er lehnte mit dem Rücken gegen den Tresen und hörte sich an, was eine der Frauen ihm zu sagen hatte. Sein Blick war dabei in die Ferne gerichtet, als sei er in Gedanken ganz woanders.

Vermutlich war er das auch.

Ich versuchte, mir vorzustellen, was er dachte. Seine Haltung sah unfassbar arrogant aus.

Was offenbar die Frauen rings um ihn herum zu Höchstleistungen anspornte.

Sie übertrafen sich gegenseitig in dem Versuch, seine Aufmerksamkeit auf sich zu ziehen. In der rechten Hand hatte er ein Glas mit einer braunen Flüssigkeit, und als er jetzt daran nippte, fiel sein Blick direkt auf mich.

Ganz leicht weiteten sich seine Augen.

Dann setzte er das Glas ab, wandte sich um. Und schenkte der schlanken Schwarzhaarigen, die neben ihm stand, ein Lächeln. Sie wirkte erstaunt, dass er sie plötzlich beachtete, aber sie ergriff die Gelegenheit beim Schopfe. Mit einer einstudiert wirkenden Geste strich sie sich die Haare hinter das Ohr.

Aus dem Augenwinkel warf David mir einen Blick zu, dann nickte er der Schwarzhaarigen zu, beugte sich über den Tresen und bestellte irgendetwas zu trinken. Als er es der Schwarzhaarigen gab, lächelte sie ihn strahlend an.

Er griff nach ihrer Hand.

Und sie konnte ihr Glück kaum fassen.

Mir schnitt es ins Herz.

»Arschloch! Sag ich ja.« Genau wie David nach der Hand der Schwarzhaarigen, griff Carlos nun nach meiner. »Komm. Da gibt es nur ein Mittel, würde ich sagen.« Er zog mich auf die kleine Tanzfläche.

Ich hatte keine Lust zu tanzen – schon gar nicht nach dieser Art von Musik, die ich noch nie besonders gut gefunden hatte. Aber da Carlos keinen Widerspruch zuließ und sich außerdem weigerte, mich wieder nach Hause zu fahren, blieb mir nichts anderes übrig, als gute Miene zum bösen Spiel zu machen. Also tanzte ich mit ihm.

Die Menge um uns herum war betrunken, vermutlich auch aufgeputscht von irgendwelchen Drogen. Es roch nach Schweiß und Aftershave, nach dem Disconebel, der in unregelmäßigen Abständen zwischen unsere Beine geblasen wurde. Carlos hatte mich auf die gegenüberliegende Seite der

Tanzfläche gezogen, sodass ich keine Chance hatte, David einen Blick zuzuwerfen. Doch irgendwann teilte sich die Menge einmal genau in dem Moment, in dem ich David zugewandt war. Ich sah, wie er noch immer an der Theke lehnte. Sein Blick lag auf mir, während die Schwarzhaarige ihm irgendetwas erzählte. Als er bemerkte, dass ich in seine Richtung schaute, prostete er mir zu und trank sein Glas in einem langen Zug leer.

Ich hielt mitten in der Bewegung inne. Nicht genug, dass er dafür gesorgt hatte, dass mein Herz zu Scherben zerfiel, musste er jetzt auch noch darauf herumtrampeln?

»Was ist?«, schrie Carlos mir über den Lärm der Musik hinweg zu.

Ich beugte mich zu ihm, sodass er verstehen konnte, was ich rief: »Ich muss mal kurz verschwinden.«

Er nickte. »Ich warte hier auf dich.«

Die Waschräume befanden sich in einem separaten Gebäude. Um es zu erreichen, musste man über einen Hof gehen, auf dem Getränkekisten und Fässer herumstanden. Wie üblich gab es vor der Frauentoilette eine Schlange, aber die löste sich schnell auf, sodass ich nach wenigen Minuten bereits wieder auf dem Rückweg war.

Ich hatte den Hof gerade halb überquert, als mein Blick auf David fiel. Er stand neben dem Eingang zum Klub, hatte die Arme vor der Brust verschränkt und eine steile Falte stand zwischen seinen Augenbrauen.

Ich zwang mich, ohne zu zögern auf ihn zuzugehen. Insgeheim rechnete ich damit, dass er mir Vorwürfe machen würde, weil ich ihm hinterhergeschnüffelt hatte. Aber ich täuschte mich.

»Ich dachte, ich hätte dich vor Carlos gewarnt«, sagte er.

Verwundert zog ich das Kinn zurück. »Genau genommen hast du gesagt: Pass ein bisschen auf bei dem.«

Er nickte schweigend.

»Und?«, hakte ich nach.

Da zuckte er die Achseln. Gott, diese Angewohnheit mussten wir dringend wieder ablegen! Beide.

Lachend und schwatzend kam die Schwarzhaarige mit zweien ihrer Freundinnen aus dem Klub und entdeckte uns. »David!« Sie sprach seinen Namen amerikanisch aus, nicht französisch, wie es richtig gewesen wäre. Dann musterte sie mich von Kopf bis Fuß. »Deine kleine Schwester?« Sie schenkte mir ein halbherziges Lächeln.

David schüttelte den Kopf.

Die Schwarzhaarige wartete, ob noch etwas kam, aber als das nicht der Fall war, grinste sie verlegen. »Ich bin gleich wieder da«, sagte sie.

David nickte, ohne den Blick von mir zu lassen.

»Warum tust du das?«, fragte ich, nachdem die drei Grazien verschwunden waren. Ich legte eine Hand auf die Stelle, hinter der mein Herz saß, und ich dachte: *Wenn du jetzt mit den Schultern zuckst, dann bekommst du eine Ohrfeige!*

Doch er rührte sich überhaupt nicht. Er dachte einen Moment lang nach. »Vielleicht, weil ich will, dass du dich von mir fernhältst.«

Ich lachte peinlich berührt auf. »Wie bitte? Warum das denn?«

Natürlich wusste ich, was er meinte.

»Du hast gehört, was Walt über mich denkt.« Forschend lag sein Blick auf mir und ich wusste, dass er nach Anzeichen suchte. Nach Anzeichen dafür, dass ich genauso dachte wie Walt. Dass ich es für möglich hielt. Dass er ein Mörder war.

Ich versuchte verzweifelt, meine Miene unter Kontrolle zu behalten, aber an Davids Augen sah ich, dass es mir gründlich misslang. Ein einzelner Muskel zuckte unter seinem rechten Lid.

»David, ich ...«

»Schon gut, Juli.« Er zog die Schultern bis zu den Ohren hoch.

Die Schwarzhaarige kam von den Toiletten zurück. »Gehen wir wieder rein?«, fragte sie David.

Er atmete einmal tief durch. »Geh schon mal vor. Ich komme gleich nach.«

Sie sah mich stirnrunzelnd an, befand mich aber offenbar für ungefährlich, denn sie lächelte David zu. »Klar.« Dann war sie verschwunden.

David wandte sich mir zu. »Fahr nach Hause, Juli.« Ich war mir nicht sicher, ob er *Sorrow* oder Boston meinte, aber ich fragte auch nicht nach.

Carlos erschien in der Tür des Klubs. Er warf einen fragenden Blick in meine Richtung.

David bemerkte ihn und trat einen Schritt zur Seite. »Fahr nach Hause«, wiederholte er.

# 34

»Alles in Ordnung?« Carlos saß neben mir in Kimmis Sportwagen, aber er hatte den Motor noch nicht gestartet. Durch die heruntergelassenen Scheiben tönten die dumpfen Bässe des Klubs über den Parkplatz zu uns herüber. Das Gelächter der Leute, die vor der Tür standen, um frische Luft zu schnappen, klang schrill in meinen Ohren.

Ich hatte den Kopf gegen die Nackenstütze gelehnt und atmete tief ein und aus, um gegen die Tränen anzukämpfen.

»Juli?« Carlos drehte sich so, dass er mich frontal ansehen konnte. Sein Hemd verrutschte ein wenig über seiner Brust.

Sein Blick war so ernsthaft und mitleidig, dass ich den Kampf gegen die Tränen verlor. »Du hast recht«, murmelte ich erstickt. »Er ist wirklich ein Arschloch!«

Er lachte, aber es klang nicht fröhlich. »Glaub mir«, sagte er leise, »ich wünschte, es wäre anders.«

Aus dem Augenwinkel warf ich ihm einen Blick zu. »Echt?« Ich wischte mir die Tränen von den Wangen. »Du machst eigentlich eher den gegenteiligen Eindruck.«

Er grinste verlegen. »Merkt man das so deutlich?«

Ich setzte zu einem Achselzucken an, hielt jedoch gerade noch rechtzeitig inne. Ein Schluchzen ergriff mich und ich musste mich richtig anstrengen, um es nicht herauszulassen.

»Komm her!« Carlos lehnte sich zu mir herüber. Zögernd legte er den Arm um die Rückenlehne. Auf diese Weise war ich seiner Schulter jetzt ganz nahe. Ich rührte mich nicht. Da nahm er die andere Hand und zog mich an seine Brust.

Einem ersten Impuls folgend, wollte ich mich wehren, aber dann ließ ich es einfach zu, dass Carlos mich in die Arme nahm. »Ganz ruhig«, sagte er. »Es ist alles okay.«

Also gab ich nach. Er roch nach dem Salz des Atlantiks und mir wurde bewusst, dass er nach seinem nächtlichen Ausflug in die Wellen nicht geduscht hatte. Vorsichtig legte ich den Kopf an seine Schulter.

Und weinte.

Er nahm den Arm hinter der Nackenstütze weg, sodass ich es ein bisschen bequemer hatte. Dann wartete er geduldig. Bis auch die letzte Träne versiegt war.

»Besser jetzt?«, fragte er.

Ich nickte ziemlich kläglich.

»Verrätst du mir, warum du ihm nicht einfach in den Arsch trittst und nach Boston zurückfährst?«, fragte Carlos.

Ich schloss die Augen. Im Moment war es genau das, was ich am liebsten getan hätte. In den letzten vierundzwanzig Stunden hatte David sich derartig unmöglich benommen, dass ich mich ganz zerrissen fühlte. Natürlich wusste ich, dass es genau das war, was er mit seinem Verhalten bezweckte: Er *wollte*, dass ich *Sorrow* verließ. So unverständlich es für Außenstehende wie Carlos aussehen mochte, aber Davids Verhalten sollte mich schützen, das fühlte, nein, das wusste ich. Ich musste ihm ja nur in die Augen sehen, um es zu erkennen.

Eine einzelne, letzte Träne quoll unter meinen Lidern hervor. Ich spürte, wie sich Carlos neben mir regte, und öffnete die Augen wieder. Seine Hand war meinem Gesicht ganz nah und dann wischte er mit dem Daumen die Träne fort. Im nächsten Moment riss jemand die Tür auf und packte Carlos an den

Schultern. Bevor ich es mich versah, wurde er aus dem Wagen gezerrt, herumgeschleudert und gegen eine Wand geworfen.

»Lass die Finger von ihr, Drecksack!«

David sprach durch zusammengebissene Zähne und im Licht der Laternen, die den Parkplatz erhellten, konnte ich seine Augen sehen. Sie schienen Funken zu sprühen.

Carlos sah es ebenfalls. Er zögerte, doch dann wehrte er sich. Er ballte die Faust und rammte sie David ins Gesicht. Es war, als habe David genau darauf gewartet. Er hieb mit einer Wucht zu, die sich in einem Aufschrei Luft machte. Carlos' Augen quollen hervor, sein Mund schnappte nach Luft, aber er bekam keine, weil David ein zweites Mal zuschlug. Als Carlos zusammenklappte, schleuderte David ihn erneut gegen die Wand, legte den Unterarm quer über seine Kehle und drückte zu.

Ich war in der Zwischenzeit ebenfalls aus dem Auto gestiegen. Ohne zu überlegen, packte ich David an der Schulter, doch er schien mich überhaupt nicht wahrzunehmen.

»Du solltest die Finger von ihr lassen!«, zischte er Carlos ins Gesicht.

Carlos wehrte sich, aber gegen Davids Zorn kam er nicht an – ebenso wenig wie ich, die jetzt versuchte, David von ihm fortzuzerren. »Wieso?«, gelang es Carlos zu japsen.

Da ließ David ihn mit einem Ruck los und auch von mir machte er sich zornbebend frei. Er stand schwer atmend da, die Luft zwischen den beiden knisterte. Mit einer Hand wedelte er in meine Richtung. »Frag sie«, keuchte er. Blut rann ihm von der Unterlippe, wo Carlos ihn getroffen hatte. Mit dem Handrücken wischte er es fort.

Carlos' Augen wurden schmal. Fragend schaute er mich an.

Meine Knie zitterten und ich wusste nicht, was ich sagen sollte.

»Sag es ihm!«, flüsterte David und warf mir einen Seitenblick zu. »Sag ihm, was du von mir denkst!«

»David!« Ich ahnte, was er meinte, aber ich war unfähig, auch nur ein weiteres Wort über die Lippen zu bringen.

David wartete noch einige Sekunden. Dann brachte er sein Gesicht ganz dicht an das von Carlos. »Leg dich besser nicht mit mir an«, drohte er. »Nicht, dass ich bald noch jemanden auf dem Gewissen habe.«

In dieser Nacht erwachte ich, weil ich jemanden meinen Namen wispern hörte. Stocksteif lag ich im Bett und lauschte mit klopfendem Herzen. Hatte ich geträumt? Es war ein unangenehmes Gefühl, nicht zu wissen, ob man ein Geräusch wirklich gehört hatte oder ob es nur im eigenen Kopf ertönt war.

Mit angehaltenem Atem blieb ich liegen und lauschte in die Dunkelheit hinaus, ob das unheimliche Flüstern vielleicht noch einmal zu hören war.

Das war es nicht.

Ich lag bestimmt eine Stunde lang wach, überlegte mehrfach, ob ich nach nebenan zu David gehen sollte, und verwarf die Idee ebenso oft wieder. Nachdem er sich mit Carlos geprügelt hatte, hatte ich ihn dazu gebracht, sich ein Taxi zurück nach *Sorrow* zu nehmen, weil er viel zu betrunken war, um noch selbst zu fahren. Carlos hatte sich schlicht geweigert, ihn im Auto mitzunehmen, und ich hatte es ihm nicht verübeln können. Walt, der mich mit einem angespannten Lächeln begrüßte, hatte auf uns gewartet, aber David war einfach an ihm vorbeimarschiert und hatte sich in sein Zimmer eingeschlossen. Ich hatte Walt erzählt, was geschehen war, und wir hatten eine Weile lang über White Rage und dessen vielleicht doch noch spürbare Nachwirkungen diskutiert. Weil wir zu keinem brauchbaren Ergebnis gekommen waren, waren wir schließlich schlafen gegangen.

Die Ereignisse dieses furchtbaren Tages liefen wieder und wieder vor meinem inneren Auge ab, während ich mich selbst davon überzeugte, dass ich das unheimliche Wispern eben wirklich nur geträumt hatte. Ich schloss die Augen.

Ein leises Knarren ließ mich aufschrecken.

Jemand stand an meinem Bett. Mein Kopf fuhr herum, und als ich sah, wer es war, setzte mein Herz vollständig aus. Dann begann ich zu kreischen.

»Juli!«

Ich wurde durchgerüttelt.

»Juli, wach auf!« David hatte die Nachttischlampe angeschaltet und ihr Licht blendete mich.

Mühsam nur befreite ich mich aus etwas, das sich wie eine tiefe Ohnmacht anfühlte. Nebel wallten in meinem Kopf und überlagerten doch nicht das furchtbare Bild, das ich eben gesehen hatte. Die Person vor meinem Bett ... Aufgedunsen und fahl war sie gewesen. Lange schwarze Haare hatten sich mit Tang und Algen zu einem wirren Knäuel verwoben und Fetzen von einem roten Kleid hatten der Gestalt um die Glieder geweht. Charlie. Nein, ihre Leiche. Sie hatte auf mich herabgeschaut und dann hatte sie gelächelt. Alle Zähne in ihrem Mund waren nur noch scharfkantige, spitze Splitter gewesen. Das war der Moment, in dem ich gekreischt hatte.

Jetzt klammerte ich mich an David und kämpfte gegen die hysterischen Schluchzer an, die mich schüttelten.

»Es ist gut.« Er hielt mich ganz fest. »Es war nur ein Traum!«

Ich ließ mich von ihm wiegen, bis ich mich endlich wieder

beruhigt hatte. Irgendwann schob er mich von sich, betrachtete mich. »Geht es wieder?«

Ich strich mir die schweißnassen Haare aus der Stirn und nickte.

Er hielt mich noch eine Weile im Arm, dann irgendwann meinte er: »Rutsch rüber!«

Ich lag einen Moment lang still, aus Angst, die Scherben in meinem Brustkorb könnten klirren. Dann rutschte ich rüber und ließ David zu mir unter die Bettdecke schlüpfen.

Als ich in dieser Nacht das nächste Mal erwachte, war David nicht mehr da. Ich setzte mich auf. Meine Zimmertür stand offen, der warme Schein der Lampen auf dem Flur warf ein keilförmiges Muster auf den Boden bis zu meinem Bett.

Die Balkontür stand ebenfalls offen und der Wind, der vom Meer wehte, bewegte sachte die Vorhänge hin und her.

Ich konnte das Rauschen des Atlantiks hören und dahinter ab und zu das melodiöse Zwitschern irgendeines Vogels. Die Morgendämmerung war offenbar nicht mehr fern.

Ich schwang die Beine aus dem Bett und ging zur Zimmertür. Der Flur lag verlassen vor mir. Die Liliensträuße neben Amandas Zimmer strömten einen schweren, blumigen Duft aus, der mich an Friedhöfe und Gräber denken ließ. Ich fröstelte, aber trotzdem öffnete ich die Tür zwischen den Sträußen, um nachzusehen, ob David dort war.

Er war es nicht.

Das Zimmer lag verlassen und finster vor mir. In der herrschenden Dunkelheit konnte ich Charlies Bild nicht erkennen, dennoch hatte ich das unangenehme Gefühl, dass sie mich aus den Schatten heraus anstarrte. Eilig verließ ich das Zimmer wieder.

Ich wollte schon kontrollieren, ob er vielleicht in sein eigenes Zimmer gegangen war, als ich von unten aus der Halle ein leises Geräusch vernahm.

Es klang wie das Klappern einer Tür, die nur angelehnt war und sich im Luftzug sachte bewegte.

Ich wandte mich um.

Die Treppe lag verlassen im schwachen Lichtschein da, das Ticken der Standuhr klang in der herrschenden Stille sehr laut. Zögernd trat ich an die oberste Stufe.

Draußen am Himmel wanderte eine Wolke ein Stück weiter und enthüllte den Mond, der nun durch das bunte Glasfenster am oberen Treppenabsatz schien. Ich berührte den roten Lichtfleck, den er auf die Ecke des Geländers warf, mit den Fingerspitzen.

Dann fasste ich mir ein Herz und ging nach unten.

Mit jeder Stufe, die ich überwand, schien das Ticken der Uhr lauter und lauter zu werden, aber dann begriff ich, dass es nicht die Uhr war, die ich hörte, sondern mein eigenes Herz. Es klopfte so heftig, dass ich zu spüren glaubte, wie es sich in meiner Brust zusammenzog und wieder entspannte.

Ein schwacher Luftzug erfasste mich, strich sanft über die feinen Härchen an meinen Armen – und ließ die Tür, die ich schon eben gehört hatte, erneut klappern.

Es war die von Jasons Arbeitszimmer. Genau wie meine Zimmertür stand sie einen Spaltbreit offen und Licht fiel als schmaler Streifen in die dämmerige Halle hinaus. Lautlos huschte ich hinüber und schob sie etwas weiter auf.

David kniete vor dem großen Schreibtisch in der Mitte des Raumes. Er drehte mir den Rücken zu und er hatte den Kopf gesenkt, als schaue er auf etwas, das in seinen Händen lag. Als er mich hörte, hob er den Kopf, drehte sich aber nicht zu mir um.

»Geh wieder schlafen, Juli«, sagte er.

Ich schüttelte den Kopf, auch wenn er das nicht sehen konnte. »Nur wenn du mitkommst.«

Er blickte wieder auf den Gegenstand in seinen Händen nieder. »Gleich.«

»Was hast du da?« Ich betrat das Arbeitszimmer, aber ich blieb stehen, als David sagte: »Das Armband.«

»Was ist damit?«

Er schwieg. Er schien mit sich zu ringen, doch ich wusste nicht, wieso. Ich konnte mich kaum rühren.

»Summer kann es nicht auf deinen Nachttisch getan haben«, sagte er endlich und in diesem Moment geschahen zwei Dinge.

Er drehte sich um und ich sah, was er in der Hand hielt. Es war nicht das Armband. Ich erstarrte.

Gleichzeitig sagte er: »Charlie hatte es um, als sie abgestürzt ist.«

Seine Augen waren groß und dunkel und voller Schrecken.

Der Gegenstand in seiner Hand – es war eine kurzläufige, matt schimmernde Pistole.

»David!« Meine Stimme kam aus irgendeinem anderen Universum.

Er schien mich nicht zu hören, obwohl er mich direkt ansah. Langsam hob er die Waffe, präsentierte sie mir. Das Armband und sein unheimliches Auftauchen in meinem Zimmer schienen vergessen.

»Ich wusste, dass mein Vater die hier in seinem Schreibtisch aufbewahrt«, sagte er tonlos. »Als Tim mich gefragt hat, ob er alle Waffen hat, habe ich an diese hier einfach nicht gedacht. Warum nicht?«

Er sah die Pistole an, als sei sie plötzlich an seiner Hand

festgewachsen. Dann schüttelte er den Kopf. Ganz langsam schwang er ihn erst nach links, dann nach rechts, wo er innehielt und mich aus den Augenwinkeln anstarrte. Oh Gott! Ich wollte ihn schütteln, ihn ohrfeigen, um ihn aus dieser furchtbaren Starre zu holen, aber ich konnte mich nicht rühren. Seine Augäpfel schimmerten rot wie bei unserer ersten Begegnung auf den Stufen von *Sorrow*. Auch damals hatte er diesen tief verwundeten Blick gehabt, auch damals hatte man ihm all die Tränen ansehen können, die er nach innen geweint hatte.

»Du hast es einfach nur vergessen.« Ich streckte die Hand nach der Waffe aus. »Bitte gib sie mir!«

Davids Finger krampften sich fester um den Pistolengriff. Ich sah, wie sich die Sehnen auf seinem Handrücken spannten.

»Vielleicht«, sagte er mit dieser fremden Stimme, »vielleicht wusste ich, dass hiermit Charlie erschossen wurde. Vielleicht wollte ich nicht, dass Tim diese Waffe in die Hände bekommt, weil ...«

»Nicht, David!«, flüsterte ich. Vor Grauen bekam ich kaum noch Luft. »Bitte gib mir die Waffe!«

Wie ein Pendel schwang Davids Kopf wieder nach links.

Nein.

Er öffnete den Mund. Ganz leicht teilten sich seine Lippen, ehe er sie aufeinanderpresste, bis sie nur noch ein schmaler weißer Strich waren.

Ich wartete.

»Ich erinnere mich einfach nicht«, flüsterte er. Dann drehte er die Waffe so, dass er in ihre Mündung blicken konnte.

Eine große, warme Hand packte mich an der Schulter, drängte mich zur Seite und hinderte mich dadurch daran zusammenzubrechen.

»Nein, Junge«, sagte eine sehr ruhige, sehr erwachsene Stimme.

Walt.

Gott sei Dank! Meine Knie zitterten so sehr, dass ich mich an der Wand abstützen musste.

»Gib mir die Pistole!« Walts Befehl klang ebenso ruhig wie die Worte zuvor und doch lag eine Dringlichkeit in seiner Stimme, die David aufblicken ließ. »Du musst das nicht tun. Es gibt andere Wege.«

Wieder setzte David zu diesem Kopfschütteln an, hielt aber inne. »Welche?« Er lauschte in sich hinein. »Ich kann mich einfach nicht erinnern«, wiederholte er.

Walt verzog das Gesicht. »Es gibt Mittel und Wege, deine Erinnerung zurückzuholen. Sie sind ein bisschen ... nun, sagen wir, unorthodox.«

Ich hörte meinen Vater über Walt schwärmen, hörte ihn sagen: »Dr. Walt Schroeder gilt als einer der besten Traumatherapeuten an der gesamten Ostküste.«

Ich schluckte. Warum nur nahm Walt David nicht endlich diese Waffe weg? Ihre Mündung wies noch immer auf Davids Körper. Wenn sie jetzt losging ...

»Was bedeutet das?«, fragte David.

Vorsichtig trat Walt einen Schritt näher an ihn heran. »Ich könnte dich mit der Situation von damals konfrontieren, um die verschüttete Erinnerung heraufzubeschwören. Wir gehen auf die Klippe und wir ...«

David schüttelte den Kopf. »Das klappt nicht. Das habe ich schon probiert.«

»Ich würde es gern noch einmal versuchen. Egal, was dabei herauskommt, David: Alles ist besser, als dich hier und jetzt zu erschießen.« Walt wies auf mich. »Vor ihren Augen.«

Statt darauf etwas zu erwidern, sah David mich an.

Ich rührte mich nicht. Meine Finger waren um das Herz an meiner Kette gekrampft.

Davids Hand an der Waffe zitterte. Ich sah, wie sein Zeigefinger am Abzug zuckte, und war vor Panik kurz vor einer Ohnmacht. Die Standuhr draußen in der Halle tickte Sekunde um Sekunde fort. Die Tür des Arbeitszimmers klapperte leise im schwachen Luftzug. Draußen vor dem Haus begannen jetzt immer mehr Vögel zu zwitschern.

Und endlich senkte David den Kopf. Es sah resigniert aus, resigniert und hoffnungslos. »Also gut«, willigte er ein und legte endlich diese unselige Pistole fort. »Drehen Sie mich durch die Mangel, damit dieser Scheiß endlich aufhört!«

# 35

Den Rest der Nacht schlief ich natürlich kaum noch, auch wenn ich wusste, dass Walt sich gut um David kümmerte. Meine Gedanken kreisten unablässig um alles, was passiert war, hauptsächlich um die Frage, ob David Charlie erschossen hatte oder nicht, aber auch um das, was er gesagt hatte, als er sich mit der Waffe in der Hand zu mir umgedreht hatte.

Charlie hatte den Armreif, der auf meinem Nachtschrank gelegen hatte, am Handgelenk getragen, als sie abgestürzt war. Wie zum Teufel kam das Ding dann in mein Zimmer? Im Grunde konnte nur Summer ihn dorthin gelegt haben, hatte ich bisher gedacht. Spielte sie eine Rolle bei dieser ganzen Sache? Oder vielleicht doch Grace?

Es war schon fast hell, als ich mich aus dem Bett quälte, anzog und nach draußen auf den Flur trat. Walt und David waren offenbar noch immer in Jasons Arbeitszimmer, wo sie geblieben waren, nachdem David die Waffe weggelegt hatte. Die Tür war jetzt geschlossen.

Ich nutzte die Gelegenheit und ging in Davids Zimmer, um nach dem Armreif zu sehen. Nachdem er gestern Summer damit konfrontiert hatte, hatte er ihn wieder mitgenommen. Seitdem hatte ich das Ding nicht mehr zu Gesicht bekommen, aber als ich jetzt an Davids Bett trat, sah ich, dass er es auf sein Kopfkissen gelegt hatte. Es ruhte in einer leichten Kuhle wie in einem Nest.

Ich nahm es. Betrachtete es.

Der schwere Silberreif glänzte. Nur in den Vertiefungen der Ornamente waren Spuren von Schwarz zu erkennen, wo das Silber angelaufen war. Der rote Stein schimmerte matt und makellos. Ich konnte mich in den Facetten spiegeln.

Sah so ein Schmuckstück aus, das längere Zeit im Salzwasser gelegen hatte?

Ich drehte den Reif so, dass ich die Inschrift auf der Innenseite lesen konnte.

*Für Charlie. In Liebe. David.*

Nachdenklich legte ich die Stirn in Falten. Von dieser Sorte Armreif gab es Dutzende, hatte David gesagt. Schließlich hatte derjenige, den Henry mir im Winter geschenkt hatte, fast genauso ausgesehen. War es da nicht wahrscheinlich, dass jemand einen dritten davon gekauft und mit dieser Gravur versehen hatte? Jemand, der erstens wusste, was David damals für Charlie in das Schmuckstück hatte schreiben lassen. Und der zweitens ein Motiv dafür hatte, ein ganz ähnliches Spielchen mit ihm zu treiben, wie Henry es getan hatte.

*Steckst du mit Henry unter einer Decke?*, hatte David Summer gefragt.

Im ersten Moment war mir das paranoid vorgekommen, aber je länger ich jetzt darüber nachdachte, umso plausibler kam mir diese Möglichkeit vor. Verrückt genug dafür war sie, oder?

Behutsam legte ich den Armreif zurück auf das Kopfkissen und drehte ihn so, wie er zuvor gelegen hatte. David musste nicht unbedingt wissen, dass ich ihn in der Hand gehabt hatte.

Mit neu erwachter Entschlossenheit verließ ich das Zimmer, um nach unten zu gehen und zu frühstücken. Ich würde herausfinden, was hier vor sich ging, dessen war ich mir in diesem Moment ganz sicher.

Allerdings währte meine Sicherheit nur bis zu dem Moment, in dem ich die Morgenzeitung in die Finger bekam.

Grace befand sich im Speisezimmer, wie jeden Morgen, und sie begrüßte mich mit einem freundlichen Lächeln und dem üblichen vielsagenden Blick.

»Ich soll Ihnen von Dr. Schroeder ausrichten, dass er mit Master David ins Krankenhaus zu Mr Bell gefahren ist.«

Ich bedankte mich bei ihr für die Information und nahm mir eine Schale Müsli. Statt des üblichen Kaffees entschied ich mich heute nur für ein Glas Orangensaft. Ich war auch so schon nervös genug, fand ich. Während ich aß, vibrierte das Handy in meiner Tasche. Ich zog es hervor und warf einen Blick darauf. Ich hatte eine SMS von Miley erhalten.

»Habe die erste Fähre des Tages erwischt«, schrieb sie mir. »Bin gerade runter und in einer guten Stunde bei dir.«

Ich sandte einen stummen Dank nach ihr aus. Bei all dem Chaos der vergangenen Stunden hatte ich glatt vergessen, dass sie kommen wollte. Eine Stunde noch.

Um sie totzuschlagen, nahm ich mir das *Cape Cod Journal,* die Tageszeitung, die zusammen mit der *New York Times* und dem *Boston Globe* auf einem kleinen Tischchen neben der Anrichte lag. Wie es auch zu Hause in Boston meine Gewohnheit war, las ich es von hinten nach vorn, überflog die einzelnen Überschriften auf den Seiten, fand jedoch zunächst nichts, was mich sonderlich interessierte.

Der Artikel über den Fund von Charlies Leiche stand oben rechts auf Seite zwei.

Er nahm mehrere Spalten ein, ein Foto von Sheriff O'Donnell war dabei und eines der Gay-Head-Klippen. Mein Blick blieb daran hängen und im ersten Moment zuckte ich instinktiv davor zurück, ihn zu lesen. Dann allerdings überflog ich ihn doch. Er enthielt nichts, was ich nicht von O'Donnell selbst schon wusste.

Bis auf ein Detail.

Ein einzelner Absatz sprang mir ins Auge. »Das gerichtsmedizinische Institut von Bangor hat eine DNA-Analyse veranlasst«, stand dort, »weil die Leiche auf anderem Wege nicht mehr sicher identifiziert werden konnte. Wegen der langen Zeit, die sie im Salzwasser gelegen hat, waren die Fingerabdrücke nicht mehr verwendbar. Und auch die Zähne, mit denen man normalerweise die Identität eines Menschen zweifelsfrei nachweisen kann, waren keine Hilfe, weil sie – mutmaßlich durch große Gewalteinwirkung, wie zum Beispiel durch einen Sturz aus großer Höhe – allesamt zertrümmert waren.«

Ich ließ die Zeitung sinken, weil mir übel wurde.

»Oh Gott«, wisperte ich.

»Miss Wagner?« Grace sah mich besorgt an. »Geht es Ihnen nicht gut, Miss Wagner? Sie sind kreidebleich geworden!«

Ich konnte nur den Kopf schütteln. Meine Hände krampften sich um die Ränder der Zeitung, zerknitterten sie.

»Warten Sie, ich bringe Ihnen ein Glas Wasser.« Grace ging zu der Anrichte, goss mir aus einem Krug mit Eiswasser ein Glas ein. Nachdem ich ein paar Schlucke getrunken hatte, ging es mir ein wenig besser, auch wenn meine Gedanken nicht aufhörten zu rattern. Wie an einer Schnur gezogen tauchten vor meinem inneren Auge Bilder aus den Träumen auf, die ich in der letzten Zeit gehabt hatte.

Mary Willows' Gesicht.

David und ich hatten es damit erklärt, dass ich zuvor ein paarmal an ihrem Gemälde vorbeigelaufen war und ihren Namen und ihre Züge unbewusst wahrgenommen haben musste.

Aber der Traum der vergangenen Nacht ... Charlies Leiche an meinem Bett ...

Ihre zersplitterten Zähne.

Wieso konnte ich von einer Leiche mit zertrümmerten Zähnen träumen, bevor ich überhaupt gewusst hatte, dass sie zertrümmerte Zähne hatte?

»Ich glaube, ich hole jemanden«, hörte ich Grace sagen. »Sie klappen mir sonst noch zusammen.«

Da endlich schaffte ich es, mich zusammenzureißen. Gewaltsam vertrieb ich das Bild der verwesten Leiche mit dem zersplitterten Grinsen aus meinem Kopf.

»Sagen Sie jetzt nicht, ich sehe aus, als hätte ich einen Geist gesehen«, krächzte ich.

Grace sah mich völlig ernst an. »Darüber würde ich niemals Scherze machen, Miss Wagner!«

Natürlich nicht.

Mit einer mühsamen Bewegung stand ich auf. »Ich musste nur an einen Albtraum denken«, erklärte ich ihr so beherrscht wie möglich. Ich sah ihr in die Augen dabei und hatte das Gefühl, dass sie sehr genau wusste, was ich in dieser Nacht geträumt hatte.

»Ein Albtraum«, wiederholte sie bedächtig.

Ich zögerte, aber dann fragte ich: »Was wissen Sie, Grace?«

Von der Seite her schaute sie mich an. »Was meinen Sie?«

»Sie geben alle naselang Prophezeiungen von sich, die eintreffen. Sie scheinen sehr viel mehr zu wissen als alle anderen Menschen hier in diesem Haus. Sie ...« Mir fiel etwas ein. »Haben Sie mich in dem Bootshaus unten am Strand eingesperrt?«

Der fragende Ausdruck in ihrem Gesicht verwandelte sich in etwas, das fast wie Empörung aussah. »Natürlich nicht!«

Ich sah ihr in die dunklen Augen und aus irgendeinem Grund glaubte ich ihr. Plötzlich spürte ich, dass sie es wirklich nur gut mit mir meinte. »Was wissen Sie, Grace?«, wiederholte ich meine Frage.

Sie nahm mir das Glas aus der Hand und drehte es in den Händen. »Nur das, was Madeleine mir zu verstehen gibt, Miss Wagner.«

Ich gab mir Mühe, mich auf diese Wendung des Gesprächs einzulassen. »Wie reden Sie mit ihr?«, fragte ich.

Sie zuckte die Achseln und lächelte dabei leicht. »Manchmal höre ich ihre Stimme. Manchmal schickt sie mir aber auch Träume.«

Träume. So wie ich sie hier auch hatte.

Grace stellte das Glas fort. »Ich gehöre zum Stamm der Wampanoag, Miss Wagner. Wir sind leichter zu erreichen für die Stimmen der Toten als Ihr Volk.« Sie machte eine bedeutungsvolle Pause. »Und wir spüren auch eher, wenn so etwas wie Wahnsinn in der Luft liegt.«

*Wahnsinn? Was für ein Wahnsinn? Was faselte sie denn da jetzt schon wieder?*

Ich blinzelte. »Reden Sie auch mit Mary Willows' Geist?« Es fühlte sich plötzlich gar nicht mehr so schräg an, solche Fragen zu stellen, dachte ich.

Grace schüttelte den Kopf. »Mary Willows hat vor langer Zeit schon Ruhe gefunden.«

»Was können Sie mir über sie erzählen?«

Sie gab mir ein paar Fakten, aber darunter befand sich nichts, was ich nicht längst wusste: dass Mary Willows erschossen worden war. Dass ihr Porträt im Gang vor dem Speisezimmer hing.

»Wissen Sie, wer ihren Namen aus einem Buch geschnitten haben könnte, das ich in der Bibliothek gefunden habe?«, fragte ich.

Sie schüttelte den Kopf. »Tut mir leid.«

Ich schluckte gegen das papiertrockene Gefühl in meinem Mund an. »Versprechen Sie mir etwas?«, bat ich.

Sie nickte ernst.

»Wenn Madeleine wieder mit Ihnen spricht, verheimlichen Sie mir nichts, ja?«

Ich verließ das Herrenhaus und setzte mich sehr bewusst draußen auf dem Parkplatz in die pralle Morgensonne, um auf Miley zu warten. Die warmen Strahlen waren ein einigermaßen brauchbares Mittel gegen das innere Frösteln, das mich ergriffen hatte, und der leichte Salzgeruch in der Luft, der nach Ferien und sommerlicher Leichtigkeit schmeckte, tat ein Übriges, damit ich mich einigermaßen wieder in den Griff bekam.

Wie sie versprochen hatte, kam Miley gut eine Stunde, nachdem ich ihre SMS erhalten hatte, an. Als sie in dem zerbeulten Wagen ihrer Mutter auf den Parkplatz rollte, war ich so erleichtert, dass mir die Tränen kamen.

Sie stieg aus und hatte gerade noch Zeit, ihre riesige Sonnenbrille abzunehmen, bevor ich ihr um den Hals fiel. »Gott sei Dank bist du da!«

Sie erwiderte meine Umarmung.

»Puh, ist das heiß!«, waren ihre ersten Worte. Dann schob sie mich von sich und musterte mich kritisch. »Du siehst scheiße aus!«

Ich nickte nur. Es tat so gut, sie bei mir zu haben. Schon nach diesen wenigen Sekunden fühlte ich mich stärker, weniger deprimiert. Mit Miley zusammen konnte ich das hier durchstehen, dachte ich.

Sie hakte mich unter. »Wo ist David?«

David.

Allein seinen Namen zu hören, schnürte mir die Luft ab. »Im Krankenhaus. Bei seinem Vater.« Ich erzählte Miley von der Sache mit der Pistole gestern Nacht.

Ihre Augen wurden riesengroß. »Oh Gott!«, stieß sie hervor. »Der Typ hat definitiv ein Problem!«

Ich nickte.

*Nicht nur er,* dachte ich. *Nicht nur er.*

»Es gibt noch ein paar andere Sachen, die ich dir erzählen muss«, murmelte ich.

Miley setzte ihre Sonnenbrille wieder auf. Skeptisch wandte sie das Gesicht der Sonne zu. »Klar. Aber nicht hier draußen, Süße. Ich habe mich so früh am Morgen noch nicht eingecremt und habe keine Lust auf einen Sonnenbrand.«

Ich ließ ihren gesunden Sinn für Pragmatismus einen Moment lang auf mich einwirken.

»Können wir reingehen?«, fragte Miley dann, weil ich nicht reagierte.

»Klar.« Ich zwang mich zu einem Lächeln und zog sie zur Eingangstreppe.

Sie legte den Kopf zurück und musterte das alte Herrenhaus. »Uff! Ein ganz schön gruseliger Kasten! Kein Wunder, dass man hier irre wird.« Direkt vor der Eingangstür blieb sie stehen, betrachtete den Pelikan auf der Glasscheibe. Dann sah sie mich an. »Jetzt wollen wir doch mal sehen!«, meinte sie, streckte die Hand nach der Tür aus und wartete einen Moment auf den Tusch. Als der nicht kam, machte sie einen langen Schritt vorwärts. Und blieb in der Halle stehen.

Ich wusste, sie wartete auf das Frösteln, von dem ich ihr oft erzählt hatte.

»Nichts«, kommentierte sie enttäuscht. Sie steckte ihre Brille in die Haare und wandte sich zu mir um.

»Willkommen auf *Sorrow*«, sagte ich spöttisch.

*»Sorrow!«* Miley verzog das Gesicht, als habe sie etwas Ekelhaftes gerochen. »Was für ein Name!« Sie drehte sich einmal um die eigene Achse. »Aber die Einrichtung ist geil! Gibt's hier auch was zu trinken?«

»Im Speisezimmer ist noch für das Frühstück gedeckt.« Ich hakte mich bei ihr unter und zog sie nach rechts in den Gang, der in den Essraum führte.

»Uh«, machte sie, als sie die Reihe der Ahnenporträts sah. »Alte Schinken. Ganz apart!« Sie grinste, dann blies sie die Wangen auf.

Wir betraten das Speisezimmer und zu meinem Bedauern waren wir dort nicht allein. Kimmi und Carlos waren in der Zwischenzeit aus ihren Betten gekrabbelt und hatten sich an das eine Ende des langen Tisches gesetzt. Kimmi trug einen schreiend bunten Pareo als Wickelkleid und Ohrringe, die aussahen wie Traumfänger. Carlos hatte sich komplett in Weiß gehüllt – weiße Shorts, weißes Muscle-Shirt und weiße Sandalen. Als er mich sah, grinste er, als sei gestern Nacht nichts Weltbewegendes geschehen.

Ich fragte mich, ob er blaue Flecken an den Rippen hatte, dort, wo Davids Hiebe ihn letzte Nacht getroffen hatten.

»Na? Gut geschlafen?«, erkundigte er sich.

»Geht so«, murmelte ich und stellte ihm und Kimmi Miley vor.

Kimmi begrüßte Miley nur huldvoll, indem sie ihr zuwinkte, aber Carlos gab ihr die Hand. »Angenehm. Bist du aus Boston, wie Juli auch?«

Miley nickte, und während ich uns etwas zu trinken vom

Büfett holte, begann sie ein unverfängliches Gespräch mit Carlos und Kimmi über die Reise hierher und über die Überfahrt mit der Fähre. Ich konnte ihr ansehen, dass sie genervt war von der Anwesenheit der beiden, aber sie verbarg es so gut, dass weder Carlos noch Kimmi etwas davon bemerkten. Wobei das vermutlich nicht so schwierig war. Die beiden waren so sehr auf sich selbst fixiert, dass man vermutlich eine Handgranate neben ihnen explodieren lassen musste, um sie auf irgendwas anderes aufmerksam zu machen.

Als sei es nicht genug, dass die beiden da waren, betrat kurz darauf auch noch Lizz den Raum.

»Wo ist David?«, fragte sie mich statt einer Begrüßung.

Ich sagte es ihr.

Miley zog eine Augenbraue hoch, als sie den Tonfall in meiner Stimme hörte. »Immer noch Zickenalarm?«, flüsterte sie mir zu, nachdem Lizz sich dem Büfett zugewandt hatte und versuchte, sich zwischen einer Grapefruit und einer Orange zu entscheiden.

Ich zuckte mit den Schultern.

Während Lizz sich zu Carlos und Kimmi gesellte, setzten Miley und ich uns ans gegenüberliegende Ende des Tisches. Miley trank den Saft, den ich ihr gegeben hatte, in einem langen Zug aus. Mit dem leeren Glas deutete sie auf den Anhänger an meiner Kette. »Hübsch. Ist der neu?«

Ich fasste nach dem kleinen Glasherz. »Von David.«

Miley betrachtete es genauer. »Es hat lauter Risse«, kommentierte sie und in diesem Moment schossen mir wieder Tränen in die Augen.

Sie sah es. »Okay«, murmelte sie. »Raus hier?«

Ich wollte schon zustimmen, aber da waren die anderen drei fertig mit dem Frühstück und bliesen zum Aufbruch.

Zehn Sekunden später waren Miley und ich allein im Speisezimmer.

»Jetzt erzähl!«, forderte Miley mich auf.

Und das tat ich. Ich erzählte ihr jede einzelne Kleinigkeit. Von David und seinem Vater. Von Davids Sorge, ein Mörder zu sein. Von Summer und dem plötzlichen Auftauchen von Charlies Armreif. Von meinen unheimlichen Träumen. Und auch von der Frau im roten Kleid, die ich zu sehen geglaubt hatte, und davon, dass mich jemand in dem Bootshaus eingesperrt hatte. Einiges davon wusste sie schon, aber sie unterbrach mich nicht ein einziges Mal.

»Krass«, ächzte sie, nachdem ich endlich fertig war. Und sie wiederholte es noch einmal: »Echt krass! Was willst du jetzt tun?«

»Walt kümmert sich um David und seine Amnesie«, erklärte ich. »Aber ich muss auch irgendwas tun, sonst werde ich noch völlig irre.«

Miley stand auf, nahm sich noch ein Glas Saft. Sie trank es in ebenso großen Zügen wie das erste, dann stellte sie es beiseite. Erwartungsvoll schaute sie mich an.

»Wir machen einen Museumsbesuch«, sagte ich.

# 36

Adams kleines Inselmuseum hatte in den Sommermonaten durchgehend geöffnet, und als wir die Veranda betraten, sah ich mich um. Viel verändert hatte sich seit meinem letzten Besuch hier nicht. Von der Decke baumelte noch immer das Fischernetz, das mit Muscheln und Seesternen verziert war. Die alten Schiffslampen waren ebenso noch da wie die Ölgemälde, Pastellkreidezeichnungen und Fotos. In einer der Vitrinen, in denen früher Bücher und Briefe gelegen hatten, befand sich jetzt alter Schmuck, aber die Vitrine mit den Dingen, die aus dem Wrack der *City of Columbus* geholt worden waren, war noch genau so, wie ich sie in Erinnerung hatte.

»Ach je!«, meinte Miley, als wir reingingen. »Was ist das hier? Die Haupt-Touristenattraktion oder was?«

Es war gerammelt voll. Eine Gruppe von Frauen stand vor dem Verkaufstresen und besah sich indianisches Kunsthandwerk, eine weitere diskutierte über den Untergang des Schiffes, bei dem Madeleine Bower gestorben war.

»Seit den Todesfällen auf den Gay-Head-Klippen schon«, antwortete eine Stimme auf Mileys Frage. Ich drehte mich um. Adam hatte direkt hinter der Tür gestanden, weil anderswo in dem engen Museum vor lauter Besuchern kaum noch Platz war.

Er drängte sich zu uns durch und erkannte mich. »Juli!« Kleine Falten erschienen rechts und links von seinem Mund.

Die grauen Strähnen in seinen schwarzen Haaren sahen aus wie Silberfäden.

Ich gab ihm zur Begrüßung die Hand. »Tut mir sehr leid wegen Ihrer Tochter«, murmelte ich. Ein Schatten fiel über sein Gesicht. »Jetzt haben wir wenigstens Gewissheit.« Er wollte etwas hinzufügen, aber eine Frau in grünen Shorts und limonengelbem T-Shirt hatte uns jetzt entdeckt. Sie tuschelte ihrer Begleiterin etwas zu, dann rief sie: »Sie sind doch dieses Mädchen!«

Adam verdrehte die Augen. »Oh nein!«

Ich wusste nicht so recht, wie mir geschah, als nun nacheinander jeder einzelne Gast auf mich aufmerksam wurde.

Miss Lemon kam auf mich zugewalzt und stieß mit dem ausgestreckten Zeigefinger nach mir. »Klar sind Sie es! Ich habe Ihr Bild in der Zeitung gesehen!« Sie nestelte die aktuelle Ausgabe eines Hochglanzmagazins aus ihrer Tasche und hielt sie mir triumphierend hin. Links unten in der Ecke der Titelseite waren mehrere kleine Fotos von David zu sehen. Der Aufmacher daneben lautete: *Liebesdrama auf Martha's Vineyard!* Eine rote Seitenzahl deutete darauf hin, wo im Heft man sich über dieses Liebesdrama genauer informieren konnte.

Miss Lemon schlug die Zeitschrift an der entsprechenden Stelle auf. Lose über eine Ansicht der Gay-Head-Klippen verteilt waren mehrere Fotos von Jasons Geburtstagsfeier abgedruckt. Die Überschrift lautete: *Gebrochene Herzen heilen nur schwer* und darunter stand: *Der reiche Verlegersohn David Bell leidet noch immer unter dem tragischen Verlust seiner Verlobten. Wird sein Herz jemals wieder gesund werden?*

Normalerweise hätte ich mich über diesen Kitsch aufgeregt und auch über den Überfall von Miss Lemon – einer Klatschzeitschriften lesenden Touristin, deren Tageshighlight darin bestand, einen vermeintlichen Promi zu sichten. Aber zu beidem fehlte mir in diesem Moment einfach die Kraft. Mit den Fingerspitzen fuhr ich über die Fotos. Eines zeigte David und Lizz. Es war genau in dem Moment aufgenommen worden, als Lizz ihn angefasst und er sich ihr entzogen hatte. Seine düstere Miene war auf dem Foto überaus gut getroffen. *Nicht mal die zärtlichen Gesten der attraktiven Lizz, Tochter der bekannten Autorin Sandra Thompson, können David aus seiner Trauer reißen,* stand unter dem Bild.

Ich lachte auf, voller Bitterkeit. Miss Lemon verstand es falsch. »Sie sind auch drauf. Hier. Darum habe ich Sie ja erkannt.« Sie tippte auf die Seite und machte mich auf ein anderes Foto aufmerksam. Auf ihm war ich zusammen mit David zu sehen. Wir saßen am Tisch von Chris und den anderen. David starrte schweigend in die Gegend und ich unterhielt mich gerade mit Chris. Die Bildunterschrift lautete: *Gute Freunde kümmern sich um den Trauernden.*

Ganz plötzlich fühlte ich wieder diese bittersüße Melancholie, die mit der Angst davor einherging, David zu verlieren.

Miley, die mir über die Schulter gespäht hatte, fluchte. »Die spinnen doch!«

Ich spielte mit dem Herzanhänger an meinem Hals. Und dann fiel mein Blick auf ein weiteres Foto von David, das auf der Doppelseite prangte. Darauf stand er allein und grübelnd am Pool. In seinem Smoking und mit den schwarzen Haaren, die ihm wirr in Stirn und Augen fielen, sah er einfach unfassbar attraktiv aus. *Wann findet er die Frau, die sein Herz heilt?,* stand unter dem Bild.

Ich musste gegen den Kloß in meiner Kehle anschlucken. Die Scherben in meiner Brust klirrten leise. Wer würde kommen und mein Herz heilen, wenn es nach alldem hier endgültig zu Staub zerfallen war? Mit einer Geste, die mich regelrecht Kraft kostete, reichte ich Miss Lemon die Zeitschrift zurück und rang den Anflug von Selbstmitleid nieder.

Sie holte ihr Handy hervor. »Darf ich ein Foto von Ihnen machen?« Schon war sie dabei, sich in Position zu stellen, um mich abzulichten.

»Ich möchte lieber nicht fotografiert werden«, murmelte ich. Die Sache war mir furchtbar unangenehm und die Tatsache, dass alle im Raum – Miley eingeschlossen – mich mit halb offen stehenden Mündern anstarrten, machte es nicht besser.

Miss Lemon war ernsthaft enttäuscht. »Warum denn nicht? Immerhin sind Sie eine Berühmtheit.«

Gerade als ich zu einer Erwiderung ansetzen wollten, mischte Adam sich ein. »Diese junge Lady ist weder eine Berühmtheit noch möchte sie auf irgendeinem Ihrer Fotos auftauchen. Respektieren Sie das bitte!« Er wandte sich an die anderen Museumsbesucherinnen, die den Rummel neugierig verfolgten. »Und nun darf ich Sie alle bitten, das Museum zu verlassen. Wir schließen für heute!«

Miss Lemon verschluckte sich fast an ihrer eigenen Empörung. »Wie, Sie schließen? Draußen auf dem Schild steht aber, dass Sie bis achtzehn Uhr aufhaben!«

Adam nickte gelassen. »Stimmt. Aber da ich der Eigentümer hier bin, entscheide ich, wann geschlossen wird.« Er breitete die Arme aus und begann, die Besucherinnen wie eine Schafherde vor sich her in Richtung Ausgang zu treiben.

»Also, das ist ja …«, hörte ich jemanden murmeln und eine andere Frau sagte: »Unverschämtheit!«

Aber schließlich gingen sie allesamt. Es blieb ihnen auch nichts anderes übrig. Kaum hatte die letzte den Ausstellungsraum verlassen, schloss Adam die Tür hinter ihnen ab. Dann drehte er sich mit einem erleichterten Seufzen zu Miley und mir um.

Ich ließ den Kopf hängen.

Miley stand noch immer der Mund offen. »Du bist berühmt«, stieß sie hervor.

Adam lachte, wurde beim Anblick meines Gesichtes aber rasch wieder ernst. »So, wie sie schaut, wusste sie bisher nicht allzu viel davon.« Er gab Miley die Hand und stellte sich vor. »Was führt Sie her? Ich nehme an, das hier ist kein Kondolenzbesuch.« Er bat uns in den hinteren Teil des Museums, in einen Raum, der eine Mischung aus Lager und Büro war und so vollgestellt wirkte, dass ich mir vorkam wie in einer Höhle. Eine durchgesessene Couchgarnitur stand in einer Ecke und dort nahmen wir zu dritt Platz.

»Ehrlich gesagt nein«, beantwortete ich Adams Frage. Dann schwiegen wir alle betreten. Einige Sekunden verstrichen in unangenehmem Schweigen.

Adam nickte düster. »Die Vorstellung, dass jemand ihr etwas Böses wollte, ist schrecklich«, murmelte er. Ganz kurz verschleierte sich sein Blick, aber dann blinzelte er. »Aber dass Henry nicht ganz richtig im Kopf war, wussten wir ja längst. Es führt zu nichts, nach Gründen für seine Tat zu suchen.«

*Nicht ganz richtig im Kopf.*

Ich spürte, wie sich in meinem Magen ein Knoten bildete.

Henry ... Charlies Mörder ... David. Die Gedanken folgten einander wie Perlen auf einer Kette.

Mechanisch nickte ich. »Natürlich.« Dann schob ich nach: »Erinnern Sie sich? Im Winter haben Sie mir angeboten, das Tagebuch Ihrer Großmutter zu lesen. Ich würde jetzt gern darauf zurückkommen.«

Er runzelte die Stirn. »Immer noch hinter Madeleine Bowers Fluch her?«

»Wissen Sie etwas über eine Frau namens Mary Willows?«

Nachdenklich schüttelte er den Kopf. »Ich habe den Namen schon mal irgendwo gehört, aber ich weiß nicht, wo. Warum forschen Sie nach ihr?«

»Ihre Frau hat sie erwähnt.«

... *als sie mich vor David gewarnt hat,* schob ich in Gedanken nach. Erst als ich sah, wie erstaunt Adam wirkte, ging mir auf, dass er offenbar bis eben noch keine Ahnung davon gehabt hatte, dass Summer wieder auf der Insel war. Seine Augenbrauen zogen sich zusammen.

»Summer?«, murmelte er.

»Tut mir leid«, meinte ich. »Ich wollte nicht indiskret sein. Summer ist wieder auf Vineyard, ja. Sie hatte wohl bisher noch keine Zeit, Sie darüber zu informieren.«

»Summer ist mir keine Rechenschaft schuldig!« So scharf kam der Satz heraus, dass ich mir ungefähr vorstellen konnte, wie sehr ihn die Scheidung von Summer verletzt hatte. »Wo wohnt sie?«

Ich fühlte mich unbehaglich dabei, Details auszuplaudern, aber nun war das Unglück ja bereits geschehen. Ich konnte also genauso gut auch ehrlich sein. »In der alten Scheune neben *Sorrow.*«

»Henry Farrissons Haus!« Adam sah aus, als sei ihm schlagartig schlecht geworden. »Ja, das würde ihr vermutlich gut gefallen.«

Ich sah ihn fragend an.

»Summer war ... ist«, korrigierte er sich, »Summer ist, nun, sagen wir, etwas morbide veranlagt. Und sie ist besessen von Madeleine Bowers Geschichte und dem Untergang der *Co-*

*lumbus.«* Er lächelte. Es sah schmerzlich aus. »Dadurch haben wir uns kennengelernt. Ich habe damals über das Schiff geforscht und sie wollte irgendeinen Artikel darüber schreiben. Das Tagebuch, das Sie sich ansehen möchten: Sie hat es auch gelesen.«

Ich wappnete mich, weil Panik mich überfallen wollte. »Darf ich es sehen?«, fragte ich.

Er musterte mich nachdenklich und ich war froh, als er nickte und nach vorn in den Ausstellungsraum ging, um das Tagebuch zu holen.

»Hier!«, sagte Adam. »Hier steht was über Mary!«

Wir hockten auf seiner durchgesessenen Couch und hatten die Köpfe über das Tagebuch gebeugt, während Miley es vorgezogen hatte, im Dorf nach einer Eisdiele Ausschau zu halten.

Jetzt hielt Adam mir das Tagebuch näher vor die Augen und tippte auf eine der eng beschriebenen Seiten. Ich musste Violett Sandhursts verblichene, etwas krakelige Handschrift mühsam entziffern, aber ich erkannte die Worte *Mary Willows.* »Was schreibt sie?«, fragte ich und kniff die Augen zusammen.

Adam las es mir vor. »Mary Willows wurde 1884 geboren.« Er hob den Kopf. »Das war das Jahr, in dem die *City of Columbus* sank. Hm. Also ... 1884 geboren. 1901 traf sie auf einem der damals üblichen Inselbälle auf den jungen Jonathan Bell. Die beiden verliebten sich ineinander.« Wieder sah er auf und dachte nach. »Moment mal. Jonathan Bell. Das muss ein Neffe von George Bell gewesen sein, dem Mann, der *Sorrow* erbaut hat. Ich muss das noch mal in den alten Unterlagen prüfen, aber ja, ich bin mir ziemlich sicher. Ein Neffe.«

George Bell.

Ich rief mir ins Gedächtnis, was ich über den Erbauer des alten Herrenhauses noch wusste. Er hatte *Sorrow* auf den Klippen gebaut, vor denen die *City of Columbus* gesunken war. Jenen Klippen, die Madeleine Bower kurz vor ihrem Tod verflucht hatte. Nur wenige Jahre nach dem Bau hatte er den Verstand verloren und das Haus bis auf die Grundmauern abgebrannt. Erst seine Nachfahren hatten es nach Originalplänen wiederaufbauen lassen und seitdem lebte die Familie Bell ununterbrochen dort.

Nun also Jonathan Bell.

»Was schreibt Ihre Großmutter weiter?«, fragte ich Adam.

Er beugte sich wieder über die Zeilen. »Jonathan muss der Erste gewesen sein, der Anzeichen von Madeleines Fluch zeigte. Er verlor den Verstand. In einem Anfall von Raserei schoss er auf Mary Willows und sie starb. Dieses Ereignis war der Auslöser auch für den Wahnsinn bei George Bell. Er behauptete, dass Jonathan von Madeleine Bowers Geist zu seiner Tat getrieben worden war. Deshalb beschloss er, das Herrenhaus auf die Grundmauern niederzubrennen, was er dann auch tat.« Adam lehnte sich zurück und rieb sich nachdenklich das Kinn. »Stimmt! Der Bell'sche Wahnsinn. Ich hatte es völlig vergessen, aber man erzählt sich auf der Insel, dass es unter den Männern der Bells immer wieder zu unerklärlichen Anfällen von Aggressionen gekommen sein soll.«

*Der Bell'sche Wahnsinn.*

Ich berührte die Seiten des Tagebuchs mit den Fingerspitzen und ein ganz feines Kribbeln erfasste meine Haut. Es war, als fließe irgendeine unsichtbare Energie von Violett Sandhursts Worten auf mich über.

Unter den Männern der Bells kam es zu unerklärlichen Anfällen von Aggression. Ich schloss die Augen und sah Davids

Gesicht vor mir, seinen zornfunkelnden Blick. Seine geballten Fäuste. Und dann sah ich noch etwas anderes.

Grace.

*Wir spüren, wenn so etwas wie Wahnsinn in der Luft liegt,* hatte sie zu mir gesagt, nachdem ich in der Zeitung von Charlies zertrümmerten Zähnen gelesen hatte. Ich war zu beschäftigt gewesen mit den gruseligen Bildern aus meinem Traum, sodass ich nicht weiter darüber nachgedacht hatte. Wahrscheinlich hatte ich es einfach für eines von Grace' üblichen Spielchen gehalten. Aber was, wenn es kein Spielchen gewesen war? Was, wenn Grace davon gesprochen hatte, dass Madeleine Bower – dass dieses verflixte Herrenhaus – wirklich dabei war, David ganz langsam wahnsinnig zu machen?

*Mein Vater hat immerhin kein Blut an den Händen.* Davids dumpfe Stimme hallte in mir wider. Ich sah das Blut von seiner Hand tropfen, nachdem er den Glastisch zerschlagen hatte.

»Blut an den Händen«, flüsterte ich.

Plötzlich wurde mir schlecht.

»Also, wenn du mich fragst, dann ist das doch auch nicht mehr als eine alte, blöde Sage!« Miley blies sich gegen den Pony, dass die Haare hochflogen. Wir saßen gemeinsam in einem kleinen Café, in dem ich schon im Winter einmal gewesen war. Genau wie das Museum war auch das Café jetzt rappelvoll.

In einer Ecke war gerade noch ein kleiner Zweiertisch frei gewesen. Wir hatten uns gesetzt und das Tagebuch von Adams Großmutter, das dieser mir geliehen hatte, lag zwischen uns. Die Zeilen jedoch verschwammen vor meinen Augen.

*Der Bell'sche Wahnsinn.*

David, der auf seinen Vater einprügelte, auf Carlos. David, der mit dem Wagen davonbrauste, der zu viel trank.

David mit einer Waffe in der Hand. *David mit Blut an den Händen.*

Mir war noch immer schlecht.

Eine Kellnerin, die kaum älter war als ich, kam an unseren Tisch und Miley bestellte für sich einen Kaffee und für mich ein Glas Wasser.

»Du siehst aus, als würdest du gleich kotzen«, konstatierte sie, als die Kellnerin wieder gegangen war.

Ich nickte nur. Ich war tatsächlich nicht weit davon entfernt.

»Eine alte, blöde Sage«, wiederholte Miley.

»Jede Sage hat ihren wahren Kern«, sagte ich leise und dann wurde mir so elend, dass ich die Arme auf dem Tisch verschränkte und den Kopf darauflegte.

*Der Bell'sche Wahnsinn.*

In einem Anfall davon hatte Jonathan Bell Mary Willows erschossen. Wenn man Adam Glauben schenken konnte, hatte es danach noch mindestens zwei oder drei weitere Morde an Bell-Frauen gegeben und jedes Mal war ein Bell der Täter gewesen.

Mary. Zwei, drei andere.

Und Charlie.

Ich stöhnte aus tiefster Seele.

Die Kellnerin kam und brachte uns unsere Bestellung. »Geht es Ihnen nicht gut, Miss?«, fragte sie.

Ich richtete mich wieder auf. »Doch, doch«, behauptete ich, aber dann schüttelte mich ein Schluchzen wie ein Krampf.

»Ach, Süße!« Miley legte den Löffel weg, den sie schon in der Hand gehabt hatte, und rutschte mit ihrem Stuhl um den Tisch herum, um mir den Arm um die Schultern legen zu können. So fest sie konnte, drückte sie mich an sich.

Ich schniefte. »Es geht gleich wieder.«

»Schon klar.« Sie kramte in ihrer Tasche nach einem Taschentuch und reichte es mir. Es war ein altes, aber unbenutztes Tempo. Ich faltete es nicht auseinander, sondern wischte mir damit nur über die Augen.

»Jetzt siehst du auch noch aus wie ein Waschbär!«, murmelte Miley.

# 37

Als Miley und ich die Halle von *Sorrow* betraten, tönte uns Klaviermusik entgegen. Mitten in der Bewegung hielt ich inne und blieb auf der Schwelle stehen.

Die Mondscheinsonate.

Ich schlug mir die Hand auf den Mund.

»Jesus Christus«, hörte ich Miley murmeln. Dann fiel mein Blick auf Walt und Lizz. Die beiden saßen in den Sesseln in der Halle und offenbar hatte Walt auf mich gewartet. Jetzt stand er auf und kam auf mich zu. Er bemerkte, wie ich der Musik lauschte, und lächelte beruhigend. »Ich habe ihm geraten zu spielen. Er meint, es hilft ihm, mit dem Druck fertigzuwerden.«

Ich umklammerte Violetts Tagebuch fester. »Wie geht es ihm?«

Walt schüttelte sanft den Kopf. Dann trat er einen Schritt zur Seite und wies die Treppe hinauf. »Warum gehst du nicht zu ihm und siehst selbst nach?«

Wollte ich das? Ein Teil von mir wollte nichts dringender, stellte ich fest, aber der andere schreckte mit ebensolcher Heftigkeit auch davor zurück.

Lizz schien auf mein Zögern nur gewartet zu haben. Sie sprang auf die Füße. Sie trug ein kurzes, geblümtes Kleid, das ihre Kurven sehr vorteilhaft zur Geltung brachte. Ihre Haare lagen in sanften Wellen um ihr Gesicht und kein einziges Haar befand sich in Unordnung.

Ich fasste in meinen wirren Schopf, zog eine Strähne daraus hervor und zerrte daran.

»Wenn du es nicht kannst ...«, erbot Lizz sich mit einem hilfsbereiten Lächeln. »Ich habe Dr. Schroeder eben schon gesagt, dass ich ...«

»Und ich habe dir gesagt, dass wir auf Juli warten«, fiel Walt ihr freundlich, aber sehr bestimmt ins Wort. »Juli ist Davids Freundin, nicht du. Wenn überhaupt, will er sie sehen.« Er nickte mir aufmunternd zu.

Ich zögerte noch immer.

Da kam er näher an mich heran. »Ich habe ihn gefragt, als er hochgegangen ist«, flüsterte er mir zu. »Ob er dich sehen will, meine ich. Er hat Ja gesagt, Juli. Du solltest wirklich zu ihm gehen.«

*Wenn du nicht wärst, Juli, wäre ich noch immer derselbe bescheuerte Freak, der ich im Dezember gewesen bin.*

Ich hatte im Winter schon einmal geholfen, ihn aus seiner Düsternis zu holen, vielleicht würde ich es auch jetzt wieder schaffen. *Ja,* sagte die kleine, gemeine Stimme in meinem Hinterkopf sofort. *Aber im Winter hattest du auch keinen Grund zu der Annahme, dass er irre ist und Charlie ermordet hat.*

Walt schien meine Gedanken lesen zu können. »Juli«, seufzte er. »Selbst wenn es stimmt, selbst wenn er auf sie geschossen hat, was ja, nebenbei bemerkt, noch immer nicht erwiesen ist, dann könnte es auch eine Tat im Affekt gewesen sein. Aber was auch immer dort oben auf den Klippen passiert ist, jetzt braucht David dich.« Er seufzte erneut. »Vielleicht mehr als je zuvor.«

Ich atmete tief durch. Dann sah ich in Lizz' Richtung. Auch ihr konnte man die Gedanken von der Nasenspitze ablesen.

*Wenn du nicht stark genug für ihn bist,* dachte sie gerade, *ich bin es!*

Ich hob das Kinn. Dann nickte ich. Und wandte mich der Treppe zu.

Mileys Räuspern hielt mich zurück. »Ähm«, meinte sie und deutete auf Violetts Tagebuch unter meinem Arm. »Ich glaube, das solltest du lieber mir geben, was meinst du?«

Ich stand vor Davids Tür und hatte die Hand erhoben, aber noch nicht geklopft. Mein Herz schlug heftig und die innere Zerrissenheit, die mich erfasst hatte, war kaum auszuhalten.

Ich nahm mich zusammen, dann klopfte ich. »David!«, sagte ich gleichzeitig durch die Tür hindurch. »Ich bin es. Walt hat mir gesagt, dass du mich sehen möchtest.«

Es dauerte einige Sekunden, bevor er antwortete. »Es ist offen«, sagte er.

Ich streckte die Hand nach der Klinke aus, berührte sie. Drückte sie herunter. Und hielt inne. Noch einmal musste ich mir selbst Mut zusprechen, dann öffnete ich die Tür und schlüpfte hindurch.

David saß am Klavier. Seine Hände lagen auf den Tasten, aber er spielte jetzt nicht mehr. Er hatte in dem Augenblick aufgehört, als er meine Stimme gehört hatte.

Ich betrachtete seine langen, schlanken Finger. Seine Nägel waren weiß, ebenso sein Gesicht, das er mir zugewandt hatte. Schatten lagen unter seinen Augen und sie sahen blauschwarz aus, so, als hätte Jason ihm weitere Ohrfeigen gegeben.

Ohne etwas zu sagen, trat ich zu ihm. Er drehte den Kopf, starrte geradeaus gegen die Wand. Sonst rührte er sich nicht.

Langsam hob ich die Hand, legte sie ihm auf die Schulter. Er zuckte zusammen.

Ich ließ die Hand liegen.

»Was ist«, begann er und musste sich räuspern. »Was ist, Juli, wenn sich rausstellt, dass ich es wirklich war?«

Ich hatte keine Antwort darauf. Also drehte ich ihn zu mir um, sodass er mir jetzt frontal gegenübersaß. Die Wunde an seiner Lippe, wo Carlos' Schlag ihn getroffen hatte, sah aus wie der Schnitt von einem sehr scharfen Messer. Er atmete nur flach und ich konnte ihm die Anspannung ansehen, die ihn förmlich zerriss.

Ich beugte mich zu ihm herunter und gab ihm einen sanften Kuss auf den Mund. Der Schorf an seiner Lippe kratzte über meine Haut.

David stöhnte unterdrückt. Dann schlang er die Arme um meinen Leib, zog mich an sich und legte die Wange an meinen Bauch.

Lange standen wir einfach nur so da und schwiegen.

»Bitte geh!«, sagte David irgendwann.

Ich machte mich von ihm los, sah ihm in die Augen. Die Düsternis darin war ein bisschen weniger geworden, er wirkte jetzt eigentlich nur müde.

»Ich bin nebenan«, sagte ich also und ließ ihn allein.

Miley saß zusammen mit Walt unten in der Halle und studierte Violetts Tagebuch.

»Es gab außer Mary Willows offenbar noch zwei weitere Frauen, die im Laufe der vergangenen Jahrzehnte hier im Haus einen gewaltsamen Tod gestorben sind«, sagte sie, als ich zu ihnen trat.

Ich setzte mich auf die Kante eines der Sessel. Miley schob mir das Tagebuch herüber und tippte auf einen Namen mitten auf der Seite.

Cecily Bell.

Ich überflog, was Adams Großmutter über sie herausgefunden hatte.

Cecily war mit dem Sohn von Jonathan verheiratet gewesen und von ihm durch einen Messerstich umgebracht worden, der ihr die Halsschlagader aufgeschlitzt hatte.

»Ich erinnere mich an sie«, murmelte ich und deutete in Richtung Speisezimmer. »Ihr Porträt hängt dahinten im Gang.«

»Dann gibt es noch eine Janet Harrow«, erklärte Miley. »Sie hatte offenbar nur lose Beziehungen zur Familie, war wohl so eine Art Kindermädchen. Violett vermutet, dass sie eine Affäre mit einem der Söhne des Hauses gehabt hat. Ihr Mörder hieß Gregory. Kein Nachname, aber wahrscheinlich auch ein Bell.«

Ich schaute in die Runde, fragte mich, warum die beiden mir das erzählten.

Walt räusperte sich. »Es gibt so etwas wie vererbbaren Wahnsinn«, erklärte er.

Ich ächzte.

Grace kam aus einem der Zimmer im Obergeschoss. Über das Geländer der Treppe hinweg warf sie uns einen Blick zu und verschwand um eine Ecke. Ich unterdrückte den Impuls, ihr nachzulaufen und aus ihr herauszuschütteln, was sie wusste. Täuschte ich mich oder hatte sie mich mitleidig angesehen?

Walt beugte sich vor und legte mir beruhigend die Hand auf ein Knie. »Ich hatte inzwischen einige Male Gelegenheit, mich in Ruhe mit ihm zu unterhalten. Natürlich ist das noch keine professionelle Einschätzung, Juli, aber wenn es dich beruhigt: Ich konnte bisher keine Hinweise auf paranoide Wahnvorstellungen oder andere Störungen dieser Art feststellen. Als David und ich vorhin im Krankenhaus waren, haben wir darüber hinaus ein paar Bluttests machen lassen, um rauszufinden, ob es vielleicht noch Spuren von White Rage in seinem Körper gibt, die sein zeitweise irrationales Verhalten verursachen könnten. Die Ergebnisse müssten wir in ein, zwei Tagen vorliegen haben.«

Ich nickte. »Was ist mit Jason?«, fragte ich. »Er ist auch nicht wirklich richtig im Kopf, oder?«

Walt zuckte bedächtig die Achseln. Diese Angewohnheit schien ansteckend zu sein, dachte ich. »Wir glauben, dass der Schlüssel für alles in ihrer Beziehung liegt. David scheint irgendein frühkindliches Trauma zu haben, das durch Charlies Tod wieder aufgebrochen ist. Wir werden versuchen, die verschüttete Erinnerung zu reaktivieren, damit er sie richtig verarbeiten kann.«

»Verarbeiten«, wiederholte ich und Walt erklärte mir:

»In einer Traumatherapie arbeitet man darauf hin, dass es dem Patienten gelingt, das, was passiert ist, als Vergangenheit zu akzeptieren. Das ist nämlich das Problem von Flashbacks, wie David sie hat: Man ist in der Erinnerung gefangen und erlebt sie wieder und wieder als real. Dadurch wird natürlich das Trauma niemals überwunden. Dieser Kreislauf muss durchbrochen werden. David ahnt das, darum zieht es ihn auf die Klippen. Darum reagiert er oftmals für Außenstehende so erschreckend.«

Ich rieb mir die brennenden Augen. »Wie geht es jetzt weiter?«

»Wir müssen Geduld haben«, murmelte Walt. »Therapien wie diese dauern. Wir müssen das Ganze vorbereiten. Ich kann nicht so einfach mit ihm auf die Klippen marschieren und ihn da reinschubsen, bildlich gesprochen. Er braucht Zeit, um sich auf diese Konfrontation vorzubereiten, und wir sollten sie ihm geben.«

Mechanisch nickte ich, aber aus dem Augenwinkel sah ich dabei, wie Grace im Obergeschoss an die Treppe trat. Sie schaute zu mir herab und in ihrem Blick lag ein eigenartig wissender Ausdruck.

In dieser Nacht hatte ich den schlimmsten Traum von allen. Er begann damit, dass ich die Augen aufschlug und feststellte, dass ich mich am Rand der Gay-Head-Klippen befand. Der Wind heulte um mich herum, zerrte und riss an mir, als wolle er persönlich dafür sorgen, dass ich in die Tiefe stürzte.

Mein Blick war auf das schäumende Brodeln tief unter mir gerichtet und die Wolken, die über einen sonnengebleichten knochenfarbenen Himmel zogen, waren rot wie Davids Prellung direkt nach Jasons Ohrfeige.

»Wenn ich dir das Herz breche, wird Madeleine dich über die Klippe treiben«, sagte David hinter mir. Obwohl ich mich nicht umdrehte, wusste ich, dass er eine Pistole in der Hand hielt.

»Tu mir nicht weh«, bat ich ihn.

Er antwortete nicht und ich wandte mich nun doch um. Die Mündung der Waffe wies auf mich. Sie war riesig und so schwarz wie Davids Augen. Ich sah seinen Zeigefinger, der sich langsam um den Abzug legte. Tränen rannen über seine Wangen, aber sie drangen nicht hinter seinen Lidern hervor, sondern kamen direkt aus seinen Pupillen.

Dann krümmte sich Davids Finger. Die Pistole ging los, doch kein Schuss war zu hören. Ich spürte einen Schlag in der Bauchgegend, schaute an mir hinunter und entdeckte ein Loch, das genauso schwarz war wie Davids Pupillen.

Ich spürte überhaupt keinen Schmerz.

»Ich würde dir niemals wehtun«, sagte David. »Ich werde dich nur töten.« Dann ließ er die Pistole sinken und kam auf mich zu. Seine Hand näherte sich meinem Körper, ergriff das Glasherz an meinem Hals und umschloss es mit der Faust.

Er drückte zu, das Herz zerbröselte unter seinen Fingern. Als er die Hand öffnete, rieselten die Scherben zu Boden wie Staub und genau in diesem Moment kam der Schmerz.

Er war so heftig, dass ich aufkeuchte. Ich sah an mir hinunter und jetzt strömte Blut aus meiner Bauchwunde.

Ich taumelte.

»Ich muss dir das Herz brechen, damit du nicht stirbst«, flüsterte David. Seine Tränen waren auf einmal so rot wie das Blut, das aus meiner Wunde strömte.

Und dann, übergangslos, war Charlie da. In ihrem roten Kleid und mit ihrer eleganten Hochsteckfrisur stand sie hinter David und sah mir direkt in die Augen.

»Spring!«, flüsterte sie. Sie hatte Lizz' Stimme.

Ich taumelte rückwärts und fiel über den Rand der Klippe in die Tiefe. Ich fiel unendlich lange, und während ich fiel, gellte mir Lizz' Lachen in den Ohren. Dann kam ich unten auf. Es war kein Wasser mehr da, nur noch scharfkantige Felsen warteten auf mich, auf denen ich in tausend Scherben zersprang, während David unten am Strand stand und mit einem verzweifelten Schrei in die Knie brach ...

Mit einem Ruck wachte ich auf, von nagender Unruhe erfüllt. In meinen Ohren rauschte es und kurz glaubte ich, ein dämonisches Wispern zu hören, gefolgt von einem leisen Kichern, das direkt aus dem Nichts zu kommen schien. Keuchend setzte ich mich auf.

Violetts Tagebuch lag auf der Couch, aufgeschlagen und mit dem Rücken nach oben, genau so, wie ich es vor dem Zubettgehen liegen gelassen hatte. Oder?

Der Mond warf einen silbrigen Schimmer auf das Buch.

Ich versuchte, mich daran zu erinnern, wie ich das Buch hingelegt hatte, aber vergeblich. Plötzlich hatte ich das unheimliche Gefühl, dass jemand in meinem Zimmer gewesen war, während ich geschlafen hatte. Ich ließ meine Blicke umherschweifen, sicher, dass ich Madeleines Geist in einer Ecke entdecken würde.

»Hör auf, Juliane!«, ermahnte ich mich selbst. Meine Unruhe steigerte sich, wurde so heftig, dass ich keine Luft mehr bekam.

Ich raffte mich auf, zog mich an, und ohne zu überlegen, rannte ich nach draußen. Die Nacht war kühl, aber das war mir egal. Kurz überlegte ich, ob ich ins Gästehaus gehen und Miley wecken sollte, doch diese Unruhe, die ich schon eben empfunden hatte, hielt mich davon ab. Sie trieb mich voran. Fort von *Sorrow*. Hinein in die Nacht.

Es war, als würde Madeleine Bower selbst mich vorwärtsziehen. Mit langen Schritten eilte ich über den Parkplatz vor dem Haus und bog auf den Pfad ein, der zu den Klippen führte. Erst als ich zwei-, dreihundert Meter von *Sorrow* entfernt war, kam ich zur Besinnung.

Schwer atmend blieb ich stehen. Sah mich um. Die Nacht war sternenklar und der Mond beleuchtete den Pfad vor meinen Füßen. Das Donnern der Brandung klang fast ein wenig träge, so, als sei der Atlantik es leid, wieder und wieder gegen die Klippen anzukämpfen, so wie ich gegen Davids düstere Verschlossenheit und all die furchtbaren Dinge in diesem furchtbaren Haus.

Ich schüttelte den Kopf über mich selbst. Ein schwacher Wind ließ die Wacholderbäume ringsherum rauschen. Ich war schon drauf und dran umzukehren, um zurück ins Bett zu gehen, doch dann nahm ich vor mir eine Gestalt wahr und aus irgendeinem Grund wusste ich plötzlich, dass sie der Grund für meine Unruhe war. Der Pfad machte an dieser Stelle mehrere Biegungen, sodass ich die Silhouette nur ganz kurz im Mondlicht hatte aufblitzen sehen. Es hatte gerade ausgereicht, um zu erkennen, dass es jemand war, der ein weißes Hemd trug. Ein weißes Hemd. Kein rotes Kleid. Wie magisch angezogen wandte ich mich in dieselbe Richtung, in die die Gestalt unterwegs war.

Zum Strand.

Ohne zu überlegen, ob es klug war, was ich tat, eilte ich ihr nach.

# 38

Als ich unten am Strand ankam, stand die Gestalt am Wassersaum und starrte aufs Meer hinaus. Jetzt sah ich, dass es David war. Er trug eine Jeans und ein weites weißes Hemd, das er nur nachlässig in den Bund gesteckt hatte. Er hatte keine Schuhe an. Der Ozean leckte an seinen bloßen Füßen und färbte den Saum seiner Hosenbeine dunkel. Das Plätschern der Wellen klang harmlos, fast ein bisschen neckisch, und in meiner überreizten Fantasie verwandelte es sich in das leise Locken von Charlies Stimme.

*Komm zu mir, Liebster! Ich warte auf dich!*

Ich umklammerte mich selbst mit beiden Armen. Hatte Madeleine Bower tatsächlich dafür gesorgt, dass ich wach geworden war und David nachlief? Oder war es einfach nur mein Unterbewusstsein gewesen, das eine Gefahr geahnt hatte? Was sollte ich jetzt tun, wie sollte ich mit all diesem Irrsinn umgehen? Meine Hand wanderte zu dem Glasherzen an meinem Hals.

David warf den Kopf in den Nacken, strich sich mit gespreizten Fingern der linken Hand die Haare zurück. Dann erstarrte er mitten in der Bewegung. Ein Schrei entrang sich seiner Kehle, schallte weithin hörbar über das Wasser.

Mir schossen Tränen in die Augen. Halb blind stolperte ich auf ihn zu, während er langsam auf die Knie sank. Die Arme um den Kopf geklammert, beugte er sich vor, bis seine Stirn fast die Wasseroberfläche erreichte. Wieder schrie er.

Endlich war ich bei ihm.

Ich warf mich neben ihm nieder, packte seine Schultern. Er zitterte so sehr, dass seine Zähne aufeinanderschlugen.

»David!«, flüsterte ich. Und immer wieder: »David! David!«

Er ließ die Arme sinken, wollte sich aufrichten, aber es gelang ihm nicht. Wieder krümmte er sich und diesmal stützte er sich in dem flachen Wasser mit beiden Händen ab. Sein Atem ging stoßweise.

»Scht.« Ich zog ihn an mich. »Scht! Es ist gut. Ich bin bei dir!«

Er brauchte lange, bis er mich überhaupt wahrnahm. Dann zuckte er vor mir zurück, aber ich schlang meine Arme nur umso fester um ihn. »Ich bin da«, sagte ich erneut und hielt ihn, bis sein Zittern nachließ.

»Geh!« Davids Stimme war so leise, dass ich sie im ersten Augenblick kaum verstehen konnte. »Geh!«, wiederholte er. »Weg von mir ...« Seine Arme gaben unter ihm nach, aber ich hielt ihn.

»Nein, David!« Meine Hose sog sich mit Wasser voll. Ich fröstelte, doch ich rührte mich keinen Millimeter von der Stelle.

»Geh!« Jetzt schrie er mich an. Sein Kopf schwang zu mir herum und ich erschrak, als ich den verzweifelten Ausdruck in seinen Augen sah.

»Auf keinen Fall!«, sagte ich.

Langsam richtete er sich auf. Sein Gesicht war leer, so schrecklich leer und grau.

»Du warst bei mir, oder?«, flüsterte ich. »Eben. In meinem Zimmer.«

Er nickte langsam. Ich hatte mich vorhin also tatsächlich nicht getäuscht. Jemand war in meinem Zimmer gewesen, während ich geschlafen hatte. David. Er hatte in Violetts Tagebuch gelesen, hatte von dem Wahnsinn erfahren, den die Männer der Bell-Familie angeblich von Generation zu Generation vererbten.

»Madeleine Bower treibt uns einen nach dem anderen in den Wahnsinn«, flüsterte er hohl und das war so dicht an dem, was ich längst selbst zu fürchten begonnen hatte, dass mir innerlich ganz eisig zumute wurde.

»Schwachsinn!«, sagte ich dennoch. Ich sprach es absichtlich höhnisch aus, um David aus dem Bann zu reißen, der über ihm lag. »Madeleine Bowers Geist ist nichts als eine Legende!«

David nahm meine Hand und führte sie an seine Wange. Er schmiegte sich hinein und schloss die Augen. »Warum bist du mir nachgelaufen?«, fragte er. Er klang matt. Zu Tode erschöpft.

Mir zog es die Kehle zusammen. »Weil ich dich liebe. Und weil ich es um nichts in der Welt zulassen werde, dass du dich ...«

*... umbringst.*

Ich kämpfte darum, das letzte Wort herauszubringen, aber es war unmöglich. Das Grauen, das mich gepackt hielt, hätte größer nicht sein können, wenn in diesem Moment tatsächlich Madeleine Bowers Geist hinter mir aufgetaucht wäre.

David öffnete die Augen wieder. Lange sah er mich an. »Selbst wenn es die einzige Möglichkeit wäre, dein Leben zu retten?«

Ich starrte ihn erschrocken an. »Wovon sprichst du?«

Er wies vage in Richtung *Sorrow*. »Du hast das Tagebuch gelesen. Du weißt, dass wir Bells nicht gut sind für die Frauen, die wir lieben.«

Was hatte er im Traum zu mir gesagt?

*Ich muss dir das Herz brechen, damit du nicht stirbst.*

Ich dachte an Grace' Warnung, daran, wie sie mir gesagt hatte, dass Madeleine nur Rache an den Frauen nahm, die von Bell-Männern geliebt wurden. Daran, dass ich sterben würde. Daran, wie David in dem Klub mit der Schwarzhaarigen geflirtet hatte, als er mich gesehen hatte. Er hatte es getan, um mich zu schützen.

Vor lauter Schmerz in meiner Brust konnte ich mich kaum bewegen. »Ich glaube nicht an diesen Schwachsinn!«, murmelte ich.

Er lauschte in sich hinein. Sah mir in die Augen. Irgendetwas musste er dort gesehen haben, denn plötzlich fügte er sich meinem Willen. Er nickte. »Gut. Dann werde ich dem hier anders ein Ende bereiten!«

Ich erschrak. Wovon sprach er?

Er hatte sich jetzt endgültig aus seiner Starre befreit. Er starrte auf das offene Meer hinaus, dann blinzelte er. Schluckte. Und streckte die Hand aus. »Gib mir dein Handy!«

Ich schüttelte den Kopf. »Das habe ich im Zimmer gelassen.«

Er seufzte. Seine Schattenhaare rutschten ihm vor die Augen. Dann stand er als Erster auf, nahm meine Hand. Er zog mich auf die Füße und aus der Brandung zurück auf den trockenen Strand. »Gut«, murmelte er. »Komm mit.«

»Sind wir hier eigentlich in einem schlechten Krimi oder was?« Mileys Stimme klang gepresst und ungläubig.

Ich zuckte die Achseln. Wieder mal.

Wir standen in der Halle von *Sorrow*. Die Haustür war offen, sodass wir einen Blick nach draußen werfen konnten, wo David auf den Treppenstufen stand und die Auffahrt hinaufstarrte. Die Sonne war gerade aufgegangen und sie warf einen goldenen Schimmer über den Parkplatz und seine regungslos dastehende Gestalt. Zum ersten Mal fiel mir auf, dass David offenbar in den Tagen, die wir hier waren, wieder abgenommen hatte. Die Jeans saß tief auf seinen Hüftknochen. Sie war nass vom Seewasser. Im Gegensatz zu mir, die sich in ihren nassen Klamotten unbehaglich fühlte, schien er es nicht einmal zu bemerken. Ich fragte mich, ob er fror.

Nachdem wir vom Strand zurückgekommen waren, hatte er sich ein Telefon geschnappt und Sheriff O'Donnell angerufen.

»Ich erinnere mich jetzt«, hatte er ihm gesagt. »Ich möchte ein Geständnis ablegen.«

Danach hatte er sich auf die Stufen des alten Herrenhauses gestellt und gewartet und er hatte sich nicht von der Stelle gerührt, auch nicht, als Miley zu uns gestoßen war und ich Walt geweckt hatte.

Er rührte sich auch nicht, als nun ein Streifenwagen mit flackernden Blaulichtern die Auffahrt entlanggerollt kam und mit knirschenden Reifen vor ihm anhielt.

Walt, der eine Weile lang versucht hatte, David aus seiner Erstarrung zu holen, hatte sich vor ein paar Minuten ins Speisezimmer zurückgezogen, um zu telefonieren. Ich vermutete, dass er sich Rat bei einem Kollegen holte, vielleicht auch bei Pamela. Davids Worte hallten noch in meinen Ohren wider. Auf die Frage, ob er sich jetzt an etwas Neues erinnerte, hatte er gesagt: »Ich werde es dem Sheriff erzählen, Walt.«

Sheriff O'Donnell schaltete die Zündung des Wagens aus, dann faltete er sich aus dem Wagen. Er tippte sich grüßend an die Stirn, nickte Miley und mir zu.

»Okay, Junge«, sagte er in einem fast ein bisschen resigniert wirkenden Tonfall zu David. »Was hast du mir zu sagen?«

Mit dem Kinn deutete David nach drinnen. »Gehen wir in Dads Arbeitszimmer.«

Der Sheriff seufzte, aber er entschied sich, das Spielchen mitzumachen. »Sie warten im Wagen«, befahl er dem Deputy, der mit ihm hergekommen war. Der Mann nickte. Das Signallicht der Streife zuckte in rhythmischen Abständen über die Fassade von *Sorrow*, tauchte die Szenerie abwechselnd in rotes und blaues Licht, während der Sheriff und David hinter der Tür zum Arbeitszimmer verschwanden.

Ich schluckte gegen die scharfen Kanten in meiner Kehle an.

Zuspruch suchend wandte ich mich an Miley und tastete nach ihrer Hand wie ein verlorenes kleines Kind. Sie drückte sie. Auf ihren Lippen lag ein angestrengtes, aber aufmunterndes Lächeln.

Walt kam aus dem Speisezimmer, entdeckte, dass der Sheriff bereits da war. Er runzelte die Stirn. Sah mich an.

»Komm mit!«, befahl er mir dann und marschierte quer durch die Halle zum Arbeitszimmer.

Mit energischer Geste klopfte er und öffnete die Tür einen Spaltbreit. David murmelte etwas, aber ich konnte nicht verstehen, was es war.

»Ich *bin* dein Therapeut«, gab Walt ruhig zurück. »Du hast zugestimmt, dich meiner Konfrontationstherapie zu unterziehen, also werde ich bei dem Ganzen hier ...« Er machte ein vage Geste mit der flachen Hand. »... ganz bestimmt dabei sein.«

Wieder murmelte David etwas und offenbar war es eine Art Zustimmung gewesen. Walt sah mich an, dann zog er mich hinter sich her in Jasons Arbeitszimmer.

Der Raum war in warmes Dämmerlicht getaucht, weil die Vorhänge bis auf wenige Millimeter zugezogen worden waren. Das Licht der Morgensonne fiel durch den Spalt und warf einen langen goldenen Keil über den Fußboden und eine Ecke des wuchtigen Schreibtisches. Es roch schwach nach Möbelpolitur.

Ich suchte Davids Blick, wollte ergründen, was er darüber dachte, dass ich ebenfalls hier war, aber er wich mir aus.

Sheriff O'Donnell stand mitten im Raum. »Okay«, brummte er. »Also raus mit der Sprache, David! Warum hast du mich herkommen lassen?«

Statt ihm zu antworten, trat David zu dem Schreibtisch, kniete davor nieder. Dann zog er ein Fach auf, das sich dicht über dem Fußboden befand. Genau an dieser Stelle hatte er auch in der Nacht gekniet, als er die Pistole auf sich selbst gerichtet hatte. Ich war mir relativ sicher, dass sich die Waffe nicht mehr in dem Fach befand, schließlich hatte Walt sie in jener Nacht an sich genommen. Aber ich wurde überrascht.

Mit der Pistole in der Hand drehte David sich zu uns um. Er reichte sie dem Sheriff. »Das ist die Waffe, mit der Charlie erschossen wurde«, sagte er. »Ich erinnere mich jetzt wieder an diesen Tag.« Er hielt einen Moment inne, bevor er hinzufügte: »Ich war es, Tim.«

Ich stand noch immer ganz in der Nähe der Tür und mit beiden Händen suchte ich jetzt Halt an der Wand hinter mir. *Er lügt,* dachte ich verzweifelt. *Er lügt, weil er mich beschützen will. Er erinnert sich nicht. Er kann sich nicht erinnern.*

O'Donnell griff so hastig nach der Pistole, als habe er Angst, David könne damit irgendwelche Dummheiten anstellen. Er starrte darauf, dann nahm er das Magazin heraus, prüfte es und ließ es in seiner Hosentasche verschwinden. »Also«, seufzte er. »Ich denke, wir sollten in Ruhe darüber reden, was genau passiert ist.«

Er, David und Walt gingen zu der ledernen Sitzgarnitur in der Ecke und setzten sich. Ich blieb, wo ich war.

»Juli?« Es war Walt, der mich mit einer Handbewegung dazu einlud, mich zu ihnen zu setzen. Ich löste mich von der Wand. Meine Beine wollten mir nicht so recht gehorchen, aber ich zwang sie, zu der Sitzgarnitur zu gehen. Mit einer unbeholfenen Bewegung ließ ich mich auf der Kante eines Sessels nieder und stellte die Füße genau nebeneinander.

O'Donnell legte die ungeladene Waffe auf den niedrigen Tisch zwischen uns. Er achtete sorgsam darauf, dass der Lauf in eine Richtung wies, in der niemand saß.

»Erzähl!«, forderte er dann David auf.

Davids Blick war in die Ferne gerichtet, als er zu sprechen begann. »Ich bin mit Charlie hoch auf die Klippen. Sie wollte reden. Sie hatte mir einen Brief geschrieben und den hat sie mir auch gegeben. Ich habe ihn nicht gelesen, stattdessen habe ich mit ihr Schluss gemacht. Ich bin weggegangen, aber dann habe ich es mir anders überlegt und bin wieder umgedreht. Ich bin zurück auf die Klippen, habe diese Pistole gezogen und sie erschossen.« Seine Stimme kippte an dieser Stelle und er räusperte sich. Dann fuhr er fort: »Sie ist abgestürzt. Ich wollte es verhindern, aber ich konnte es nicht.«

Walt und ich rührten uns nicht.

O'Donnell ließ seine Worte eine Weile auf sich wirken. »Du hattest die Waffe also bereits zu dem Treffen mit Charlie mit auf die Klippe genommen? Oder bist du zurück nach *Sorrow* gelaufen und hast sie erst geholt?«

David zögerte. Überlegte. »Ich hatte sie von Anfang an dabei«, sagte er leicht verunsichert. »Ich erinnere mich nicht, dass ich noch mal nach Hause bin, also muss ich sie schon dabeigehabt haben.«

»Gut. Du bist also zurück zu Charlie. Was genau ist dann passiert?«

David schloss die Augen, um sich besser erinnern zu können. Ich ahnte, dass er in Wahrheit in ein riesiges schwarzes Loch starrte, dass die Dinge, die er dem Sheriff erzählte, nicht wahr waren. Nicht wahr sein konnten.

*Ich werde dem hier ein Ende bereiten,* hatte er unten am Strand gesagt.

Es war mir kaum möglich, ihm zuzuhören. Meine Knie zitterten jetzt und ich umklammerte sie mit den Händen.

»Charlie stand noch da, wo ich sie verlassen hatte«, murmelte er. »Sie weinte. Aber als sie mich sah, wurde sie wütend. Sie hat mich angefaucht, mir gesagt, was ich für ein Schwein sei. Und dann bin ich einfach ausgerastet. Ich habe die Waffe gezogen und geschossen.«

»Das ist doch ...«, begehrte ich auf, aber O'Donnell brachte mich mit einer Handbewegung zum Schweigen. Hilflos suchte ich Walts Blick, doch er hatte seine Aufmerksamkeit völlig auf David gerichtet.

»Wo hast du sie getroffen?« O'Donnell beugte sich ein Stück vor. Völlig zusammenhanglos fragte ich mich, ob er sich im Laufe dieses Gesprächs noch irgendwann Notizen machen würde. Polizisten machten sich doch immer Notizen, wenn jemand ein Geständnis ablegte, oder?

David spreizte die Finger der rechten Hand und fuhr sich damit kreisförmig über den eigenen Bauch. »Hier irgendwo. Ich weiß es nicht genau. Ich erinnere mich nur an das Blut auf ihrem Kleid.« Er hielt inne. Die ganze Zeit, während er gesprochen hatte, hatte er mich nicht angesehen, aber jetzt schaute er mir direkt in die Augen. »Dann ist sie abgestürzt.«

»Hmhm«, machte Sheriff O'Donnell.

Eine ganze Weile lang war es sehr still im Raum.

»Das Geständnis ist Unsinn!«, sagte Walt schließlich. »David kann sich nicht an die genauen Vorgänge an diesem Tag erinnern. Er leidet unter einer partiellen, traumatisch bedingten Amnesie, die ...«

»Schon gut, Dr. Schroeder«, unterbrach O'Donnell ihn. »Ich weiß.«

Davids Kopf flog zu ihm herum. »Was soll das heißen?«

In diesem Moment begriff ich, dass der Sheriff ihm auch nicht glaubte, dass er ihm von Anfang an nicht geglaubt hatte. »Die Leiche, David«, sagte er sehr ruhig. »Die Kugel, die man in ihr gefunden hat, befand sich in ihrem Schädel, nicht in ihrem Leib.« Er legte eine Hand auf die Pistole auf dem Tisch. »Und es war eine Achtunddreißiger, keine Neunmillimeter, so wie die hier.« Er seufzte. »Was treibst du nur für ein Spiel mit mir, David? Kannst du mir das einmal sagen?«

Er bat mich, den Raum zu verlassen, um in Ruhe und unter Erwachsenen mit David zu reden.

»Okay«, hörte ich ihn sagen, als ich auf dem Weg zur Tür war. »Ich bin ein Freund deines Vaters, du glaubst ja wohl nicht, dass ich dich aufgrund eines eindeutig falschen Geständnisses verhafte. Warum zum Henker willst du ...« Die schalldichte Tür fiel hinter mir ins Schloss und schnitt den Rest seiner Worte ab.

Ich fühlte mich wie eine Marionette, die plötzlich ganz ohne ihre Fäden dastand. Im ersten Moment merkte ich nicht einmal, dass Miley zu mir kam. Erst als sie mich in die Arme zog und »Ach, Süße!« seufzte, realisierte ich, dass sie bei mir war.

Ich wollte etwas sagen, aber ich wusste nicht, was. Ich wollte auch weinen, doch auch das ging nicht. In mir war nur noch eine große, unerträgliche Leere, die Art von Gefühllosigkeit, die man spürt, wenn man zu viel ausgehalten hat.

Miley zog mich zu einem der Sessel und drückte mich darauf nieder. Grace kam und stellte uns Tee und einen Teller mit Gebäck hin, und während wir warteten, dass sich die Tür des Arbeitszimmers wieder öffnete, zwang Miley mich, eine Tasse zu trinken und zwei Kekse hinunterzuwürgen.

Es dauerte mindestens anderthalb Stunden, dann endlich kamen David und die beiden Männer wieder heraus. Ich suchte Davids Blick, aber ich wurde abgelenkt, denn genau in dem Moment, in dem die Tür des Arbeitszimmers sich öffnete, fuhr draußen vor dem Haus ein Taxi vor. Ich sah, dass es ein Taxi war, weil ich den gelben Schimmer der typischen Lackierung durch die Glasscheiben mit dem Pelikan darauf erkennen konnte.

»Wir ermitteln weiter in jede Richtung«, versprach O'Donnell David. Er hatte die Pistole jetzt in der Hand, und wie um Fingerabdrücke zu bewahren, hatte er ein Taschentuch um die Waffe gewickelt. »Wir finden heraus, wer es getan hat, Junge. Und wenn sich wirklich herausstellen sollte, dass du es warst, dann werde ich wiederkommen. Versprochen.« Ich konnte ihm die Irritation ansehen, die er verspürte. Vermutlich kam es nicht allzu häufig vor, dass jemand so dringend verhaftet werden wollte wie David in diesem Moment.

Die beiden durchquerten die Halle und sie waren beinahe an der Haustür angekommen, als diese sich öffnete.

»Ach du Scheiße!«, rutschte es mir heraus.

Auf der Schwelle stand Jason.

Sein Blick fiel als Erstes auf O'Donnell. »Timothy!«, sagte er. Dann entdeckte er David. Seine Augen weiteten sich ein wenig. Er wirkte käsig, und obwohl er nur wenige Tage fort gewesen war, hatte ich den Eindruck, dass er abgemagert war.

Abgemagert wie David auch. Seine Wangen sahen hohl aus und sein Haar schütterer als vor seinem Herzanfall. Später erfuhr ich, dass er sich selbst aus dem Krankenhaus entlassen hatte.

»Was geht hier vor?«, fragte er stirnrunzelnd. Ich glaubte, einen Anflug von Sorge in seinen Zügen erkennen zu können.

David hob das Kinn. Im ersten Moment dachte ich, das altbekannte zornige Funkeln würde in seinen Augen aufblitzen, aber das tat es nicht. Sein Blick wirkte einfach nur noch leer.

O'Donnell trat einen Schritt vor, sodass er sich nun genau zwischen den beiden befand. »David hatte ein paar Hinweise zu Charlies Tod«, sagte er eine Spur zu schnell.

Jasons Augen verengten sich voller Skepsis, doch O'Donnell sprach schon weiter.

»Wir haben darüber gesprochen. Ich muss ihnen jetzt nachgehen.« Er besann sich. »Wie geht es dir?«

»Gut«, sagte Jason. Es war eine Lüge, das konnte jeder im Raum deutlich sehen.

Ein Schatten huschte über O'Donnells Gesicht. »Na dann.«

Jason wartete, bis der Sheriff das Haus verlassen hatte, ehe er sich David zuwandte. Die beiden sahen sich an.

Sie standen einfach nur da und starrten sich gegenseitig in die Augen und die Sekunden verrannen eine nach der anderen.

»Das hier ist kein schlechter Krimi«, hörte ich Miley murmeln. »Eher ein schlechter Western. Definitiv.«

Ihre respektlosen Worte zerrissen den Bann zwischen den beiden Männern. David blinzelte zuerst.

Jason stieß ein leises Keuchen aus.

Dann ging er an seinem Sohn vorbei, stiefelte die Treppe hoch. Und verschwand im ersten Stock im Lilienzimmer.

David stand noch ein paar Sekunden länger da. Schließlich drehte er sich um und ging ebenfalls nach oben. Ich fürchtete schon, er würde seinem Vater in das Zimmer seiner Mutter folgen, doch zu meiner Erleichterung tat er das nicht. Er ging in sein eigenes Zimmer.

»Uff!«, machte Miley.

»Was jetzt?«, flüsterte ich. Die Entscheidung wurde mir abgenommen. Ich hörte, wie oben in Davids Zimmer eine Taste auf dem Klavier angeschlagen wurde. Der Ton war tief und voll und er fuhr mir in die Magengrube wie ein Messerstich. Ich erwartete, dass David anfangen würde zu spielen, aber das tat er nicht. Er tippte ein zweites Mal den tiefen Ton an.

Und dann schrie er auf.

Es war ein so lang gezogener, qualvoller Laut, dass er mich und Walt und die anderen wie an Fäden nach oben in den ersten Stock zog. Ich war als Erste an der Tür, riss sie auf – und sah David. Er stützte sich an seinem Instrument ab, um nicht zusammenzubrechen.

Ich sah, wie seine Fäuste sich ballten, wie er versuchte, einen neuerlichen Schrei zu unterdrücken und dieser ihm als tiefes Stöhnen trotzdem entwich. Ich sah, wie er ausholte und die Fäuste auf das Klavier krachen ließ. Er traf die Tasten, es gab einen schrillen Misston, der mir durch Mark und Bein fuhr. Ich sah David innehalten, dann ihn erneut ausholen ...

»Nicht!«, rief ich und wusste doch nicht, warum ich das eigentlich tat, warum ich mich nicht einfach umdrehte und fortging, fort von hier, fort von diesem furchtbaren Haus, das uns allen den Verstand raubte, fort von dem Jungen, der mein Herz zu Staub zerreiben würde, wenn ich nicht aufpasste ...

Die nächsten Sekunden vergingen langsam, wie in einer Superzeitlupe. Ich fiel David in den Arm, wollte ihn daran hindern, erneut zuzuschlagen. Hinter mir war jemand, ich hörte eine erschrockene und zugleich wütende Stimme, die donnerte: »David!«

Jason, dachte ich. Dann packte ich Davids hoch erhobenen Arm.

»Schluss jetzt, Junge!«, schrie jemand. Walt. Ich sah, wie die beiden Männer vorwärtsstürzten, um David zur Vernunft zu bringen. David fuhr zu mir herum, riss mir seinen Arm weg. Dabei stieß er mich von sich. Ich taumelte. Fiel. Der Fußboden kam rasend schnell näher, aber ich erreichte ihn nicht, denn die Kante des Glastisches von Davids Couchgarnitur kam mir in die Quere.

Ein heftiger Schmerz durchzuckte meine rechte Schläfe, die Welt explodierte erst in roten, gleich darauf in pechschwarzen Funken.

»Jetzt reicht es endgültig, Junge!«, hörte ich Walt noch murmeln.

Dann war ich weg.

Ich konnte nur wenige Minuten bewusstlos gewesen sein, denn als ich wieder erwachte, lag ich noch immer auf dem Fußboden. Walt kniete neben mir und war gerade dabei, meinen Kopf zu untersuchen. Kurz sah ich sein Gesicht unscharf, dann jedoch klärte sich mein Blick. In meinen Ohren dröhnte es und ich hatte Mühe zu verstehen, was er sagte.

»Gott sei Dank, du bist wieder wach!« Miley.

Im Hintergrund redete jemand anderes, auch diese Stimme war eher ein dumpfes Leiern, wie von einem alten Tonband, das mal schneller und mal langsamer lief.

»Du bleibst jetzt da sitzen und reißt dich verdammt noch mal zusammen!«, knurrte jemand.

Jason offenbar, der mit David sprach.

Ich wollte mich aufsetzen und Walt half mir dabei, indem er meine Hand und meinen Arm ergriff. Ein heftiger Schmerz machte sich in meiner Schläfe breit und kurz verschwamm alles vor meinen Augen. Walt hielt mich fest, bis der Anfall vorbei war, dabei warf er einen grimmigen Blick in Davids Richtung. Ich wollte David auch ansehen, aber Jason war im Weg.

Als ich in der Senkrechten war, wurde mir noch einmal für einen Moment schwindelig, aber dann stabilisierte sich mein Kreislauf. Walt führte mich zu der Couchgarnitur, auf der auch David saß.

Jetzt gelang es mir, ihm einen Blick zuzuwerfen. Ich hatte erwartet, Schuldbewusstsein in seinen Augen zu sehen, doch ich hatte mich getäuscht.

Sein Gesicht war noch ebenso leer wie gerade, als er seinen Vater angesehen hatte.

Vollständig leer und blank.

Durch sein Schattenhaar hindurch sah er zu mir auf und für ein paar Sekunden begegneten sich unsere Blicke. Es fühlte sich an, als spulten sich in diesem Moment sämtliche Szenen vor meinem inneren Auge ab, die wir gemeinsam erlebt hatten. Ich sah ihn wieder auf den Stufen von *Sorrow,* als wir uns zum ersten Mal begegnet waren. Ich sah ihn am Rand der Klippen und mit dem Gesicht nach unten in Zacs Swimmingpool. Ich sah ihn sich in der Halle von *Sorrow* an der Lehne eines Stuhles festklammern, um nicht zusammenzubrechen. Aber ich sah ihn auch lachend vor mir stehen, neben mir her durch die Parks von Boston laufen, mit mir im Arm auf meinem Bett sitzen und leise Worte in meine Haare murmeln.

Dann jedoch riss der Film. Ich blinzelte. Ich hatte das Bedürfnis, etwas zu sagen, doch da war so vieles, was auf meine

Zunge drängte, dass ich davon völlig überwältigt wurde und lieber schwieg.

Auch er öffnete den Mund, aber dann hob er die Faust, als wolle er ihn versiegeln.

Walt beugte sich über mich. »Sieh mir mal in die Augen!« Als ich gehorchte, untersuchte er meine Pupillen.

Er wirkte erleichtert. »Gut«, murmelte er. »Ist dir schlecht? Schwindelig?«

Ich horchte in mich hinein. Nach dem ersten Anfall eben nicht mehr. »Nein«, antwortete ich. »Nur Kopfschmerzen habe ich.«

»Kein Wunder! Du scheinst Glück gehabt zu haben. Das wird offenbar nur eine fette Beule. Trotzdem sollten wir ins Krankenhaus fahren und deinen Schädel untersuchen lassen.«

Was es für Vorteile hatte, so viel Geld zu haben wie Jason Bell, erfuhr ich im Krankenhaus, zu dem Miley mich fuhr. Jason hatte darauf bestanden, uns zu begleiten. »Um die Angelegenheit ein bisschen zu beschleunigen«, hatte er gesagt und genau das hatte er auch getan. Wir mussten in der Notaufnahme nicht warten, und auch als ich zum CT gebracht wurde, gingen alle Untersuchungen und Gespräche reibungslos und ohne nennenswerte Verzögerungen vonstatten.

Keine Stunde, nachdem wir bei dem kleinen Krankenhaus vorgefahren waren, waren wir bereits wieder auf dem Rückweg – mit der Versicherung des Chefarztes, dass mein Schädel bis auf eine kräftige Beule tatsächlich keinen weiteren Schaden erlitten hatte.

Als wir wieder auf dem Parkplatz von *Sorrow* ankamen, türmten sich am westlichen Horizont dunkle Wolkenberge auf, wurden von der Sonne in ein gelblich fahles Licht getaucht.

Wir stiegen aus und in diesem Augenblick fuhr Sheriff O'Donnell vor. Diesmal kam er nicht mit dem Streifenwagen und mit einem Deputy, sondern allein in seinem Privatwagen. Er hatte eine ordentliche Geschwindigkeit drauf, und als er neben unserem Wagen bremste, spritzte der Kies unter seinen Reifen weg. Ich spürte, wie ein paar der kleinen Steinchen gegen meine bloßen Beine geschleudert wurden.

»Tim«, sagte Jason. Mehr nicht.

»Es gibt da etwas, das ich euch sagen muss«, murmelte der Sheriff, aber bevor er weiterreden konnte, öffnete sich die Haustür und Grace kam herausgestürzt. »Mr Bell!«, rief sie. »Gut, dass Sie da sind. David und Dr. Schroeder ...« Ihr Blick streifte die violett schillernde Beule an meiner Schläfe. »Sie sind hoch zu den Klippen.«

»Ach du Scheiße!«, rutschte es Miley heraus, aber Grace sprach schon weiter. Und das, was sie nun sagte, ließ O'Donnell fluchen und mich verzweifelt die Augen schließen:

»Und sie haben eine Waffe mitgenommen.«

*Ruhig bleiben!*, ermahnte ich mich. *Sie sind mit Sicherheit hoch, um Walts Konfrontationstherapie durchzuziehen.* Ich wollte etwas in die Richtung sagen, aber noch bevor ich den Mund aufgemacht hatte, gellte bereits ein Schuss durch die morgendlich kühle Luft.

»Verdammt!« Sheriff O'Donnell zog seine Waffe. Er war bereits drauf und dran loszulaufen, als ich rief: »Ich komme mit!«

Mit einem Ruck, der ihn wie einen großen dunklen Vogel aussehen ließ, fuhr er zu mir herum. »Auf keinen Fall!«

Ich achtete nicht auf ihn, wollte mich auf den Weg machen, aber er streckte den Arm wie eine Schranke vor meiner Brust aus. »Sie werden nicht dort hochgehen!« Er nahm seine Waffe in beide Hände und lief los, ohne sich darum zu kümmern, ob ich seinen Worten Folge leistete oder nicht.

Natürlich tat ich es nicht.

Mileys schrilles »Juli!« ignorierte ich ebenso wie den Befehl des Sheriffs. Ich folgte O'Donnell, der mir bereits ein gutes Stück voraus war.

Die Büsche rechts und links vom Pfad peitschten mir ins Gesicht, als wollten sie mich ebenfalls von den Klippen fernhalten. Ich achtete nicht darauf. Einmal erwischte mich ein Zweig mitten auf der Stirn und für zwei, drei Schritte sah ich den Weg vor meinen Füßen nicht mehr, weil mir Wasser in die Augen schoss. Dann jedoch hatte ich die Tränen fortgeblinzelt.

Nur knapp hinter O'Donnell umrundete ich den letzten Findling auf dem Weg und stand am Rand des Abgrunds. Das Erste, was ich wahrnahm, war der Wind, der mit ungewohnter Gewalt an mir zerrte und mich zurück auf den Pfad treiben wollte. Er kam vom Meer her, von den hoch aufgetürmten Wolken am Horizont, die ein nahendes Unwetter ankündigten.

Das Zweite, was ich sah, war David.

Er stand in sicherer Entfernung vom Rand der Klippen und starrte mit bleicher Miene auf das Meer hinaus.

Er hatte keine Waffe in der Hand!

Die Erkenntnis erreichte mich im selben Moment wie Sheriff O'Donnell. Aus dem Augenwinkel heraus sah ich, wie er seine Pistole ein Stück sinken ließ.

»Was siehst du, David?« Walts Stimme war leise. Ruhig.

Der Wind trieb den Geruch des Schießpulvers zu mir, und als ich jetzt einen Schritt vorwärts machte, konnte ich auch Walt sehen, der bis eben von einem Baumstamm verdeckt gewesen war. Er war es, der die Waffe in der Hand hatte, aber er hielt sie mit der Mündung gen Boden gerichtet. Mit der anderen

Hand umklammerte er Davids Ellenbogen und es war nicht klar, ob er ihn stützen wollte oder ihn davon abhalten, auf den Abgrund zuzugehen.

O'Donnell zögerte. »Was zum Teufel soll das hier werden?«, murmelte er irritiert.

»Er ist Davids Therapeut«, erklärte ich ihm eilig. »Er versucht, ihm zu helfen, sich daran zu erinnern, was mit Charlie passiert ist.«

»Charlie.« O'Donnell nickte, als sei ihm plötzlich wieder etwas eingefallen, aber er kam nicht dazu, etwas zu sagen, denn nun hob Walt die Waffe an und richtete sie aufs Meer hinaus.

David stand da, stocksteif und bleich und ohne den Blick von der Ferne abzuwenden.

»Es ist ein Schuss gefallen, David«, hörte ich Walt zu ihm sagen. »Du erinnerst dich daran.«

Davids Kopf ruckte auf und ab wie bei einem Roboter.

Hinter uns wurde heftiges Keuchen laut und Miley kam zu uns auf die Klippen hinaus. Als sie sah, was los war, japste sie erschrocken auf, war aber klug genug, keinen Ton zu sagen.

Ich konzentrierte mich mit ganzer Kraft auf David, als könne ich ihm so helfen, die verschüttete Erinnerung heraufzubeschwören.

»Ein Schuss«, wiederholte Walt. Seine Hand lag wie eine Klammer um Davids Ellenbogen.

Unter uns donnerte die Brandung gegen den Fuß der Klippen.

»Wer hat geschossen, David?«

David schüttelte den Kopf. Es war wieder diese furchtbare, mechanische Bewegung. Rechts, links, wieder rechts. Erstarrung. »Ich weiß es nicht!«, stöhnte er. Die Haare hingen ihm vor die Augen und verbargen seinen flackernden Blick.

Ich spürte, wie tief in mir ein Zittern aufkeimte. Ohne darüber nachzudenken, trat ich einen Schritt vor, aber O'Donnell hielt mich zurück.

»Nicht!«

Jetzt erst schien Walt auf uns aufmerksam zu werden. Er wandte mir den Kopf zu. Im ersten Moment schien er irritiert. Dann blitzte ein Gedanke hinter seiner Stirn auf, das war ihm deutlich anzusehen. Er rang mit sich. Schließlich meinte er: »Juli! Gut, dass du da bist.«

Ich nickte. Bewegte ich mich etwa genauso roboterhaft wie David? Es fühlte sich zumindest so an. Die Sehnen in meinem Genick waren starr und straff wie Drahtseile.

»Würdest du mir helfen, Davids Erinnerung zurückzuholen?«

Wieder nickte ich. Bloß wie?

Walt betrachtete David einige Sekunden lang, wie um sich zu vergewissern, dass er ihn loslassen konnte. Dann nahm er die Hand von seinem Ellenbogen und ließ das Magazin aus der Pistole fallen. Er steckte es in die hintere Hosentasche, lud durch, um sich zu vergewissern, dass sich keine Patrone mehr im Lauf befand. Zur Sicherheit richtete er die Mündung auf die Erde vor seinen Füßen und drückte mehrfach ab. Es gab leise klickende Geräusche.

»Würdest du dich bitte hier vor uns hinstellen«, sagte Walt zu mir.

Ich ahnte, was er vorhatte, und alles in mir sträubte sich dagegen. *Nein!*, kreischte die Stimme in meinem Hinterkopf. Nicht das! Auf keinen Fall. Ich suchte Walts Blick, um mich zu vergewissern, dass er wusste, was er tat. Er sah mich ruhig und voller Gewissheit an.

*Er ist der beste Traumatherapeut an der ganzen Ostküste*, hörte ich wieder meinen Vater sagen. *Seine Methoden mögen ungewöhnlich sein, aber er hat Erfolg.*

Trotzdem zögerte ich immer noch.

Erneut wurde auf dem Pfad ein heftiges Keuchen laut und diesmal war es Jason, der sich zu uns gesellte.

»David!«, rief er, als er seinen Sohn sah.

David fuhr zusammen beim Klang seiner Stimme. Walt riss die Hand hoch und hinderte Jason mit einem finsteren Blick daran, noch mehr zu sagen.

In mir zuckte und wand sich ein Gedanke. Er war wichtig, das ahnte ich, aber sosehr ich auch nachdachte, ich bekam ihn einfach nicht richtig zu fassen.

»Komm her, Juli!« Walt dirigierte mich so, dass ich in sicherem Abstand zum Rand der Klippen zu stehen kam, mich aber direkt zwischen dem Abgrund und David befand.

Ich schluckte. Meine Kehle war wie zugeschnürt. Nervös suchte ich Mileys Blick, wich ihr jedoch sofort wieder aus, als ich die Zweifel in ihren Augen sah.

»Was muss ich tun?«, wisperte ich.

»Nichts. Einfach nur stehen bleiben. Den Rest mache ich.« Er trat neben David und überlegte einen Moment. Dann drehte er die Pistole und hielt sie David am Lauf gepackt hin. »Nimm sie, David.«

David schüttelte wild den Kopf.

»Du willst rausfinden, ob du fähig bist, das Mädchen, das du liebst, zu erschießen«, sagte Walt. Seine Stimme hatte jetzt nichts Beruhigendes, Weiches mehr, sondern klang hart und herausfordernd.

Mileys Augen weiteten sich. *Weiß er wirklich, was er tut?*, schien sie mich fragen zu wollen.

Ich nickte ihr zu. *Der beste Traumatherapeut der Ostküste*, sagte ich mir erneut vor, nochmals und nochmals, wie ein Mantra.

Die Pistole war ungeladen. Mir würde nichts passieren. Trotzdem hämmerte mein Herz so sehr, dass meine Rippen anfingen zu schmerzen.

»Beweis mir, dass du fähig bist, sie zu erschießen!« Walt nahm Davids Hand und drückte die Waffe hinein.

Kurz schien David sich weigern zu wollen zuzugreifen, aber dann tat er es doch. Mit einem unvorstellbaren Grauen im Gesicht schaute er die Waffe an und dann war es, als festige sich etwas in ihm. Er hob den Kopf. Richtete den Blick auf mich.

Mir war so unendlich schlecht, dass ich würgen musste.

*Ruhig!,* signalisierte Walts Blick mir. *Alles wird gut werden.*

Ich unterdrückte ein Nicken und atmete tief durch. Dann sah ich David in die Augen. Würde er wirklich abdrücken? Würde er sich erinnern, was damals mit Charlie geschehen war? Er erinnerte sich an einen Schuss. Die Mädchenleiche in Maine.

Der Gedanke wand sich in den Tiefen meines Gehirns. Ich musste an Lilien denken und konnte plötzlich ihren Duft riechen.

*Lilien?*

Warum dachte ich ausgerechnet jetzt an Lilien?

Charlies Bild. In Amandas Zimmer.

Sheriff O'Donnell stand am Rand des Geschehens wie ein Zuschauer, der unversehens in ein Drama geraten war, obwohl er ein Kriminalstück erwartet hatte. Er hatte seine eigene Waffe noch immer in der Hand, aber sie baumelte unbeachtet neben seiner Hosennaht herab.

Walt wartete noch einen Moment, ob David sich bewegte, und als er es nicht tat, hob er Davids Hand mit der Waffe darin an. Und richtete sie auf mich. Die Mündung war riesig und dunkel wie ein schwarzes Loch.

»Du musst nur abdrücken, David«, sagte Walt. »Drück ab, dann wissen wir, dass du es warst, der Charlie erschossen hat.«

»Ähm!«, machte Sheriff O'Donnell und hob eine Hand wie ein Schüler, der sich überwinden muss, sich bei einem strengen Lehrer zu melden. »Ich ...«

»Nicht jetzt!«, herrschte Walt ihn an und schickte einen so warnenden Blick in O'Donnells Richtung, dass dieser tatsächlich verstummte.

»Los jetzt, Junge«, raunte Walt und ließ Davids Hand los.

Ich erwartete, dass David die Waffe wieder sinken lassen würde, aber das tat er nicht. Zwar sackte seine Hand ein paar Zentimeter nach unten, doch gleich darauf hob er sie ein Stück und zielte jetzt genau auf meinen Bauch.

Ich konnte nicht anders, ich musste beide Hände vor den Mund pressen, um nicht zu schreien. Wenn das hier vorbei war, schoss es mir völlig unpassenderweise durch den Kopf, würde ich ganz offiziell Walts nächste Patientin sein.

»Scheiße!«, hörte ich Jason murmeln.

Und roch Lilien.

Jason. Charlies Bild in Amandas Zimmer.

David blinzelte. Ein tiefes, qualvolles Stöhnen kam aus seinem Mund, das nicht mehr viel Menschliches an sich hatte. Langsam sank er auf die Knie.

Ich wollte zu ihm, wollte, dass Walt aufhörte, ihn zu quälen, aber Walt bedeutete mir mit einem energischen Kopfschütteln, mich nicht zu rühren.

David umklammerte die Waffe nun auch noch mit der anderen Hand, aber er konnte sie nicht ruhig halten. Ein Beben erfasste erst seine Hände, dann seinen gesamten Körper. Er zitterte so sehr, dass seine Zähne aufeinanderschlugen.

Und dann stieß er Worte hervor. Leise war seine Stimme,

kaum zu verstehen, wie die eines verzweifelten Kindes, das nicht begriff, was mit ihm geschah.

Mir wurde eiskalt.

»Ich erinnere mich jetzt«, flüsterte er. »Die Waffe. In meiner Hand.« Er schwankte und Walt griff wieder nach seinem Ellenbogen. »Sie ist schwer, so schwer ...«

Ich tastete hinter mir nach dem Findling. Miley war bei mir, ich konnte ihre Hand auf meinem Oberarm spüren. Meine Fingernägel bogen sich schmerzhaft nach oben, als ich die Finger in die rauen Spalten des Felsens krallte.

»David!« Walts Stimme war unendlich ruhig. »Hör mir zu, David!«

Aber David achtete nicht auf ihn. Über den Lauf der Waffe hinweg sah er mich an, die Pupillen riesengroß, und auf einmal geisterte eine weitere Erinnerung durch meinen Kopf. Völlig zusammenhanglos schien sie zu sein, einzig und allein vielleicht durch das Wimmern von David ausgelöst. Er hatte schon einmal so gewimmert.

Vor ein paar Tagen, in der Nacht nach Jasons Geburtstagsfeier und der gewaltsamen Auseinandersetzung der beiden. Im Traum hatte er genauso gewimmert wie jetzt.

*Nein, Dad!,* hatte er gesagt und ich hatte geglaubt, dass er von der Ohrfeige träumte.

In diesem Moment jedoch begann ich zu ahnen, was wirklich passiert war.

»Nein!«, flüsterte ich.

Davids Ausdruck wandelte sich. Es kam mir vor, als kehre er aus seiner Erinnerung endlich wieder zurück hierher auf die Klippen. Er ließ die Waffe sinken. Doch gleich darauf verzerrte sich seine Miene zu einer solchen Fratze des Entsetzens, dass ich unwillkürlich einen Schritt auf ihn zumachte. »Ich ...«, murmelte er. »Ich erinnere mich jetzt.« Die Waffe in seiner Hand zitterte noch immer. Dann hob er sie. Und richtete sie gegen seine eigene Schläfe.

Obwohl ich wusste, dass die Waffe ungeladen war, versetzte mir dieser Anblick einen tiefen Schock.

Walt packte zu, riss David die Pistole weg. Sheriff O'Donnell machte einen erneuten Anlauf, etwas zu sagen, aber wieder brachte Walt ihn zum Schweigen, diesmal nur mit einer harschen Handbewegung.

»Ich erinnere mich jetzt«, murmelte David. »Ich habe auf sie geschossen.«

Mein Blick zuckte zwischen ihm und Jason hin und her, und bevor ich die wirbelnden Gedanken in meinem Kopf zur Ruhe gebracht hatte, trat Davids Vater vor.

Er war genauso bleich wie David, aber auf seiner Stirn standen dazu auch noch dicke Schweißperlen, als würde er gleich den nächsten Herzanfall erleiden. »Du hast sie nie geliebt ...«, flüsterte er. Etwas war in seiner Stimme und da wusste ich endgültig, was wirklich geschehen war.

Davids Kopf ruckte zu Jason herum wie der eines Raubvogels. Auf einmal glitzerte es in seinen Augen. Er lachte. Mir wurde schlecht bei dem furchtbaren Geräusch.

»Du hast sie nie geliebt.« Gegen das Heulen des Windes waren Jasons Worte nur schwer zu verstehen. »Nicht so wie ich.«

*So wie ich?*

Einer meiner Fingernägel brach ab und der Schmerz fuhr mir bis hinauf ins Handgelenk. Es war mir egal. Ich konnte den Blick nicht von Davids Gesicht lassen. Die Worte seines Vaters brauchten einige Sekunden, bis sie in seinen Verstand einsickerten, doch dann erschien – ganz langsam – ein Ausdruck von Begreifen auf seinem Gesicht. »Aber du. Du hast sie ... geliebt.« Davids Stimme war brüchig. »Du hast ...«

Der Boden unter meinen Füßen verwandelte sich in tückischen Treibsand. Ich ließ den Felsen los, tastete Halt suchend nach Mileys Arm. Meine Fingernägel krallten sich in ihr Fleisch, aber sie beschwerte sich nicht.

»Du ...«, flüsterte ich in Jasons Richtung und ich sah, dass nun auch die anderen begriffen.

Jason! Und Charlie! Darum hatte Jason Amandas Bild gegen das von Charlie austauschen lassen. Das Bild von Charlie, das nach ihrem Tod gemalt worden war, auf dem sie Tang in den Haaren hatte und tote Augen, wenn man nur genau genug hinsah.

»Du«, flüsterte ich erneut, »hattest auch was mit Charlie, nicht wahr?«

*Genau wie Henry ...*

Über Davids Lippen kam ein Stöhnen. Sein Vater hatte ein Verhältnis mit seiner Verlobten gehabt. Das also war der Grund für die Feindseligkeit, die ich zwischen den beiden gespürt hatte!, dachte ich im ersten Moment, doch dann fiel mir ein, was Zac auf der Geburtstagsparty über das Verhältnis von David und Jason gesagt hatte. Es war schon seit vielen Jahren zerrüttet. Charlie allein konnte nicht dafür verantwortlich sein. Da musste noch etwas ganz anderes zwischen den beiden sein. In meinem Kopf kreiste es.

*Jason und Charlie. Charlie und Jason.*

»Du hast Charlie erschossen!« Ich musste es einfach aussprechen, weil ich sonst daran kaputtgegangen wäre. »David hat es mit angesehen. Wie du geschossen hast!«

*Und warum hat David dann eben davon gesprochen, wie schwer die Waffe in seiner Hand war?,* fragte die fiese kleine

Stimme in meinem Hinterkopf. Ich hörte nicht auf sie, weil ich mich auf Jason und David konzentrieren musste.

Jason schluckte schwer. Er wollte etwas sagen, aber bevor er dazu kam, machte jetzt endlich Sheriff O'Donnell auf sich aufmerksam.

»Nein«, sagte er. Und er wiederholte: »Nein. Er war es nicht.« Er räusperte sich. »Weil es niemand war. Die Leiche ...« Wieder musste er innehalten. »Die Leiche, die sie gefunden haben: Es ist nicht Charlie! Die DNA-Tests wurden vertauscht. Das tote Mädchen in Maine ist nicht Charlie!« Während er das sagte, ging er zu Walt und streckte die Hand aus. »Geben Sie mir die Waffe!

Walt gehorchte.

In mir zerfiel etwas.

*Die Leiche, die sie gefunden haben, ist nicht Charlie.*

Ich war unfähig, den Sinn dieser Worte zu erfassen. Ich sah Jason den Kopf schütteln, aber dann wurden seine Augen so groß, dass sie ihm förmlich aus dem Kopf sprangen. Ein tiefes Stöhnen drang aus seinem Brustkorb, der Laut eines großen, tödlich verwundeten Tieres.

David wich einen Schritt rückwärts. »Nein!«, hauchte er, sein Gesicht eine aschfahle Maske.

»Oh Gott!«, hörte ich Miley stammeln.

Ich brauchte all meine Willenskraft, um mich umzudrehen und nachzusehen, warum alle so vollständig erstarrt waren. Langsam wandte ich den Kopf.

Und wimmerte auf.

Am Anfang des Pfades, bei dem großen Findling, stand eine junge, schwarzhaarige Frau, deren Gesicht ich nur allzu gut kannte. Ein Lächeln glitt über ihre sahneweißen Züge.

»Hallo, David«, sagte Charlie.

Kathrin Lange

## Herz aus Glas

Juli ist wenig begeistert, die Winterferien auf Martha's Vineyard verbringen zu müssen. Auf der Insel trifft sie den verschlossenen David, dessen Freundin bei einem Sturz von der Klippe ums Leben kam. Bald erfährt Juli, dass ein Fluch für den Tod weiterer Mädchen verantwortlich sein soll. Nachts hört sie flüsternde Stimmen. Als sie sich in David verliebt, merkt sie nicht, welche Gefahr dies bedeutet.

## Das Böse hat seine guten Seiten – Die Arena Thriller

Kathrin Lange

### Schattenflügel

Als Kim den mysteriösen Lukas kennenlernt, ahnt sie noch nicht, dass er der Freund ihrer älteren Schwester Nina war, die man vor zwei Jahren tot aufgefunden hat – mit einer schillernden Libelle auf dem Gesicht. Kim verliebt sich in ihn, auch wenn sie immer wieder zweifelt, ob sie ihm trauen kann. Gerade als sie beginnt, sich auf ihn einzulassen, verschwindet erneut ein Mädchen.

### Septembermädchen

Ein düsteres Industrieviertel am Abend. Leonie stößt mit einem Fremden zusammen. Blut rinnt über sein Gesicht. Er sieht sie an und küsst sie. Von diesem Augenblick an ist Leo von dem verschlossenen Elijah fasziniert. Doch dann findet sie heraus, dass auf dem Trainingsgelände des nahegelegenen Capoeira-Clubs, in dem Elijah trainiert, vor genau einem Jahr ein Mädchen tödlich verunglückte. Plötzlich beginnt ein merkwürdiger Straßenbettler, Leo zu verfolgen. »Im September sterben Mädchen«, raunt er ihr zu, »und du wirst die nächste sein.«

Arena

264 Seiten • Klappenbroschur
ISBN 978-3-401-06794-0
Auch als E-Books erhältlich

264 Seiten • Klappenbroschur
ISBN 978-3-401-06843-5
www.arena-verlag.de

Kerstin Cantz

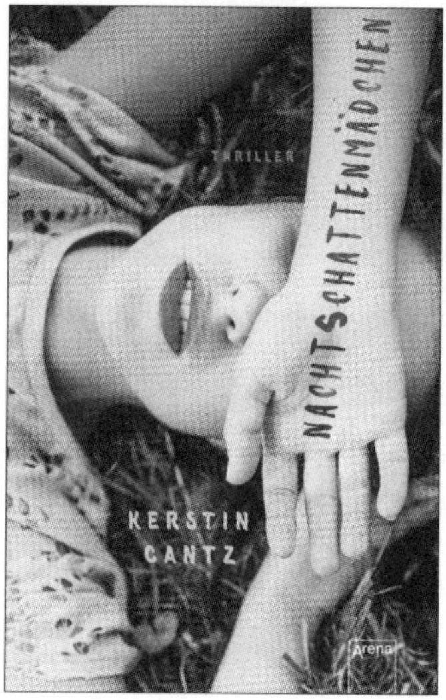


## Nachtschattenmädchen

Das wird der spannendste Sommer ihres Lebens: Sprachferien in Granada! Karla kann ihr Glück gar nicht fassen. Zusammen mit Naldo, dem charmanten Neffen ihrer Gastmutter, erkundet sie die Stadt. Im Schatten der glanzvollen Festung Alhambra belauscht Karla ein seltsames Gespräch zwischen zwei Frauen. In derselben Nacht wird eine der beiden, eine Nonne, ermordet aufgefunden. Als die Polizei Karla mit dem Phantombild der Täterin konfrontiert, traut sie ihren Augen nicht: Die Person auf dem Bild ist sie selbst. Wie kann das sein? Auf der Suche nach Antworten stoßen Karla und Naldo auf ein furchtbares Geheimnis.

Auch als E-Book erhältlich

280 Seiten • Arena Taschenbuch
ISBN 978-3-401-50917-4
www.arena-verlag.de

Kelly Keaton

# Das Mädchen mit dem Silberhaar

## Fürchte die Wahrheit

Auf der Suche nach ihrer Vergangenheit erhält Ari eine Warnung ihrer toten Mutter: Lauf weg! Doch wie flieht man, wenn man nicht weiß, wovor? Ari muss zurückkehren nach New 2, dem zerfallenen, opulenten Ort ihrer Geburt, um den sich Mythen und übernatürliche Geschichten ranken. Schon bald erfährt Ari, dass alle Geschichten wahr sind. Und dass sie, das Mädchen mit dem seltsam hellen Haar und dem Halbmond-Tattoo unter dem Auge, der Schlüssel zu allem ist.

## Fürchte die Liebe

Als Ari zum ersten Mal in das verfallene New Orleans kam, wollte sie nur wissen, wer sie ist. Als Nachkomme der Medusa verfügt sie über besondere Kräfte, die nun immer stärker werden und ihr unvorstellbare Macht verleihen. Eine Macht, die ihre Erzfeindin Athene um alles in der Welt besitzen will und Ari in größte Gefahr bringt. Doch für die Medusa-Tochter zählt nur noch Rache. Wird es ihr gelingen, Athene zu besiegen und damit all jene, die sie liebt, zu retten?

Arena

280 Seiten • Klappenbroschur
ISBN 978-3-401-50803-0
Beide Bände auch als E-Book erhältlich

272 Seiten • Klappenbroschur
ISBN 978-3-401-50804-7
www.arena-verlag.de

Kasie West

## Bleib mir treu!

Von der besten Freundin hintergangen. Vom Exfreund benutzt. Zum Glück wurde alles, was in den letzten Wochen passiert ist, aus Addies Gedächtnis gelöscht. Sie zieht zu ihrem Vater, weit weg von ihrer Vergangenheit. Doch seltsamerweise scheint ihr dort alles schrecklich vertraut: die neue Schule, die neue Clique – und besonders der rätselhafte Trevor. Er ist ein Fremder, aber warum macht ihr Herz bei seinem Anblick einen Sprung? Als es gelingt, Addies Erinnerungen wiederherzustellen, weiß sie: Trevor, ihre große Liebe, muss sich wieder in sie verlieben. Allerdings will jemand genau dies mit aller Macht verhindern.

Arena

352 Seiten • Arena Taschenbuch
Auch als E-Book erhältlich
ISBN 978-3-401-50852-8
www.arena-verlag.de

Antje Babendererde

## Der Kuss des Raben

Mila ist schön und rätselhaft. Ihre Vergangenheit will sie um jeden Preis geheim halten. In Moorstein sucht die Sechzehnjährige einen Neuanfang und findet ihre große Liebe: Tristan, eigentlich unerreichbar, erwählt ausgerechnet sie! Mila kann ihr Glück kaum fassen. Doch auch Tristan hat ein Geheimnis. Als in der Kleinstadt ein junger Mann namens Lucas auftaucht und das Haus der Rabenfrau in Besitz nimmt, erwachen die Schatten der Vergangenheit zum Leben. Denn Lucas und Tristan scheinen sich zu kennen – und zu hassen. Im undurchsichtigen Spiel der beiden gerät Mila zwischen die Fronten und findet sich plötzlich vor einem finsteren Abgrund wieder ...